댄스 댄스
댄스 댄스

하

댄스 댄스
댄스 댄스

하

무라카미 하루키

장편소설 ✦ 유유정 옮김

문학사상

일러두기

1. 본문의 주는 모두 편집자 주입니다.
2. 본문의 강조 및 방점 처리는 원서의 표기를 따랐습니다.

차례

25

일곱 시가 되자 유키가 훌쩍 돌아왔다. 바닷가를 산책하고 있었어, 하고 그녀는 말했다. 어떡할래, 밥 먹고 가겠니, 하고 마키무라 히라쿠가 물었다. 유키는 고개를 저으며, 배고프지 않아요, 이제 집에 갈래요, 하고 말했다.

"그럼 또 마음이 내키면 놀러 와라. 이번 달은 줄곧 일본에 있을 것 같으니까"라고 유키의 아버지는 말했다. 그리고 나를 향해, 일부러 와줬는데 아무런 대접도 못 해서 미안하면서도 고맙다고 인사를 했다. 천만의 말씀입니다, 라고 나는 말했다.

서생 프라이데이가 우리를 배웅해 줬다. 정원 안쪽의 주차장에 체로키 지프와 $750\,cc$급 혼다 오프로드용 오토바이가 보였다.

"헤비 듀티heavy duty한 생활 같군요"라고 나는 프라이데이에게 말해 봤다.

"어설프다고 할 순 없겠지요"라고 프라이데이는 잠깐 생각하고 나서 대답했다. "흔히 말하는 작가 타입은 아닙니다. 어쨌든 행동이 앞서는 사람이니까요."

"바보 같아"라고 작은 목소리로 유키가 말했다.

나도 프라이데이도 못 들은 체했다.

✦

스바루에 올라타자 유키는 이내 배고프다고 말했다. 나는 바닷가에 자리한 식당 앞에 차를 세우고, 스테이크를 먹었다. 그리고 무알코올 맥주를 마셨다.

"무슨 이야기였어?" 하고 유키는 디저트로 나온 푸딩을 먹으면서 말했다.

숨겨야 할 이유도 없었기에 나는 대강 설명했다.

"그런 이야기일 줄 알았어" 하고 그녀는 얼굴을 찡그리면서 말했다. "그 사람이 생각할 만한 일이야. 그래서 아저씨는 뭐라고 했어?"

"사양했지, 물론. 그런 건 내게 어울리지 않아. 사리에 맞지 않는 이야기지. 하지만 그것과는 별개로 이따금 만나는 건 좋을 거라고 생각해. 서로를 위해서. 우리는 나이 차이가 많이 나고, 생활환경도, 사고방식도, 느끼는 방식도, 살아가는 방식도 많이 다를지 모르지만, 그래도 둘이서 여러 가지를 서로 이야기할 수 있을 것 같은 느낌이 들어. 그렇게 생각지 않아?"

유키는 어깨를 움츠렸다.

"만나고 싶으면 네가 전화를 걸면 돼. 사람과 사람이 의무적으로 만날 필요는 없어. 만나고 싶어지면 만나면 되는 거야. 우리는 서로 아무에게도 말하지 않은 것을 털어놓고 비밀을 공유하고 있어. 그렇지?"

그녀는 약간 망설이다가 "응" 하고 말했다.

"그런 건 내버려 두면 몸 안에서 자꾸 부풀어 오르는 수가 있어. 억제할 수 없을 때가 있는 거야. 이따금 바람을 빼주지 않으면, 펑 하고 폭발해 버려. 알겠어? 그렇게 되면 살아가기가 어려워져. 무엇인가를 혼자서 떠맡는다는 건 괴로운 일이야. 너도 괴롭고 나 역시 괴로울 수 있어. 누구에게도 말할 수 없고, 아무도 이해해 주지 않아. 하지만 우리는 서로 이야기할 수 있어. 솔직하게 말이야."

그녀는 고개를 끄덕였다.

"나는 너에게 아무것도 강요하지 않아. 네가 무슨 이야기를 하고 싶으면 내게 전화를 걸면 돼. 이것은 네 아버지의 이야기와는 아무런 관계도 없어. 그렇다고 내가 너에게 세상 물정에 밝은 오빠나 아저씨 역할을 하려는 것도 아냐. 우리는 어떤 의미에서는 대등해. 우리는 서로 도울 수 있으리라고 생각해. 그러기 위해서도 우리는 이따금 만나는 게 좋아."

그녀는 아무 대답도 하지 않았다. 디저트를 먹어 치우고는, 물을 꿀꺽꿀꺽 들이켰다. 그리고 옆 테이블에서 다들 살이 찐 가족이 볼이 미어져라 음식을 입에 넣으며 열심히 식사하는 모습을 곁눈질로 힐끗 쳐다보고 있었다. 부모와 딸과 어린 사내아이. 모두가 상당히 뚱뚱했다. 나는 테이블에 팔꿈치를 괴고, 커피를 마시면서 유키의 얼굴을 바라보고 있었다. 정말 예쁜 아이다, 하고 나는 생각했다. 가만히 바라보고 있으면 마음 가장 깊은 부분에 작은 돌멩이가 날아온 느낌이 든다. 그런 종류의 아름다움이다. 구불구불 복잡하게 구부러져 있는 구멍의 깊숙한 안쪽이어서 웬만해서는 도달할 수 없지만, 그녀는 거기에 제대로 돌멩이를 던져 넣을 수 있는 것이다. 내가 열다섯이었으면 사랑에 빠졌을 텐데, 하고 나는 스무 번째쯤 새삼스레 생각했다. 하지만 열다섯인 나는 그녀의 마음을 우선 이해할 수 없었을 것이다. 지금은 어느 정도 이해할 수 있다. 내 나름대로 감싸 줄 수도 있다. 하지만 나는 이미 서른넷이고, 열셋의 여자아이와는 연애를 하지 않는다. 잘될 수가 없는 것이다.

동급생들이 유키를 괴롭히는 기분을 나도 전혀 이해할 수 없는 것은 아니었다. 그녀는 아마도 그들의 일상성을 넘어서는, 지나친 아름다움을 가지고 있는 것이다. 그리고 너무 예민하다. 게다가 결코 그녀가 먼저 그들에게 가까이 가려 하지 않는다. 그러므로 그들은 두려워하고, 히스테릭하게 그녀를 괴롭힌다. 그녀 때문에 자기들의 친밀한 공동체가 부당하게 멸시당하는 기분이 들기 때문이다. 그것이 고탄다와의 차이점이다. 고탄다는 타인이 자기에게 강렬한 인상을 받는다는 것을 제대로 인식하고, 이를 제대로 유지·제어하고 있었다. 그는 타인에게 공포를 안겨 주지는 않았다. 그의 존재가 자기도 모르는 사이에 너무 커져 버렸을 때에는 씽긋 미소 지으며 농담을 했다. 근사한 농담일 필요는 없었다. 그저 기분 좋게 씽긋 웃으며 평범한 농담을 입에 올리면 되는 것이다. 그러면 모두들 씽긋 웃으며 즐거운 기분이 될 수 있었다. 좋은 녀석이야, 하고 모두들 생각했다. 이런 사람이—아마 진짜로 좋은 녀석일 것이다— 고탄다였다. 하지만 유키는 그렇지가 않았다. 유키는 자기 한 사람을 지탱하고 살아가는 일만으로도 벅찬 것이다. 주변 사람들의 감정까지 일일이 살펴 가며 그에 적극적으로 대처해 나갈 만큼의 여유가 없다. 그리고 그 결과 타인에게 상처를 입히고, 또 그럼으로써 타인을 통해 스스로도 상처를 입는다. 고탄다와는 근본적으로 다르다. 힘든 인생이다. 열세 살의 여자아이가 받아들이기에는 너무 힘든 인생이다. 어른에게도 그것은 힘든 일인 것이다.

앞으로 그녀가 어떻게 될지, 나는 예상을 할 수 없었다. 잘 풀리면 어머니처럼 자신을 표현하기 위한 어떤 방법을 발견하고 획득해서 예술적인 분야에 종사하게 될지도 모른다. 아마 그것이 어떠한 분야든 그녀가 지니고 있는 힘의 방향성에 맞기만 한다면 그녀는 남에게 인정받을 수 있을 정도의 일을 하리라, 하고 나는 생각했다. 근거는 없다. 하지만 그런 느낌이 들었다. 마키무라 히라쿠가 말했듯이, 그녀의 내부에는 힘이 있고, 오라aura가 있고, 재능이 있다. 비범한 데가 있다. 눈 치우기 따위가 아닌 그 어떤 것.

혹은 그녀가 열여덟이나 열아홉이 됐을 때 극히 평범한 여자

아이로 변해 있을지도 모른다. 그런 예를 나는 더러 봤다. 열서넛 때에는 더할 나위 없이 아름답고 예민하던 소녀가, 사춘기의 계단을 올라감에 따라 조금씩 그 광채를 상실해 간다. 손으로 건드리기만 해도 끊어져 버릴 듯한 예리함이 둔화되어 간다. 그래서 '예쁘긴 하지만 그다지 인상적이라 할 수 없는' 여성이 되어 버린다. 그래도 본인은 그런대로 행복해 보인다.

유키가 두 가지 중 어떤 성장과정을 거쳐 가게 될지, 물론 나로선 짐작조차 할 수 없다. 기묘하게도 인간에게는 각기 절정기라는 게 있다. 거기에 올라서 버리면, 다음에는 내려가는 수밖에 없다. 이는 어쩔 수가 없는 것이다. 그리고 그 절정기가 어딘지는 아무도 모른다. 아직 괜찮으리라고 생각하고 있다가 어느 날 갑자기 그 분수령이 닥쳐온다. 아무도 알 수 없다. 어떤 사람은 열두 살 때 절정에 도달하기도 한다. 그리고 다음에는 별로 시원찮은 인생을 보내게 된다. 어떤 사람은 죽을 때까지 계속 올라간다. 어떤 사람은 절정에서 죽는다. 많은 시인이나 작곡가들이 질풍처럼 살다가 너무 급격히 꼭대기까지 올라가는 바람에, 서른 살도 되기 전에 죽었다. 파블로 피카소는 여든 살이 넘어서도 힘찬 그림을 계속 그리다가 그대로 편안히 죽었다. 이것만큼은 끝이 나기 전에는 알 수 없는 법이다.

나는 어떤가, 하고 나는 생각해 봤다.

절정, 하고 나는 생각했다. 그런 것은 어디에도 없었다. 되돌아보면, 이건 인생이라고 할 수도 없을 것 같은 느낌이 든다. 약간의 기복은 있었다. 꾸역꾸역 올라가거나 내려오기는 했다. 하지만 그뿐이었다. 거의 아무것도 한 게 없다. 아무것도 만들어 낸 게 없다. 누군가를 사랑한 적도 있고, 누군가에게 사랑받은 적도 있었다. 그러나 아무것도 남아 있지 않다. 기묘하게 평탄하며 단조로운 풍경이다. 마치 비디오게임 속을 걸어가는 듯한 느낌이 든다. 팩맨 같다. 꿀꺽꿀꺽 미로 속의 점선을 먹어 간다. 목적도 없이. 그리고 언젠가는 확실하게 죽는다.

당신이 행복해지지 못할지도 몰라, 하고 양 사나이가 말했다. 춤을 추는 수밖에 없어. 모두가 감탄할 만큼 잘 추는 거지.

나는 생각하기를 멈추고 잠시 눈을 감고 있었다.

눈을 뜨니 유키가 테이블 맞은편에서 나를 빤히 쳐다보고 있었다.

"괜찮아?"라고 그녀는 말했다. "어쩐지 기분이 안 좋은 것 같아, 내가 무슨 심한 말 했어?"

나는 미소 지으며 고개를 저었다. "아니, 너는 아무 잘못도 하지 않았어."

"언짢았던 일을 생각하고 있었던 거지?"

"그럴지도 몰라."

"그런 일을 곧잘 생각해?"

"가끔."

유키는 한숨을 쉬고, 잠시 테이블 위의 종이 냅킨을 접으며 놀고 있었다. "아주 외롭다고 느낄 때가 있어? 그러니까 한밤중에 그런 생각이 문득 들거나 해?"

"물론 그럴 때가 있지"라고 나는 말했다.

"저기, 왜 지금 여기서 그런 일을 갑자기 떠올린 거야?"

"아마 네가 너무 아름답기 때문일 거야"라고 나는 대답했다.

유키는 그녀의 아버지와 마찬가지로 공허한 눈으로 잠시 내 얼굴을 바라봤다. 그리고 조용히 고개를 저었다. 알 수 없다는 듯이. 그 뒤로 아무 말도 하지 않았다.

✦

저녁 값은 유키가 치렀다. "아빠가 돈을 잔뜩 줬으니까 괜찮아"라고 그녀는 말했다. 그리고 계산서를 갖고 카운터로 가서, 주머니에서 만 엔짜리 지폐 대여섯 장을 한꺼번에 꺼내고는 그중 한 장으로 값을 치르고, 거스름돈을 제대로 세어 보지도 않고 다시 가죽점퍼의 주머니에 집어넣었다.

"그 사람, 내게 돈을 주면 할 도리를 다한 걸로 생각해"라고 그녀는 말했다. "바보 같아. 그래서 오늘은 내가 대접하는 거야. 우리는 대등하잖아, 어떤 의미에선. 언제나 대접만 받아 왔으니까, 때로는 괜찮지 않겠어?"

"잘 먹었어"라고 나는 말했다. "하지만 후배를 위해 한마디 하자면, 그런 짓은 클래식한 데이트 매너에는 어긋나는 거야."

"그런가?"

"데이트로 식사를 한 뒤에, 여자가 스스로 계산서를 갖고 카운터로 가서 돈을 치르면 안 돼. 우선 남자가 치르게 하고, 나중에 돌려주는 거야. 그게 세상살이의 매너야. 남자의 자존심을 상하게 해. 나는 물론 상하지 않았지만. 나는 어떠한 관점에서 보든 간에 남성우월주의자는 아니니까. 어쨌든 나는 괜찮지만, 그런 것에 신경을 쓰는 남자도 세상에는 꽤 많이 있어, 세상은 아직도 남성우월주의거든."

"바보 같아"라고 그녀는 말했다. "난 그런 남자 따위와는 데이트하지 않을 거야."

"그건 뭐 하나의 식견이지"라고 나는 말했다. 그리고 주차장에서 스바루를 몰고 나왔다. "하지만 사람은 불합리한 사랑에 빠지는 때가 있어. 더 좋아하는 상대를 고를 수 없을 때도 있고. 그게 사랑이라는 거야. 너도 브래지어가 필요해질 나이가 되면, 아마 그걸 알 수 있을 거야."

"갖고 있다고 했잖아" 하고 그녀는 주먹으로 내 어깨를 마구쳤다. 하마터면 붉게 칠해진 커다란 쓰레기통에 자동차를 부딪칠 뻔했다.

"농담이야" 하고 나는 차를 멈추고 말했다. "어른의 세계에서는 모두들 서로 농담을 하고 웃거든. 어쩌면 시시한 농담일지도 몰라. 하지만 너도 그런 일에 익숙해져야 해."

"흠" 하고 그녀는 말했다.

"흠" 하고 나도 말했다.

"바보 같아"라고 그녀는 말했다.

"바보 같아"라고 나도 말했다.

"흉내 내지 마"라고 그녀는 말했다.

나는 흉내 내기를 그만두었다. 그리고 자동차를 주차장에서 몰고 나왔다.

"하지만 지금처럼 운전하고 있는 사람을 치면 안 돼, 농담 아니야"라고 나는 말했다. "그런 짓을 하면 어디 처박혀서 둘 다 죽어버리게 돼. 이게 두 번째 데이트 매너야. 죽지 않고 살아남을 것."

"흠" 하고 유키는 말했다.

✦

집으로 돌아가는 차 안에서 유키는 거의 말을 하지 않았다. 그녀는 몸의 힘을 빼고 녹초가 된 듯한 자세로 시트에 기대어 무엇인가를 생각하고 있었다. 이따금 졸고 있는 듯했지만, 깨어 있을 때와 졸고 있을 때의 차이는 별로 없었다. 이제 음악도 듣지 않았다. 나는 시험 삼아 존 콜트레인John Coltrane의 「발라드스Ballads」 테이프를 틀어 봤지만, 그녀는 특별히 이의를 제기하지 않았다. 무슨 곡이 흘러나오고 있는지 알아채지도 못하고 있는 듯했다. 나는 콜트레인의 솔로에 맞추어 작은 목소리로 허밍하면서 자동차를 몰았다.

밤중에 쇼난에서 도쿄로 돌아오는 길은 지루했다. 나는 앞

자동차의 미등에 쭉 신경을 집중시키고 있었다. 별로 이야기할 것도 없다. 슈토 고속도로로 접어들자, 그녀는 몸을 일으켜 내내 껌을 씹었다. 그리고 담배 한 개비를 서너 번 빨더니 창밖으로 버렸다. 두 개비를 피우면 언짢은 말을 해주려고 했는데, 한 개비밖에 피우지 않았다. 눈치가 빠르다. 내가 무슨 생각을 하는지 안다. 물러설 때를 알고 있는 것이다.

아카사카에 있는 그녀의 아파트 앞에서 나는 자동차를 세웠다. 그리고 "도착했어요, 공주님" 하고 말했다.

그녀는 껌을 포장지로 싸서 대시보드 위에 내려놓았다. 그리고 나른한 듯 문을 열고 자동차에서 내려, 그대로 가버렸다. 잘 가라는 인사말도 하지 않고, 문도 닫지 않고, 뒤돌아보지도 않은 채. 복잡한 나이다. 혹은 단순히 생리 같은 건지도 모른다. 하지만 이건 마치 고탄다가 출연하고 있는 영화의 줄거리 같다고 나는 생각했다. 상처 입기 쉬운 복잡한 나이의 소녀. 아니, 고탄다 같으면 나보다 훨씬 더 능숙하고 솜씨 좋게 대처할 것이다. 상대가 그라면 유키도 달아올라 푹 빠져서 사랑해 버릴지도 모른다. 그러지 않으면 영화가 되지 않으니까. 그리고…… 맙소사, 또 고탄다에 관한 걸 생각하고 있군. 나는 고개를 젓고는, 조수석으로 옮겨가 상체를 앞으로 기울여 문을 닫았다. 쾅. 그리고 프레디 허버드 Freddie Hubbard의 「레드 클레이Red Clay」를 허밍하면서 집으로 돌아왔다.

아침에 일어나, 나는 역까지 신문을 사러 갔다. 아홉 시 전이었으므로, 시부야역 앞은 출근하는 사람들로 북적거리고 있었다. 봄철인데도 미소 짓고 있는 사람은 손에 꼽힐 정도로 적었다. 그리고 그것마저도 어쩌면 미소가 아니라, 그저 얼굴에 경련을 일으키고 있는 것인지도 몰랐다. 나는 매점에서 두 가지 신문을 산 다음, 던킨도너츠에서 도넛을 먹고 커피를 마시면서 신문을 읽었다. 어느 신문에도 메이의 기사는 이제 실려 있지 않았다. 디즈니랜드가 개관한다는 것과 베트남과 캄보디아가 전쟁을 벌이는 일이며, 도지사 선거에 관한 일, 중학생의 비행에 관한 일 따위가 실려 있었다. 하지만 아카사카의 호텔에서 아름답고 젊은 여자가 교살당한 일에 대한 기사는 단 한 줄도 실려 있지 않았다. 마키무라 히라쿠가 말한 것처럼, 흔해 빠진 그런 사건인 것이다. 디즈니랜드가 개관한다는 것과는 비교 대상이 안 된다. 그런 사건이 있었다는 것은 모두들 금방 잊어버린다. 물론 잊어버리지 않는 사람도 더러 있다. 나도 그중 한 사람이다. 살인자도 그중 한 사람이다. 그 두 형사도 잊어버리지 않을 것이다.

　나는 영화라도 볼까 하고 신문의 영화란을 펼쳐 봤다. 「짝사랑」은 이미 끝난 모양이었다. 그래서 나는 고탄다를 떠올렸다. 적어도 그에게는 메이에 관한 일을 알려 줘야 할 것이다. 만일 일이 잘못되어 그가 조사라도 받게 되고 그때 내 이름이 나오게 되면,

나는 매우 난처한 처지에 놓이게 된다. 경찰에서 또 추궁당할 것을 상상하기만 해도 머리가 아팠다.

나는 던킨도너츠에 있는 핑크색 공중전화기 앞으로 다가가, 고탄다의 맨션에 전화를 걸어 봤다. 물론 그는 받지 않았다. 자동응답기 메시지가 나왔다. 나는 좀 중요한 이야기가 있으니 연락해 주기 바란다고 말했다. 그리고 신문을 휴지통에 버리고 집으로 돌아왔다. 걸어오면서 왜 베트남과 캄보디아는 전쟁 따위를 하고 있을까, 하고 생각했다. 잘 알 수 없다. 복잡한 세계다.

조정을 하기 위한 하루였다.

하지 않으면 안 될 일들이 산처럼 쌓여 있었다. 그런 하루가 있다. 현실적으로, 현실적인 현실과 맞붙어 씨름해야 하는 하루.

우선 나는 셔츠 몇 벌을 세탁소에 갖다 주고, 맡겼던 셔츠 몇 벌은 찾아서 돌아왔다. 그리고 은행에 들러 현금을 찾고, 전화 요금과 가스 요금을 지불했다. 집세도 납부해 두었다. 구둣방에 들러 뒤축을 새것으로 갈아 끼웠다. 자명종 시계의 전지와 카세트테이프도 여섯 개나 샀다. 그리고 집으로 돌아와 라디오를 들으면서 방을 정리했다. 욕조를 깨끗이 닦았다. 냉장고에 들어 있는 것들을 모두 꺼내 내부를 깨끗이 닦고, 식료품을 점검하고 정리했다. 가스레인지를 닦고, 더러워진 환풍기를 손질하고, 바닥을 닦고, 창문을 닦고, 쓰레기를 한데 모아 두었다. 침대 시트와 베갯잇을 갈아 끼웠다. 청소기로 청소를 했다. 이만큼 일을 하니 두 시가 됐다. 스틱스Styx의 「미스터 로봇Mr. Robot」에 맞추어 노래를 부르면서 걸레로 블라인드를 닦고 있는데, 전화벨이 울렸다. 고탄다로부터 걸려 온 것이었다.

"한번 만나 천천히 이야기할 수 없을까? 전화론 좀 이야기하기 곤란해"라고 나는 말했다.

"좋아. 하지만 급한 일이야? 지금 일정이 좀 빡빡해. 영화와 텔레비전의 촬영이 겹쳐서. 이삼 일 지나면 편하게 천천히 이야기할 수 있겠는데."

"바쁜데 정말 미안해. 하지만 사람이 한 명 죽었어"라고 나는 말했다. "우리 둘 다 아는 사람이고, 지금 경찰이 움직이고 있어."

그는 수화기 앞에서 입을 다물고 있었다. 능변 이상의 조용한 침묵이었다. 나는 그때까지 침묵이라는 것은 그저 가만히 입을 다물고 있는 일이라고만 생각하고 있었다. 하지만 고탄다의 침묵은 그렇지 않았다. 그것은 고탄다가 지니고 있는 그 밖에 모든 자질들과 마찬가지로 단정하고 냉정하면서 어딘지 지적인 것이었다. 이상한 표현이긴 하지만, 귀를 기울이면 그의 두뇌가 빠른 속도로 회전하고 있는 소리가 들릴 것 같았다. "알았어. 오늘 밤에 만날 수 있을 거야. 늦어질지도 모르겠는데, 괜찮겠어?"

"괜찮아."

"아마 한 시나 두 시쯤에 전화를 걸게 될 거야. 미안하지만 지금으로선 그 전에는 아무래도 시간을 낼 수가 없어."

"좋아, 괜찮아. 자지 않고 기다리고 있을게."

전화를 끊고 나서 나는 고탄다와 주고받은 이야기를 하나하나 모두 곱씹어 봤다.

하지만 사람이 한 명 죽었어. 우리 둘 다 아는 사람이고, 지금 경찰이 움직이고 있어.

이건 마치 범죄 영화 같지 않은가, 하고 나는 생각했다. 고탄다가 관련되면, 모든 게 그야말로 영화처럼 되어 버린다. 왜 그럴까? 현실이 조금씩 후퇴해 가는 듯한 느낌이 든다. 자신에게 주어진 역할을 해내고 있는 듯한 기분이 들기 시작한다. 아마 그는 그런 마력 같은 것을 갖고 있는지도 모른다. 나는 선글라스를 끼고 트렌치코트의 옷깃을 세우고 마세라티에서 내리는 고탄다의 모습을 상상했다. 매력적이다. 래디얼 타이어의 광고 같다. 나는 고개를 젓고는 블라인드의 나머지 부분을 닦았다. 이제 그런 생각은 그만하자, 오늘은 현실적으로 행동해야 하는 날이다.

✦

다섯 시에 나는 하라주쿠까지 산책을 하고, 다케시타 거리에서 엘비스Elvis Presley 배지를 사려고 찾아봤다. 하지만 엘비스 배지는 손쉽게 발견되지 않았다.

키스Kiss나 저니Journey, 아이언 메이든Iron Maden, AC/DC, 모터헤드Motorhead, 마이클 잭슨Michael Jackson, 프린스Prince 따위는 잔뜩 있었지만, 엘비스는 없었다. 하지만 세 번째 가게에서 겨우

'ELVIS·THE KING'이라 되어 있는 걸 발견하고 그것을 샀다. 나는 농담으로 점원에게 슬라이 앤드 패밀리 스톤Sly & The Family Stone 배지는 없는지 물어봤다. 작은 보자기만 한 리본을 달고 있는 열일곱이나 열여덟쯤 되어 보이는 여자 점원이 놀란 듯한 얼굴로 나를 바라봤다.

"그게 뭐죠? 들어 본 적 없어요. 뉴웨이브나 펑크 같은 것들 말인가요?"

"대체로 그 중간쯤인데."

"요즘엔 새로운 게 잔뜩 나오고 있어요. 정말 믿기 힘들 만큼" 하고 말하며, 그녀는 혀를 찼다. "도저히 따라갈 수가 없어요."

"하긴" 하고 나는 동의했다.

나는 이어 선술집에서 맥주를 마시고 튀김을 먹었다. 그렇게 길었던 시간이 흐르고 해가 기울었다. 동이 트고 석양이 지고 나는 한 사람의 평면적인 팩맨으로서 목표도 없이 그저 뻐끔뻐끔 점선을 파먹어 간다. 사태는 전혀 진전되고 있지 않은 것처럼 느껴진다. 나는 어디에도 접근해 있지 않은 것 같았다. 도중에 자꾸 복선伏線이 증가했다. 그리고 애태우던 키키와 이어지는 중요한 선은 툭 끊어져 버렸다. 나는 자꾸 옆길로 새어 나가고 있는 것만 같다. 메인이벤트를 시작하기 전에 오프닝 공연으로 시간과 노력을 헛되이 낭비하는 듯한 느낌이 든다. 대체 메인이벤트는 어디서 진행되고 있을까? 과연 정말 하고 있기나 한 것일까?

밤까지 할 일이 없었으므로 일곱 시부터 시부야의 영화관에서 폴 뉴먼의 「평결Verdict」을 봤다. 그런대로 괜찮은 영화였지만, 도중에 몇 번이나 다른 생각을 했기 때문에, 영화의 줄거리가 토막토막 분리되어 버렸다. 스크린을 보고 있으면 거기에 키키의 벌거벗은 등이 문득 나타나는 듯한 느낌이 들어, 그만 그녀에 관해 이것저것 생각하게 되는 것이다. 키키― 너는 내게 무엇을 바라고 있는가?

영화가 끝났다는 자막이 오르자, 나는 줄거리를 거의 알지 못한 채로 자리에서 일어나 밖으로 나왔다. 거리를 조금 걷다가, 이따금 들르는 바에 들어가 땅콩을 먹으면서 보드카 김렛을 두 잔 마셨다. 그리고 열 시가 넘어 집으로 돌아와서는 책을 읽으면서 고탄다의 전화를 기다렸다. 나는 이따금 전화기 쪽을 힐끗 쳐다보곤 했다. 전화기가 가만히 나를 바라보고 있는 듯한 느낌이 들었기 때문이다. 신경과민이다.

나는 책을 덮어 두고 침대에 벌렁 드러누워, 땅에 묻은 고양이 정어리를 생각해 봤다. 그건 이미 뼈만 남아 있으리라고 나는 생각했다. 땅속은 조용하리라. 그리고 뼈 역시 조용하다. 뼈는 새하얗고 깨끗하지, 라고 형사는 말했다. 그리고 아무 말도 없다. 나는 숲의 땅속에 그것을 묻었다. 종이봉투에 담아 가지고.

아무 말도 없다.

정신을 차려 보니 무력감이 조용히 소리도 없이 방 안에 물처럼 차 있었다. 나는 그 무력감을 떨쳐 버리려는 듯이 욕실로 가서 「레드 클레이」를 휘파람으로 불면서 샤워를 하고, 부엌에 선 채로 캔 맥주를 마셨다. 그리고 눈을 감고 스페인어로 하나에서 열까지 센 다음, "끝났다"라고 소리 내어 말하고는 손뼉을 치자 무력감은 바람에 날려가듯 휙 사라져 버렸다. 이것이 나의 주술이다. 혼자서 지내는 사람은 저도 모르는 사이에 여러 가지 능력을 익히게 된다. 그러지 않으면 살아남을 수 없는 것이다.

26

열두 시 반에 고탄다로부터 전화가 걸려 왔다.

　"미안하지만, 가능하면 네가 차를 몰고 우리 집까지 와줄 수 있을까?"라고 그는 말했다. "우리 집 위치는 기억하고 있어?"

　기억하고 있어, 라고 나는 말했다.

　"하도 어수선해서 결국 시간을 제대로 못 냈어. 하지만 차 안에서 이야기할 수 있을 거야. 네 차를 사용하는 게 나을 것 같아. 운전기사가 들으면 곤란할 테니까."

　"그렇겠네" 하고 나는 말했다. "지금 출발할게. 이십 분 정도면 거기에 도착할 거야."

　"그럼 그때 만나자" 하고 그는 전화를 끊었다.

　나는 주차장에서 스바루를 몰고 나와, 그의 맨션까지 갔다. 십오 분밖에 걸리지 않았다. 현관에서 '고탄다'라는 명패가 붙어 있는 벨을 누르자, 그가 금방 내려왔다. "늦어져서 미안. 굉장히 바빴어. 지독한 하루였어"라고 그는 말했다. "지금부터 또 요코하마까지 가야 해. 내일 아침 일찍 영화 촬영이 있거든. 그때까지 잠시 눈을 붙여 둬야겠어. 호텔은 잡아 뒀고."

"그럼 요코하마까지 데려다줄게"라고 나는 말했다. "그러면 그동안에 이야기를 할 수 있으니까. 시간을 절약할 수 있지."

"그렇게 해주면 고맙겠어"라고 그는 말했다.

고탄다는 스바루에 올라타더니, 신기한 듯이 차 안을 둘러봤다.

"안정이 돼"라고 그는 말했다.

"서로 마음이 통하고 있으니까"라고 나는 말했다.

"그렇군" 하고 그는 말했다.

고탄다는 놀랍게도 정말 트렌치코트를 입고 있었다. 그리고 그게 정말 잘 어울렸다. 선글라스는 끼고 있지 않았다. 그 대신 투명한 렌즈의 보통 안경을 쓰고 있었다. 그 안경도 썩 잘 어울렸다. 매우 지적으로 보였다. 나는 차를 몰고 깊은 밤의 한적한 도로를 달려 요코하마로 향하는 고속도로 입구로 향했다.

그는 대시보드 위에 놓여 있던 비치 보이스The Beach Boys의 테이프를 손에 들고, 잠시 그걸 바라봤다.

"옛날 생각이 나네"라고 그는 말했다. "예전엔 이 노래를 곧잘 들었어. 중학생 때였지. 비치 보이스— 뭐라고 할까, 독특한 소리였어. 친밀하고 달콤한 소리야. 언제나 태양이 빛나고, 바다 냄새가 풍기고, 옆에선 예쁜 아가씨가 뒹굴고 있는 듯한 소리지. 노래를 듣고 있으면 그런 세계가 정말로 존재하고 있는 듯한 느낌이 들었어. 언제까지나 모두들 젊고 언제까지나 모든 게 빛나고 있는 듯한 그런 신화 같은 세계 말이야. 영원한 사춘기. 동화야."

"그래" 하고 나는 말했다. 그리고 고개를 끄덕였다. "정말 그래."

그는 마치 무게를 재는 것처럼 손바닥 위에 테이프를 올려놓고 있었다.

"하지만 그런 건 물론 언제까지나 지속되지는 않아. 모두들 나이를 먹어. 세상도 변해. 신화라는 건 모두 언젠가는 죽어 버려. 영원히 존속되는 건 아무것도 없어."

"맞아."

"그러고 보니,「굿 바이브레이션Good Vibration」이후 비치 보이스의 노래는 거의 들어 보지 못했네. 왠지 듣고 싶은 생각이 없어져 버렸어. 더 강한 노래를 듣게 됐어. 크림Cream, 더 후The Who, 레드 제플린Led Zeppelin, 지미 핸드릭스Jimi Hendrix…… 강한 시대가 된 거야. 비치 보이스의 노래를 듣던 시대는 지나가 버렸어. 하지만 지금도 잘 기억하고 있지.「서퍼 걸Surfer Girl」같은 거 말이야. 동화야. 하지만 나쁘지 않아."

"나쁘지 않아"라고 나는 말했다. "하지만「굿 바이브레이션」이후의 비치 보이스도 나쁘진 않아. 들을 만한 가치는 있어.「20/20」이나「와일드 허니Wild Honey」「홀랜드Holland」「서프즈 업Surf's Up」같은 것도 나쁘지 않은 음악이야. 난 좋아해. 초기 것들만큼 광채를 발하고 있지는 않아. 내용도 지리멸렬해. 하지만 어떤 확실한 의지력이 느껴져. 브라이언 윌슨Brian Wilson이 점점 정신적으로 망가지고 마지막에는 밴드에 거의 공헌하지 못하게 됐지만, 그래도 어떻게든 모두 힘을 합쳐 살아남으려는 그런 필사적인 마음이 전달되거든. 하지만 확실히 시대에는 맞지 않았어. 네 말이 맞아. 하지만 나쁘지 않아."

"다음에 들어 볼게"라고 그는 말했다.

"틀림없이 마음에 안 들 거야"라고 나는 말했다.

그는 테이프를 집어넣었다. 「펀 펀 펀Fun Fun Fun」이 흘러나왔다. 고탄다는 테이프에 맞추어 잠시 작은 소리로 휘파람을 불었다.

"그리워"라고 그는 말했다. "저기, 믿어져? 이게 유행한 게 벌써 이십 년 전이야."

"마치 바로 어제 일 같아"라고 나는 말했다.

고탄다는 망설이는 듯한 표정으로 잠시 나를 바라봤다. 그리고 싱긋 웃었다. "이따금 넌 복잡한 농담을 해" 하고 그는 말했다.

"모두들 별로 이해해 주지 않지만 말이야"라고 나는 말했다. "내가 농담을 하면 대개 모두들 진담으로 받아들여. 형편없는 세상이야. 농담 하나 할 수 없으니."

"하지만 분명히 내가 살고 있는 세계보다는 훨씬 나을 거야"라고 그는 웃으면서 말했다. "거기서는 도시락에 장난감 개똥을 집어넣는 게 고급스러운 농담인 줄 알고 있다고."

"진짜를 넣는 편이 농담으로서는 더 고급이지."

"그렇군."

그리고 한참 동안 우리는 잠자코 비치 보이스의 음악을 듣고 있었다. 「캘리포니아 걸스California Girls」 「409」 「캐치 어 웨이브Catch a Wave」 따위로 예전의 순진무구한 곡들뿐이었다. 가랑비가 내리기 시작했다. 나는 이따금 와이퍼를 움직였다간 잠시 멈추고, 또 움직였다. 그 정도의 비였다. 부드러운 봄비.

"중학교 때라고 하면 넌 어떤 게 생각나?"라고 고탄다가 내게 물었다.

"보기 싫고 혐오스러운 자신이라는 존재"라고 나는 대답했다.

"그 밖에는?"

나는 좀 더 생각해 봤다. "네가 과학 실험 시간에 가스버너에 불을 붙이던 게 생각나."

"그게 무슨 소리야?" 하고 이상하다는 듯이 그는 말했다.

"불을 붙이는 방식이 말이야, 뭐라고 할까, 아주 세련되어 보였어. 네가 불을 붙이면 그게 인류의 역사에 남을 위업처럼 보였다고."

"그건 좀 과장된 얘기네" 하고 그는 웃으며 말했다. "하지만 네가 하려고 하는 말은 알겠어. 네가 하려는 말은 요컨대…… 남에게 잘 보이려는 행위라는 얘기겠지. 몇 번인가 사람들에게 그런 말을 들은 적이 있어. 그리고 그 때문에 예전에는 마음의 상처를 입었지. 나 스스로는 그런 행위를 하려고 전혀 생각지도 않고 있었으니까. 하지만 하고 있었을 거야. 자연스럽게. 어릴 때부터 줄곧 모두들 내가 하는 일을 지켜보고 있었어. 주목받고 있었지. 그러니까 당연히 의식하게 되거든. 무슨 일을 하든 간에 다소 연기적으로 굴게 돼. 그런 게 몸에 배어 버리지. 요컨대 연기를 하고 있었던 거야. 그래서 배우가 됐을 때는, 어쩐지 마음이 놓였어. 앞으로는 이제 당당히 연기를 할 수 있으니까." 그는 무릎 위에 놓인 두 손바닥을 마주 포개었다. 그리고 그것을 잠시 바라봤다. "하지만 나는 그다지 지독한 인간은 아냐. 사실은— 뭐랄까, 나는 나름대로 순수한 인간이고 또 마음의 상처를 입기도 쉬운 타입이라고. 늘 가면을 쓰고 살아가는 건 아냐."

"아무렴" 하고 나는 말했다. "그리고 나는 그런 의미로 말한 게 아냐. 내가 말하고자 한 것은, 다만 네가 가스버너에 불을 붙이는 방식이 세련됐다는 것뿐이야. 한 번 더 구경하고 싶을 정도로."

그는 즐거운 듯이 웃고는, 안경을 벗어 손수건으로 닦았다. 닦는 모습이 매우 매력적이었다. "좋아, 그럼 이 다음에 해보자"라고 그는 말했다. "가스버너와 성냥을 준비해 두겠어."

"실신할 경우를 대비하여 베개를 가져갈게"라고 나는 말했다.

"좋은 생각이야"라고 그는 말했다. 그리고 킥킥거리며 웃고는 다시 안경을 썼다. 잠시 생각하더니, 카스테레오의 볼륨을 낮췄다. "괜찮다면, 이제 네가 말한 그 죽은 사람 이야기를 해보지 않을래?"

"메이"하고 나는 와이퍼 너머 앞쪽을 응시하면서 말했다. "그녀가 죽었어. 피살됐어. 아카사카의 호텔에서 스타킹으로 목이 졸려 죽었어. 범인은 밝혀지지 않았고."

고탄다는 잠시 멍한 눈으로 나를 바라봤다. 이야기를 이해하는 데 삼 초나 사 초쯤 걸렸다. 그리고 이해하고 나자 얼굴이 일그러졌다. 큰 지진이 일어나 창문틀이 일그러지는 것 같은 모습이었다. 나는 그의 표정이 변하는 걸 몇 번이고 곁눈으로 쳐다봤다. 그는 정말 충격을 받은 듯했다.

"피살된 날짜는?"하고 그가 물었다.

나는 정확한 날짜를 가르쳐 줬다. 고탄다는 마음을 정리하는 것처럼 또 잠시 입을 다물고 있었다.

"가혹해"라고 그는 말했다. 그리고 몇 번이고 고개를 저었다. "그건 너무 가혹해. 살해될 이유라곤 하나도 없어. 좋은 아이였어. 그리고—." 그는 또 몇 번이고 고개를 저었다.

"좋은 아이였지"라고 나는 말했다. "동화나 옛날이야기처럼."

그는 몸의 힘을 빼고, 깊은 한숨을 쉬었다. 피로가 급격히 그의 얼굴을 뒤덮고 있었다. 이제 더 이상 가두어 둘 수 없다는 듯이. 그는 그 피로를 줄곧 몸속 어딘가 남의 눈에 띄지 않는 곳에 가두어 두고 있었던 것이다. 신기한 남자라고 나는 생각했다. 그런 일이 가능한 것이다. 피로해진 고탄다는 여느 때보다 약간 늙어 보였다. 하지만 피로마저도 그의 몸에 걸쳐지면 매력적으로 보였다. 인생의 액세서리처럼 보였다. 하지만 물론 이런 식으로 말하는 것은 불공평한 일이었다. 그 역시도 정말 피로했고, 마음의 상처를 입었던 것이다. 나는 그걸 느낄 수 있었다. 다만 무슨 일을 하든 매력적으로 보인다는 것뿐이다. 마치 무엇에 손을 대건 그것이 황금으로 변해 버리는 그 전설 속 임금님처럼.

"곧잘 셋이서 아침까지 이야기를 했어" 하고 고탄다는 조용히 말했다. "나와 메이와 키키, 셋이서 말이야. 즐거웠어. 친밀한 느낌이 들었어. 너는 동화라고 하지만, 동화도 그렇게 쉽게 손에 들어오지는 않아. 그래서 나는 소중히 여기고 있었지. 하지만 하나씩 사라져 가는구나."

그리고 둘 다 내내 입을 다물고 있었다. 나는 가만히 전방의 노면을 바라보고 그는 대시보드 위를 응시하고 있었다. 나는 와이퍼를 정지시켰다가 움직이곤 했다. 비치 보이스는 작은 목소리로 옛 노래를 부르고 있었다. 태양과 서핑과 자동차 레이스에 관한 노래를.

"너는 메이가 죽은 걸 어떻게 알았어?" 하고 고탄다는 내게 물었다.

"경찰에 불려 갔어"라고 나는 설명했다. "메이가 내 명함을 갖고 있었거든. 지난번에 줬어. 키키에 관한 것을 알게 되면 가르쳐 달라면서 말이야. 메이는 그것을 지갑 속에 깊숙이 넣어 두고 있었어. 왜 그런 걸 갖고 다녔을까? 하지만 아무튼 갖고 있었어. 그리고 난처하게도 그것이 그녀의 신원을 확인시켜 줄 유일한 유류품이었지. 그래서 내가 불려 간 거야. 사체 사진을 보여 주면서 이 여자를 아느냐고 묻더라고. 터프하게 생긴 형사 두 명이 말이야. 모른다고 했지. 거짓말을 했어."

"왜?"

"왜라니? 네 소개를 받아 둘이서 매춘부를 데리고 놀았다고 말하면 좋았겠어? 그렇게 말하면 어떻게 될 거라고 생각해? 어떻게 된 거야, 너. 상상력은 어디로 갔어?"

"미안해" 하고 그는 솔직히 사과했다. "나도 약간 머리가 혼란스러워졌나 봐. 쓸데없는 질문이었어. 그쯤은 생각해 보면 알 수 있지. 한심한 소릴 했어. 그래서 어떻게 됐어?"

"경찰은 전혀 믿으려 들지 않았어. 프로니까, 누가 거짓말을 하고 있으면 금세 냄새를 맡아 알아차리지. 사흘 동안 곤욕을 치렀어. 법에 걸리지 않도록, 몸에 자국이 남지 않도록 철저히 당했지. 꽤 지독했어. 나도 이제 나이를 먹었어. 예전과는 달라. 따로 잘 곳도 없어서 유치장에서 잤지. 자물쇠를 잠그지는 않더라. 하지만 자물쇠를 잠그지 않더라도 유치장은 유치장이야. 마음이 어두워져. 나약해져."

"알아. 나도 예전에 이 주일 동안 들어가 있었어. 묵비권을 행사하고 있었지. 좌우간 아무 소리 하지 말라고 하기에 입을 다물고 있었어. 그렇지만 두려웠지. 이 주일 동안 한 번도 해를 볼 수 없었어. 이제 두 번 다시 나갈 수 없을 것 같다는 생각이 들더라. 그런 기분이 들더라고. 그자들은 쓰러질 때까지 사람을 마구

패거든. 맥주병으로 고기를 두들기는 것처럼 말이야. 방법을 알고 있는 거야, 사람이 항복하도록 족치는 방식을." 그는 손톱을 가만히 바라보고 있었다. "그런데 사흘 동안 곤욕을 치르고도, 결국 아무 말도 하지 않은 거야?"

"당연하지. 그렇다고 도중에 '사실은……' 하고 말해 버릴 수도 없잖아. 그런 짓을 하면 그야말로 돌아올 수 없게 돼버리니까. 그런 곳에서는 한 번 입 밖에 낸 말은 끝까지 사수하는 수밖에 없어. 무슨 일이 있든 간에 딱 잡아떼는 수밖에 없어."

고탄다는 약간 얼굴을 일그러뜨렸다. "미안하게 됐어. 내가 메이를 소개한 탓에, 널 고생시켰어. 말려들게 해버린 거야."

"네가 사과할 건 없어"라고 나는 말했다. "그때는 그때니까. 그때는 나도 즐거웠어. 그리고 이건 이것일 뿐. 메이가 죽은 것은 네 탓이 아니야."

"그건 그래. 하지만 어쨌든 너는 나를 위해 경찰에서 거짓말을 해줬어. 내가 말려들지 않게 하려고 혼자서 곤욕을 치렀어. 그건 내 탓이야. 내가 관련되어 있었기 때문이야."

나는 신호를 기다리는 동안 그의 눈을 바라보면서, 나에게 가장 중요한 부분을 그에게 설명했다. "그건 이제 괜찮아. 신경 쓰지 않아도 돼. 사과하지 않아도 돼. 감사하지 않아도 돼. 네게는 네 입장이 있고, 나는 그것을 이해하고 있어. 문제는 내가 메이의 신원을 밝힐 수 없었다는 점이야. 메이에게도 가족은 있을 테고, 범인도 붙잡히길 바랐어. 나도 모조리 이야기해 주고 싶었어. 하지만 이야기할 수 없었어. 난 그게 괴로워. 메이 역시 이름도 밝혀지지 않은 채 혼자 죽어 버렸으니 쓸쓸하지 않겠어?"

그는 오랫동안 가만히 눈을 감고 생각에 잠겨 있었다. 잠들어 버린 게 아닐까, 하는 생각이 들 정도였다. 비치 보이스의 테이프가 얼추 끝났으므로, 나는 버튼을 눌러 테이프를 꺼냈다. 주위가 갑자기 고요해졌다. 자동차 타이어가 노면의 얇은 수막을 튕겨 내는 균일한 소리가 들릴 뿐이었다. 한밤중이구나, 하고 나는 생각했다.

"내가 경찰에 전화할게"라고 고탄다는 눈을 뜨고 조용히 말했다. "익명으로 전화를 하겠어. 그리고 메이가 속해 있던 클럽의 이름을 알려 주는 거야. 그러면 메이의 신원도 알 수 있고 수사하는 데 도움이 되겠지."

"훌륭해"라고 나는 말했다. "너는 정말 머리가 좋아. 과연 그런 방법이 있었구나. 그러면 경찰은 클럽을 덮치겠지. 메이가 살해당하기 며칠 전에 네가 메이를 지명해서 집으로 불러들였다는 것도 알게 되고 말이야. 당연히 너는 경찰에 불려 가겠지. 그렇게 되면 내가 사흘 동안 곤욕을 치르면서도 꾹 참으며 입을 다물고 끝까지 비밀을 지킨 의미가 어디에 있어?"

그는 고개를 끄덕였다. "네 말이 맞아. 정말 머리가 돈 모양이야. 혼란스러워졌어."

"그래, 혼란스러워진 거야"라고 나는 말했다. "그런 때는 가만히 있으면 돼. 그러면 모든 게 지나가. 시간문제야. 호텔에서 여자가 목 졸려 살해됐을 뿐이야. 자주 있는 일이고 조만간 모두들 잊어버린다고. 네가 책임을 느낄 성질의 것은 아냐. 너는 그저 목을 움츠리고 가만히 있으면 돼. 아무 일도 하지 않아도 돼. 지금 네가 쓸데없는 짓을 하면 이야기가 복잡해져."

목소리가 너무 차가웠는지도 모른다. 표현이 지나쳤는지도 모른다. 하지만 내게도 감정이라는 게 있다. 내게도…….

"미안해"라고 나는 말했다. "너를 탓하고 있는 게 아니야. 그저, 나 역시 괴로웠어. 메이에게 아무것도 해주질 못했어. 그뿐이야. 네 탓이 아니야."

"아냐, 내 탓이야"라고 그는 말했다.

무거운 침묵이 흘렀기 때문에 나는 새 테이프를 끼웠다. 벤 E. 킹Ben E. King이 「스패니시 할렘Spanish Harlem」을 노래하고 있었다. 요코하마 시내로 들어갈 때까지 우리는 각기 입을 다물고 있었다. 하지만 그 침묵 덕분에 나는 고탄다에게 이전에는 느낄 수 없었던 친밀한 감정을 품을 수 있었다. 나는 그의 어깨에 손을 가져가, 이제 됐어, 끝난 일이니까, 하고 말해 주고 싶었다. 하지만 나는 그렇게 하지 않았다. 한 사람이 죽어 버린 것이다. 한 사람이 차갑게 땅에 묻혀 버린 것이다. 그것은 내 힘을 넘어선 무게를 지니고 있었다.

"누가 죽였을까?" 하고 한참 있다가 그는 말했다.

"글쎄"라고 나는 말했다. "그런 장사를 하고 있으면 온갖 상대를 다 만나게 돼. 여러 가지 일들이 일어날 수 있지. 동화 같은 일만 일어나는 게 아냐."

"하지만 그 클럽은 신원이 확실한 사람밖에는 상대하지 않아. 그리고 조직이 확실하게 중개를 하고 있으니까, 조사해 보면 손님이 누구였는지 금방 알 수 있어."

"그때는 아마 클럽을 통하지 않았겠지. 그런 느낌이 들어. 장사 이외의 개인적인 상대였거나, 아니면 클럽을 통하지 않고 아르바이트를 하고 있었을 거야, 틀림없이. 어느 경우든 손님을 잘못 골랐어."

"가엾게도"라고 그는 말했다.

"그 아이는 동화를 너무 믿었어"라고 나는 말했다. "그 아이가 믿고 있었던 것은 이미지의 세계야. 하지만 언제까지나 그런 게 계속될 턱이 없지. 그런 걸 지속시키는 데는 정확한 룰이 필요해. 하지만 모든 사람들이 룰을 존중하며 지켜 주는 건 아니니까. 상대를 잘못 선택하면 지독한 꼴을 당하게 돼."

"참 이상했어"라고 고탄다는 말했다. "왜 그토록 예쁘고 머리 좋은 아이가 매춘부 노릇을 하고 있을까, 하고 말이야. 이상하다고 생각했어. 그 정도의 아이라면 충분히 더 나은 방법으로 살아갈 수 있었을 거야. 깔끔한 일을 할 수도 있었을 테고, 돈 많은 남자를 발견할 수도 있었을 거야. 모델이 될 수도 있었어. 그런데 왜 매춘부 노릇 따위를 하고 있었을까? 확실히 돈은 되겠지. 하지만 그 아이는 그다지 돈에 흥미가 있는 건 아니었어. 아마 그 아이는 네가 말하는 그 동화를 찾고 있었을 거야."

"그럴 거야"라고 나는 말했다. "너와 마찬가지로. 나와 마찬가지로. 그 밖에 모든 사람들과 마찬가지로. 모두들 각기 원하는 방식이 달라. 그래서 이따금 엇갈림이나 오해가 생겨나지. 그리고 사람이 죽는 수도 있어."

나는 뉴그랜드 호텔 앞에 차를 멈췄다.

"저기, 오늘은 너도 여기서 묵고 가지 않을래?"라고 그는 내게 물었다. "방은 잡을 수 있을 거야. 룸서비스로 술을 가져 오게 해서, 둘이서 조금 마시고 싶어. 이 상태로는 어차피 잠이 올 것 같지 않으니까."

나는 고개를 저었다. "술을 마시는 건 이다음으로 미루자. 나도 약간 피곤해. 되도록이면 이대로 집에 돌아가 아무 생각도 하지 않고 자고 싶어."

"알겠어"라고 그는 말했다. "바래다줘서 정말 고마워. 오늘 난 변변치 못한 말만 계속한 것 같네."

"너도 고단해서 그래"라고 나는 말했다. "죽은 사람에 관한 일이면 급히 생각할 필요는 없어. 괜찮아, 어차피 죽었으니까. 좀 더 기운을 차린 다음에 천천히 생각해도 돼. 내가 하는 말 알아듣겠어? 어차피 죽은 거야. 아주, 완전히, 죽었어. 해부되고 냉동된 상태로 있단 말이야. 네가 책임을 느끼든, 어쩌든 간에 되살아나지 않아."

고탄다는 고개를 끄덕였다. "네 말은 잘 알겠어."

"잘 자"라고 나는 말했다.

"여러 가지로 고마워"라고 그는 말했다.

"이 다음에 가스버너에 불을 붙여 주면 돼."

그는 미소 지으며 차에서 내리려다가, 문득 생각난 듯이 내 얼굴을 바라봤다.

"이상한 얘기지만, 내게는 친구라고 할 만한 사람이 너밖에 없어. 이십 년 만에 만나고, 그것도 오늘 만나는 게 두 번째일 뿐인데 말이야. 이상해."

이렇게 말하고 그는 가버렸다. 그는 트렌치코트의 옷깃을 세우고 봄비를 맞으며 뉴그랜드 호텔의 현관으로 들어갔다. 「카사블랑카」 같다고 나는 생각했다. 아름다운 우정의 시작…….

하지만 나 역시 그에게 똑같은 것을 느끼고 있었다. 그래서 그가 하는 말을 제대로 이해할 수 있었다. 내가 지금 친구라고 부를 수 있는 사람은 그밖에 없는 듯한 느낌이 들었다. 그리고 나 역시 그 점이 이상하다고 느끼고 있었다. 이것이 「카사블랑카」처럼 보이는 것은 그의 탓이 아니다.

✦

나는 슬라이 앤드 더 패밀리 스톤의 노래에 맞추어 핸들을 두드리면서 도쿄로 돌아왔다. 그리운 「에브리데이 피플Everyday People」.

나는 평범한 인간이고

너도 엇비슷해
하는 일은 달라도
우리는 비슷한 친구들이야
우하하, 에브리데이 피플

비는 조용히 일정하게 계속 내리고 있었다. 밤사이에 식물의 싹을 트게 하는 우아하고 부드러운 비. "아주, 완전히, 죽었어" 하고 나는 스스로에게 말해 봤다. 그리고 그 호텔에 묵으며 고탄다와 함께 술을 마셨어야 했을까 하고 문득 생각했다. 나와 고탄다 사이에는 네 가지 공통점이 있다. 우선 실험실에서 같은 실험대를 사용했다. 그리고 둘 다 이혼을 하고 독신으로 지내고 있다. 그리고 둘 다 키키와 잔 적이 있다. 그리고 네 번째로 둘 다 메이와도 잔 적이 있다. 그 메이는 지금 죽었다. 아주, 완전히. 술을 함께 마실 만한 가치는 있었다. 같이 어울려도 괜찮았을 것이다. 나는 어차피 한가하고, 내일 특별히 해야 할 일도 없었다. 무엇이 나를 저지시킨 것일까? 아마 그게 영화의 장면처럼 보이는 게 싫었으리라는 결론에 나는 도달했다. 생각하기에 따라서는 참으로 딱한 남자다. 지나치게 매력적이다. 그리고 그런 것이 아마 그의 탓은 아닐 것이다.

시부야의 아파트로 돌아온 나는 블라인드의 틈새로 고속도로를 바라보면서 위스키를 마셨다. 네 시가 가까워지자 졸음이 밀려와 잠자리에 들었다.

27

일주일이 지나갔다. 봄이 발걸음을 다지며 확실하게 전진해 가는 일주일이었다. 봄은 한 번도 뒷걸음질 치지 않았다. 3월과는 전혀 다르다. 벚꽃이 피었으며, 밤비는 그 꽃잎들을 흩날려 버렸다. 선거가 어느덧 끝나고, 학교는 새 학기가 시작됐다. 도쿄 디즈니랜드가 개관했다. 비외른 보리Bjorn Borg가 은퇴했다. 라디오 톱 텐의 일 위는 줄곧 마이클 잭슨이었다. 사자死者는 죽 사자인 채로 있었다.

나에게는 두서없는 일주일이었다.

어디로 가려는 목표도 없는 나날의 연속이었다. 나는 지난주에 두 번, 수영장에 가서 헤엄을 쳤다. 그리고 이발소에 갔다. 이따금 신문을 사서 읽어 봤지만, 메이에 관한 기사는 눈에 띄지 않았다. 아마 아직 신원이 밝혀지지 않은 모양이다. 나는 언제나 시부야역의 매점에서 신문을 사고, 던킨도너츠에서 그것을 읽고, 다 읽은 다음에는 휴지통에 버렸다. 특별한 기사는 없었다.

지난주에는 화요일과 목요일에 유키와 만나 이야기를 하고 식사를 했다. 그리고 지난주 월요일에는 음악을 들으면서 자동차를 몰고 멀리 드라이브를 했다. 그녀와 만나는 일이 즐거웠다. 우리에게는 공통점이 있었다. 한가하다는 점이다. 그녀의 어머니는 아직 귀국하지 않았다. 나와 만나지 않을 때 그녀는 일요일 이외에는 낮에 거의 밖에 나오지 않는다고 말했다. 그 시간에 어슬렁어슬렁 걸어다니면 선도善導를 받기 때문이라고 했다.

"이 다음에 디즈니랜드에 가보지 않겠어?"라고 나는 물어봤다.

"그런 데는 가고 싶지 않아"라고 그녀는 이마를 찌푸리며 말했다. "그런 덴 싫어."

"그렇게 부드럽고, 어설프고, 부자연스럽고, 어린애 취향이며, 상업주의적이고, 미키 마우스적인 곳은 싫단 말이지?"

"그래"라고 그녀는 간단히 대답했다.

"하지만 집에 가만히 있으면 몸에 좋지 않아"라고 나는 말했다.

"하와이에 가지 않을래?"라고 그녀는 말했다.

"하와이?" 하고 나는 깜짝 놀라며 말했다.

"엄마가 전화를 했는데, 나더러 잠시 하와이에 와 있으라는 거야. 그 사람, 지금 하와이야. 하와이에서 사진을 찍고 있어. 나를 내팽개쳐 두고는 갑자기 걱정이 된 거지. 그래서 전화를 걸어왔어. 엄마는 아직 얼마 동안은 일본에 돌아올 수 없고, 어차피 나도 학교에 안 다니니까, 음, 뭐, 하와이라면 나쁘진 않잖아. 그래서 만일 아저씨가 함께 올 수 있다면 경비를 전부 대주겠대. 어차피 나 혼자서는 갈 수 없잖아? 일주일쯤 놀러 가자. 틀림없이 재미있을 거야."

나는 웃었다. "디즈니랜드와 하와이의 차이는 어디에 있는 거야?"

"하와이에는 청소년 선도위원은 없어, 적어도."

"뭐, 나쁜 생각은 아니네" 하고 나는 인정했다.

"그럼 같이 갈래?"

나는 이 문제에 대해 잠시 생각해 봤다. 그리고 생각하면 생각할수록 하와이에 가도 좋을 듯한 느낌이 들었다. 어쩐지 도쿄를 떠나 전혀 다른 환경 속으로 옮겨 가보고 싶다는 생각도 들었다. 나는 이 도쿄에서 정신적으로 막다른 골목에 이른 상태였다. 좋은 생각이 전혀 머리에 떠오르지 않는 것이다. 실은 끊어진 채였고, 새로운 실마리도 나올 기미가 보이지 않았다. 엉뚱한 장소에서 엉뚱한 짓을 하고 있는 기분이었다. 무슨 일을 하든 제대로 몸에 스며들지 않았다. 잘못된 것을 계속 먹고, 잘못된 것을 계속 사들이는 듯한 음울한 기분이었다. 그리고 죽은 사람은 아주, 완전히 죽어 있었다. 한마디로 말하면, 나는 약간 지쳐 있었다. 경찰에서 곤욕을 치른 그 사흘 동안의 피로가 아직 말끔히 가시지 않은 것이다.

예전에 나는 하와이에 딱 하루 머문 적이 있었다. 일이 있어로스앤젤레스로 가던 중 비행기의 엔진에 이상이 생겨 하와이에 발이 묶이는 바람에, 호놀룰루에서 하루 묵어야 했다. 나는 항공 회사가 준비해 준 호텔의 매점에서 선글라스와 수영복을 산 다음, 해변에서 뒹굴며 하루를 보냈다. 멋진 하루였다. 하와이, 나쁘지 않다.

거기서 일주일 동안 한가로이 지내면서 실컷 수영을 하고, 피나콜라다를 마시고 돌아온다. 피로도 가시고, 기분 전환도 되겠지. 햇볕에 그을린 몸으로, 새롭게 시점을 바꾸어 사물을 다시 보고 생각하는 방법이 바뀔 수도 있다. 그리고 아마도 이렇게 생각하겠지. 그래, 이렇게 생각하는 방법도 있군, 하고. 나쁘지 않다.

"나쁘지 않아"라고 나는 말했다.

"그럼 결정. 표를 사러 가자."

그 전에 나는 그녀에게 전화번호를 물어 마키무라 히라쿠의 집에 전화를 걸었다. 서생 프라이데이가 전화를 받았다. 내 이름을 말하자 그는 상냥하게 전화를 바꿔 줬다.

나는 그에게 사정을 설명했다. 그리고 유키와 함께 하와이에 다녀와도 괜찮을지 물어봤다. 정말 좋은 일이라고, 바라는 바라고 그는 말했다.

"자네도 잠시 외국에 나가 한가로이 지내다 오는 게 좋아"라고 그는 말했다. "눈 치우기를 하는 노동자에게도 휴가는 필요해. 경찰이 괴롭히지도 않을 테고. 그 사건은 아직 결말이 나지 않았지? 그자들이 또 자네를 찾아갈 거야, 틀림없이."

"그럴지도 모릅니다"라고 나는 말했다.

"돈 걱정은 하지 않아도 되니까, 마음 내키는 대로 가 있도록 하게"라고 그는 말했다. 이 남자와 이야기를 하면 결국 언제나 돈 이야기로 빠져 버린다. 현실적인 것이다.

"마음 내키는 대로 가 있으라고 하셔도 곤란합니다. 기껏해야 일주일 정도일 겁니다"라고 나는 말했다. "제게도 여러 가지로 해야 할 일도 있고요."

"아무래도 좋아. 자네가 하고 싶은 대로 하면 돼"라고 그는 말했다. "그래 언제 갈 텐가? 빠른 편이 좋을 거야. 여행이란 건 그런 거야. 생각이 나면 바로 떠나는 거지. 그게 요령이라고. 별다른 준비물도 필요 없어. 시베리아에 가는 것도 아니잖아. 모자라면 저쪽에서 사면 돼. 저쪽에도 무엇이든 팔고 있으니까. 그렇군, 모레 비행기 표는 구할 수 있을 것 같은데, 괜찮겠나?"

"괜찮지만, 제 표 값은 제가 내겠습니다. 그러니—."

"괜히 쓸데없는 소리 하지 말게. 나는 하는 일이 이래서, 비행기 표쯤은 굉장히 싼 값으로 살 수 있다고. 금방 좋은 자리를 구할 수 있어. 그건 내게 맡겨 두면 돼. 사람에겐 각기 나름대로의 능력이라는 게 있는 거야. 쓸데없는 말은 하지 않아도 돼. 시스템이 어떻다느니 따위의 말은 하지 말게. 호텔도 내가 잡아 두겠어. 방 두 개짜리로. 자네와 유키가 같이 머물도록. 어떻겠나? 부엌이 딸린 게 좋을까?"

"네, 밥을 지어 먹을 수 있으면 저는 그 편이 더 좋겠습니다만—."

"좋은 데를 알고 있어. 해변과 가깝고, 조용하고 깨끗해. 전에 묵은 적이 있지. 우선 그곳을 이 주간 잡아 두겠어. 마음 내키는 대로 있으면 돼."

"하지만—."

"쓸데없는 일은 아무것도 생각하지 말게. 모두 내게 맡겨. 괜찮아. 유키 엄마에게는 내가 연락해 두겠어. 자네는 호놀룰루로 가서, 유키와 함께 해변에서 뒹굴며 제대로 된 식사를 하고 있으면 돼. 유키 엄마는 어차피 일 때문에 바삐 지낼 테니까. 일을 하고 있으면 딸이든 무엇이든 안중에 없지. 그러니까 자네도 아무것도 신경 쓰지 않아도 돼. 한가로이 지내면 되는 거야, 유키가 제대로 된 식사를 할 수 있도록 해주면 된다고. 긴장을 푸는 거야. 몸의 힘을 빼는 거야. 그뿐이야. 아, 그래, 비자는 있겠지?"

"있습니다. 다만—."

"모레야. 알겠지? 수영복과 선글라스와 여권만 갖고 가면 돼. 나머지는 사면 된다고. 간단해. 시베리아에 가는 게 아니니까. 시베리아에 갔을 때는 정말 애먹었지. 거긴 지독해. 아프가니스탄에 갔을 때도 힘들었고. 하와이는 디즈니랜드 같은 곳이야. 잠깐이야, 누워서 입만 벌리고 있으면 돼. 그런데 자네 영어 할 줄 알지?"

"일상 회화 정도는—."

"좋아"라고 그는 말했다. "충분해. 완벽해. 더 얘기할 것도 없어. 나카무라에게 내일 비행기 표를 그쪽으로 가져가게 하겠네. 그때 지난번 삿포로에서 왔을 때의 비행기 요금도 가져가도록 하겠어. 가기 전에 전화할 거야."

"나카무라?"

"서생이야, 지난번에 만났잖은가. 내 일을 도우며 함께 지내는 젊은이."

서생 프라이데이.

"뭐 질문할 게 있나?"라고 마키무라 히라쿠가 물었다. 질문할 게 많은 것 같은 느낌이 들었지만, 하나도 생각해 낼 수 없었다. 특별히 물어볼 건 없다고 나는 말했다.

"좋아"라고 그는 말했다. "이해가 빠르군. 내가 좋아하는 타입이야. 아, 그리고 내가 자네에게 줄 또 하나의 선물이 있네. 그것도 받아 주게. 그게 무엇인가는 저쪽에 가면 알 수 있어. 리본을 풀고 뚜껑을 열어 보는 즐거움을 맛보도록. 하와이. 좋은 곳이야. 유원지야. 여유. 눈 치우기가 없어. 냄새가 좋아. 즐기고 오라고. 또 다음에 만나세."

그리고 전화가 끊겼다.

헤비 듀티한 작가.

나는 레스토랑으로 돌아와, 모레 출발하게 될 것 같다고 유키에게 말했다. "잘됐네"라고 그녀는 말했다.

"혼자 준비할 수 있어? 짐이나 백, 수영복 같은 거 말이야"라고 나는 물어봤다.

"하와이에 가는 건데 뭘?"이라고 그녀는 의아하다는 표정으로 말했다. "거긴 일본의 해변에 가는 거나 별 차이가 없어. 카트만두에 가는 게 아니잖아?"

"그렇군" 하고 나는 말했다.

그렇게 말했지만, 우선 여행하기 전에 해둘 일들이 몇 가지 있었다. 나는 이튿날 은행에 가서 예금을 찾아, 여행자 수표를 발급받았다. 예금은 아직 꽤 많이 남아 있었다. 지난달 몫의 원고료가 들어왔기 때문에 오히려 불어나 있을 정도였다. 그리고 서점에 가서 책을 몇 권 샀다. 세탁소에 들러 셔츠를 찾아 왔다. 집에 돌아와 냉장고의 식료품을 정리했다. 세 시에 프라이데이에게서 전화가 걸려 왔다. 지금 마루노우치에 있는데, 지금 그쪽으로 비행기표를 갖고 가도 되겠느냐고 그는 말했다. 우리는 쇼핑몰의 커피숍에서 만났다. 그는 내게 두꺼운 봉투를 건네줬다. 속에는 삿포로에서 도쿄까지 유키의 비행기 요금과 일본항공의 퍼스트 클래스 오픈티켓 두 장과 아메리칸 익스프레스의 여행자 수표 두 장이 들어 있었다. 그 밖에 호놀룰루의 아파트먼트 호텔의 지도가 들어 있었다.

"거기에 가서 당신의 이름만 알려 주면 되도록 처리해 놓았습니다"라고 프라이데이는 말했다. "예약은 이 주간으로 해뒀지만, 일정은 언제고 변경할 수 있습니다. 그리고 여행자 수표에는 당신의 사인을 해두세요. 마음대로 사용하셔도 됩니다. 어차피 경비로 처리되니 사양할 것 없다고 하셨습니다."

"뭐든 경비로 처리되는군" 하고 나는 어이없다는 듯이 말했다.

"전부는 무리겠지만, 영수증을 받을 수 있는 것은 되도록이면 받아 놓으세요. 나중에 제가 처리하게 되는데, 그러면 도움이 됩니다"라고 프라이데이는 웃으면서 말했다. 결코 불쾌감을 주는 웃음은 아니었다.

그러겠다고 나는 말했다.

"몸조심하시고 즐거운 여행 하세요"라고 그는 말했다.

"고마워"라고 나는 말했다.

"하지만 뭐, 하와이니까요" 하고 프라이데이는 생글생글 웃으면서 말했다. "짐바브웨에 가는 건 아니잖습니까."

말하는 방식엔 여러 가지가 있다.

✦

해가 진 다음, 나는 냉장고 속의 재료들을 그러모아 저녁 식사를 지었다. 샐러드와 오믈렛과 된장국이었다. 내일부터 하와이에 가 있을 걸 생각하니 어쩐지 이상한 느낌이 들었다. 그것은 마치 내가 짐바브웨에라도 가는 것 같은 느낌이었다. 아마 내가 짐바브웨에 가본 적이 없기 때문일 것이다.

나는 서랍에서 별로 크지 않은 여행용 가방을 꺼낸 다음, 거기에 세면도구를 담은 파우치와 갈아입을 내의, 책, 양말 따위를 집어넣었다. 그리고 수영복과 선글라스와 선크림을 넣었다. 티셔츠 두 벌와 폴로셔츠, 반바지, 스위스 아미 나이프 등을 넣었다. 마드라스 체크무늬의 여름 윗도리를 반듯하게 개어 제일 위에 넣었다. 그리고 가방의 자물쇠를 잠그고, 여권과 여행자 수표, 면허증, 비행기 표, 신용카드 따위를 확인했다. 그 밖에 또 가져가야 할 게 있을까?

아무것도 생각나지 않았다.

하와이에 가는 것은 아주 간단한 일이다. 확실히 가까운 해변에 나가는 것이나 별 차이가 없다. 홋카이도로 갈 때는 짐이 훨씬 더 많았다.

나는 옷 따위가 담긴 가방을 바닥에 놓아두고, 입고 갈 옷을 준비했다. 블루진과 티셔츠, 요트 파커, 엷은 윈드브레이커 등을 개어 쌓아 두었다. 그러고 나니, 할 일이 없어 무료해지고 말았다. 할 일이 아무것도 없었다. 하는 수 없이 목욕을 하고, 맥주를 마시고, 텔레비전으로 뉴스를 봤다. 특별한 뉴스는 없었다. 내일부터 날씨가 나빠질 거라고 아나운서는 예보했다. 좋아, 하고 나는 생각했다. 내일이면 이미 호놀룰루에 가 있을 테니까. 나는 텔레비전을 끄고, 침대 위에서 뒹굴며 맥주를 마셨다. 그리고 또 메이에 관해 생각했다. 아주, 완전히 죽어 있는 메이, 그녀는 지금 몹시 차가운 곳에 있다. 신원도 밝혀지지 않았다. 인수할 사람도 없다.

다이어 스트레이트Dire Straits나 밥 딜런Bob Dylan도 이젠 들을 수 없다. 그리고 나는 내일부터 하와이로 떠나려 하고 있다. 그것도 타인의 경비로. 이게 세상의 올바른 모습일까?

나는 고개를 저으며, 메이의 이미지를 머릿속에서 몰아냈다. 다음에 언젠가 생각하기로 하자. 지금 생각하기엔 너무 무거운 화제다. 너무 무겁고 너무 뜨겁다.

나는 삿포로에 있는 돌핀 호텔의 여직원을 머리속에 떠올려 봤다. 안경을 낀 프런트의 여자. 지난 며칠간 지독하게 그녀와 이야기를 나누고 싶어졌다. 나는 그녀의 꿈까지 꾸었다. 하지만 대체 어떻게 해야 할지, 나로선 알 수 없었다. 뭐라고 말하며 전화를 걸어야 하나? 안경을 낀 프런트의 아가씨와 이야기하고 싶은데요, 라고 말하면 될까? 안 된다. 그런 식으로 하면 산통만 깰 뿐이다. 아마 상대해 주지도 않을 것이다. 호텔이란 아주 엄숙한 직장인 것이다.

나는 이에 관해 잠시 생각해 봤다. 그리고 틀림없이 뭔가 좋은 방법이 있으리라고 생각했다. 뜻이 있는 곳에 길이 있는 법이다. 나는 그 방법을 떠올렸다. 잘될지 어떨지 여부를 떠나 시도해 볼 만한 가치는 있다.

나는 유키에게 전화를 걸어 봤다. 그리고 내일 할 일을 상의했다. 아침 아홉 시 반에 택시를 타고 데리러 가겠다고 말했다. 그리고 전화를 건 김에 덧붙여 물어보는 것처럼, 그 여직원의 이름을 아는지 물어봤다. 너를 내게 맡겼던 호텔의 프런트에 있던 아가씨 말이야. 안경을 낀 사람.

"음, 알 수 있을 거야. 꽤 이상한 이름이었기 때문에 일기에 적어 두었거든. 지금은 생각이 잘 안 나지만, 일기를 보면 알 수 있을 거야"라고 그녀는 말했다.

"지금 봐줄 수 없겠어?"라고 나는 말했다.

"지금 텔레비전을 보고 있거든. 나중이라도 괜찮지?"

"미안하지만 급해, 굉장히."

그녀는 투덜투덜 불평을 했지만, 그래도 일기를 펼쳐 보고 이름을 알려 줬다.

"유미요시야"라고 그녀는 말했다.

"유미요시?"라고 나는 말했다. "그건 대체 무슨 한자로 쓰지?"

"몰라. 그래서 꽤 이상한 이름이라고 말했잖아. 무슨 한자인지는 몰라. 혹시 오키나와 사람이 아닐까. 그런 느낌이 드는 이름이잖아?"

"아니, 오키나와에도 그런 이름은 없었던 것 같은데."

"하지만 아무튼 그렇게 불러. 유미요시라고"라고 유키는 말했다. "이제 됐어? 텔레비전을 보고 있다고."

"뭘 보고 있어?"

그녀는 이에는 대답하지 않고 전화를 끊어 버렸다.

나는 시험 삼아 도쿄의 전화번호부를 모조리 뒤적이며 유미요시라는 이름을 찾아봤다. 믿기지 않는 일이지만, 도쿄에는 두 명의 유미요시가 있었다. 한 사람은 '弓吉'이라는 한자로 되어 있다. 다른 한 사람은 사진사인지 한자 없이 '유미요시 사진관'이라고만 쓰여 있다. 세상에는 가지각색의 이름들이 있다.

나는 곧 돌핀 호텔로 전화를 걸어, 유미요시 씨 계십니까, 하고 물어봤다. 기대하지도 않았는데 상대는 바로 그녀에게 전화를 돌려 줬다. 그녀는 나를 기억하고 있었다. 쓸데없는 일은 아니었다.

"지금 일하고 있는 중이야" 하고 그녀는 작은 목소리로 차갑고 간결하게 말했다. "나중에 전화할게."

"좋아, 나중에 그럼" 하고 나는 말했다.

유미요시로부터 걸려 올 전화를 기다리는 동안에, 나는 고탄다의 집에 전화를 걸어, 내일부터 갑자기 얼마 동안 하와이에 가 있게 됐다는 메시지를 자동 응답기에 녹음해 두었다.

고탄다는 집에 있었는지, 이내 전화를 걸어 왔다.

"잘됐네, 부러워"라고 그는 말했다. "기분 전환을 하는 데 아주 좋을 거야. 갈 수 있으면 나도 가고 싶어."

"너도 갈 수 없는 건 아니잖아?"라고 나는 말했다.

"아니, 그게 그처럼 간단하지가 않아. 프로덕션에 빚이 있어. 결혼, 이혼 같은 복잡한 일을 치르느라 돈을 굉장히 많이 빌렸어. 그래서 내가 무일푼이 됐다는 얘기는 네게 했지? 그 빚을 갚기 위해 나는 뼈 빠지게 일하고 있어. 나가고 싶지 않은 광고에도 나가지. 정말 이상하게 되어 버렸어. 경비는 마음껏 써도 돼. 하지만 빚은 좀처럼 갚을 수 없어. 세상이 나날이 까다로워져 가고 있어. 자신이 가난뱅이인지 부자인지조차 알 수 없다고. 물건은 풍부하게 있는데, 갖고 싶은 게 없어. 돈은 얼마든지 쓸 수 있는데, 정말로 가지고 싶은 것을 위해서는 쓸 수 없어. 예쁜 여자는 얼마든지 데리고 잘 수 있는데, 좋아하는 여자와는 잘 수가 없어. 이상한 인생이야."

"빚이 많아?"

"상당한 액수야"라고 그는 말했다. "하지만 상당한 액수라고 알고 있을 뿐이고, 무엇이 어떻게 되어 있는지는 나 자신도 통 알 수 없어. 저기, 자랑하는 건 아니지만 나는 웬만한 건 보통 사람 내지는 보통 사람 이상은 할 수 있어. 그런데 돈을 계산하는 일 같은 건 아주 질색이야. 장부에 쓰여 있는 숫자를 보면 생리적으로 오싹 소름이 끼칠 것 같아 눈을 돌려 버려. 우리 집은 좀 구식이라 그런 식으로 가르쳤어. 돈에 대해 이러쿵저러쿵하는 것은 고상한 사람이 아니라고. 숫자에는 신경을 쓰지 말고, 열심히 일해서 분수에 맞게 살면 되는 거라고 말이야. 자질구레한 일에 얽매이지 말고, 통 크게 힘차게 살아가라고 말이야. 그건 하나의 사고방식일 수는 있어. 적어도 당시에는 그랬지. 하지만 분수에 맞도록 살아간다는 관념 그 자체가 사라져 버린 오늘에 이르러서는 그런 사고방식은 아무런 의미도 없어. 그래서 모든 것이 뒤죽박죽되고 말았지. 통 크게 굴지 않게 되고, 자질구레하다고 할 수 있는 부분만 남았어. 최악의 상태야. 무엇이 어떻게 되어 가는지, 나는 통 알 수가 없어. 프로덕션의 세무사가 내게 자세히 설명해 주지. 하지만 까다로워서 도저히 이해할 수가 없어. 돈이 여기저기로 이동하고 있고, 명목상의 빚이 있고, 명목상으로 빌려준 돈이 있는가 하면, 경비로 처리된 부분도 있고 해서 굉장히 복잡해. 좀 더 명료하게 처리할 수 없느냐고 나는 말하지. 하지만 그렇게 말해도 아무도 귀담아 들어 주지 않아. 그럼 아무튼 결과만을 알려 달라고 말하지. 그러면 알려 줘. 이건 간단해. 아직 꽤 많은 빚이 있다. 상당히 줄었지만, 아직 이러이러한 것들이 남아 있다, 그러니까 일하라. 그 대신 경비는 얼마든지 사용하라. 그런 얘기야. 지겨워. 뭔가 개미지옥 같아. 일하는 건 좋아해, 별로 싫어하지 않아. 그러나 구조를 이해할 수 없다는 게 정말 답답해. 이따금 두려워질 때가 있어―. 아, 또 너무 지껄이고 있군. 미안해. 너와 이야기를 하다 보면 그만 말이 너무 많아져."

"괜찮아. 상관없어"라고 나는 말했다.

"하지만 너와는 관계없는 일이고, 이다음에 또 만나 천천히 이야기할 수 있겠지"라고 그는 말했다. "조심해서 잘 다녀와. 네가 없으면 적적해. 틈이 나면 만나서 함께 한잔하려고 생각하고 있었는데, 쭉."

"하와이야" 하고 나는 웃으며 말했다. "상아해안에 가는 것도 아닌데 뭐. 일주일이면 돌아올 거야."

"아, 그건 그래. 돌아오면 어쨌든 전화해 주지 않을래?"

"전화할게"라고 나는 말했다.

"네가 와이키키해변에서 뒹굴고 있을 동안, 나는 치과의사 흉내를 내면서 빚을 갚고 있을게."

"세상에는 여러 가지 인생이 있지"라고 나는 말했다. "사람마다 각자 살아가는 방식이 다르다고. Different strokes for different folks."

"슬라이 앤드 더 패밀리 스톤" 하고 그는 손가락 끝을 튕겨 소리를 내면서 말했다. 같은 세대 사람과 이야기를 하고 있으면 확실히 여러 가지 종류의 수고를 덜게 된다.

유미요시는 열 시 가까이 되어 내게 전화를 걸어 줬다. 지금 직장에서 돌아와, 집에서 전화를 걸고 있다고 말했다. 나는 눈이 오던 날의 그녀의 아파트를 문득 떠올렸다. 아주 심플한 아파트. 아주 심플한 계단. 아주 심플한 문. 그녀의 신경질적인 미소. 그런 것들이 모두 그리웠다. 나는 눈을 감고, 어둠 속에 조용히 눈이 흩날리고 있는 모습을 상상했다. 마치 연애를 하고 있는 것 같다고 나는 생각했다.

"내 이름을 어떻게 알았어?"라고 우선 그녀는 물었다.

유키가 가르쳐 줬다고 나는 설명했다. "올바르지 못한 짓을 하진 않았어. 매수하지도 않았어. 도청하거나 누군가를 때려 알아낸 것도 아니야. 그 아이에게 예의 바르게 물었더니 가르쳐 주더군."

그녀는 미심쩍다는 듯이 잠시 입을 다물고 있었다. "그 아이는 어땠어? 제대로 무사히 데려다준 거야?"

"무사하지"라고 나는 말했다. "제대로 데려다줬고, 지금도 이따금 만나고 있어. 잘 지내. 좀 별난 아이지만."

"어울려" 하고 유미요시는 특별한 감정이 담기지 않은 목소리로 말했다. 그건 마치 온 세계의 사람들이 누구나 알고 있는 명백한 사실처럼 들렸다. 원숭이는 바나나를 좋아한다든지, 사하라 사막에는 비가 별로 내리지 않는다는 따위의 말을 듣고 있는 듯한 느낌이었다.

"왜 내게 그동안 이름을 감추고 있었지?"라고 나는 물어봤다.

"그렇지 않아. 이다음에 오면 가르쳐 주겠다고 말했잖아? 감추고 있었던 건 아니야"라고 그녀는 말했다. "감추고 있는 게 아니라, 가르쳐 주기가 귀찮았을 뿐이야. 무슨 글자냐, 그런 이름이 흔한 거냐, 어느 곳 출신이냐 같은 것만 물으니까. 대답하기가 귀찮아서 남에게 이름을 가르쳐 주는 걸 좋아하지 않아. 당신이 생각하는 것보다는 훨씬 더 번거로운 일이야. 언제나 똑같은 대답을 해야 하니까."

"하지만 좋은 이름이야. 아까 찾아봤는데 도쿄에도 같은 이름의 사람이 살고 있더군. 알고 있었어?"라고 나는 말했다.

"그 정도는 나도 벌써 알고 있어"라고 그녀는 말했다. "나도 전에 도쿄에서 산 적이 있다고 했잖아. 그 정도는 이미 조사해 봤다고. 별난 이름을 갖고 있으면, 옮겨 갈 때마다 그곳의 전화번호부를 뒤적여 보는 버릇이 생기거든. 어디엘 가든 우선 전화번호부를 뒤적여 봐. 유미요시를 찾아보는 거야. 교토에도 한 명 있어. 그런데, 내게 무슨 용무야?"

"특별한 용무는 없어"라고 나는 솔직하게 말했다. "내일부터 얼마 동안 여행을 떠나게 돼. 그래서 그 전에 목소리라도 좀 들어 두고 싶었어. 그뿐이야. 이따금 그쪽 목소리가 몹시 듣고 싶어지거든."

그녀는 또 잠시 입을 다물고 있었다. 전화에 약간 혼선이 있었다. 굉장히 먼 곳에서 여자가 지껄이는 목소리가 들렸다. 기다란 복도 끝에서 들려오는 듯한 목소리였다. 작고 메마른 소리가 묘하게 울려오고 있었다. 내용까지는 알아들을 수 없었지만, 무척 괴로운 듯한 목소리였다. 그 목소리는 괴로운 듯이 띄엄띄엄 계속 이어지고 있었다.

"저기, 지난번에 엘리베이터에서 내렸더니 칠흑같이 깜깜했다는 이야기를 했었지?"라고 유미요시는 말했다.

"응, 들었어"라고 나는 말했다.

"실은 그런 일이 또 있었어"라고 그녀는 말했다.

나는 잠자코 있었다. 그녀도 잠자코 있었다. 먼 곳에서 이야기하고 있는 여자는 괴로운 듯이 이야기를 계속하고 있었다. 그녀와 이야기를 하고 있는 상대는 이따금 맞장구를 쳤는데, 그 목소리는 잘 들리지 않았다. 불안정한 목소리가 "아아", "응" 하고만—아마 그렇게 말하고 있으리라고 생각됐다— 짧게 대답할 뿐이었다. 여자는 천천히 사다리라도 올라가는 것처럼, 괴로운 듯이 이야기를 계속하고 있었다. 마치 죽은 자가 말하고 있는 것 같다고 나는 문득 생각했다. 기다란 복도의 끝에서 죽은 자가 이야기하고 있다. 죽어 있다는 게 얼마나 괴로운 일인가에 대해.

"저기, 듣고 있어?"라고 유미요시가 말했다.

"듣고 있어"라고 나는 말했다. "해봐, 그 이야기."

"그렇지만 당신, 정말로 그때 한 말을 믿어 준 거야? 그저 적당히 상대해 준 것 아니야?"

"믿고 있어"라고 나는 말했다. "굳이 말하지 않았지만, 그 후에 나도 너와 똑같은 장소에 갔었어. 엘리베이터를 이용해서 똑같은 어둠 속으로 말이야. 그리고 똑같은 체험을 했지. 그래서 네가 한 말을 모두 믿고 있어."

"갔다고?"

"그건 다음에 천천히 이야기할게. 지금은 아직 제대로 말을 할 수가 없어. 여러 가지 일들이 해결되지 않아서. 다음에 다시 만날 때는 처음부터 끝까지 차분히 설명할게. 그 때문에라도 널 한 번 더 만날 필요가 있어. 그건 그렇고 지금은 어쨌든 네 이야기나 들려주지 않을래? 그건 아주 중요한 일이니까."

잠시 침묵이 이어졌다. 혼선이 되어 들려오던 이야기 소리는, 이제 들리지 않았다. 거기에는 전화에서만 있을 수 있는 침묵이 있을 뿐이었다.

"며칠 전에"라고 유미요시는 말했다. "열흘쯤 전일 거야. 나는 엘리베이터를 타고 지하 주차장에서 내리려 했어. 밤 여덟 시쯤에. 그런데 또 그 장소가 나온 거야. 지난번과 같은 곳 말이야. 엘리베이터에서 내려 문득 정신을 차려 보니 거기였어. 이번엔 한밤중도 아니고, 십육 층도 아니었어. 하지만 똑같았어. 캄캄하고, 곰팡이 냄새가 나고, 습기 찬 곳이었어. 냄새나 어둠이나 습기가 똑같았어. 이번에는 아무 데로도 가지 않았어. 거기서 가만히 엘리베이터가 되돌아오기를 기다리고 있었지. 굉장히 오랜 시간이 지난 듯한 느낌이 들었어. 하지만 결국 엘리베이터가 되돌아와, 그걸 타고 거기서 나왔어. 그뿐이야."

"그걸 누구에게 이야기했어?"라고 나는 물었다.

"아무에게도 이야기하지 않았어"라고 그녀는 말했다. "두 번째잖아? 이번에는 아무에게도 이야기하지 않는 게 나을 것 같았어."

"잘했어. 아무에게도 이야기하지 않는 게 나아."

"대체 어떡하면 좋지? 요즘에는 엘리베이터를 탈 때마다 문이 열리면 또 그 어둠이 나타날까 봐 두려워져. 하지만 이렇게 큰 호텔에서 일하고 있으면 하루에 몇 번이고 엘리베이터를 타지 않을 수가 없어. 어떡하지? 이 일에 관해서는 당신밖에는 상담할 상대가 없어, 내게는."

"유미요시"라고 나는 말했다. "왜 좀 더 일찍 전화를 걸어 주지 않았지? 그러면 좀 더 일찍 네게 제대로 설명할 수 있었을 텐데."

"몇 번이나 전화를 걸었어" 하고 그녀는 작은 목소리로 속삭이듯이 말했다. "하지만 당신은 언제나 부재중이었어."

"자동 응답기가 켜져 있잖아?"

"그건 싫어. 지나치게 긴장하게 되니까."

"알았어. 그럼 지금 간단히 설명할게. 그 어둠은 사악한 게 아니고, 네게 악의를 품고 있지도 않아. 그러니 두려워할 건 없어. 거기에 어떤 것이 살고는 있지만—너도 그 발소리를 들었지— 결코 너를 해치지는 않아. 무슨 상처를 입히는 건 아니야. 그러니까 만일 또 그 어둠과 마주치면, 가만히 눈을 감고, 거기서 엘리베이터가 되돌아오기를 기다리면 돼. 알겠어?"

유미요시는 잠시 입을 다물고, 내가 한 말을 되새기고 있었다. "솔직한 감상을 말해도 돼?"

"물론."

"난 당신을 이해할 수 없어" 하고 유미요시가 아주 차분하게 말했다. "이따금 당신 생각을 해. 하지만 당신이라는 사람의 실체를 잘 알 수 없어."

"네가 무슨 말을 하고 있는지 잘 알겠어"라고 나는 말했다. "나는 서른넷이지만, 유감스럽게도 나이에 비해 아직 해명되지 않은 부분이 너무 많아. 유보 사항도 너무 많고. 지금 그것을 조금씩 줄여 가고 있는 참이야. 나 나름대로 노력하고 있어. 그러니까 좀 더 시간이 지나면, 여러 가지를 자세히 설명할 수 있으리라고 생각해."

"그렇게 되면 좋겠네" 하고 그녀는 나와는 전혀 상관없는 제삼자가 된 듯이 말했다. 텔레비전의 뉴스 캐스터 같다고 나는 문득 생각했다. '그렇게 되면 좋겠군요. 네, 그럼 다음 뉴스'라고 말하는 듯한 느낌이었다. 그럼 다음 뉴스…….

실은 내일부터 하와이로 여행을 떠나, 라고 나는 말했다.

"응"하고 그녀는 무미건조하게 말했다. 이로써 우리의 대화는 끝났다. 우리는 서로 안부 인사만 건네고 전화를 끊었다. 나는 위스키를 한 잔만 마시고, 불을 끄고 잠자리에 들었다.

28

그럼 다음 뉴스. 나는 포트 드루시 해변에 드러누운 채, 높고 푸른 하늘과 야자나무 잎과 갈매기를 올려다보며 그렇게 중얼거렸다. 내 옆에는 유키가 있었다. 나는 돗자리 위에 누워 있고, 그녀는 엎드린 채 눈을 감고 있었다. 그녀의 옆에 놓인 커다란 산요 라디오 카세트에서 에릭 클랩튼Eric Clapton의 신곡이 흘러나오고 있었다. 유키는 올리브그린색 작은 비키니를 입고 코코넛 오일을 발가락까지 잔뜩 바르고 있었다. 그녀는 몸집이 작은 새끼 돌고래처럼 매끈해 보였다. 젊은 사모아인이 서핑보드를 껴안고 앞을 가로질러 가고, 햇볕에 새까맣게 그을린 구조 요원이 감시용 전망대 위에 서 있고, 쇠사슬 펜던트가 차갑게 빛나고 있었다. 온 거리에 꽃과 과일과 선탠용 오일 따위의 냄새가 났다. 하와이.

그럼 다음 뉴스.

여러 가지 일들이 일어나고, 여러 인물이 등장하며, 잇달아 장면이 전환된다. 얼마 전까지는 눈이 계속 내리는 삿포로 거리를 정처 없이 돌아다녔다. 그런데 지금은 호놀룰루의 해변에서 뒹굴거리며 하늘을 올려다보고 있다. 될 대로 되라지, 라는 것이다. 점을 따라 선을 그어 갔더니, 이렇게 됐다. 음악에 맞추어 춤을 추고 있었는데 여기까지 와버렸다. **나는 춤을 잘 추고 있는 것일까?** 나는 머릿속으로 지금까지의 사태 진행을 차례로 더듬어 보고, 그때마다 내가 취한 행동을 하나하나 체크해 봤다. 그다지 나쁘지 않다고 생각했다. 썩 좋지는 않을지도 모른다. 하지만 나쁘지 않다. 한 번 더 똑같은 입장에 놓인다 할지라도, 나는 역시 마찬가지로 행동할 것이다. 이게 시스템이라는 것이다. 일단 발은 움직이고 있다. 스텝을 계속 밟고 있다.

그리고 지금 나는 호놀룰루에 있다. 휴식 시간이다.

휴식 시간, 하고 나는 소리 내어 말해 봤다. 아주 작은 목소리를 내려 했지만, 유키에게 들린 모양이다. 그녀는 몸을 돌려 나를 향하더니, 선글라스를 벗고 의심스러운 듯이 눈을 가늘게 뜨며 나를 쳐다봤다. "저기, 아까부터 무슨 생각을 하고 있어?"라고 그녀는 쉰 목소리로 말했다.

"대단찮은 거야. 이것저것 자질구레한 일들" 하고 나는 말했다.

"뭐든 상관없지만, 옆에서 혼자 중얼거리지 마. 그러고 싶으면 방 안에 혼자 있을 때나 중얼거려."

"미안해. 이제 안 그럴게."

유키는 평온해 보이는 눈으로 나를 바라보고 있었다. "바보 같아, 그건."

"응" 하고 나는 말했다.

"꼭 고독한 독거노인 같다고"라고 유키는 말했다. 그러고는 다시 반대쪽으로 돌아누웠다.

공항에서 택시를 타고 호놀룰루의 아파트먼트 호텔로 가서, 방에 짐을 내려놓고 반바지와 티셔츠로 갈아입었다. 그리고 우리가 제일 먼저 한 일은 부근의 쇼핑몰로 가서 대형 카세트 라디오를 사는 일이었다. 유키가 원했기 때문이다.

"되도록 크고 소리가 우렁찬 것" 하고 유키는 내게 말했다.

나는 그녀의 아버지가 준 수표를 사용해서 적당한 크기의 산요 카세트 라디오를 샀다. 그리고 테이프 몇 개와 함께 건전지를 잔뜩 샀다. 그 밖에 또 갖고 싶은 것은 없는지 그녀에게 물어봤다. "옷이나 수영복 같은 건 필요 없어?" 그녀는 고개를 저었다. 아무것도 필요 없다고 했다. 해변에 나갈 때, 그녀는 으레 그 카세트 라디오를 갖고 갔다. 물론 들고 가는 건 내 역할이었다. 나는 그것을 타잔 영화에 나오는 순박하고 익살스러운 원주민처럼 어깨에 둘러메고("주인님, 더는 앞으로 나가고 싶지 않아요. 악마가 살고 있어요") 그녀의 뒤를 따랐다. 디제이는 논스톱으로 팝송을 흘려보내고 있었다. 그래서 나는 그해 봄에 유행하고 있던 곡들을 잘 기억하고 있다. 마이클 잭슨의 노래가 청결한 역병처럼 세계를 뒤덮고 있었다. 그보다는 약간 특색 없이 평범한 홀 앤드 오츠Hall & Oats도 스스로의 길을 열어 나가려고 분발하고 있었다. 상상력이 결여된 듀란듀란Duran Duran, 어떤 광채를 지니고 있으면서도 그것을 보편화할 능력이 약간 부족한(나는 그렇게 생각한다) 조 잭슨Joe Jackson, 아무리 생각해 봐도 장래성이 없는 프리텐더스Pretenders, 언제나 중립적인 쓴웃음을 불러일으키는 슈퍼트램프Supertramp와 카스The Cars…… 따위의 많은 팝 싱어와 팝송.

호텔은 그녀의 아버지가 말한 것처럼 상당히 근사한 편이었다. 물론 가구나 인테리어 디자인, 벽의 그림 같은 것은 시크함과는 거리가 멀었지만 그래도 이상하게 쾌적한 느낌을 줬고(하와이 제도의 대체 어느 곳에서 시크함을 찾아볼 수 있겠는가?), 해변도 가까워 편했다. 방이 십 층에 있었으므로, 조용하고 전망도 트여 있었다. 테라스에서 바다를 바라보면서 일광욕을 할 수도 있었다. 부엌도 넓고 기능적이며 청결했다. 전자레인지에서 식기세척기에 이르기까지 주방 용품도 골고루 갖추어져 있었다. 유키의 방은 내 방 바로 옆이었는데, 그것은 내 방보다 작고, 아담한 간이 부엌이 딸려 있었다. 엘리베이터나 프런트에서 만나는 사람들은 모두 외양이 단정하고 품위 있어 보였다.

카세트 라디오를 산 다음에 나는 혼자서 근처의 슈퍼마켓으로 가서 맥주와 캘리포니아 와인, 과일, 주스 따위를 잔뜩 사들였다. 그리고 우선 간단한 샌드위치를 만들 수 있을 정도의 식료품을 샀다. 그런 다음 유키와 둘이서 해변으로 나가, 나란히 누워 뒹굴며 저녁때까지 바다와 하늘을 바라보면서 시간을 보냈다. 우리는 거의 아무 이야기도 하지 않았다. 이따금 몸을 이리저리 뒤척일 뿐이고, 그 밖에는 별로 하는 일 없이 그저 지나가는 시간에 몸을 맡기고 있었다. 햇볕이 온통 아낌없이 지상에 내리쬐며 모래를 달구었다. 우아하고 부드러운 습기를 머금은 바닷바람이 이따금 생각난 듯이 야자나무 잎사귀를 흔들어 댔다. 나는 몇 번이고 꾸벅꾸벅 졸다 옆을 지나가는 사람들의 목소리나 바람 소리에 문득 깨어나며, 그때마다 나는 어디에 있는 것일까, 하고 생각했다. 하와이에 있다고 자신을 납득시키는 데는 약간의 시간이 걸렸다. 땀이 오일과 뒤섞여 볼을 타고 흘러내려, 귀 언저리에서 뚝뚝 지면으로 떨어졌다. 여러 종류의 소리들이 물결처럼 몰려왔다 몰려가곤 했다. 이따금 그 소리에 섞여 내 심장의 고동 소리가 들렸다. 내 심장 역시 지구의 거대한 영역 중의 하나라는 느낌이 들었다.

나는 머리의 나사를 늦추고 긴장을 풀었다. 휴식 시간인 것이다.

유키의 표정도 뚜렷한 변화를 보이고 있었다. 공항에서 비행기를 내려 하와이 특유의 달콤하고 미적지근한 공기를 접한 순간부터 변화는 시작됐다. 그녀는 비행기 계단에 내려서자마자 멈춰 서더니 눈이 부셔 못 견디겠다는 듯이 눈을 감고 심호흡을 한 후눈을 뜨고 나를 바라봤다. 그때 이미 그녀의 얼굴을 엷은 막처럼 뒤덮고 있던 긴장감은 소멸되어 있었다. 거기에는 겁먹은 듯한 표정이나 초조한 기색도 없었다. 머리카락을 손으로 만지거나, 추잉 껌을 둥글게 뭉쳐 버리거나, 의미도 없이 어깨를 움츠리곤

하는 평소에 흔히 볼 수 있는 동작들마저도 유연하고 자연스러워 보였다. 반대로, 이 아이는 지금까지 정말 지독한 생활을 하고 있었구나, 하고 나는 실감했다. 그것은 지독할 뿐만 아니라 분명히 그릇된 생활인 것이다.

유키가 머리카락을 틀어 올리고, 진한 색깔의 선글라스를 끼고, 작은 비키니를 걸친 채 해변에서 뒹굴고 있으니, 그녀의 나이를 짐작하기 어려웠다. 몸매 자체는 아직 어린애지만, 어딘지 모르게 자연스럽고 자기 완결적인 새로운 몸동작이 그녀를 실제 나이보다 훨씬 어른스럽게 보이도록 만들었다. 팔다리는 날씬하고 가늘지만 화려하지는 않았으며 뭔가 강인함이 배어 있었다. 그녀가 팔다리를 마음껏 뻗치면, 주위 공간마저 사방으로 쭉 뻗어 나갈 것처럼 느껴졌다. 그녀는 지금 성장의 가장 다이내믹한 단계를 통과하고 있다고 나는 생각했다. 격렬하고 급속하게 어른이 되어 가고 있는 것이다.

우리는 서로의 등에 오일을 발라 줬다. 우선 유키가 내 등에 오일을 발랐다. 등이 굉장히 넓다고 그녀는 말했다. 등이 넓다는 말을 들어 본 건 처음이었다. 내가 유키에게 발라 주자, 그녀는 간지러워하며 몸을 움츠렸다. 머리카락을 틀어 올리고 있었기 때문에, 희고 작은 귀와 목덜미가 보였다. 그것은 나를 미소 짓게 만들었다. 멀리서 보면 해변에 엎드려 있는 유키는 이따금 나마저도 흠칫 놀랄 만큼 어른스러워 보였지만, 목덜미만은 몸매와는 어울리지 않는 어린애다움이 남아 있었기 때문이다. 아직 어린애야,

하고 나는 생각했다. 이상한 일이지만, 여자의 목덜미는 나이테 처럼 차례차례 나이를 먹어 간다. 왠지 알 수 없고, 무엇이 어떻게 다른지 물어도 정확히 설명할 수는 없다. 하지만 어쨌든 소녀는 소녀와 같은 목덜미를 하고 있고, 성숙한 여인은 성숙한 목덜미를 하고 있다.

"처음에는 몸을 햇볕에 서서히 태우는 거야" 하고 유키는 그런 일에 통달한 사람처럼 내게 말했다. "우선 응달에서 태우고, 잠시 양지로 나가서 태우고, 또 응달로 되돌아가는 거야. 그렇게 하지 않으면 화상을 입은 것처럼 되어 버리니까. 화상으로 물집이 생기고 자국도 남아. 아주 보기 흉해지거든."

"응달, 양지, 응달" 하고 나는 그녀의 등에 오일을 바르면서 복창했다.

그런 연유로 하와이에서의 첫째 날 오후, 우리는 대체로 야자나무 그늘에 드러누워 라디오 방송을 들으며 보냈다. 나는 이 따금 바다에 들어가 헤엄을 치고, 바닷가의 스탠드바에서 차가운 피나콜라다를 마셨다. 그녀는 헤엄을 치지 않았다. "우선 휴식" 하고 그녀는 말했다. 파인애플 주스를 마시고, 머스터드와 피클을 듬뿍 곁들인 핫도그를 시간을 들여 천천히 먹었다. 그리고 거대한 태양이 서쪽으로 기울며 수평선이 토마토소스처럼 붉게 물들고, 선셋 크루즈의 선박이 돛대에 불을 켜기 시작할 때까지 드러누워 있었다. 그녀는 마지막 한 줄기의 햇살까지 음미하고 있었다.

"이제 돌아가자"라고 나는 말했다. "해도 지고 배도 고파. 조금 산책을 하면서 제대로 만들어진 햄버거를 먹으러 가자고. 고기는 연하고 육즙이 가득하고, 토마토케첩을 듬뿍 뿌려서, 맛있게 구워진 양파를 곁들인 진짜 햄버거."

그녀는 고개를 끄덕였지만 일어나지 않고 가만히 드러누운 채로 웅크리고 있었다. 마치 오늘 하루, 남은 시간을 아끼며 소중히 여기려는 의식처럼. 나는 돗자리를 말아 들고 라디오를 둘러멨다.

"괜찮아, 또 내일이 있어. 아무것도 생각하지 않아도 돼. 내일이 지나면 또 모레가 있어"라고 나는 말했다.

그녀는 내 얼굴을 올려다보며 생긋 웃었다. 내가 손을 내밀자, 그녀는 그 손을 잡고 일어섰다.

29

이튿날 아침, 유키는 어머니를 만나러 가겠다고 말했다. 그녀는 어머니가 살고 있는 곳의 전화번호밖에 몰라서, 내가 전화를 걸어 간단히 인사를 하고, 집의 위치를 물었다. 그녀는 마카하 부근에 있는 시골집을 빌려 살고 있었다. 호놀룰루에서 자동차로 삼십 분쯤 걸린다고 했다. 나는 아마 한 시간 즈음 지나서 찾아뵐 수 있으리라고 말해 두었다. 그리고 부근에 있는 렌터카 사무실로 가서 미쓰비시 랜서를 빌렸다. 더할 나위 없이 쾌적한 드라이브였다. 우리는 카 라디오의 볼륨을 크게 틀고, 창문을 활짝 열어젖힌 채, 해안을 따라 뻗은 고속도로를 시속 백이십 킬로미터로 달렸다. 모든 곳에 빛과 바닷바람과 꽃향기가 가득 차 있었다.

나는 문득 마음에 걸려 어머니가 혼자 살고 있는지 물어봤다.

"설마" 하고 유키는 입술을 약간 일그러뜨리며 말했다. "그 사람이 혼자서 그렇게 오랫동안 외국에 머물 수 있을 턱이 없어.

그야말로 비현실적인 사람이니까. 그 사람은 누가 돌봐 주지 않으면 아무것도 해나갈 수가 없어. 내기를 해도 좋아. 보이 프렌드와 함께 있을 거야. 아마 잘생기고 젊은 보이 프렌드겠지. 아빠랑 똑같아. 아빠 집에도 있었지, 그 매끈하고 혐오스러운 게이 보이 프렌드 말이야. 그 남자는 틀림없이 하루에 세 번쯤 목욕을 하고, 두 번쯤 속옷을 갈아입을 거야."

"게이?" 하고 나는 물었다.

"몰랐어?"

"몰랐는데."

"바보 같아. 보면 몰라?"라고 유키는 말했다. "아빠에게 그런 취미가 있는지는 모르겠지만, 아무튼 그는 게이야, 완벽하게. 이백 퍼센트."

록시 뮤직Roxy Music이 흘러나오자, 유키는 라디오의 볼륨을 높였다.

"엄마는 말이야, 예전부터 시인을 좋아했어. 시인이나 시인 지망생인 젊은 남자 말이야. 사진 현상 같은 걸 하고 있을 때 뒤에서 시를 낭독하게 하는 거야. 그게 취미인 거지. 별난 취미야. 시라면 뭐든지 상관없어. 숙명적으로 끌리는가 봐. 그니까 아빠도 시를 썼으면 좋았을 텐데. 그 사람은 아무리 재주를 부려도 시를 쓸 수는 없을 테고……."

이상한 가족이다, 하고 나는 새삼스레 생각했다. 우주 가족. 행동파 작가와 천재 여류 사진작가와 영매 같은 소녀와 게이 서

생과 시인 보이 프렌드. 아이고, 맙소사. 나는 환각을 일으킬 듯한 이 '확대 가족' 속에서 대체 어떤 위치를 차지하고, 어떤 역할을 하고 있는 것일까? 별난 소녀의 시중을 드는 익살스러운 남자 수행원쯤 되는 셈일까. 나는 프라이데이가 내게 보여 준 호감을 느끼게 하는 미소를 생각해 냈다. 그것은 어쩌면 연대감이 담긴 미소가 아니었을까? 이봐, 관둬, 하고 나는 생각했다. 이건 일시적인 거야. 휴식 시간인 거야. 알겠어? 휴가가 끝나면 나는 또 눈 치우기 작업으로 되돌아가야 하고, 그러면 이미 너희와 놀고 있을 틈 같은 건 없다고. 이건 정말 일시적인 거야. 본론과는 관계없는 삽화 같은 거야. 곧 끝나. 그다음에는 너희는 너희끼리 하면 돼. 나는 나대로 해나간다고. 나는 더 간단하고 이해하기 쉬운 세계가 좋단 말이야.

나는 아메가 가르쳐 준 대로 마카하 앞에서 고속도로 오른쪽으로 꺾어 들어가, 산길을 따라 잠시 달렸다. 태풍이 불어오면 지붕이 날아가 버릴 것처럼 위태롭게 생긴 집들이 도로 양쪽에 드문드문 늘어서 있었다. 하지만 그것도 곧이어 자취를 감추고, 알려 준 대로 주택 단지의 문이 나타났다. 수위실에 있는 인도인 같은 얼굴을 한 수위가 어디 가느냐고 물었다. 나는 아메의 집 번지를 말했다. 그는 전화를 걸어 보고, 나에게 고개를 끄덕였다. "좋아요, 들어가요"라고 말했다.

문 안으로 들어가자, 잘 손질된 넓은 잔디밭이 끝없이 펼쳐져 있었다. 골프 카트 같은 것을 탄 정원사들 몇 명이 묵묵히 잔디와 수목을 손질하고 있었다. 부리가 노란 새 떼가 잔디 위를 벌레처럼 깡충깡충 뛰어다니고 있었다. 나는 정원사들 중 한 사람에게 유키 어머니의 주소를 보여 주며 위치를 물었다. 저기요, 하고 그는 말하면서 간단히 손가락으로 가리켰다. 손가락이 향한 쪽에는 풀과 수목과 잔디가 보였고, 새까만 아스팔트 도로가 수풀의 뒤쪽을 향해 커다란 커브를 이루고 있었다. 나는 그에게 고맙다고 인사를 하고, 그대로 차를 몰았다. 고개를 내려갔다가 다시 올라간 지점에 유키 어머니의 집이 있었다. 열대풍 분위기를 살린 현대식 건물이었다. 현관 앞에 베란다가 있고 처마 밑에 매달린 풍경이 흔들리고 있었다. 주위에는 이름을 알 수 없는 과일 나무가 무성하게 자라, 이름을 알 수 없는 열매를 맺고 있었다.

나는 차를 멈춰 세우고, 유키와 둘이서 다섯 개의 계단을 올라가 현관 초인종을 눌렀다. 풍경 소리가 졸린 미풍에 미혹된 것처럼 이따금 메마르고 작은 소리를 내면서, 활짝 열어젖혀진 창문을 통해 들려오는 비발디의 음악 소리와 기묘하면서도 쾌적하게 뒤섞이고 있었다. 십오 초쯤 지나자 문이 조용히 열리고, 남자가 모습을 나타냈다. 햇볕에 잘 그을린, 별로 키가 크지 않은 백인 미국인인데, 어깨 부분에서부터 왼쪽 팔이 없었다. 몸매가 다부지고, 사려 깊어 보이는 콧수염을 기르고 있었다. 색이 바랜 알로하셔츠에 조깅용 반바지를 입고, 고무 플립플롭을 신었다. 나이는 나와 비슷해 보였다. 잘생겼다고 할 정도는 아니지만, 호감을 주는 얼굴이었다. 시인으로서는 외양이 좀 강렬한 편인지도 모른다. 하지만 세계에는 강렬한 시인도 있을 것이다. 그다지 우스운 일은 아니다. 세계는 넓으니까.

그는 내 얼굴을 바라보고, 유키를 바라보고, 다시 나를 바라보고는 턱을 약간 기울이며 미소 지었다. "헬로" 하고 그가 조용한 목소리로 말했다. 그리고 "안녕하세요"라고 일본어로 다시 말했다. 그리고 유키와 악수하고 나하고 악수했다. 그다지 강하지 않은 악수였다. "자, 들어갑시다"라고 그는 매끄러운 일본어로 말했다.

그는 넓은 거실로 우리를 안내해서 커다란 소파에 앉게 하고는, 주방으로 가서 프리모 맥주 두 병과 콜라 한 병과 컵 세 개를 쟁반에 담아 가지고 왔다. 나와 그는 맥주를 마셨고, 유키는 음료에 손도 대지 않았다. 그리고 그는 일어나 스테레오 앞으로 가서, 볼륨을 낮추고 되돌아왔다. 어쩐지 서머싯 몸의 소설에 나올 듯한 느낌을 주는 방이었다. 창문이 크고, 천장에 선풍기가 달려 있으며, 벽에는 남태평양 쪽의 민예품이 장식되어 있었다.

"그녀는 지금 사진 현상을 하고 있는 중이니까 십 분쯤 지나면 올 겁니다"라고 그는 말했다. "여기서 조금 기다려 줘요. 나는 딕이라고 합니다. 딕 노스. 그녀와 함께 여기서 살고 있어요."

"잘 부탁합니다"라고 나는 말했다. 유키는 아무 말도 하지 않고 창밖의 경치를 바라보고 있었다. 과일 나무들 사이로 파랗게 빛나는 바다가 보였다. 수평선 위에는 원인猿人의 두개골 같은 모양을 한 구름 한 점이 외로이 떠 있었다. 구름은 움쩍도 하지 않았고, 움직일 듯한 기미도 보이지 않았다. 어쩐지 고집스런 느낌을 주는 구름이었다. 표백된 것처럼 새하얗고 윤곽이 아주 뚜렷했다. 부리가 노란 새들이 지저귀면서 이따금 그 구름 앞을 날아갔다. 비발디의 연주가 끝나자, 딕 노스는 플레이어의 바늘을 들어 올리고, 외팔로 능숙하게 레코드를 집어 들어 레코드 재킷에 넣고는 선반에 되돌려 놓았다.

"일본어를 잘하시는군요"라고 나는 물어봤다. 그 밖에는 특별히 할 이야기가 없었기 때문이다.

딕 노스는 고개를 끄덕이고는 한쪽 눈썹을 씰룩거리며 눈을 감고 미소 지었다. "일본에 오래 있었어요"라고 그는 말했다. 입을 열기까지 꽤나 시간이 걸렸다. "십 년 있었어요. 전쟁으로—베트남 전쟁으로— 처음으로 일본에 갔는데 마음에 들어서, 전쟁이 끝나고 일본의 대학에 들어갔습니다. 조치대학이요. 지금은 시를 쓰고 있습니다."

역시 그렇군, 하고 나는 생각했다. 젊지도 않고, 그다지 잘생기지도 않았지만 역시 시인이다.

"그리고 일본의 하이쿠俳句나 단가, 시 따위를 영어로 번역하는 일도 하고 있습니다" 하고 그는 덧붙였다. "어려운 작업이에요, 아주."

"그렇겠죠"라고 나는 말했다.

그는 빙긋 웃으며 맥주를 한 병 더 마시지 않겠느냐고 물었다. 마시겠다고 나는 말했다. 그는 맥주 두 병을 더 가져왔다. 믿기지 않을 만큼 우아하게 한 손으로 병뚜껑을 따고, 컵에 따라서 맛있다는 듯이 한 모금 마셨다. 그리고 그는 컵을 테이블에 내려 놓고, 몇 번이나 고개를 젓고는 벽에 붙어 있는 앤디 워홀의 포스터를 점검하듯이 차분히 바라봤다.

"이상한 얘기지만" 하고 그는 말했다. "세상에는 외팔이 시인이 없어요. 왜 그럴까요? 외팔이 화가도 있고, 외팔이 피아니스트도 있습니다. 외팔이 투수도 있었지요. 그런데 왜 외팔이 시인은 없을까요? 시를 쓰는 데는 팔이 하나든 셋이든 전혀 상관이 없을 것 같은데요."

확실히 그렇다, 하고 나는 생각했다. 팔이 몇 개든 시를 쓰는 일과는 별로 관계가 없다.

"외팔이 시인을 떠올릴 수 있습니까?"라고 딕 노스는 내게 물었다.

나는 고개를 저었다. 하지만 솔직히 말해 나는 시에 관해선 거의 알지 못했고, 양팔을 온전히 갖고 있는 시인의 이름도 별로 떠올릴 수 없었다.

"외팔이 서퍼는 몇 명 있어요" 하고 그는 말을 계속했다. "노를 움직이는 작업을 발로 하는 거예요. 꽤 능숙합니다. 나도 조금 합니다만."

유키는 일어나 방 안을 돌아다니며 레코드 박스에 있는 레코드를 대충 살펴보고는, 마음에 드는 게 없었는지 이마를 찌푸리며 시시하다는 표정을 지었다. 음악이 사라지자, 주위는 잠든 것처럼 조용했다. 이따금 잔디 깎는 기계의 윙윙거리는 소리가 들렸다. 누가 누군가를 큰 소리로 불렀다. 풍경 소리가 딸랑딸랑 조용하게 울려 퍼졌다. 새도 울었다. 하지만 정적은 압도적이었다. 무슨 소리가 나든, 그 소리는 눈 깜짝할 사이에 흔적도 없이 정적 속에 흡수되어 버렸다. 집을 에워싸고 있는 수천 명의 투명한 '침묵의 사나이'들이 투명한 무음 청소기로 소리를 모조리 빨아들이고 있는 듯한 느낌이 들었다. 소리가 조금이라도 나면 모두들 그리로 달려가 소리를 지워 버리는 것이다.

"조용한 곳이군요"라고 나는 말했다.

딕 노스는 고개를 끄덕이고, 소중한 듯이 자신의 하나뿐인 손바닥을 내려다보고는 또 고개를 끄덕였다.

"그래요, 조용합니다. 그게 가장 중요한 겁니다. 특히 나나아메가 하는 일과 같은 작업을 가진 사람에게는 이러한 조용함이 필요해요. hustle-bustle한 곳은 질색이에요. 뭐라고 하더라— 아, 저잣거리 말이에요. 번화한 곳, 좋지 않아요. 어때요? 호놀룰루는 시끄럽죠?"

나는 특별히 호놀룰루가 시끄럽다고 생각하지 않았지만, 이야기가 길어져도 번거로울 것 같아 일단 그의 말에 동의해 두었다. 유키는 여전히 '시시하다'는 듯한 표정으로 밖의 경치를 내다보고 있었다.

"카우아이는 좋은 곳입니다. 조용하고 사람도 적어요. 사실

나는 카우아이에서 살고 싶어요. 오아후는 좋지 않아요. 관광지 같고 자동차도 너무 많고, 범죄가 많아요. 하지만 아메가 하고 있는 일 때문에 이곳에 있는 겁니다. 일주일에 두세 번쯤은 호놀룰루 거리에 나가지 않으면 안 되거든요. 기자재 관계로 말이에요. 여러 가지 기자재가 필요합니다. 그리고 오아후에 있어야만 연락하기도 쉽고 여러 사람들을 만날 수 있어요. 그녀는 지금 여러 부류의 사람들을 촬영하고 있습니다. 생활하는 사람들을 찍고 있는 거예요. 어부나 정원사, 농부, 요리사, 도로 공사장의 인부, 생선 장수…… 따위를 모두 찍어요. 훌륭한 사진작가입니다. 그녀의 사진에는 순수한 의미에서의 재능이 들어 있습니다.”

나는 아메의 사진을 그다지 주의 깊게 본 적이 없지만, 그 말에도 일단 동의해 두었다. 유키는 아주 미묘하게 콧소리를 내었다.

그는 내게 무슨 일을 하고 있느냐고 물었다.

자유 기고가라고 나는 대답했다.

그는 내 직업에 흥미를 갖고 있는 듯했다. 무슨 동종업자의 사촌의 사촌쯤으로 여긴 모양이었다. 무엇을 쓰고 있느냐, 라고 그는 물었다.

무엇이든, 하고 나는 말했다. 주문을 받으면 무엇이든 씁니다. 요컨대 눈 치우기와 같은 거죠, 하고.

눈 치우기, 하고 그는 되뇌더니 잠시 진지한 표정으로 그에 대해 생각했다. 아마 의미를 잘 이해할 수 없었던 모양이다. 내가 눈 치우는 일에 대해 좀 더 자세히 설명을 해줄까 하고 망설이고 있는데, 때마침 아메가 방에 들어와 이야기는 거기서 끝나 버렸다.

아메는 반팔 셔츠에 주름이 잔뜩 진 하얀색 짧은 반바지 차림이었다. 화장도 하지 않고, 머리는 잠자리에서 막 일어난 것처럼 마구 헝클어져 있었다. 그래도 그녀는 매력적인 여성이었으며, 내가 삿포로 호텔의 식당에서 봤을 때와 똑같은 고상하고 오만한 분위기를 자아내고 있었다. 그녀가 방에 들어서는 순간, 그녀는 다른 누구와도 다른 존재임을 모두가 실감하는 것이다. 설명도 필요 없이, 일순간에.

그녀는 아무 말도 하지 않고 곧바로 유키에게로 가서, 그녀의 머리를 껴안고 머리카락 속에 손가락을 집어넣어 실컷 휘젓고는 관자놀이에 코를 비벼 댔다. 유키는 그다지 재미있다는 듯한 얼굴은 아니었지만 그래도 저항하지는 않았다. 머리를 두세 번 흔들어, 머리카락을 원래의 모습으로 되돌려 놓았을 뿐이었다. 그리고 그저 차갑게 선반에 놓인 꽃병을 바라보고 있었다. 그러나 그 차가움은 아버지를 만났을 때의 그 어쩔 수 없는 무관심과는 전혀 다른 것이었다. 그녀의 작은 몸동작에서 어색한 감정의 흔들림 같은 것을 문득 엿볼 수 있었다. 이 모녀 사이에는 확실히 어떤 마음의 교류가 이루어지고 있는 듯했다.

아메雨와 유키雪. 확실히 너무 심하다고 나는 생각했다. 정말 너무 심한 이름을 붙였다. 그녀의 아버지 말처럼 마치 일기예보 같다. 아이가 하나 더 태어났다면, 대체 어떤 이름을 붙였을까?

아메와 유키는 한마디의 말도 하지 않았다. "잘 지내?"라든가 "어떻게 지냈어요?"라는 따위의 말도 하지 않았다. 어머니가 딸의 머리카락을 휘젓고, 관자놀이에 코를 비벼 댔을 뿐이다. 그리고 아메는 내가 있는 곳으로 와서 옆에 걸터앉은 다음 셔츠의 주머니에서 살렘 담배를 꺼내 종이 성냥으로 불을 붙였다. 시인은 어디선가 재떨이를 가져와 테이블 위에 우아하게 내려놓았다. 마치 적당한 시기에 눈치 있게 추임새를 넣어 주는 것처럼. 아메는 거기에 성냥개비를 버리고, 연기를 뿜어내고는 코를 씰룩거렸다.

"미안해. 일을 중단할 수 없어서"라고 아메는 말했다. "중간에 손을 놓을 수 없는 성격의 일이야. 일을 시작하면 어쩔 수가 없어."

시인은 아메를 위해 맥주와 컵을 날라 왔다. 그리고 또 한 손으로 능숙하게 병뚜껑을 따고, 맥주를 컵에 따랐다. 그녀는 거품이 가라앉는 걸 확인하고는 절반을 죽 들이켰다.

"그래서, 당신은 언제까지 하와이에 있을 수 있어?" 하고 아메는 나에게 물었다.

"알 수 없습니다"라고 나는 말했다. "아직 정해 두지 않았습니다. 하지만 아마 일주일 정도일 겁니다. 지금은 휴가 중입니다. 곧 일본에 돌아가 일을 시작해야 하니까요……."

"오래 있는 게 좋아. 좋은 곳이야."

"네, 좋은 곳이죠"라고 나는 말했다. 맙소사, 내가 하는 말은 하나도 듣고 있지 않은 모양이다.

"식사는 했어?"라고 그녀는 물었다.

"도중에 샌드위치를 먹고 왔습니다"라고 나는 대답했다.

"우리는 어떡하지, 점심 식사를?" 하고 아메는 시인에게 물었다.

"우리는 틀림없이 한 시간 전에 스파게티를 만들어 먹은 걸로 기억하고 있는데" 하고 시인은 천천히 차분한 목소리로 말했다. "한 시간 전은 열두 시 십오 분이니까, 보통 사람들은 그것을 점심 식사라고 부를 거야, 일반적으로."

"그런가?"라고 멍한 얼굴로 아메는 말했다.

"그래"라고 시인은 말했다. 그리고 그는 나를 향해 미소 지었다. "그녀는 일에 열중하면 여러 가지 현실적인 일들을 잊어버립니다. 식사를 했는지, 지금까지 어디서 무슨 일을 하고 있었는지, 그런 일들을 깡그리 잊어버려요. 머릿속이 새하얘져 버리는 겁니다. 대단한 집중력이에요."

그건 차라리 집중력이라기보다는 정신병의 영역에 속하는 사례가 아닐까 하고 나는 문득 생각했지만, 물론 그런 말을 입에 올리지는 않았다. 나는 소파 위에서 묵묵히 예의 바르게 미소 짓고 있었다.

아메는 잠시 멍한 눈으로 맥주잔을 바라보고 있었는데, 이윽고 생각을 바꾼 것처럼 잔을 들고 한 모금 마셨다. "이봐, 하지만 그건 그렇고, 시장하네. 우리는 아침 식사도 하지 않았잖아"라고 그녀는 말했다.

"저기, 내가 불평만 늘어놓는 것 같지만, 정확히 사실을 말한다면, 당신은 아침 일곱 시 반에 커다란 토스트와 자몽과 요구르트를 먹었어" 하고 딕 노스는 설명했다. "그리고 아주 맛있다고 말했어. 아침 식사가 맛있는 건 인생의 커다란 기쁨 중 하나라고 말이야."

"그랬던가" 하고 말하고 아메는 콧등을 긁었다. 그리고 또 멍한 눈으로 허공을 바라보면서, 그에 대해 생각했다. 마치 히치콕의 영화 장면 같다고 나는 느꼈다. 점점 무엇이 진실인지 알 수 없게 되어 간다. 무엇이 정상이며 무엇이 뒤틀려 있는 건지 판단할 수 없게 되어 간다.

"하지만 아무튼 굉장히 배고파"라고 아메는 말했다. "먹어도 상관없겠지?"

"물론 상관없어"라고 시인은 웃으면서 말했다. "그건 당신 배지 내 배가 아니니까. 당신이 먹고 싶으면 무엇이든 내키는 대로 먹으면 돼. 식욕이 있다는 건 좋은 일이지. 당신은 언제나 그래. 일이 잘되어 가면 식욕도 생겨. 샌드위치라도 먹겠어?"

"고마워. 그리고 맥주도 한 병 더 가져다줄래?"

"Certainly" 하고 그는 말하고 부엌으로 사라졌다.

"당신은 점심 식사 했어?" 하고 아메는 또 나에게 물었다.

"아까 오는 길에 샌드위치를 먹고 왔습니다" 하고 나는 다시 한번 대답했다.

"유키는?"

필요 없어요, 라고 유키는 간단히 말했다.

"딕과는 도쿄에서 만났어" 하고 아메는 소파에 앉아 다리를 꼬고, 내 얼굴을 바라보면서 말했다. 하지만 그 말은 마치 유키를 향해 설명하고 있는 것처럼 느껴졌다. "그리고 그가 카트만두에 가라고 권했어. 그곳은 영감을 불러일으켜 준다고 말이야. 카트만두는 좋은 곳이었어. 딕은 베트남에서 한쪽 팔을 잃었어. 지뢰가 터져서. 바운싱 베티라는 거야. 발로 밟으면 툭 튀어 올라 공중에서 폭발하지. 쾅. 옆에 있던 사람이 밟아서, 그는 팔을 잃었어. 그는 시인이야. 우리말이 능숙하지? 우리는 한동안 카트만두에 있다가 하와이로 왔어. 카트만두에 있었더니 따뜻한 곳으로 가고 싶어졌지. 그래서 딕이 바로 이 집을 마련해 줬어. 여기는 그의 친구가 소유한 코티지cottage야. 손님용 욕실을 암실로 꾸몄지. 좋은 곳이야."

여기까지 말하고는, 할 말을 다했다는 듯이 그녀는 심호흡을 하고는 허리를 죽 폈다. 그리고 그대로 입을 다물고 있었다. 오후의 깊은 침묵. 창밖에는 강한 빛의 입자들이 티끌처럼 떠돌며, 제멋대로의 방향으로 천천히 이동하고 있었다. 원인의 두개골 모양을 한 흰 구름은 아직도 아까와 같은 모습으로 수평선 위에 떠 있었다. 아메가 재떨이에 얹어 놓은 살렘은 방치된 채로 재떨이 속에서 타들어 가고 있었다.

딕 노스는 어떻게 한 손으로 샌드위치를 만들까, 하고 나는 생각했다. 빵을 어떻게 자를까? 오른손으로 나이프를 쥔다. 그건 당연하다. 그러면 빵을 어떻게 고정시킬까? 발 따위를 사용하는 것일까? 나로선 알 수 없었다. 혹은 능숙하게 운鎌을 달면 빵이 저절로 잘리는 것일까? 그런데 왜 그는 의수를 하지 않는 것일까?

잠시 후에 시인은 쟁반에 아주 고상하게 담은 샌드위치를 갖고 나타났다. 오이와 햄이 들어간 샌드위치는 영국풍으로 잘게 썰려 가지런히 담겨 있고, 올리브까지 곁들여 있었다. 매우 맛있어 보였다. 어떻게 이토록 능숙하게 자를 수 있을까, 하고 나는 감탄했다. 그리고 그는 유리컵에 맥주를 따랐다.

"고마워, 딕" 하고 아메는 말했다. 그리고 나를 돌아다봤다. "그는 요리 솜씨가 뛰어나."

"외팔이 시인들을 대상으로 한 요리 콩쿠르가 있으면, 나는 아마도 일 등을 할 겁니다"라고 시인은 한쪽 눈을 감으며 내게 말했다.

아메는 내게, 하나 먹어 봐, 라고 말했다. 나는 한 개를 집어 먹어 봤다. 확실히 아주 맛있는 샌드위치였다. 어딘지 모르게 시적인 운치가 감돌고 있었다. 재료가 신선하고, 다루는 방식이 세련됐으며, 음운音韻이 정확했다. 맛있다고 나는 말했다. 하지만 어떠한 방법으로 빵을 자르는지는 아무래도 알 수 없었다. 물어보고 싶었지만, 물론 그런 것을 물을 수는 없다.

딕 노스는 부지런한 인물인 듯했다. 그는 아메가 그 샌드위치를 먹고 있는 동안에, 또 부엌으로 가서 모두를 위해 커피를 만들어 줬다. 아주 맛있는 커피였다.

"저기, 이봐"라고 아메는 내게 말했다. "당신은 유키와 둘이 있으면 아무렇지도 않아?"

나는 그 질문의 의미를 영 이해할 수 없었다. 아무렇지도 않다는 게 무슨 의미냐고 나는 물어봤다.

"물론 음악 얘기야. 그 록 음악. 당신은 그게 고통스럽지 않아?"

"별로 고통스럽진 않은데요"라고 나는 말했다.

"그걸 듣고 있으면, 난 머리가 아파. 삼십 초도 참을 수 없어. 도저히. 유키와 함께 있는 건 좋지만, 그 음악만은 견딜 수 없어" 하고 그녀는 말하고, 집게손가락으로 관자놀이를 꾹꾹 눌렀다. "내가 들을 수 있는 음악은 아주 한정되어 있어. 바로크음악이나 어떤 종류의 재즈 같은 것. 민속음악이나 마음을 안정시켜 주는 음악. 그런 걸 좋아해. 시도 좋아해. 조화와 조용함."

그녀는 또 담배를 꺼내어 불을 붙이고, 한 모금 빨고는 재떨이에 내려놓았다. 아마 그대로 담배 피우는 일을 잊어버리는가 보다고 나는 짐작했는데, 정말 그랬다. 용케도 지금까지 화재를 일으키지 않았구나 하고 나는 감탄했다. 마키무라 히라쿠가 그녀와 지내면서 인생과 재능을 소모해 버렸다고 한 말도, 지금으로서는 이해할 수 있을 듯한 느낌이 들었다. 그녀는 주위 사람에게 무엇을 해주는 타입이 아니었다. 그와는 정반대다. 그녀의 존재를 조정하기 위해, 주위에서 조금씩 무엇인가를 받아야만 하는 타입이다. 왜냐하면 그녀는 재능이라는 강력한 흡인력을 지니고 있기 때문이다. 그리고 그녀는 그렇게 하는 것이 자신의 당연한 권리라고 생각하고 있기 때문이다. 조화와 정적. 그녀가 그것을 얻기 위해, 사람들은 모두 다리나 팔을 그녀에게 내밀어야만 하는 것이다.

하지만 나와는 상관없어, 라고 외치고 싶었다. 내가 여기에 있는 것은, 내가 우연히 휴가 중이기 때문이다. 그뿐이다. 휴가가 끝나면, 나는 다시 '눈 치우기' 작업으로, 즉 일상적인 일로 돌아간다. 이처럼 기묘한 상황은 곧 아주 자연스럽게 끝나 버리는 것이다. 무엇보다도 나는 그녀의 빛나는 재능 앞에 내놓을 것이라곤 하나도 갖고 있지 않다. 만일 갖고 있다 하더라도, 나는 자신을 위해 그것을 사용하지 않으면 안 된다. 나는 운명의 흐름의 작은 흐트러짐에 의해 여기에—이 영문 모를 기묘한 장소에— 일시적으로 밀려와 있을 뿐이다. 할 수 있다면, 나는 큰 소리로 그렇게 말하고 싶었다. 하지만 아무도 내 말 따위에는 귀를 기울이지 않을 것이다. 이 확대 가족 속에서 나는 아직 목소리도 없는 이등 시민인 셈이다.

구름은 여전히 똑같은 형태로 수평선 바로 위에 떠 있었다. 거기에 배를 띄우고 막대기를 쳐들면 닿을 듯한 거리였다. 거대한 원인의 거대한 두개골. 어느 역사의 단층으로부터 이 호놀룰루의 상공으로 흘러내린 것이다. 우리는 아마 동류일 거라고 나는 구름을 향해 말해 봤다.

아메는 샌드위치를 먹어 치우고는 다시 유키가 있는 데로 가서 머리카락에 손가락을 집어넣고 천천히 만지작거렸다. 유키는 무표정하게 테이블 위에 놓인 커피 잔을 바라보고 있었다. "기막힌 머리카락" 하고 아메는 말했다. "나도 이런 머리카락을 갖고 싶었는데. 언제나 윤기가 나고 반듯해. 내 머리는 금방 헝클어져 버려. 손을 쓸 수가 없어. 그렇지, 공주님?" 그리고 그녀는 또 유키의 관자놀이에 코를 비볐다.

딕 노스는 빈 맥주 캔과 쟁반을 치웠다. 그리고 모차르트의 실내악을 틀었다. "맥주 더 들겠어요?"라고 그는 내게 물었다. 그만 마시겠다고 나는 말했다.

"저기, 난 여기서 유키와 둘이 가족 이야기를 하고 싶은데" 하고 아메가 단호한 목소리로 말했다. "집안 이야기. 어머니와 딸의 이야기. 그러니까 딕, 그를 해안으로 안내해 줄래? 한 시간쯤."

"좋아. 물론" 하고 시인은 말하고 자리에서 일어섰다. 나도 일어섰다. 시인은 아메의 이마에 가볍게 입을 맞추고, 투박한 삼베로 만들어진 흰 모자를 쓰고는 녹색의 레이벤을 꼈다. "우리는 한 시간쯤 산책을 하고 올게. 천천히 둘이서 이야기를 하고 있어" 그리고 그는 내 팔을 잡고 "자, 갑시다. 멋진 해변이 있어요"라고 말했다.

유키는 어깨를 약간 움츠린 채 무표정한 눈으로 나를 쳐다보고 있었다. 아메는 세 개비째의 살렘을 담뱃갑에서 꺼냈다. 그녀들을 뒤로한 채, 나와 외팔이 시인은 문을 열고, 숨이 콱콱 막힐 듯한 오후의 햇살 속으로 나왔다.

✦

나는 랜서를 운전해서 해안까지 나갔다. 의수를 달면 운전하긴 쉽지만, 되도록이면 달고 싶지 않다고 그는 말했다.

"자연스럽지가 않아요"라고 그는 설명했다. "그걸 달면 아무래도 마음이 안정되지 않아요. 편리하긴 해도 위화감이 생기지요. 자신이 아닌 것 같아요. 그래서 되도록 팔 하나로 하는 생활에 스스로 익숙해지도록 노력하고 있는 겁니다. 조금 모자랄지라도, 내 몸만으로 해나갈 수 있도록."

"빵은 어떻게 자릅니까?" 하고 나는 큰마음을 먹고 물어봤다.

'빵?' 하고 잠시 그는 생각하고 있었다. 무슨 뜻인지 잘 알 수 없다는 듯한 표정이었다. 그리고 겨우 질문의 의미를 이해했다. "아, 빵을 자를 때 말이죠. 당연한 질문이에요. 보통 사람들로서는 알 수 없을 겁니다. 하지만 간단합니다. 한 손으로 잘라요. 보통 방식대로 나이프를 쥐면, 그야 자를 수 없죠. 쥐는 법에 요령이 있습니다. 손가락으로 누르면서 칼을 쥐고서, 이렇게 싹둑싹둑

자르는 거예요."

그는 자르는 시늉을 하며 재연해 보였지만, 나는 실제로 그렇게 할 수 있으리라고 납득할 수 없었다. 게다가 빵은 여느 사람이 양손을 이용해서 자르는 것보다 훨씬 우아하게 잘려 있었던 것이다.

"하지만 제대로 잘됩니다" 하고 그는 나를 바라보고 미소 지으면서 말했다. "웬만한 건 한 손으로 해낼 수 있어요. 박수 치는 건 안 되지만, 팔굽혀펴기나 철봉도 할 수 있어요. 훈련하면 됩니다. 당신은 어떻게 생각했어요? 어떻게 빵을 자르리라고 생각했습니까?"

"발 같은 걸 사용하는 줄 알았는데……"

그는 즐거운 듯이 소리를 내어 웃었다. "재미있어요"라고 그는 말했다. "시로 만들고 싶군요. 발을 사용해서 샌드위치를 만드는 외팔이 시인에 대한 시. 재미있는 시가 될 겁니다."

나는 특별히 반대도 찬성도 하지 않았다.

우리는 해안선을 따라 난 고속도로를 한동안 달리다가 차를 세우고, 차가운 맥주 여섯 병을 사 가지고(그가 억지로 돈을 치렀다), 조금 떨어져 있는, 사람들이 별로 눈에 띄지 않는 해변까지 걸어갔다. 그리고 거기에 누워 맥주를 마셨다. 너무 더워서 아무리 맥주를 마셔도 취하지 않았다. 하와이의 분위기는 그다지 느껴지지 않는 해변이었다. 키가 작고 볼품없는 나무들이 자라고 있고, 모래사장도 울퉁불퉁해 보였다. 하지만 적어도 관광지의 요란스러움은 없었다. 부근에는 몇 대의 픽업트럭이 세워져 있고, 가족들끼리 나온 사람들이 물놀이를 하고 있었다. 앞바다에서는 십여 명의 사람들이 서핑을 하고 있었다. 두개골 모양의 구름은 아직 같은 곳에 같은 모양으로 두둥실 떠 있고, 갈매기 떼가 세탁기의 소용돌이처럼 빙글빙글 원을 그리며 하늘을 날고 있었다. 우리는 멍하니 그런 풍경을 바라보고, 맥주를 마시고, 조금씩 이야기를 나누었다. 딕 노스는 자신이 아메를 굉장히 존경하고 있다고 말했다. 그녀는 진정한 의미에서의 예술가라고 그는 말했다. 아메의 이야기를 하면서, 그의 말은 자연스레 일본어로부터 천천히 영어로 바뀌어 갔다. 일본어로는 감정을 잘 표현할 수 없기 때문이리라.

"그녀를 만난 후로 나의 내부에서 시에 대한 생각 자체가 변했어요. 그녀의 사진은 뭐라고 할까, 시라는 것을 벌거숭이로 만들어 버립니다. 우리가 언어를 고르고 골라 뼈를 깎듯이 자아낸 것이, 그녀의 사진에서는 한순간에 구현되어 있는 겁니다. 구현 (enbodiment). 그녀는 공기 속에서, 빛 속에서, 시간의 틈에서 그것을 날쌔게 잡아내서, 인간의 가장 깊은 부분에 있는 심적 정경을 구현하는 거예요. 무슨 말인지 알겠어요?"

대충은, 하고 나는 말했다.

"그녀의 사진을 보고 있으면, 이따금 두려워질 때가 있어요. 자신의 존재가 위태로워지는 듯한 느낌이 들 때도 있습니다. 그토록 압도적이에요. 저, dissilient라는 말을 알고 있어요?"

모릅니다, 라고 나는 말했다.

"일본어로는 뭐라고 할까, 무엇이 탁 갈라지며 튀어 오르는 듯한 느낌. 아무런 예감도 없이 갑자기 세계가 튕겨 나가면서 갈라지는 거예요. 시간이나 빛 따위가 dissilient 하는 거예요, 순간적으로. 천재예요. 나하고도 다르고 당신과도 달라요. 실례했어요, 미안합니다. 나는 당신에 대해 아직 잘 알지도 못하면서."

나는 고개를 저었다. "괜찮습니다. 당신이 하는 말이 무슨 뜻인지 압니다."

"천재는 매우 희귀한 존재입니다. 일류 재능이라는 건 어디에나 있는 게 아니에요. 천재와 마주칠 수 있다는 것은, 천재를 목격할 수 있다는 것은 행운이라고 해야겠죠. 그러나—"라고 그는 말하고, 잠시 입을 다물고 있었다. 그리고 양팔을 벌리는 것처럼 오른팔을 바깥쪽으로 내밀었다. "어떤 의미에서는 혹독한 체험이기도 합니다. 때로는 내 자아를 바늘처럼 찌릅니다."

나는 그의 이야기에 귀를 기울이면서 수평선과 그 위의 구름을 바라보고 있었다. 이 부근의 해변은 물결이 거칠었다. 그 물결은 해안에 격렬히 내동댕이쳐지듯이 부서졌다. 나는 뜨거운 모래 속에 손가락을 집어넣고, 모래를 들어 올렸다가 밑으로 떨어뜨렸다. 그런 행동을 몇 번이고 되풀이하고 있었다. 서퍼들은 파도를 기다리고 있다가 그것을 포착해서 해안에 이르고, 다시 손발을 저어 앞바다로 되돌아갔다.

"하지만 나는 그 이상으로—나의 자아와 관련해서 말하는 이상으로— 그녀의 재능에 끌려들고 있고, 또 그녀를 사랑하고 있습니다"라고 그는 말했다. 그리고 손가락을 퉁겨 소리를 냈다. "마치 커다란 소용돌이에 끌려들어 가는 것처럼. 내게는 아내가 있습니다. 일본인이에요. 아이도 있습니다. 아내 역시 사랑하고 있어요. 정말 사랑하고 있어요, 지금도. 하지만 아메를 만났을 때, 어쩔 수 없이 그녀에게 빠져 버린 거예요. 소용돌이처럼 말입니다. 저항할 수도 없었습니다. 나는 알게 됐어요. 이는 일생에 단한 번 일어나는 일이라는 걸. 이런 만남은 일생에 한 번밖에 있을 수 없는 일이라는 걸 말입니다. 그런 건 알 수 있어요, 확실히. 그리고 나는 생각했습니다. 이 사람과 함께하면 아마 나는 언젠가는 후회하게 될 것이다, 하지만 함께하지 않으면 나의 존재 자체가 의미를 상실하게 될 것이다, 라고 말입니다. 당신은 지금까지 그런 생각을 해본 적 없습니까?"

　없을 겁니다, 라고 나는 말했다.

　"이상한 일이에요" 하고 딕 노스는 말을 계속했다. "나는 아주 힘겹게 노력해서 조용하고 안정된 생활을 손에 넣었습니다. 아내와 어린아이와 작은 집, 그리고 일. 수입이 대단치는 않지만, 보람이 있는 직업이에요. 시를 쓰고, 번역도 했습니다. 나로서는 이만하면 훌륭한 인생이라고 생각하고 있었습니다. 나는 전쟁 중에 한쪽 팔을 잃었지만, 그래도 그것을 보상하고도 남을 만한 인생이라고 생각하고 있었어요. 그것들을 손에 넣는 데 꽤나 많은 시간이 걸렸습니다. 노력도 했어요. 마음의 평온은 손에 넣기 어려운 거예요. 나는 그것을 손에 넣었어요. 하지만—" 하고 그는 말하고, 손바닥을 허공에 들어 올려 수평으로 움직였다. "순식간에 상실하고 말았습니다. 눈 깜짝할 사이에요. 내게는 이미 돌아갈 곳도 없습니다. 일본에 있는 집에도 돌아갈 수 없습니다. 미국에도 돌아갈 곳이 없습니다. 나는 너무 오래 고국을 떠나 있었어요."

나는 무슨 말이든 그를 위로해 주고 싶었지만, 뭐라고 말해야 할지 떠오르지 않았다. 나는 그저 모래를 집어 들었다간 아래로 떨어뜨리고 있었다. 딕 노스는 일어나 오륙 미터쯤 떨어진 곳의 엉성한 나무들이 자라고 있는 데로 가서 소변을 보고, 다시 천천히 되돌아왔다.

"고백담" 하고 그는 말하며 웃었다. "누구에게든 말하고 싶었습니다. 어떻게 생각해요?"

어떻게 생각하는지 나로서는 뭐라고 말하기가 어려웠다. 우리는 모두 서른이 넘은 어른인 것이다. 누구와 잘 것인지 정도는 스스로 선택하는 수밖에 없고, 소용돌이든 맹렬한 회오리든 모래 바람이든 간에 스스로 선택한 이상은 어떻게든 그 길로 가는 수밖에 없다. 나는 이 딕 노스라는 남자에게서 어딘지 모르게 좋은 인상을 받았다. 그가 잡다한 여러 가지 일을 한 손으로 해내고 있는 데 대해 경이로움마저 느꼈다. 그러나 대체 그런 질문에 뭐라고 대답해야 할 것인가?

"우선 첫째로 나는 예술적인 인간이 아닙니다"라고 나는 말했다. "그러니 그처럼 예술적으로 영감을 주는 관계라는 것은 잘 모르겠습니다. 나의 상상을 넘어선 것이니까요."

그는 약간 슬퍼 보이는 표정으로 바다를 바라보고 있었다. 그는 무슨 말을 하고 싶은 모양이었지만, 결국 아무 말도 하지 않았다.

나는 눈을 감았다. 처음에는 잠시만 감고 있으려 했지만, 깊이 잠들어 버린 모양이다. 아마 맥주를 마셨기 때문일 것이다. 깨어 보니, 나무 그림자가 이동해서 내 얼굴 위에 걸려 있었다. 더위 때문에 머리가 약간 어지러웠다. 시곗바늘은 두 시 반을 가리키고 있었다. 나는 머리를 흔들며 몸을 일으켰다. 딕 노스는 물가에서 누군가의 개와 놀고 있었다. 그의 마음이 상하지 않았으면 좋으련만, 하고 나는 생각했다. 나는 그가 이야기하는 도중에 그를 내버려 둔 채 잠들어 버린 것이다. 그에게 중요한 이야기였을 텐데.

하지만 대체 뭐라고 말해야 좋았단 말인가?

나는 또 모래를 집어 올리면서, 개와 놀고 있는 그의 모습을 바라보고 있었다. 시인은 개의 머리를 껴안고 있었다. 파도는 소리를 내며 부서지고 또 기운차게 물러갔다. 희고 아득한 물보라가 눈부시게 빛나고 있었다. 나는 너무 냉정한 것일까, 하고 생각했다. 그의 심정을 이해할 수 없는 건 아니었다. 팔이 하나밖에 없든, 둘 다 온전하게 갖고 있든, 시인이든 시인이 아니든 간에, 여기는 거칠고 힘든 세계다. 우리는 모두 각자의 문제를 안고 살아가고 있다. 하지만 우리는 이미 어른이다. 우리는 이미 여기까지 와버린 것이다. 적어도 처음으로 대면하는 상대가 대답하기 어려운 질문을 해서는 안 될 것이다. 이는 기본적인 예의의 문제다. 너무 냉정하다, 하고 나는 생각했다. 그리고 나는 고개를 저었다. 고개를 저어도 아무것도 해결되지는 않지만.

✦

우리는 랜서를 타고 코티지로 되돌아왔다. 딕이 초인종을 누르자, 유키가 재미없다는 듯한 표정으로 문을 열었다. 아메는 담배를 입에 물고 소파 위에 책상다리를 하고 앉아 좌선이라도 하는 듯한 표정으로 허공을 바라보고 있었다. 딕 노스는 그녀가 있는 데로 가서 또 이마에 입을 맞추었다.

"이야기는 잘 끝났어?"라고 그는 물었다.

"으응" 하고 그녀는 담배를 입에 문 채로 말했다. 긍정하는 의미의 대답이었다.

"우리는 해변에서 한가로이 세계의 끝을 바라보면서 기분 좋게 일광욕을 하고 있었어"라고 딕 노스는 말했다.

"이제 돌아가자" 하고 유키가 아주 평면적인 목소리로 내게 말했다.

나도 동감이었다. 시끄럽고 현실적이며 관광지다운 호놀룰루로 슬슬 되돌아가고 싶었다.

아메는 의자에서 일어서더니, "또 놀러 와. 당신을 만나고 싶으니까"라고 말했다. 그리고 딸에게로 가서, 딸의 볼에 손을 가져가 살며시 어루만졌다.

나는 딕 노스에게 친절하게 대해 줘서 고맙다고 인사를 했다. 그는 생긋 미소 지으며 천만의 말씀입니다, 라고 말했다.

내가 랜서의 조수석에 유키를 태우자, 아메가 내 팔꿈치를 잡아당겼다. "잠깐, 할 얘기가 있어"라고 그녀는 말했다. 우리 둘은 나란히 앞에 보이는 작은 공원 같은 데로 걸어갔다. 그녀는 공원 안의 간단하게 만들어진 정글짐에 기대어, 입에 담배를 물었다. 그리고 귀찮은 듯이 성냥을 그어 담배에 불을 붙였다.

"당신은 좋은 사람이야. 난 알 수 있어"라고 그녀는 말했다. "그래서 당신에게 부탁할 게 있어. 저 아이를 되도록이면 이리로 자주 데리고 와. 난 저 아이를 좋아해. 저 아이를 만나고 싶어. 알겠어? 만나서 이야기를 하고 싶어. 그리고 친구가 되고 싶어. 우리는 좋은 친구가 될 거라고 생각해. 부모나 딸이기 이전에 말이야. 그래서 여기 있는 동안에 둘이서 조금이라도 많은 이야기를 하고 싶어."

아메는 이렇게 말하고 잠시 내 얼굴을 가만히 바라봤다.

나는 할 말을 전혀 생각해 낼 수 없었다. 하지만 뭐라고 말하지 않을 수 없었다.

"그것은 당신과 유키 사이의 문제입니다"라고 나는 말했다.

"물론" 하고 그녀는 말했다.

"그러니까 유키가 당신을 만나고 싶어 하면, 물론 데리고 오 겠습니다"라고 나는 말했다. "혹은 당신이 부모로서 그녀를 데리 고 와달라고 한다면, 마찬가지로 데리고 오겠습니다. 그 두 경우 외에는 나로선 달리 뭐라고 말할 수가 없군요. 친구란 제삼자의 개입을 필요로 하지 않는 자발적인 관계입니다. 내 기억이 틀림 이 없다면."

아메는 내 말을 약간 생각하고 있었다.

"당신은 유키와 친구가 되고 싶다고 하는데, 물론 그건 좋은 일입니다. 하지만 아시겠어요? 당신은 그 아이에게 친구이기 전 에 먼저 어머니예요"라고 나는 말했다. "좋든 싫든 그렇게 되어 있어요. 그리고 그 아이는 아직 열세 살입니다. 아직 어머니를 필 요로 하고 있어요. 어둡고 괴로운 밤에 무조건 껴안아 주는 존재 를 필요로 하고 있는 거예요. 아시겠어요? 나는 전혀 관계없는 타 인이니까 이런 말을 하는 건 주제넘을지도 모릅니다. 하지만 그 아이에게 필요한 것은 어중간한 친구가 아니라, 우선 자신을 전 적으로 받아들여 주는 세계입니다. 우선 그것을 분명히 알아 둬 야 해요."

"당신은 몰라"라고 아메는 말했다.

"맞아요, 나는 모릅니다"라고 나는 말했다. "하지만 그 아이 는 아직 어린애고, 마음의 상처를 입었어요. 누군가가 지켜 주지 않으면 안 됩니다. 노력이 필요한 일이지만, 누군가가 하지 않으면 안 돼요. 그것은 책임의 문제예요. 아시겠어요?"

하지만 그녀가 알 리 없었다.

"매일 데려와 달라고 말하고 있는 게 아니야"라고 그녀는 말했다. "저 애가 와도 좋다고 할 때에 데려와 주면 돼. 나도 이따금 전화는 걸어 볼 테니까. 저기, 난 저 애를 잃고 싶지 않아. 이대로 있으면 저 애가 점점 성장해서 내게서 떨어져 나갈 듯한 느낌이 들어. 내가 원하는 것은 정신적으로 이어지는 일이야, 정신적 유대. 나는 좋은 엄마가 아니었는지도 몰라. 하지만 엄마이기 전에, 내게는 할 일들이 너무 많았어. 그건 어쩔 수 없는 일이었어. 그건 저 애도 알 수 있어. 그러니까 내가 바라는 것은 어머니니 딸이니 하는 그 이상의 관계야. 말하자면 피로 이어진 친구지."

나는 한숨을 쉬었다. 그리고 고개를 저었다. 고개를 젓는다고 뾰족한 수가 생기는 것도 아니지만.

✦

돌아오는 차 속에서 우리는 잠자코 라디오의 음악을 듣고 있었다. 이따금 나는 작게 휘파람을 불었지만, 그 이외에는 그저 침묵이 계속됐다. 유키는 외면하듯이 가만히 밖을 내다보고 있었고, 나도 특별히 할 말은 없었다. 십오 분쯤 나는 그대로 운전을 계속했다. 하지만 불현듯 어떤 작은 예감이 일었다. 그 예감은 소리 없는 총알처럼 머릿속을 재빨리 가로질러 갔다. 예감에는 작은 글자로 '차를 어디엔가 세우는 게 좋겠다'고 쓰여 있는 것 같은 느낌이 들었다.

나는 그 예감에 따라 눈에 들어온 해변의 주차장에 차를 세우고, 유키에게 속이 안 좋은 건 아니냐고 물어봤다. "아무렇지도 않아? 괜찮아? 뭐 마실래?" 유키는 잠시 입을 다물고 있었다. 암시적인 침묵이었다. 나는 더 이상 아무 말도 하지 않고, 그 암시의 행방을 지켜보고 있었다. 나이를 먹으면 암시의 암시성이라는 것을 약간은 이해할 수 있게 된다. 그리고 그 암시성이 현실의 형태를 띠기까지 가만히 기다릴 수 있게 된다. 페인트가 마르기를 기다리는 것과 마찬가지로.

똑같은 모양의 작은 검정 수영복을 입은 두 아가씨가 나란히 야자나무 아래를 천천히 걸어갔다. 울타리 위를 걸어가는 고양이와 같은 걸음걸이였다. 그녀들은 맨발에다, 수영복은 작은 손수건 몇 장을 이어 붙인 것처럼 도발적인 것이었다. 강한 바람이 불면 날아가 버릴 것처럼 보인다. 두 아가씨는 억압된 꿈처럼 묘하게 사실적인 비현실성을 드러내면서, 나의 시야를 오른쪽에서 왼쪽으로 천천히 가로질러 사라져갔다.

브루스 스프링스틴Bruce Springsteen이 「헝그리 하트Hungry Heart」를 불렀다. 좋은 노래다. 세계도 아직 전혀 쓸모가 없지만은 않다. 디제이도 좋은 노래라고 말했다. 나는 가볍게 손톱을 깨물며 하늘을 바라보고 있었다. 그 두개골 모양의 구름은 마치 숙명처럼 거기에 있었다. 하와이, 하고 나는 생각했다. 세계의 끝 같다. 어머니는 딸과 친구가 되고 싶어 하고 있다. 딸은 친구보다는 어머니를 갈구하고 있다. 엇갈리고 있다. 아무 데도 갈 수 없다. 어머니에게는 보이 프렌드가 있다. 되돌아갈 곳이 없는 외팔이 시인이다. 아버지에게도 보이 프렌드가 있다. 게이에다 서생인 프라이데이. 아무 데도 갈 수 없다.

십 분 정도 후에 유키는 내 어깨에 얼굴을 파묻고 울기 시작했다. 처음에는 나직이, 그리고 소리를 내어 울었다. 그녀는 양손을 제 무릎 위에 가지런히 올려놓고, 내 어깨에 코를 붙인 채 울었다. 당연하다고 나는 생각했다. 나라도 네 입장이었다면 울었을 거야. 당연한 일이야.

나는 그녀의 어깨를 안고, 실컷 울게 내버려 뒀다. 내 셔츠의 소매는 흠뻑 젖어 들었다. 그녀는 꽤 오랫동안 울었다. 어깨를 격렬히 흔들면서 울었다. 나는 입을 다물고, 가만히 그녀의 어깨를 안고 있었다.

선글라스를 끼고 번쩍이는 리볼버를 찬 이인조 경관이 주차장을 가로질러 갔다. 독일셰퍼드가 괴로운 듯이 혓바닥을 늘어뜨린 채 주위를 배회하다가 어디론가 사라졌다. 야자수 잎이 바스락거리며 흔들렸다. 포드의 픽업트럭이 부근에 멈춰 서더니, 몸집이 큰 사모아인이 내려 예쁜 아가씨를 데리고 해변으로 걸어갔다. 라디오에서는 제이 가일즈 밴드J. Giles Band가 그리운 「댄스 천국Land of Thousand Dances」을 부르고 있었다.

한 차례 울고 나더니 그녀는 마음이 가라앉은 듯했다.

"나를 두 번 다시 공주님이라고 부르지 마"라고 유키는 내 어깨에 얼굴을 기댄 채 말했다.

"그렇게 불렀나?"라고 나는 물었다.

"불렀어."

"기억이 나지 않아."

"쇼난에서 돌아왔을 때. 그날 밤" 하고 그녀는 말했다. "아무튼 두 번 다시 부르지 마."

"부르지 않겠어"라고 나는 말했다. "확실히 약속해. 보이 조지와 듀란듀란에 맹세코 약속해. 두 번 다시 그렇게 부르지 않겠어."

"엄마가 언제나 그렇게 불러, 나를 공주님이라고 말이야."

"그렇게 부르지 않겠어"라고 나는 말했다.

"그 사람은 언제나 내게 마음의 상처를 입혀. 하지만 그 사람은 그걸 전혀 알아채지 못해. 그리고 나를 좋아해. 그렇지?"

"맞아."

"난 어떻게 해야 해?"

"성장하는 수밖에 없어."

"성장하고 싶지 않아."

"성장하는 수밖에 없어"라고 나는 말했다. "싫어도 모두들 성장하는 거야. 그리고 문제를 안은 채 나이를 먹고, 모두들 싫어도 죽어 가는 거야. 옛날부터 죽 그래 왔고, 앞으로도 계속 그럴 거야. 너만이 문제를 안고 있는 건 아냐."

그녀는 눈물 자국이 난 얼굴을 들어 나를 바라봤다. "아저씨는 사람을 위로할 줄도 몰라?"

"위로해 주고 있는 셈인데"라고 나는 말했다.

"완전히 빗나가 있어"라고 그녀는 말했다. 그리고 어깨에 얹힌 내 손을 밀어내고, 백 속의 화장지를 꺼내어 코를 풀었다.

"그건 그렇고" 하고 나는 현실적인 목소리로 말했다. 그리고 주차장으로부터 차를 몰고 나왔다. "집에 돌아가 수영 한번 하고, 그리고 맛있는 음식을 만들어 사이좋게 먹자고."

우리는 한 시간쯤 수영을 했다. 유키는 수영을 꽤 잘했다. 앞바다까지 헤엄쳐 가거나, 잠수해서 서로 발을 잡아당기곤 하며 놀았다. 그리고 샤워를 하고, 슈퍼에 가서 스테이크 고기와 채소를 사가지고 왔다. 그리고 양파와 간장을 이용해 산뜻한 스테이크와 샐러드를 만들었다. 두부와 파를 넣어 된장국도 만들었다. 기분 좋은 저녁 식사였다. 나는 캘리포니아 와인을 마시고, 유키도 그것을 컵에 절반쯤 따라 마셨다.

"아저씨는 요리 솜씨가 좋구나" 하고 유키가 감탄스럽게 말했다.

"솜씨가 좋은 게 아냐. 단지 애정을 기울여 정성스레 만들었을 뿐이야. 그러기만 해도 상당한 차이가 있어. 자세의 문제야. 여러 가지 사물을 사랑하려고 노력하면, 어느 정도까지는 사랑할수 있어. 기분 좋게 살아가려고 노력하면, 어느 정도까지는 기분 좋게 살아갈 수 있고 말이야."

"하지만 그 이상은 안 된다는 거구나?"

"그 이상은 운이야"라고 나는 말했다.

"아저씨는 의외로 사람의 기분을 우울하게 만들어. 어엿한 어른이면서" 하고 유키는 어이가 없다는 듯이 말했다.

둘이서 설거지를 한 다음, 우리는 밖에 나가 불이 켜지기 시작한 번화한 카라카우아 거리를 어슬렁어슬렁 산책했다. 엉성해 보이는 여러 종류의 상점들을 들여다보며 물품을 비평하고, 길 가는 사람들의 모습을 바라보면서 로얄 하와이안 호텔의 비치 바에서 휴식을 취했다. 나는 또 피나콜라다를 마시고, 그녀는 과일 주스를 마셨다. 그리고 딕 노스는 이렇게 소란스러운 밤거리를 굉장히 싫어하리라고 상상했다. 나는 그다지 싫어하지 않는다.

"엄마에 대해 어떻게 생각했어?"라고 유키가 내게 물었다.

"처음으로 대면한 사람에 대해서는, 솔직히 말해 난 잘 알 수가 없어"라고 말하고, 나는 잠시 생각한 뒤 덧붙였다. "생각을 정리하거나 판단하는 데 비교적 시간이 걸리거든. 머리가 좋지 않아서."

"하지만 아저씨는 약간 화가 나 있었지? 아니야?"

"그래?"

"응, 얼굴을 보면 알 수 있어"라고 유키는 말했다.

"그럴지도 몰라" 하고 나는 인정했다. 그리고 밤바다를 바라보면서 피나콜라다를 한 모금 마셨다. "그러고 보니, 약간 화가 났는지도 몰라."

"무엇에 대해?"

"너를 책임져야 할 사람들이 누구 하나 진지하게 책임을 지려고 하지 않은 데 대해. 하지만 쓸모없는 짓이야. 나는 화를 낼 자격도 없고, 내가 화를 낸들 무슨 소용이 있겠어."

유키는 그릇에 담긴 프레첼을 집어 먹었다. "틀림없이 모두들 어떻게 해야 할지 모르고 있는 거야. 어떻게 해야겠다고는 생각하지만, 막상 어떻게 해야 할지 알지 못하고 있어."

"아마 그럴 거야. 아무도 알지 못하는 것 같아."

"아저씨는 알고 있어?"

"암시성이 구체적인 형태를 띠기까지 가만히 기다렸다가, 거기에 대처하면 되리라고 생각해. 요컨대……."

유키는 티셔츠의 옷깃을 손가락으로 만지작거리면서 내 말에 대해 생각하고 있었다. 하지만 잘 알 수 없는 모양이었다. "그건 무슨 뜻이야?"

"기다리면 된다는 말이야"라고 나는 설명했다. "천천히 그런 때가 오기를 기다리면 돼. 무엇을 억지로 변화시키려 하지 말고, 사물이 흘러가는 방향을 지켜보면 돼. 그리고 공평한 눈으로 사물을 보려고 노력하면 되는 거야. 그러면 어떻게 해야 할지 자연히 알 수 있게 돼. 하지만 모두들 너무 분주해. 재능이 넘쳐. 해야 할 일이 너무 많아. 공평함에 대해 진지하게 생각하기에는 스스로에 대한 관심이 너무 많거든."

유키는 테이블 위에 팔꿈치를 세우고 손으로 턱을 괴었다. 그리고 핑크색 테이블보 위에 떨어져 있는 프레첼 조각을 손으로 밀어냈다. 옆 테이블에서는 똑같은 무늬의 화려한 알로하셔츠와 하와이 민속 의상을 입은 늙은 미국인 부부가 앉아, 커다란 잔에 담긴 트로피컬 칵테일을 마시고 있었다. 그들은 무척 행복해 보였다. 호텔의 안마당에서는 똑같은 무늬의 민속 의상을 입은 아가씨가 전자 피아노를 치면서 「송 포 유Song for You」를 부르고 있었다. 별로 능숙하지는 않았지만, 「송 포 유」인 것만은 분명했다. 마당에는 사방에 횃불 모양으로 만들어진 가스 불꽃이 피어오르고 있었다. 노래가 끝나자 두세 명이 산발적으로 손뼉을 쳤다. 유키는 나의 피나콜라다를 집어 들고 한 모금 마셨다.

"맛있어"라고 그녀는 말했다.

"동의, 지지"라고 나는 말했다. "'맛있어'에 두 표."

유키는 잠시 어이가 없다는 듯한 표정으로 나를 말끄러미 바라보고 있었다. "아저씨는 대체 어떤 사람인지, 나는 잘 이해할 수가 없어. 굉장히 성실하고 정상적인 사람처럼 보이기도 하고, 어찌 보면 근본적으로 엇나간 사람처럼 보이기도 하고."

"굉장히 정상적이라는 것은, 동시에 엇나가 있다는 것이기도 하거든. 그러니까 그런 일엔 특별히 신경 쓰지 않아도 돼"라고 나는 설명했다. 그리고 다정다감해 보이는 웨이트리스에게 피나콜라다를 다시 주문했다. 그녀는 엉덩이를 흔들면서 재빨리 음료를 날라와 전표에 사인을 하고는, 체셔 고양이 같은 미소를 남기고 가버렸다.

"그럼, 나는 대체 어떻게 하면 좋지?"라고 유키가 말했다.

"어머니는 너를 만나고 싶어 해"라고 나는 말했다. "자세한 것은 나도 잘 알 수 없어. 남의 가정사고, 약간 독특한 사람이니까. 하지만 한마디로 말하면 지금까지 여러 가지 불협화음이 있었던 모녀라는 관계를 넘어서 너와 친구가 되고 싶어 하고 있어."

"사람과 사람이 친구가 된다는 것은 무척 어려운 일이라고 생각해."

"찬성" 하고 나는 말했다. "'어렵다'에 두 표."

유키는 테이블에 팔꿈치를 세우고 멍한 눈으로 내 얼굴을 말 끄러미 바라봤다.

"아저씨는 어떻게 생각해? 그런 엄마의 생각에 대해."

"내가 그런 문제를 어떻게 생각하느냐 하는 것은 전혀 문제 가 되지 않아. 네가 어떻게 생각하느냐, 하는 게 문제야, 말할 것 도 없는 얘기지만. '그건 너무 이기적'이라고 생각할 수도 있을 거야. '고려할 만한 건설적인 자세'라고 생각할 수도 있겠지. 어 느 쪽을 택하느냐는 네 마음먹기에 달렸어. 서두를 건 없어. 천천 히 생각해서, 결론을 내리면 돼."

유키는 팔꿈치를 세우고 손으로 턱을 괸 채 고개를 끄덕였 다. 카운터에서 누군가가 큰 소리로 웃고 있었다. 피아노를 치는 아가씨가 되돌아와, 피아노를 치면서 「블루 하와이Blue Hawaii」를 부르기 시작했다. "밤이 갓 시작됐다. 우리는 젊다. 자, 나오라, 달이 바다 위에 떠 있을 동안에……."

"엄마랑 나는 아주 심각한 상태였어"라고 유키는 말했다. "삿포로로 가기 전에는 정말 심각했어. 학교를 다닐 것인지 여부를 둘러싸고 옥신각신하다가 분위기가 아주 험악해져 버렸거든. 서로 거의 말도 하지 않고, 얼굴도 제대로 마주 보지 않았어. 그런 상태가 죽 계속되고 있었어. 엄마는 무슨 일을 제대로 생각하지 못하는 사람이야. 수시로 생각이 떠오르면 무슨 말을 하고 그대로 잊어버려. 말하고 있을 때는 진지하지만, 아무것도 기억하지 않아. 그런 주제에 이따금 변덕스레 엄마로서의 역할에 눈뜨는 거야. 난 그런 걸 보면 화가 치밀어."

"하지만" 하고 나는 말했다. 접속사적 존재.

"하지만 엄마에게는 확실히 뭔가 보통 이상의 뛰어난 점이 있어. 엄마로서는 엉망이고 최악이야. 나는 그 때문에 마음의 상처를 상당히 받아 왔지만, 그런데도 왠지 이유는 알 수 없지만 끌리는 면은 있어. 그 점은 아빠하고는 전혀 달라. 잘 알 수 없지만. 하지만 지금 갑자기 친구가 되자고 해도, 엄마와 나는 힘의 차이가 너무 커. 나는 아직 어린아이이고, 엄마는 강한 힘을 갖고 있는 어른이야. 누가 생각하든 그쯤은 알 수 있잖아? 그런데 엄마는 전혀 알지 못해. 그러니까 엄마가 나와 친구가 되려고 해도, 본인은 열심히 노력하고 있는 셈이지만, 엄마는 자신도 모르는 사이에 나에게 자꾸 마음의 상처를 입히게 되는 거야. 이를테면 삿포로에서의 일도 그래. 엄마는 때로는 내게 다가서려고 해. 그래서 나도 엄마에게 다가서려고 해. 나도 노력하는 거야, 열심히. 하지만 그렇게 하면 엄마는 이미 어딘가 다른 데로 눈을 돌리고 있어. 이미 다른 일에 열중해서, 나에 관한 건 잊어버리고 말아. 모두 일시적인 생각이야." 유키는 이렇게 말하고, 절반쯤 먹다 남은 프레첼을 손가락으로 모래 위에 튕겨 버렸다. "나를 삿포로로 데리고 갔어. 하지만 결국은 그 모양이야. 나를 데리고 온 건 잊어버리고, 훌쩍 카트만두로 가버렸잖아. 그리고 자기가 나를 내버려 두고 가버린 걸 사흘 동안이나 알아채지 못하는 거야. 너무 심하지 않아? 그리고 그 일로 내가 마음에 심한 상처를 입은 것도 잘 이해하지 못하는 거야. 나는 엄마를 좋아해. 좋아한다고 생각해. 친구가 될 수 있으면 좋겠다고 생각해. 하지만 이제 두 번 다시 그런 식으로 내팽개쳐지고 싶지 않아. 일시적인 생각에 따라 이리저리 끌려 다니고 싶지 않아. 이젠 그런 거 지겨워."

"네 말은 모두 옳아"라고 나는 말했다. "논지도 명확해. 잘 이해할 수 있어."

"하지만 엄마는 알지 못하고 있어. 그런 걸 제대로 설명해도, 무슨 말인지 전혀 이해할 수 없을 거야."

"그런 느낌도 들어."

"그래서 초조해."

"그것도 잘 이해할 수 있어"라고 나는 말했다. "그런 때에 우리 어른들은 술을 마시지."

유키는 나의 피나콜라다를 절반쯤 죽 들이켰다. 어항처럼 커

다란 잔이어서, 양이 꽤 많았다. 다 마시고 나서, 잠시 후에 그녀
는 테이블에 팔꿈치를 세우고 손으로 턱을 괸 채 멍한 눈으로 내
얼굴을 바라봤다.

"좀 이상해"라고 그녀는 말했다. "몸이 따뜻하고 졸리는 것
같아."

"그럼 됐어"라고 나는 말했다. "기분은 나쁘지 않아?"

"나쁘지 않아. 좋은 기분이야."

"좋아. 긴 하루였어. 열세 살이든 서른네 살이든 마지막으로
약간 기분이 좋아질 정도의 권리는 있어."

나는 계산을 하고, 유키의 팔을 잡고 해변을 따라 호텔로 돌
아왔다. 그리고 그녀의 방문 자물쇠를 열었다.

"저기"라고 유키가 말했다.

"응?" 하고 나는 물었다.

"잘 자"라고 그녀는 말했다.

이튿날도 완전히 하와이적인 하루였다. 아침 식사를 끝내고는 이
내 수영복으로 갈아입고 해변으로 나갔다. 유키가 서핑을 해보고
싶다고 해서, 나는 서핑보드 두 개를 빌려 그녀와 함께 쉐라톤의
앞바다로 나갔다. 나는 이전에 친구에게 초보적인 기술을 배운
적이 있었기 때문에, 그것을 그대로 그녀에게 가르쳐 줬다. 파도
를 타는 방식이나 발을 딛는 방식 정도의 초보적인 기술이다. 유
키는 썩 잘 익혔다. 몸도 유연했고 타이밍을 잘 포착했다. 삼십 분

정도 만에 그녀는 나보다 파도를 훨씬 더 잘 타게 됐다. "재미있다"고 그녀는 말했다.

점심 식사를 한 다음에, 나는 그녀를 데리고 알라모아나 부근에 있는 서프 상점으로 가서, 중고 보드 두 개를 샀다. 점원은 나와 유키의 체중을 물어보고, 각기 적합한 보드를 골라 줬다. "당신들은 남매인가요?"라고 점원이 내게 물었다. 귀찮아서 "그렇다"고 대답했다. 아버지와 딸처럼 보이지는 않는 모양이어서 나는 약간 안심했다.

두 시에 우리는 또 해변으로 나가, 모래사장에서 뒹굴며 일광욕을 했다. 수영을 좀 하고, 잠을 잤다. 하지만 거의 대부분의 시간을 우리는 그저 멍하니 지냈다. 라디오를 듣고, 책을 대충 읽고, 사람들의 모습을 바라보고, 야자나무 잎이 흔들리는 소리에 귀를 기울였다. 태양이 조금씩 그 정해진 궤도를 이동해 갔다. 해가 기울자, 우리는 방으로 돌아와 샤워를 하고 스파게티와 샐러드를 먹은 다음, 스필버그의 영화를 보러 갔다. 영화관을 나와 잠시 거리를 산책하고, 할레쿨라니 호텔의 우아한 풀 사이드 바로에 갔다. 그리고 나는 또 피나콜라다를 마시고, 그녀는 과일 주스를 주문했다.

"저기, 그걸 또 조금 마셔 봐도 괜찮을까?"라고 유키는 나의 피나콜라다를 손가락으로 가리키며 말했다. "괜찮아"라고 나는 말하고, 잔을 바꾸었다. 유키는 빨대로 이 센티미터 가량의 피나콜라다를 마셨다. "맛있어"라고 그녀는 말했다. "어제 들렀던 바와는 약간 맛이 다른 것 같아."

나는 웨이터를 불러 피나콜라다를 한 잔 더 주문했다. 그리고 그것을 통째로 유키에게 줬다. "모두 마셔도 돼"라고 나는 말했다. "저녁때마다 나와 함께 지내면, 일주일 만에 너는 일본에서 피나콜라다에 제일 밝은 중학생이 될 거야."

풀장 한쪽에서는 대규모의 댄스 밴드가「프레네시Frenesi」를 연주하고 있었다. 나이가 많은 클라리넷 연주자가 도중에 긴 독주를 했다. 아티 쇼Artie shaw를 연상시키는 우아한 솔로였다. 그리고 이에 맞추어 정장을 입은 십여 쌍의 나이 든 커플들이 춤을 추고 있었다. 풀의 밑바닥에서 쏘아지는 조명이, 그들의 얼굴을 환상적으로 비추고 있었다. 춤을 추고 있는 노인들은 매우 행복해 보였다. 그들은 온갖 풍상을 겪은 뒤에, 이 하와이에 당도한 것이다. 그들은 우아하게 발을 움직이며, 제대로 스텝을 밟고 있었다. 사내들은 허리를 곧추세우고 반듯한 자세로 움직이고, 여자들은 빙그르르 원을 그리며 롱스커트 자락을 부드럽게 흔들었다. 우리는 그런 사람들의 모습을 가만히 바라보고 있었다. 그들의 모습은 왠지 내 마음을 안정시켰다. 아마 노인들이 흡족한 듯한 표정으로 춤을 추고 있었기 때문일 것이다. 곡이「문 글로Moon Glow」로 바뀌자, 그들은 서로 살며시 볼을 가져다 댔다.

"또 졸리네" 하고 유키가 말했다.

하지만 이번에는 그녀 혼자서 똑바로 걸어갈 수 있었다. 진보하고 있었다.

호텔로 돌아온 나는 거실로 와인과 잔을 가져와서 텔레비전을 켜고 클린트 이스트우드의 「집행자Hang 'Em High」를 봤다. 또 클린트 이스트우드다. 여전히 미소조차 짓지 않는다. 나는 와인 세 잔을 마실 동안 영화를 보다가 도중에 졸려서 그만 텔레비전을 끄고 욕실로 가서 이를 닦았다. 이로써 하루가 끝났다고 나는 생각했다. 의미가 있는 하루였을까? 그렇지도 않다. 그저 보통이다. 아침에 유키에게 서핑을 가르쳐 줬고, 또 서핑보드를 사줬다. 저녁 식사를 하고, 「E·T」를 관람했다. 그리고 할레쿨라니의 바에서 둘이서 피나콜라다를 마시고, 우아하게 춤을 추는 노인들을 구경했다. 유키가 술에 잔뜩 취했고, 나는 그녀를 호텔로 데리고 돌아왔다. 그저 그렇다. 좋든 싫든 하와이적인 하루였다. 그러나 어쨌든 이로써 하루가 끝났다고 나는 생각했다.

하지만 일은 그렇게 간단히 끝나지는 않았다.

내가 티셔츠와 팬티 바람으로 침대에 들어가서, 불을 끈 지 채 오 분도 지나기 전에 초인종이 띵동, 하고 울렸다. 원, 또 무슨 일이람, 하고 나는 생각했다. 시계는 열두 시 조금 전을 가리키고 있었다. 나는 머리맡의 전등을 켜고, 바지를 입고 방문 쪽으로 갔다. 문까지 가는 동안 벨이 두 번 더 울렸다. 유키일 거라고 나는 생각했다. 그밖에 누군가가 나를 찾아오리라고는 생각할 수 없었으니까. 그래서 나는 찾아온 사람이 누구인지 확인하지도 않고 문을 열었다. 하지만 찾아온 사람은 유키가 아니었다. 처음 보는 젊은 여자였다.

"안녕"이라고 그녀는 말했다.

"안녕"이라고 나도 반사적으로 말했다.

얼핏 보기에 여자는 동남아시아계인 듯했다. 타이나 필리핀이나 베트남……. 나는 미묘한 인종적 차이를 잘 알 수 없다. 하지만 어쨌든 그쪽이다. 예쁜 여자였다. 몸집이 작고, 피부색이 까무잡잡하며, 눈이 크다. 그리고 윤기가 나는 핑크색의 매끄러운 천으로 만들어진 원피스를 입고 있었다. 백과 구두도 모두 핑크색이었다. 왼쪽 손목에 팔찌처럼 커다란 핑크색 리본을 감고 있었다. 마치 무슨 선물처럼. 도대체 왜 손목에 리본 따위를 감고 있을까, 하고 나는 생각했다. 하지만 알 수 없었다. 그녀는 문에 손을 대고 싱긋 웃으며 나를 바라보고 있었다.

"내 이름은 준이라고 해" 하고 그녀는 약간 사투리가 섞인 영어로 말했다.

"안녕, 준" 하고 나는 말했다.

"안으로 들어가도 돼?" 하고 그녀는 손가락으로 내 뒤쪽을 가리키며 물었다. "잠깐만! 잠깐 기다려" 하고 나는 당황해서 말했다. "아마 방을 잘못 찾아온 모양인데. 누구를 찾아온 거야?"

"저어, 잠시만"이라고 그녀는 말하고, 백 속의 메모를 꺼내어 읽었다. "미스터……."

나였다. "내 이름이야, 그건" 하고 나는 말했다.

"그럼 잘못 찾아온 게 아니잖아."

"잠깐" 하고 나는 말했다. "이름은 확실히 맞아. 하지만 난 어떻게 된 건지 전혀 이해할 수 없어. 당신은 누구지, 대체?"

"아무튼 좀 안으로 들어가게 해주지 않겠어? 여기에 서서 이야기를 하면 모양이 좋지 않아. 남들이 어떻게 생각하겠어? 괜찮아, 안심해. 안에 들어가 손들어, 꼼짝 마! 하고 위협하지는 않을 테니까."

확실히 방의 입구에서 이러니저러니 승강이를 하는 동안에, 옆방의 유키가 깨어서 나오기라도 하면 일이 번거로울 것 같았다. 나는 그녀를 안으로 들어오도록 했다. 될 대로 되라지.

준은 안으로 들어오자, 내가 권하기도 전에 곧 소파에 편히 앉았다. 무엇을 마시겠느냐고 나는 물었다. 당신과 같은 거면 된다고 그녀는 말했다. 나는 부엌으로 가서 진토닉 두 잔을 만들어 왔다. 그리고 그녀의 맞은편 자리에 앉았다. 그녀는 다리를 대담하게 꼬고 맛있다는 듯이 진토닉을 마셨다. 예쁜 다리였다.

"이봐, 준, 당신 왜 나를 찾아왔지?"라고 나는 물어봤다.

"가라고 해서" 하고 그녀는 당연하다는 듯한 표정으로 말했다.

"누가?"

그녀는 어깨를 움츠렸다. "당신에게 호의를 갖고 있는 익명의 신사가. 그분이 돈을 치렀어. 일본에서. 당신을 위해. 알겠지, 어떻게 된 건지?"

마키무라 히라쿠, 이리라고 나는 생각했다. 이게 그가 말하던 '선물'인 것이다. 그래서 그녀는 손목에 핑크색의 리본을 감고 있는 것이다. 아마 그는 내게 여자를 안겨 주면 유키가 안전하리라고 생각했으리라. 실리적이다. 정말로 실리적이다. 나는 화가 나기보다는 오히려 순수하게 감탄하고 말았다. 묘한 세상이다. 모두들 나에게 여자를 안겨 준다.

"아침까지의 몫은 이미 다 받았어. 그러니까 둘이서 실컷 즐기자. 내 몸은 꽤 좋아."

준은 다리를 들어 핑크색의 하이힐 샌들을 벗고는 바닥에 섹시하게 드러누웠다.

"이봐, 미안하지만 그럴 순 없어"라고 나는 말했다.

"왜, 당신 호모야?"

"아니, 그렇지 않아. 그런 게 아니라, 그 돈을 치른 신사와 나 사이에 사고방식의 차이가 있어. 그래서 너하고 잘 수가 없어. 사리의 문제야."

"하지만 이미 계산은 되어 있고, 돌려줄 수는 없어. 게다가 당신이 나하고 그걸 하든 말든, 그런 걸 상대방은 알 수 없어. 내가 국제전화로 그 사람에게 보고하는 것도 아니잖아. '분명히 그와 그걸 세 번 했습니다'라고 말이야. 그러니까 하든 하지 않든 마찬가지야. 사리고 뭐고 없어."

나는 한숨을 쉬었다. 그리고 진토닉을 마셨다.

"해"라고 준은 단순하게 말했다. "기분 좋아, 그거."

나로선 이해할 수가 없었다. 그리고 여러 가지를 설명하는 일이 점점 귀찮아졌다. 그런대로 평범한 하루가 겨우 끝나고 침대에 들어, 불을 끄고 막 잠이 들려 하던 참이었다. 그런데 알지도 못하는 여자가 갑자기 찾아와 그걸 하자고 한다. 지독한 세상이다.

"이봐, 진토닉을 한 잔씩 더 마시지 않겠어?"라고 그녀가 내게 물었다. 내가 고개를 끄덕이자, 부엌으로 가서 두 잔의 진토닉을 만들어서 왔다. 그리고 라디오를 켰다. 그녀는 자기 방에 있는 것처럼 편안한 자세로 있었다. 하드록이 흘러나오고 있었다.

"최고" 하고 준이 일본어로 말했다. 그리고 내 옆에 앉아, 내게 기대면서 진토닉을 홀짝홀짝 마셨다. "어렵게 생각하지 않아도 돼"라고 그녀는 말했다. "나는 프로야. 이 일에는 당신보다 내가 더 잘 알아. 거기엔 사리고 뭐고 없어. 그러니까 내게 모든 걸 맡겨. 이건 그 일본 신사와는 이미 관계없는 문제야. 이 일은 그에게서 이미 떠나 버렸어. 이미 나하고 당신 두 사람의 문제야."

그리고 준은 손가락으로 내 가슴을 부드럽게 어루만졌다. 나는 정말 모든 게 귀찮아졌다. 만일 내가 매춘부를 데리고 자야만 마키무라 히라쿠가 안심할 수 있다면, 그건 그런대로 상관없다는 느낌마저 들었다. 이렇게 승강이를 하고 있을 바엔 차라리 해버리는 게 낫겠다는 느낌이 들었다. 기껏해야 섹스인걸. 발기해서, 삽입하고, 사정하면 그것으로 끝난다.

"오케이, 하자"라고 나는 말했다.

"그래야지"라고 준은 말했다. 그리고 진토닉을 다 마시고, 빈 잔을 테이블 위에 내려놓았다.

"하지만 난 오늘은 몹시 피곤해. 그러니까 격렬한 일은 하나도 할 수 없어."

"맡겨줘. 처음부터 끝까지 내가 해줄 테니까. 당신은 가만히 있으면 돼. 다만 처음에 두 가지 일만은 해줘야겠어."

"뭐지?"

"방의 불을 끄는 것과 리본을 풀어 주는 것."

나는 불을 끄고, 손목의 리본을 풀어 줬다. 그리고 침실로 갔다. 불을 끄자, 창밖으로 방송용 안테나 탑이 보였다. 탑의 꼭대기에선 붉은 불빛이 점멸하고 있었다. 라디오에서는 하드록이 계속 흘러나오고 있었다. 현실이 아닌 것 같다고 나는 생각했다. 하지만 기묘한 색채를 띠고 있긴 해도 틀림없는 현실인 것이다. 준은 간단히 원피스를 벗고 이어 내 옷을 벗겼다. 메이만은 못할지라도 그녀 역시 기교 있는 매춘부며, 그 기교에 자부심을 갖고 있는 듯했다. 그녀는 손가락과 혀 따위를 사용해서 나를 적절하게 발기시키고, 포리너Foreigner의 곡에 맞추어 온전하게 사정으로 이끌었다. 밤이 막 시작되어, 달은 바다 위에 떠 있었다.

"어때? 좋았지?"

"좋았어"라고 나는 말했다. 정말 좋았다.

그리고 또 우리는 진토닉을 한 잔씩 마셨다.

"준." 나는 문득 생각이 나서 말했다. "넌 어쩌면 지난달엔 메이라고 불리지 않았어?"

준은 즐거운 듯이 하하하 하고 웃었다. "재미있네. 난 조크를 좋아해. 다음 달엔 줄리라고 부르나? 8월엔 오지."

농담으로 하는 말이 아니라고 나는 말하고 싶었다. 정말로 지난달에는 메이라는 아가씨와 잤었다고. 하지만 물론 말해도 소용없는 일이었다. 그래서 나는 잠자코 있었다. 내가 잠자코 있자, 그녀는 또 프로페셔널하게 나를 발기시켰다. 두 번째. 나는 정말 아무 일도 하지 않고 거기에 그냥 누워 있을 뿐이었다. 그녀가 모든 걸 해줬다. 서비스 좋은 주유소 같았다. 차를 세우고 키를 건네주면, 급유부터 세차, 공기압 체크, 오일 점검, 유리창 닦기, 재떨이 청소에 이르기까지의 모든 일을 해준다. 이런 걸 과연 섹스라 부를 수 있을까? 어쨌든 모든 게 끝난 것은 새벽 두 시가 조금 지났을 무렵이었다. 이윽고 우리는 잠이 들었다. 그리고 여섯 시 가까이 되어 깨어났다. 라디오는 아침까지 켜진 채로 있었다. 밖은 이미 환하게 밝았고, 일찍 일어난 서퍼가 해안에 픽업트럭을 내놓고 있었다. 내 옆자리에서는 벌거벗은 준이 몸을 오그리고 깊이 잠들어 있었다. 바닥에는 핑크색 옷과 핑크색 구두와 핑크색 리본이 놓여 있었다. 나는 라디오를 끄고, 그녀를 흔들어 깨웠다.

"이봐, 일어나"라고 나는 말했다. "사람이 와. 어린 소녀가 아침 식사를 하러 온다고. 미안하지만 네가 있으면 곤란해."

"오케이, 오케이"하고 그녀는 말하며 일어났다. 그리고 벌거벗은 채로 백을 집어 들고 욕실로 가서 이를 닦고 머리를 빗었다. 그리고 옷을 입고 구두를 신었다.

"나, 좋았지?" 하고 그녀는 입술에 립스틱을 바르며 말했다.

"좋았어"라고 나는 말했다.

준은 미소를 지으며 립스틱을 백에 집어넣고는 잠금장치를 눌렀다. "그럼, 다음번은 언제로 하지?"

"다음번?"

"삼 회분을 지불받았어. 그러니까 아직 두 번 더 남아 있어. 언제가 좋아? 아니면 기분 전환 되게 나 말고 다른 아가씨로 하겠어? 그래도 좋아. 난 전혀 신경 쓰지 않을 테니까. 남자들은 여러 아가씨와 자고 싶어 하지?"

"아니야, 물론 네가 좋아"라고 나는 말했다. 달리 말할 방법도 없다. 삼 회분. 틀림없이 마키무라 히라쿠는 내 몸에서 정액을 한 방울도 남기지 않고 뽑아내려는 것이겠지.

"고마워. 절대 후회하지 않을 거야. 다음번엔 더 화끈하게 해줄 테니까. 괜찮을 테니 기대하고 있어. You can rely on me(날 믿어도 돼). 모레 밤이 어때? 그땐 나도 한가해서 제대로 해줄 수 있을 테니까."

"그렇게 해"라고 나는 말하면서 택시비로 십 달러를 건넸다.

"고마워. 그럼 또 봐, 바이바이"라고 그녀는 말했다. 그리고 문을 열고 나갔다.

나는 유키가 일어나 아침 식사를 하러 올 때까지 컵들을 모두 깨끗이 씻어 치우고, 재떨이를 씻고, 구겨진 시트를 펴놓고, 핑크색 리본을 휴지통에 버렸다. 이만하면 됐으리라고 생각했다. 하지만 유키는 방에 들어오자마자 약간 눈살을 찌푸렸다. 방 안의 무엇인가가 마음에 들지 않은 것이다. 굉장히 감이 좋다. 무엇인가를 추측하고 있다. 나는 모르는 체하고 휘파람을 불면서 아침 식사 준비를 했다. 커피를 내리고, 토스트를 굽고, 과일을 깎았다. 그리고 식탁으로 날랐다. 유키는 의심스러운 눈으로 주위를 힐끗힐끗 둘러보면서 차가운 우유를 마시며 빵을 먹고 있었다. 내가 말을 걸어도 통 대답하지 않았다. 아무래도 거북하군, 하고 나는 생각했다. 방 안에 무거운 공기가 감돌았다.

긴장된 아침 식사가 끝나자, 그녀는 테이블 위에 양손을 올려놓고, 가만히 내 눈을 바라봤다. 아주 진지한 눈이었다. "저기, 어젯밤 여기에 여자가 왔었지?"라고 유키는 말했다.

"잘 알아맞히는데" 하고 나는 아무렇지도 않은 듯한 표정으로 선뜻 말했다.

"누구야, 대체. 어제 그 근처에서 여자를 낚아 왔어?"

"설마. 그런 짓은 하지 않아. 난 그렇게 부지런하지 않은걸. 상대방이 제멋대로 찾아왔어."

"거짓말하지 마. 그런 일이 있을 턱이 없잖아."

"거짓말이 아냐. 나는 네게 거짓말은 하지 않아. 정말로 상대방이 제멋대로 찾아온 거야"라고 나는 말했다. 그리고 모든 걸 분명히 설명했다. 마키무라 히라쿠가 내게 여자를 주선해 줬다는 것. 나도 뜻밖의 일이라 깜짝 놀랐다는 것. 내 성욕을 충족시켜 두면 유키가 안전하리라고 마키무라 히라쿠가 생각했으리라는 것.

"정말이지, 어휴" 하고 말하며 유키는 깊은 한숨을 쉬고 눈을 감았다. "왜 그 사람은 언제나 그 따위 쓸모없는 생각만 할까. 왜 그렇게 엉뚱한 짓만 하고 있을까. 정말로 중요한 일은 아무것도 모르고 아무것도 못 느끼는 주제에, 그렇게 소용없는 일에는 생각이 잘 미치지. 엄마도 엄마지만 아빠도 엄마와는 다른 면에서 머리가 돌았어. 언제나 엉뚱한 짓을 해서 일을 망쳐 버려."

"확실히 네 말이 맞아. 정말 엉뚱해" 하고 나는 동의했다.

"하지만 아저씨는 왜 방 안에 들어오게 했어? 방 안에 들어오게 했지, 그 여자를?"

"들어오게 했어. 무슨 사정인지 몰랐으니 그녀와 이야기할 필요가 있었어."

"하지만 설마 이상한 짓은 하지 않았겠지?"

"그게 그처럼 단순하지가 않아."

"설마—" 하고 말하기 시작하다 그녀는 입을 다물었다. 적당한 표현 방법이 떠오르지 않은 것이다. 그리고 볼이 약간 붉어졌다.

"그래, 사정을 설명하자면 이야기가 길어지지만, 아무튼 쉽게 거절할 수가 없었어"라고 나는 말했다.

그녀는 눈을 감고 양손으로 볼을 감쌌다. "믿기지가 않아" 하고 아주 작고 메마른 목소리로 유키는 말했다. "아저씨가 그런 짓을 하다니 믿기지가 않아."

"처음에는 물론 거절할 작정이었어"라고 나는 정직하게 말했다. "하지만 이야기하고 있는 동안에 어떻게 되든 상관없다는 느낌이 들었어. 이것저것 생각하기가 귀찮아졌어. 변명하는 건 아니지만 네 부모는 확실히 일종의 힘을 갖고 있어. 어머니는 어머니 나름대로, 아버지는 아버지 나름대로 사람에게 어떤 영향을 미쳐. 그것을 인정하느냐의 여부를 떠나 스타일이라는 걸 갖고 있어. 존경은 할 수 없어도 무시할 수는 없어. 말하자면 그렇게 해야 네 아버지의 마음이 놓인다면 괜찮다고 생각한 거야. 그리고 나빠 보이지 않는 여자였어."

"하지만 그건 너무 심해"라고 유키는 메마른 목소리로 말했다. "아빠가 아저씨에게 여자를 사준 거야. 그래도 아무렇지도 않아? 그건 옳지 않은 일이야. 잘못되고 부끄러운 일이야. 그렇게 생각하지 않아?"

확실히 그랬다.

"확실히 그래"라고 나는 말했다.

"정말로 정말로 부끄러운 일이야"라고 유키는 되풀이했다.

"그래"라고 나는 인정했다.

아침 식사를 한 다음에, 우리는 보드를 가지고 해변으로 나갔다. 그리고 또 쉐라톤의 앞바다로 나가, 점심때까지 서핑을 했다. 그동안 그녀는 한마디도 하지 않았다. 뭐라고 말을 걸어도 대답을 하지 않았다. 필요에 따라 고개를 끄덕이거나 고개를 가로저을 뿐이었다.

이제 뭍으로 돌아가 점심 식사를 하자고 말하자, 그녀는 고개를 끄덕였다. 방으로 가서 무엇을 만들어 먹겠냐고 묻자 그녀는 고개를 저었다. 그럼 밖에서 가볍게 먹자고 말하자, 그제야 그녀는 고개를 끄덕였다. 우리는 포트 드루시 해변 공원의 잔디밭에 앉아 핫도그를 먹었다. 나는 맥주를 마시고 유키는 콜라를 마셨다. 그녀는 아직도 한마디도 말하지 않았다. 이미 세 시간 동안이나 입을 다물고 있었다.

"다음에는 거절할 거야"라고 나는 그녀에게 말했다.

그녀는 선글라스를 벗고, 마치 허공의 틈이라도 바라보듯이 내 얼굴을 가만히 바라봤다. 삼십 초쯤 가만히 바라보고 있었다. 그리고 햇볕에 깨끗이 그을린 손으로 앞머리를 쓸어 올렸다.

"다음?" 하고 그녀는 이상하다는 듯이 말했다. "다음이라니 무슨 뜻이야?"

나는 마키무라 히라쿠가 이 회분을 더 지불해 놓았다고 설명했다. 그리고 두 번째는 모레 밤이라고. 그녀는 주먹으로 잔디를 몇 번 두드렸다. "믿을 수가 없어. 정말로 바보 같아."

"특별히 두둔하려는 건 아니지만, 아버지는 아버지 나름대로 걱정을 하고 있는 거야. 말하자면 내가 남자고, 네가 여자니까"라고 나는 설명했다. "알겠어?"

"정말로, 정말로 바보 같아" 하고 그녀는 울먹이는 듯한 목소리로 말했다. 그리고 제 방으로 들어가, 저녁때까지 나오지 않았다.

나는 잠시 낮잠을 자고, 근처의 슈퍼마켓에서 사온 「플레이보이」를 읽으면서 베란다에서 일광욕을 했다. 네 시쯤부터 구름이 모습을 드러내며 서서히 하늘을 뒤덮더니, 다섯 시가 지나면서부터는 격렬하고 본격적인 스콜이 들이닥쳤다. 이 기세로 한 시간쯤 더 퍼부으면, 섬이 남극까지 몽땅 떠내려가 버리지 않을까 싶을 만큼 격렬한 비였다. 이토록 격렬히 퍼붓는 비를 본 것은 난생처음이었다. 오 미터 앞에 있는 것도 제대로 보이지 않았다. 해변의 야자나무 이파리들은 미친 듯이 요동을 치고, 아스팔트 도로는 눈 깜짝할 사이에 강물처럼 되어 버렸다. 몇 명의 서퍼가 우산 대신 보드를 머리 위에 받쳐 들고 창문 밑을 빠른 걸음으로 지나갔다. 이윽고 천둥이 울리기 시작했다. 알로하 타워 부근의 바다 위에서 섬광이 번쩍이는 게 보였다. 나는 창문을 닫고, 부엌에서 커피를 끓였다. 그리고 오늘 밤에는 저녁 식사로 무엇을 만들까 하고 생각했다.

한 번 더 천둥이 울렸을 때에 유키가 살며시 방으로 들어와, 부엌 구석 쪽의 벽에 기대어 나를 바라봤다. 내가 미소를 띠어도 그녀는 단지 나를 물끄러미 바라보고만 있었다. 나는 커피 잔을 집어 들고, 그녀를 데리고 거실로 가서 소파에 나란히 걸터앉았다. 유키는 안색이 별로 좋지 않았다. 아마 천둥 치는 소리를 싫어하는 것이리라. 왜 여자아이들은 모두 천둥 치는 소리나 거미 같은 것을 싫어할까? 천둥은 약간 시끄러운 공중의 방전 현상에 지나지 않는다. 거미도 특수한 것 말고는 해롭지 않은 작은 벌레다. 한 번 더 창백한 섬광이 번쩍였을 때, 유키는 내 오른팔을 두 손으로 꽉 잡았다.

십 분쯤 우리는 그런 자세로 스콜과 번개를 바라보고 있었다. 그녀는 내 오른팔을 잡고, 나는 커피를 마시고 있었다. 이윽고 천둥소리가 멀어져 가고, 비가 멎었다. 구름이 흩어지면서, 해 질녘의 태양이 모습을 드러냈다. 나중에는 사방에 연못 같은 물웅덩이만 남아 있을 뿐이었다. 야자나무 잎은 물방울을 머금고 반짝반짝 빛나고 있었다. 바다는 아무 일도 없었던 것처럼 잔잔히 흰 물결을 일으키고, 비를 피하고 있던 관광객들도 다시 슬슬 해변에 모습을 나타내기 시작했다.

"확실히 나는 그런 일을 하지 말았어야 했어"라고 나는 말했다. "무슨 일이 있어도 거절하고 돌려보냈어야 했어. 하지만 그때는 피곤했고, 머리가 잘 돌아가지 않았어. 나는 아주 불완전한 인간이야. 불완전하고, 항상 실수하거든. 하지만 배워. 두 번 다시 똑같은 실수를 저지르지 않겠다고 결심하지. 그래도 똑같은 실수를 두 번씩 저지르는 경우가 적지 않아. 왜 그럴까? 간단해. 왜냐하면 내가 어리석고 불완전하기 때문이야. 그런 때에는 역시 약간은 스스로를 혐오하게 돼. 그리고 똑같은 실수를 세 번은 저지르지 않으리라고 결심하지. 그렇게 조금씩 나아지지. 조금씩이지만 그래도 나아지는 건 분명해."

유키는 오랫동안 아무런 반응도 나타내지 않았다. 그녀는 내 팔에서 손을 떼고, 아무 말도 하지 않고 가만히 바깥 경치를 내다보고 있었다. 내가 한 말을 그녀가 듣고 있었는지 여부도 알 수 없었다. 해가 지고 해변에 나란히 늘어선 가로등에 하얀 불이 켜지기 시작했다. 비가 그치고 난 후라 해 질 녘 공기가 신선하고 빛도 선명했다. 검푸른 저녁 하늘을 배경으로 방송국의 높은 안테나가 솟아 있고, 그 꼭대기의 붉은 불빛이 심장의 고동처럼 규칙적으로 천천히 점멸하고 있었다. 나는 부엌으로 가서 냉장고의 맥주를 꺼내 마셨다. 그리고 크래커를 몇 개 먹으면서 정말로 조금씩이나마 나아져 가고 있을까, 하고 생각했다. 별로 자신은 없었다. 잘 생각해 보면 전혀 자신이 없었다. 열여섯 번쯤 계속해서 똑같은 과오를 저지른 일도 있는 듯한 느낌이 들었다. 하지만 기본적인 자세로서는 그녀에게 한 말이 거짓이 아니었으며, 그렇게밖에 설명할 길이 없었다.

거실로 돌아오자 유키는 아직도 똑같은 모습으로 밖을 내다보고 있었다. 다리를 오므리고 양손으로 껴안는 듯한 자세로 소파에 앉아, 턱을 집어넣고 고집스런 표정을 짓고 있었다. 나는 문득 결혼 생활을 생각해 냈다. 그러고 보니 결혼 생활 중에는 이런 일이 여러 번 있었구나, 하고 나는 생각했다. 나는 몇 번이고 아내의 마음에 상처를 입히고, 몇 번이고 사과했다. 그런 때에는 아내 역시 내가 말을 걸어도 몇 시간이나 입을 다물고 있었다. 왜 그렇게나 마음의 상처를 입는 것일까, 하고 나는 곧잘 생각했다. 생각해 보면 그다지 대수로운 일이 아닌데, 하고 나는 생각했다. 하지만 나는 언제나 그런 때에는 참을성 있게 사과하고 설명하면서 그 상처가 아물도록 노력했다. 그리고 그런 작업을 거듭함으로써 우리의 관계는 나아지고 있다고 생각했다. 하지만 결말을 보면 알 수 있는 것처럼, 아마 나아지지는 않았던 것이다.

그녀가 내게 마음의 상처를 입힌 일은 한 번밖에 없었다. 단한 번이다. 그녀는 다른 남자와 집을 나가 버렸다. 그때뿐이다. 결혼 생활— 그건 아주 기묘한 것이었지, 하고 나는 생각했다. 소용돌이와 같은 거야, 딕 노스가 말하는 것처럼.

내가 옆에 앉자 잠시 후에 유키가 내게 손을 내밀었다. 나는 그 손을 잡았다.

"용서한 건 아니야"라고 유키는 말했다. "우선 화해하는 것 뿐이야. 그건 정말로 잘못된 일이었고 나는 큰 상처를 받았어. 알겠어?"

"알겠어"라고 나는 말했다.

그리고 우리는 저녁 식사를 했다. 나는 새우와 강낭콩을 사용해 필래프를 만들고, 삶은 달걀과 올리브와 토마토를 사용해 샐러드를 만들었다. 나는 와인을 마시고 그녀도 와인을 약간 마셨다.

"너를 보고 있으면 이따금 아내가 생각나"라고 나는 말했다.

"아저씨한테 정나미가 떨어져서 다른 남자와 집을 나간 부인 말이야?"라고 유키는 말했다.

"그래"라고 나는 말했다.

30

하와이.

　그로부터 며칠 동안은 평화로운 날들이 계속됐다. 낙원 같다고는 할 수 없을지라도, 그런대로 평화로운 날들이었다. 나는 준이 찾아왔을 때 정중히 거절했다. 감기가 들었는지 열이 있고 기침도 난다, (콜록콜록) 얼마 동안은 도저히 그런 걸 할 생각이 나지 않을 것 같다, 하고 나는 말했다. 그리고 택시비라고 하면서 다시 십 달러짜리 지폐를 건네줬다. 안쓰러워라, 몸이 나아지면 이리로 전화 줘, 라고 그녀는 말하고, 샤프펜을 백 속에서 꺼내어 문에 전화번호를 적었다. "바이"라고 그녀는 말하고 엉덩이를 흔들면서 돌아갔다.

　나는 유키를 몇 차례 그녀의 어머니에게 데리고 갔다. 둘이 만나는 동안 나는 외팔이 시인 딕 노스와 둘이서 해변을 산책하거나 수영을 하곤 했다. 그는 수영을 썩 잘했다. 그동안에 유키와 그녀의 어머니는 둘이서 이야기를 하곤 했다. 그 두 사람이 무슨 이야기를 했는지 나는 알지 못한다. 유키는 아무 말도 하지 않았고, 나도 특별히 물어보지 않았다. 나는 렌터카로 그녀를 마카하까지 보내 주고, 딕 노스와 잡담을 하거나 수영을 하거나 서퍼를 바라보거나 맥주를 마시고 소변을 보면서 시간을 보내고, 그리고 그녀를 호놀룰루로 데리고 돌아올 뿐이었다.

나는 딕 노스가 로버트 프로스트의 시를 낭독하는 것을 한 번 들은 적이 있다. 시의 내용까지는 물론 알 수 없었지만, 꽤 능숙한 낭독이었다. 리듬이 아름답고 정감이 깃들어 있었다. 바로 현상해서 물기가 채 마르지 않은 아메의 작품 사진을 본 적도 있다. 하와이 사람들의 얼굴을 찍은 사진이었다. 대수롭지 않은 평범한 인물 사진이었지만, 그녀가 찍으면 어느 얼굴이나 모두 생기가 돌고, 생명의 핵 같은 것이 부각됐다. 남국의 섬에 살고 있는 사람들의 순수한 우아함이나 비천함, 섬뜩한 느낌을 주는 혹독함이나 삶의 기쁨 따위가 사진으로부터 직접 전달되어 왔다. 강한 힘이 느껴지면서도 조용한 사진이었다. 재능이 있다고 생각했다. "나와도 다르고 당신과도 다르죠"라고 딕 노스는 말했다. 옳은 말이다. 보기만 해도 알 수 있다.

내가 유키를 돌봐 주고 있는 것처럼, 딕 노스는 아메를 돌봐 주고 있었다. 하지만 물론 그가 훨씬 더 본격적이었다. 그는 청소를 하고, 세탁을 하고, 요리를 만들고, 물품을 구입하고, 시를 낭독하고, 농담을 하고, 따라다니며 담뱃불을 꺼주고, 이를 닦았는지를 물어보고, 탐폰을 보충하고(나는 그가 장을 볼 때 한 번 동행한 적이 있다), 사진을 파일에 정리하며, 타자기를 사용해서 그녀의 작품 목록을 정확히 작성했다. 그는 이를 모두 외팔로 해내고 있었던 것이다. 이토록 많은 일을 하고도 자신의 창작을 위한 시간이 그에게 남아 있다는 것은, 나로서는 도저히 납득할 수 없는 일이었다. 가엾은 남자다, 하고 나는 생각했다. 하지만 생각해 보면, 나 역시 그를 동정할 만한 처지에 있다고는 볼 수 없었다. 유키를 돌봐 주는 대가로 그 아버지는 내게 비행기 요금과 호텔 값을 치러 주고, 또 여자까지 안겨 주고 있다. 어느 모로 보나 비슷비슷하다.

✦

유키 어머니의 집을 방문하지 않는 날에는, 우리는 서핑 연습을 하거나, 수영을 하거나, 별로 하는 일 없이 해변에서 뒹굴거나, 쇼핑을 하거나, 렌터카로 섬 안을 여기저기 돌아다니곤 했다. 밤이 되면 우리는 산책을 하고, 영화를 보고, 할레쿨라니나 로열 하와이안의 가든 바에서 피나콜라다를 마셨다. 나는 틈이 나는 대로 여러 가지 요리를 만들었다. 우리는 휴식을 취하면서 손가락 끝까지 곱게 햇볕에 그을렸다. 유키는 힐튼의 부티크에서 열대의 정열적인 꽃무늬가 그려진 새 비키니를 샀는데, 몸에 걸치니 하와이에서 태어나 성장한 소녀처럼 보였다. 서핑 실력도 상당히 늘어서, 나로선 도저히 잡아 탈 수 없을 것 같은 작은 파도에 능숙하게 올라탔다. 또한 롤링 스톤즈Rolling Stones의 테이프를 몇 개 사 가지고, 매일 되풀이해 듣고 있었다. 내가 음료수 같은 걸 사러 갈 때 유키를 혼자 해변에 남겨 두고 가면, 온갖 남자들이 그녀에게 말을 걸었다. 하지만 유키는 영어를 할 수 없었으므로, 그런 사내들을 백 퍼센트 무시하고 있었다. 내가 돌아오면, 그들은 모두 "실례했다"고 말하며(혹은 심한 말을 하고) 가버렸다. 그녀는 까무잡잡하고, 아름답고, 건강했다. 그리고 긴장을 풀고 하루하루를 즐기고 있었다.

"저기, 남자는 그렇게나 강렬하게 여자를 안고 싶어지는 거야?" 하고 어느 날 해변에 누워 있을 때 갑자기 유키가 내게 물었다.

"그래. 그 강도에 개인적인 차이는 있지만, 원리적으로, 육체적으로 남자라는 것은 여자를 안고 싶어 하게 되어 있어. 섹스에 대해서는 대강 알고 있겠지?"

"대충 알고 있어" 하고 유키는 건조한 목소리로 말했다.

"성욕이라는 게 있어"라고 나는 설명했다. "여자하고 자고 싶어 하는 거지. 자연스러운 일이야. 종족 보존을 위해―."

"종족 보존 따위에 대해 묻고 있는 게 아니야. 생물 수업 같은 소리는 하지 마. 그 성욕에 대해 묻고 있는 거야. 그게 어떤 것인가를."

"이를테면 네가 새라고 하자"라고 나는 말했다. "그리고 하늘을 나는 일을 아주 좋아한다고 하자. 하지만 여러 가지 사정 때문에 자주 날 수가 없어. 날씨나 풍향이나 계절에 따라 날 수 있을 때와 날 수 없을 때가 있거든. 하지만 날 수 없는 날이 계속되면, 힘도 남아돌고 초조해져. 자신이 부당하게 깎아내려지고 있는 듯한 느낌이 들어. 왜 날 수 없을까 하고 화도 나고 말이야. 이런 느낌이 이해돼?"

"이해돼"라고 그녀는 말했다. "언제나 그렇게 느끼고 있으니까."

"그럼 얘기는 간단해. 그게 성욕이야."

"전에는 언제 하늘을 날았어? 지난번에 아빠가 사준 여자를 만나기 이전에는?"

"지난달 말."이라고 나는 말했다.

"즐거웠어?"

나는 고개를 끄덕였다.

"언제나 즐거워?"

"반드시 그렇진 않아"라고 나는 말했다. "불완전한 생물 둘이 모여 하는 일이니까, 언제나 잘될 수만은 없지. 실망하는 때도 있어. 기분 좋게 날고 있다가 그만 나무에 부딪치는 수도 있어."

"흐음" 하고 유키는 말했다. 그리고 그 문제에 대해 한참 동안 생각하고 있었다. 아마 새가 하늘을 날면서 한눈을 팔다가 그만 나무에 부딪치는 광경을 상상하고 있는 것이겠지. 나는 약간 불안해졌다. 이렇게 설명해도 되는 것이었을까? 어쩌면 나는 감수성이 예민한 나이의 소녀에게 잘못된 얘기를 해준 게 아닐까?

뭐 괜찮겠지, 어차피 성장하면 저절로 알게 될 일이니까.

"하지만 나이가 들면서 점점 잘될 확률이 커져가" 하고 나는 계속 설명했다. "요령을 알게 돼. 날씨와 풍향을 측정할 수 있게 되지. 하지만 대체로 그에 비례해서 성욕 자체는 서서히 감소되어 가지. 그런 거야."

"비참해" 하고 유키가 고개를 저으면서 말했다.

"정말" 하고 나는 말했다.

✦

하와이.

도대체 지금껏 며칠 동안이나 나는 이 섬에 머물러 있는 것일까? 날짜 관념이 머릿속에서 완전히 소멸되고 말았다. 어제 다음이 오늘이고, 오늘 다음이 내일이었다. 해가 뜨고 해가 지고, 달이 뜨고 달이 지고, 밀물과 썰물이 번갈아 가며 되풀이됐다. 나는 수첩을 꺼내어 달력의 날짜를 계산해 봤다. 여기에 온 지 벌써 열흘이 지나 있었다. 4월도 점차 하순으로 기울어 가고 있다. 내가 휴가로 정한 한 달은 이미 지나가 버렸다. 어찌 된 셈일까, 하고 나는 생각했다. 머릿속 나사가 풀려 버렸다. 완전히 풀렸다. 서핑과 피나콜라다로 보낸 나날. 그건 그런대로 나쁘지 않다. 하지만 나는 원래 키키의 행방을 찾고 있었다. 거기서 모든 게 시작된 것이다. 나는 그 선을 따라, 흐름을 추적해 왔다. 그런데 문득 정신을 차려 보니, 어느 틈엔지 이 모양이 되어 버렸다. 기묘한 사람들이 잇달아 나타나, 모든 일의 흐름이 완전히 변해 버린 것이다. 그 덕분에 나는 지금 이렇게 야자나무 그늘에서 열대음료를 마시면서 칼라파나Kalapana의 곡을 듣고 있다. 어디서든 흐름을 수정하지 않으면 안 된다. 메이가 죽었다. 피살됐다. 경찰이 왔다. 그렇지, 메이의 사건은 대체 어떻게 됐을까? 문학과 어부는 그녀의 신원을 확인할 수 있었을까? 그리고 고탄다는 어떻게 됐을까? 그는 몹시 지쳐서 맥을 못 추고 있는 듯 보였다. 그는 나와 무슨 얘기를 하고 싶어 했던 걸까? 어쨌든 모든 게 어중간한 채로 방치되어 있다. 그렇게 방치된 채로 내버려 둘 수는 없다. 슬슬 일본으로 돌아가지 않으면 안 된다.

하지만 나는 떠날 수가 없었다. 유키와 마찬가지로, 나 역시도 오랜만에 긴장에서 해방된 나날이었고, 그녀와 마찬가지로 나도 그것을 필요로 하고 있었던 것이다. 나는 매일 거의 아무것도 생각하지 않았다. 살갗을 햇볕에 태우고 헤엄을 치고, 맥주를 마시고, 롤링 스톤즈나 브루스 스프링스틴의 음악을 들으면서 섬 안을 드라이브했다. 달빛 어린 해변을 산책하고, 호텔의 바에서 술을 마셨다.

물론 그런 생활이 언제까지나 계속될 리가 없다는 것은, 잘 알고 있었다. 하지만 그저 단순히 거기서 떠날 수가 없었던 것이다. 나는 여유롭고, 유키도 마냥 여유로워하고 있었다. 그녀를 보고 있으면, 내가 먼저 "자, 이제 돌아가자"는 말을 꺼내기가 어려웠고, 그것이 나 자신에 대한 변명이 되기도 했다.

이 주일이 지났다.

✦

나는 유키와 함께 드라이브를 하고 있었다. 해 질 녘의 다운타운이었다. 도로의 교통이 정체되어 있었지만, 특별히 급한 용무가 있는 것도 아니어서, 우리는 천천히 차를 몰면서 길가의 풍경을 바라보고 있었다. 포르노 전문 영화관이나 빈티지 숍이나, 아오자이 옷감을 팔고 있는 베트남인의 양복점, 중국 식품점, 헌책방, 중고 레코드 가게 따위가 죽 늘어서 있었다. 어느 가게 앞에서는 두 노인이 테이블과 의자를 내다 놓고 바둑을 두고 있었다. 언제나와 같은 모습의 호놀룰루의 다운타운이었다. 길모퉁이에는 여기저기 멍한 표정의 사나이들이 할 일 없이 서 있었다. 재미있는 거리다. 값싸고 맛있는 음식을 파는 가게도 있다. 하지만 여자가 혼자 걸어 다니기에는 적합하지 않다.

다운타운을 벗어나 항구 쪽으로 갈수록 무역 회사의 창고나 사무실 등이 많다. 거리의 모습도 휑뎅그렁해서 서먹서먹한 느낌을 준다. 회사 일을 끝내고 귀가를 서두르는 사람들이 버스를 기다리고, 커피숍은 군데군데 글자가 떨어져 나간 채로 네온을 켜고 있다.

「E·T」를 한 번 더 보고 싶다고 유키가 말했다.

좋아, 저녁 식사를 한 다음에 보러 가자, 라고 나는 말했다.

그리고 그녀는 「E·T」에 대해 이야기하기 시작했다. 아저씨가 E·T 같았으면 좋았을걸, 하고 그녀는 말했다. 그리고 집게손가락 끝으로 내 이마를 가볍게 건드렸다.

"안 돼, 그렇게 해도 거긴 치유되지 않아"라고 나는 말했다.

유키는 킥킥거리며 웃었다.

그때였다.

그때 갑자기 무엇인가가 나에게 일격을 가했다. 머릿속에서 쾅 소리를 내면서 무엇인가가 이어졌다. 무슨 일이 일어난 것이다. 하지만 무슨 일이 일어났는지 그 순간 나는 잘 판단할 수가 없었다.

나는 거의 반사적으로 브레이크를 밟았다. 뒤쪽의 카마로가 몇 번이고 날카로운 경적을 울리다가, 옆을 통과하면서 창문을 통해 내게 큰 소리로 욕을 퍼부었다. 그렇다, 나는 무엇인가를 본 것이다. 지금 거기서, 매우 중요한 것을.

"저기, 왜 그래, 갑자기? 위험하잖아"라고 유키가 말했다. 아마 그렇게 말했으리라고 생각된다.

하지만 나는 아무것도 듣고 있지 않았다. 키키다, 하고 나는 생각했다. 틀림없다, 나는 지금 거기서 키키를 목격한 것이다. 이 호놀룰루의 다운타운에서. 왜 이런 데 있는지는 알 수 없었다. 하지만 그건 키키였다. 그녀는 나를 스치듯이 지나갔다. 내 차의 옆쪽을, 손을 뻗으면 닿을 만큼 가까운 거리를, 그녀는 지나갔다.

"유키, 창문을 모두 닫고 문을 잠가. 밖으로 나오면 안 돼. 누가 말을 걸든 열지 마, 곧 돌아올게." 나는 이렇게 말하고 차에서 내렸다.

"잠깐. 싫어, 혼자 이런 데—."

하지만 나는 개의치 않고, 한길을 달렸다. 도중에 사람들과 부딪쳤지만, 그런 일에 일일이 신경을 쓰고 있을 여유는 없었다. 나는 키키를 붙잡아야 했다. 무엇 때문인지는 알 수 없다. 하지만 나는 그녀를 붙잡아, 이야기를 해야 한다. 나는 사람들의 흐름을 따라 두 블록이나 세 블록쯤 달렸다. 달려가면서 나는 그녀가 입고 있던 옷을 생각해 냈다. 푸른색 원피스와 하얀 숄더백. 멀리 떨어진 전방에 푸른색 원피스와 하얀 숄더백이 보였다. 해 질 녘의 거리 속에서 하얀 숄더백이 그녀와 보조를 맞추며 흔들리고 있었다. 그녀는 다운타운의 번화한 곳으로 향하고 있었다. 대로 쪽으로 나가자 갑자기 통행인들이 늘어나, 나는 달리기가 몹시 힘들어졌다. 체중이 유키의 세 배쯤 되어 보이는 거대한 여자가 내 갈 길을 막았다. 그래도 나는 어떻게든 키키와의 거리를 조금씩 좁혀 갔다. 그녀는 그저 계속 걸어가고 있었다. 빠르지도 느리지도 않은 보통 속도였다. 뒤를 돌아다보거나 한눈을 팔지도 않고, 버스를 타려는 기미도 보이지 않은 채 그저 곧바로 걸어가고 있었다. 금방이라도 따라잡을 수 있을 듯한 느낌이었지만, 이상하게도 거리는 별로 좁혀지지 않았다. 신호는 한 번도 그녀를 정지시키지 않았다. 마치 그렇게 되리라는 것을 계산하고 걸어가고 있는 것처럼, 신호는 계속 초록색이었다. 나는 그녀를 놓치지 않으려고, 한 번은 붉은 신호가 켜져 있는데도 차에 치일 뻔하면서, 큰 도로를 급히 건너가지 않으면 안 됐다.

내가 그녀와의 거리를 이십 미터 정도로 좁혀 갔을 무렵에, 그녀는 갑자기 왼쪽으로 길을 꺾었다. 나도 물론 뒤따라 왼쪽으로 꺾었다. 인적이 없는 좁은 길이었다. 그다지 눈에 띄지 않는 낡은 사무실 빌딩이 양쪽에 늘어서 있고, 도로에는 지저분한 라이트밴이나 픽업트럭 따위가 주차되어 있었다. 길에는 그녀의 모습이 보이지 않았다. 나는 숨을 헐떡이면서 거기에 멈춰 선 채 주의 깊게 주변을 둘러봤다. 이봐, 어떻게 된 거야, 넌 또 사라져 버린 건가? 하지만 키키는 사라져 버린 게 아니었다. 그녀는 대형 수송 트럭에 가려 한순간 보이지 않았을 뿐이었다. 그녀는 보도 위를 똑같은 걸음걸이로 계속 걸어가고 있었다. 점차 땅거미가 지기 시작했지만, 나는 그 하얀 숄더백이 허리께에서 규칙적으로 흔들리고 있는 것을 분명히 볼 수 있었다.

"키키!" 하고 나는 큰 소리로 외쳤다.

내 목소리가 그녀의 귀에 도달한 듯했다. 그녀는 나를 힐끗 돌아다봤다. 키키다, 하고 나는 생각했다. 물론 우리 사이의 거리는 떨어져 있었고, 해 질 녘이어서 가로등도 제대로 켜져 있지 않아 어두웠다. 그래도 그녀가 키키임을 나는 확신할 수 있었다. 틀림없다. 그리고 그녀 역시 나라는 것을 알고 있다. 그녀는 나에게 미소까지 지어 보인 것이다.

하지만 키키는 멈춰 서지 않았다. 그녀는 힐끗 돌아봤을 뿐이었다. 보폭도 변함없었다. 그녀는 그대로 계속 걸어가다가, 길가에 늘어선 사무실 건물 중 한 건물 안으로 들어갔다. 나는 이십 초쯤 늦게 그 안으로 들어갔다. 하지만 너무 늦었다. 복도의 막다른 곳에 있는 엘리베이터 문은 이미 닫혀 있었다. 그리고 층수를 나타내는 구식 바늘이 천천히 돌아가고 있었다. 나는 숨을 가다듬으면서 그 바늘의 행방을 주시하고 있었다. 바늘은 답답할 정도로 천천히 돌아가다가, 8이라는 번호의 자리에 흔들리면서 뚝 멎었다. 그러고는 더 이상 움직이지 않았다. 나는 엘리베이터의 버튼을 눌렀다가 이윽고 생각을 바꾸어 가까이에 있는 계단을 뛰어 올라갔다. 도중에 양동이를 손에 들고 있는, 빌딩의 관리인처럼 보이는, 백발의 사모아인과 마주쳤다. 나는 하마터면 그를 밀쳐 쓰러뜨릴 뻔했다.

"이봐, 어딜 가는 거요?"라고 그가 내게 물었지만, "나중에"라고 나는 말하고, 그대로 계단을 뛰어 올라갔다. 먼지 냄새가 나고, 인적이 없는 빌딩이었다. 조용한 가운데 내 구두 소리만이 무척 크게 복도에 울려 퍼졌다. 사람이 있을 듯한 기미는 통 보이지 않았다. 팔 층의 복도에 이르러, 나는 우선 좌우를 둘러봤다. 아무것도 없었다. 아무도 없었다. 복도를 따라 이렇다 할 특징이 없는 사무적인 일고여덟 개의 방문이 늘어서 있을 뿐이었다. 방문들에는 각기 번호와 사무실 이름이 붙어 있었다.

나는 방문에 부착된 명패를 하나하나 읽어 나갔다. 하지만 그 이름들은 내게 아무것도 말해 주지 않았다. 무역 회사나 법률 사무소, 치과의사의 치료실 — 어느 명패나 모두 낡아 빠지고 더러워져 있었다. 명패에 쓰여 있는(이름마저 낡아빠지고 더러운 것처럼 느껴졌다) 그 사무실들은 모두 바삐 움직이는 것 같지가 않았다. 시원찮은 거리에 있는 시원찮은 건물의, 시원찮은 층에 늘어서 있는, 시원찮은 사무실이었다. 나는 한 번 더 천천히 차례로 명패들의 이름을 살펴봤지만, 키키와 결부될 만한 명패는 하나도 발견되지 않았다. 나는 망연자실해서 가만히 거기에 멈춰 섰다. 그리고 귀를 기울였다. 아무 소리도 나지 않았다. 빌딩은 폐허처럼 조용했다.

이윽고 무슨 소리가 들렸다. 하이힐의 뒤축이 딱딱한 바닥을 밟는 소리였다. 그 구두 소리는 천장이 높고 인기척이 없는 복도에, 기이하게 느껴질 만큼 커다랗게 메아리쳤다. 그것은 마치 태고의 기억과도 같은 무겁고 메마른 울림을 지니고 있었다. 그 울림은 나의 지금의 존재를 약간 뒤흔들어 놓았다. 갑자기 나 자신이, 먼 옛날에 죽어 풍화해서 바짝 말라 버린 거대한 생물의 미궁과도 같은 체내를 방황하고 있는 듯한 느낌이 들었다. 나는 어떤 이유로 시간의 구멍을 빠져나와, 그 한가운데에 쑥 빠져 버린 것이다.

구두 소리가 너무 크게 울려서, 그것이 어느 방향에서 들려오는지 나는 잠시 동안 판단할 수 없었다. 하지만 곧 그것이 오른쪽 복도 끝에서 들려온다는 걸 알았다. 나는 테니스 슈즈의 발자국 소리를 죽이고, 빠른 걸음으로 그쪽으로 가봤다. 구두 소리는 제일 끝에 있는 방문의 안쪽에서 들려오고 있었다. 굉장히 멀리서 들리는 듯한 느낌이 들었지만, 그래도 소리 나는 곳이 방문의 안쪽임은 분명했다. 방문에는 명패가 붙어 있지 않았다. 나는 이상하다고 생각했다. 아까 내가 방문들을 모두 살펴봤을 때에는, 확실히 여기에 명패가 부착되어 있었던 것이다. 무슨 사무실이었는지 생각해 낼 수는 없다. 하지만 어쨌든 거기에는 어떤 명패가 붙어 있었다. 틀림없다. 명패가 없는 방문이 있었다면, 분명히 기억하고 있을 터다.

어쩌면 꿈이 아닐까, 하고 나는 생각했다. 하지만 꿈은 아니었다. 꿈일 리가 없다. 모든 일이 분명히 연속적으로 이어져 있다. 하나하나 차례로 거슬러 올라갈 수 있다. 나는 호놀룰루의 다운타운에 있다가 키키를 뒤쫓아 여기까지 온 것이다. 꿈이 아니다. 현실이다. 약간 뭔가 엇나가고 있는 듯한 느낌은 든다. 하지만 현실은 현실이다.

아무튼 나는 그 방문을 노크해 봤다.

내가 노크하자, 구두 소리가 멎었다. 소리의 마지막 울림이 공중에 흡수되어 버리자, 주위는 다시 본래의 완전한 침묵에 뒤덮였다.

나는 삼십 초쯤 그대로 방문 앞에서 기다렸다. 하지만 아무 일도 일어나지 않았다. 구두 소리도 멎은 채로.

나는 손잡이를 잡고 살며시 돌려 봤다. 잠겨 있지는 않았다.

손잡이가 가볍게 돌아가고, 희미하게 삐걱거리는 소리를 내며 방문이 안쪽으로 열렸다. 안은 어둡고 바닥 청소용 세제 냄새가 약간 풍겼다. 방 안은 텅 비어 있었다. 가구도 없고 조명 기구도 없었다. 황혼 무렵의 희미한 빛이 방 안을 푸르스름하게 물들이고 있을 뿐이었다. 바닥에는 몇 장의 변색된 신문지가 떨어져 있었다. 사람의 모습은 눈에 띄지 않았다.

그리고 또 구두 소리가 들렸다. 정확히 네 발짝, 그리고 또 침묵.

소리는 오른편 위쪽으로부터 들려온 듯했다. 나는 방의 제일 안쪽으로 가서, 창가에 문이 하나 있는 것을 발견했다. 그 문도 잠겨 있지 않았다. 문을 열자 계단이 나타났다. 나는 금속으로 만들어진 차가운 난간을 꼭 잡고, 발밑을 확인하면서 천천히 캄캄한 계단을 올라가 봤다. 급경사가 진 계단이었다. 아마 여느 때는 사용하지 않는 비상용 계단인 모양이었다. 하지만 그 계단의 위쪽에서 소리가 들린 것만은 분명했다. 계단을 다 올라가자 거기에 또 문이 있었다. 전등 스위치를 찾아봤지만, 그런 것은 아무 데도 눈에 띄지 않았다. 할 수 없이 나는 손으로 더듬어 손잡이를 찾아내고, 그것을 돌려 문을 열었다.

방 안은 어두웠다. 칠흑같이 어두운 건 아니지만, 그래도 무엇이 있는지 거의 아무것도 보이지 않았다. 상당히 넓은 공간이라는 것만은 알 수 있었다. 아마 펜트하우스거나 지붕 밑의 창고 같은 것일 거라고 나는 상상했다. 창문은 하나도 없거나 혹은 있어도 닫혀 있는 것 같았다. 높은 천장의 한가운데에, 몇 개의 작은 채광용 창문 같은 게 보였다. 그러나 달이 아직 높이 떠오르지 않았기 때문에, 그리로 달빛이 들어오고 있지는 않았다. 어슴푸레한 가로등 불빛이 굴절에 굴절을 거듭한 끝에 아주 희미하게 그들창으로 스며들고 있었지만, 시력에는 거의 아무런 도움도 되지 않았다.

나는 이처럼 기묘한 어둠 속에 얼굴을 내밀듯이 하면서 "키키!" 하고 한 번 불러 봤다.

한참 기다렸지만, 반응은 없었다.

어떡하지, 하고 나는 생각했다. 안으로 들어가기에는 너무 어둡다. 어떻게 해볼 방법이 없다. 나는 그대로 조금 기다려 보기로 했다. 기다리는 동안에 눈이 익숙해질지도 모른다. 무슨 일이 새로이 전개될지도 모른다.

얼마 동안이나 거기에 가만히 서 있었는지, 나는 알 수 없다. 나는 귀를 기울이며 가만히 어둠 속을 응시하고 있었다. 이윽고 왠지 알 수 없지만, 방에 스며드는 빛이 희미하나마 약간 더 밝아졌다. 달이 떠오른 것일까? 혹은 거리의 등불이 밝게 켜지기 시작한 것일까? 나는 방문의 손잡이에서 손을 떼고, 방의 중앙을 향해 발밑에 주의를 기울이면서 천천히 나아가 봤다. 내 운동화 바닥이 퍼석퍼석, 하고 무겁고 건조한 소리를 냈다. 내가 아까 들었던 구두 소리와 같은, 깊이와 넓이가 혼탁한, 기묘하게 비현실적인 소리였다.

"키키!" 하고 나는 한 번 더 불러 봤다. 대답은 없다. 처음 직감대로, 굉장히 넓은 방이었다. 텅 빈 채 공기가 정지되어 있었다. 한가운데에 서서 빙 둘러보니, 구석 쪽에 가구 같아 보이는 것들이 더러 놓여 있는 게 보였다. 명확히 보이지는 않는다. 하지만 그 회색 윤곽으로 미루어 보아 소파나 의자나 테이블이나 정리장 따위인 것 같았다. 아무튼 기묘한 광경이었다. 가구가 전혀 가구 같아 보이지 않았다. 문제는 거기에 현실감이 결여되어 있다는 점이었다. 방이 너무 넓은 데 비해 가구의 수가 압도적으로 적었다. 원심적遠心的으로 확대된 비현실적 생활공간.

　나는 어딘가에 키키의 하얀 숄더백이 보이지 않을까 하고 뚫어지게 바라봤다. 그녀의 푸른색 원피스는 아마 이 방의 어둠 속에 묻혀 버렸을 것이다. 하지만 그 숄더백의 하얀 색깔은 알아차릴 수 있을 것이다. 그녀는 어느 의자나 소파에 걸터앉아 있을지도 모른다. 하지만 숄더백은 보이지 않았다. 소파나 의자 위에는 하얀 옷감 같은 것이 구겨진 채로 놓여 있을 뿐이었다. 아마 삼베로 만들어진 가구 커버 따위일 것이라고 나는 생각했다. 하지만 다가가서 보니, 그건 옷감 같은 것이 아니었다. 뼈였다. 소파 위에는 두 개의 인골이 나란히 앉아 있었다. 둘 다 완벽한 인골이었다. 무엇 하나 빠져 있는 것이 없었다. 하나는 크고, 또 하나는 몸집이 작았다. 그들은 살아 있을 때의 자세 그대로 거기에 걸터앉아 있었다. 큰 쪽의 인골은 한쪽 팔을 소파의 등받이에 걸치고 있었다. 작은 쪽은 양손을 가지런히 무릎 위에 올려놓고 있었다. 두 사람은 자신들도 알아채지 못하는 동안에 죽어 버린 채, 그대로 육체를 잃고 뼈만 남아 버린 것처럼 보였다. 그리고 놀라울 만큼 희다.

나는 두려움을 느끼진 않았다. 왠지는 알 수 없다. 하지만 무섭지는 않았다. 모든 게 여기에 머물러 있다, 하고 나는 생각했다. 머무른 채 움직이지 않는 것이다. 그 형사가 말한 것처럼, 뼈는 깨끗하고 조용한 것이다. 그들은 아주 완전하게 죽어 버린 것이다. 무서울 건 하나도 없다.

나는 방 안을 한 바퀴 돌아다녀 봤다. 여러 의자 위에는 각기 인골이 앉아 있었다. 뼈는 모두 여섯 구였다. 하나를 제외하고 모두 완전한 인골이며, 죽은 지 오랜 시간이 경과해 있었다. 모두 죽는다는 걸 알아채지도 못했던 것처럼 아주 자연스런 자세로 의자에 앉아 있었다. 한 인골은 텔레비전을 계속 바라보고 있었다. 텔레비전은 물론 꺼진 상태였다. 하지만 그는(그 크기로 미루어 보아 아마 남자일 것이라고 나는 상상했다) 그 브라운관을 가만히 응시하고 있었다. 시선이 곧바로 그리로 이어져 있었다. 허무의 영상에 못 박힌 허무의 시선. 테이블 앞에 앉은 채로 죽어 버린 자도 있었다. 테이블에는 아직 식기가 놓여 있었다. 식기 속에 들어 있는 것은, 그것이 이전에 무엇이었든 간에 하얀 먼지로 변해 있었다. 침대에 드러누운 채 죽어 있는 자도 있었다. 그 인골만이 불완전했다. 왼팔이 어깨 부분부터 떨어져 나가고 없었다.

나는 눈을 감았다.

이건 대체 무엇인가? 너는 대체 내게 무엇을 보여 주려 하는가.

또 구두 소리가 울렸다. 구두 소리는 다른 공간으로부터 들려오고 있었다. 그것이 어느 방향으로부터 들려오는지는 알 수 없었다. 어느 쪽도 아닌 방향으로부터, 어느 곳도 아닌 장소로부터 그것이 들려오고 있는 것처럼 느껴졌다. 하지만 얼핏 보기에, 이 방이 막다른 곳이었다. 이 방에서는 어느 곳으로도 빠져나갈 수가 없었다. 발소리가 한참 계속되다가 사라졌다. 이어지는 침묵은 숨이 막힐 만큼 농밀했다. 나는 손바닥으로 얼굴의 땀을 닦았다. 키키는 또 사라져 버린 것이다.

나는 들어왔던 방문을 열고 밖으로 나왔다. 마지막으로 뒤돌아보니, 푸른 어둠 속에 여섯 구의 뼈가 어렴풋이 하얗게 떠 있는 게 보였다. 그들은 이제 곧 쓱 일어나 움직이기 시작할 것처럼 보였다. 내가 이곳을 나가 버리기를 계속 기다리고 있는 것처럼 보였다. 내가 이곳을 나가 버리면, 이내 텔레비전 스위치가 켜지고, 식기 속에는 따뜻한 요리가 되돌아오는 게 아닐까 하는 느낌이 들었다. 나는 그들의 생활에 방해되지 않도록 조용히 방문을 닫고 계단을 내려와, 텅 빈 사무실로 되돌아왔다. 사무실은 아까 봤을 때와 마찬가지였다. 누구의 모습도 눈에 띄지 않았다. 바닥의 똑같은 곳에 변색된 신문지가 떨어져 있을 뿐이었다.

나는 창가로 다가가 아래를 내려다봤다. 가로등이 하얗게 빛나고, 보도 옆에 라이트밴과 픽업트럭이 아까와 마찬가지로 주차되어 있었다. 사람의 모습은 보이지 않았다. 해가 완전히 지고 거리는 어두워져 있었다. 그리고 나는 먼지투성이의 창틀 위에서 그것을 발견했다. 명함만 한 크기의 종이쪽지였다. 거기에는 전화번호로 여겨지는 일곱 개의 숫자가 볼펜으로 쓰여 있었다. 종이나 잉크도 변색하지 않은 새것이었다. 번호는 통 기억에 없는 것이었다. 뒤집어 봤으나 아무것도 쓰여 있지 않았다. 그냥 백지다.

나는 그 종이를 주머니에 집어넣고 복도로 나왔다.

그리고 복도에 서서 또 한참 동안 가만히 귀를 기울여 봤다.

하지만 이미 아무 소리도 들리지 않았다.

모든 게 사멸되어 있었다. 선이 끊어져 버린 전화기와도 같은 완전한 침묵이었다. 어디에도 갈 수 없는 침묵이었다. 나는 단념하고 계단을 내려왔다. 건물의 홀로 나와서 아까 만났던 관리인을 찾아봤다. 거기가 대체 무슨 사무실인가 물어보려 했지만, 그의 모습은 눈에 띄지 않았다. 나는 잠시 거기서 기다려 봤으나, 기다리고 있는 동안에 점점 유키가 걱정되기 시작했다. 대체 나는 얼마 동안이나 그녀를 방치해 둔 것일까. 얼마만큼의 시간이 경과했는지, 나는 짐작도 할 수 없었다. 이십 분쯤일까? 혹은 한 시간쯤일까? 어스름이 이미 밤으로 바뀌고 있었다. 그리고 나는 환경이 별로 좋다고 할 수 없는 거리에 그녀를 방치해 두고 온 것이다. 아무튼 돌아가자, 하고 나는 생각했다. 더 이상 여기에 있어도 뾰족한 수가 없다.

나는 이 거리의 이름을 기억해 두고, 급히 차를 세워 둔 곳으로 돌아왔다. 유키는 잔뜩 지친 표정으로 좌석에 비스듬히 누워 라디오를 듣고 있었다. 내가 노크를 하자, 고개를 들어 창문의 잠금장치를 젖혔다.

"미안해"라고 나는 말했다.

"여러 사람들이 왔었어. 뭐라고 호통을 치거나 유리창을 두드리고, 차를 흔들곤 했어"라고 그녀는 무표정한 목소리로 말했다. 그리고 라디오의 스위치를 껐다. "굉장히 무서웠어."

"미안해."

그녀는 내 얼굴을 바라봤다. 그녀의 눈은 일순 얼어붙은 것처럼 보였다. 눈동자가 갑자기 그 색깔을 잃고, 조용한 수면에 나뭇잎이 떨어졌을 때처럼 표정이 희미하게 흔들렸다. 입술은 말이 되지 않는 말을 형성하면서 천천히, 약간 움직였다. "아니, 아저씨는 대체 어디서 뭘 하고 온 거야?"

"모르겠어"라고 나는 말했다. 내 목소리는 어딘지 잘 알 수 없는 장소로부터 들려오는 것 같았다. 그 발자국 소리와 마찬가지로 깊이와 넓이가 혼탁해져 있었다. 나는 주머니에서 손수건을 꺼내 천천히 땀을 닦았다. 내 얼굴 위에서 땀은 차갑고 단단한 막처럼 되어 있었다. "잘 알 수 없어. 대체 뭘 하고 있었을까?"

유키는 눈을 가늘게 뜨고, 살며시 손을 뻗어 내 볼에 가져다 댔다. 그 손가락은 부드럽고 매끄러웠다. 그녀는 내 볼에 손가락을 댄 채, 냄새를 맡을 때처럼 숨소리를 내면서 숨을 들이마셨다.

그녀의 작은 코가 약간 부풀었다가 고정된 것처럼 보였다. 그녀는 나를 가만히 바라보고 있었다. 일 킬로미터나 떨어진 곳에서 바라보고 있는 듯한 느낌이 들었다.

"하지만 무엇인가를 봤지?"

나는 고개를 끄덕였다.

"입에 올릴 수 없는 일. 말로 나타낼 수 없는 일. 설명하려 해도, 누구에게도 잘 설명할 수 없는 일. 하지만 나는 알 수 있어." 그녀는 몸을 기대듯이 하면서 자신의 볼을 내 볼에 살며시 갖다 대었다. 그리고 십 초나 십오 초쯤 그 자세 그대로 가만히 있었다. "가엾어라"라고 그녀는 말했다.

"왜 그럴까?" 하고 나는 말하며 웃었다. 별로 웃고 싶지는 않았지만 웃지 않을 수 없었다. "나는 아무리 생각해 봐도 평범한 보통 인간이야. 굳이 따진다면, 실제적인 인간이야. 그런데 왜 언제나 이렇게 기묘한 일에 말려들고 마는 것일까?"

"글쎄, 왜 그럴까?"라고 유키는 말했다. "내게 묻지 마. 나는 어린애고, 아저씨는 어른이야."

"확실히"라고 나는 말했다.

"하지만 아저씨 기분을 잘 알 수 있어."

"난 잘 모르겠어."

"무력감" 하고 그녀는 말했다. "뭔가 거대한 것에 의해 휘둘리고 있어서, 자기가 무슨 일을 하든 어쩔 도리가 없는 그런 기분."

"그럴지도 몰라."

"그런 때에는 어른은 술을 마셔."

"맞는 말이군" 하고 나는 말했다.

우리는 할레쿨라니의 바로 갔다. 풀장 쪽의 바가 아닌 실내 쪽의 바였다. 나는 마티니를 마시고, 유키는 레몬 소다를 마셨다. 세르게이 라흐마니노프처럼 심각한 얼굴을 하고 있는, 머리숱 적은 중년의 피아니스트가 그랜드 피아노로 묵묵히 스탠더드넘버를 치고 있었다. 손님은 아직 우리 두 사람뿐이었다. 그는 「스타더스트Stardust」를 치고, 「벗 낫 포 미But Not for Me」를 치고, 「문라이트 인 버몬트Moonlight in Vermont」를 쳤다. 기술적으로는 나무랄 데가 없었지만, 그다지 흥미로운 연주는 아니었다. 그는 그 무대의 마지막에 쇼팽의 프렐류드를 쳤다. 꽤 멋진 연주였다. 유키가 박수를 치자, 그는 이 밀리미터쯤 미소 짓고 나서 어디론가 사라졌다.

나는 그 바에서 마티니를 세 잔 마셨다. 그리고 눈을 감고, 그 방 안의 광경을 머리에 떠올려 봤다. 마치 사실적인 꿈처럼 느껴졌다. 흠뻑 땀에 젖어 깨어나서, 아아 역시 꿈이었군, 하고 안도의 한숨을 내쉬는 듯한 광경이었다. 하지만 꿈은 아니다. 나도 그것이 꿈이 아님을 알고 있고, 유키도 그것이 꿈이 아님을 알고 있다. 내가 그것을 본 것을. 풍화한 여섯 구의 백골. 그것은 무엇을 의미하는 것일까? 그 왼팔이 없는 백골은 딕 노스의 것일까? 그러면 나머지 다섯 구는 누구의 것인가?

키키는 내게 대체 무엇을 전달하려 하고 있는가?

나는 문득 떠올라 아까 창틀 위에서 발견한 종이쪽지를 주머니에서 꺼냈다. 그리고 전화 부스로 가서 그 번호로 걸어 봤다. 아무도 받지 않았다. 신호 소리가 허무의 심연에 추를 드리우듯이 언제까지나 울리고 있었다. 나는 바의 의자로 돌아와 한숨을 쉬었다.

"비행기 좌석이 있으면, 나는 내일 일본으로 돌아갈 거야"라고 나는 말했다. "여기에 너무 오래 있었어. 즐거운 휴가였지만, 이제 돌아갈 때가 됐다는 느낌이 들어. 일본에 돌아가 처리해야 할 일도 있고 말이야."

유키는 고개를 끄덕였다. 내가 말을 꺼내기 전부터 그녀는 이미 예감하고 있었던 것 같았다. "좋아, 내 일은 신경 쓰지 마. 아저씨가 돌아가고 싶으면 돌아가면 돼."

"넌 어떡할 거야? 여기에 남을 거야? 아니면 나와 함께 일본으로 돌아갈래?"

유키는 어깨를 약간 움츠렸다. "얼마 동안 엄마와 함께 있으려고. 아직 별로 일본에 돌아가고 싶지 않으니까. 함께 있게 해달라고 하면 거절하진 않겠지."

나는 고개를 끄덕이고, 유리잔 바닥에 남아 있던 마티니를 비웠다.

"그럼 내일 마카하까지 자동차로 바래다줄게. 그리고 나도 네 어머니를 마지막으로 한 번 더 만나 두는 편이 좋을 것 같고."

그리고 우리는 알로하 타워 부근에 있는 시푸드 레스토랑으로 마지막 저녁 식사를 하러 갔다. 그녀는 로브스터를 먹고, 나는 위스키를 마신 다음에 굴 튀김을 먹었다. 그녀와 나는 별로 이야기를 하지 않았다. 내 머릿속은 아주 멍한 상태였다. 굴을 먹으면서 그대로 잠이 들어, 백골이 되어 버릴 듯한 느낌이 들었다.

유키는 이따금 내 얼굴을 바라봤다. 그리고 식사가 끝나자, "아저씨는 이제 돌아가 잠을 자는 게 낫겠다. 형편없는 얼굴을 하고 있어"라고 내게 말했다.

나는 방으로 돌아와 텔레비전을 켜고, 잠시 혼자 와인을 마셨다. 텔레비전에서 야구 중계를 하고 있었다. 양키스와 오리올스의 시합이었다. 하지만 나는 특별히 시합을 보고 있었던 것은 아니었다. 그저 어쩐지 텔레비전을 켜두고 싶었을 뿐이다. 뭔가 현실적인 것과 이어져 있다는 표시로.

나는 잠이 올 때까지 와인을 마셨다. 그리고 생각이 나서, 한 번 더 종이쪽지에 쓰여 있던 번호로 전화를 걸어 봤다. 역시 아무도 받지 않았다. 나는 열다섯 번이나 벨이 울리도록 내버려 두고는 전화를 끊었다. 그리고 또 소파에 앉아 텔레비전 브라운관을 응시했다. 윈필드Dave Winfield가 타석에 올라가 있었다. 그리고 나는 무엇인가가 머리에 걸려 있음을 알아챘다. 무엇인가가 있다.

나는 텔레비전을 응시하면서 잠시 그 무엇인가에 대해 곰곰이 생각해 봤다.

무엇과 무엇이 유사하다. 무엇과 무엇이 이어져 있다.

설마, 하고 나는 생각했다. 하지만 시도해 볼 가치는 있다. 나는 그 종이쪽지를 집어 들고 방문 쪽으로 가서, 준이 거기에 적어 둔 전화번호와 대조해 봤다.

똑같았다.

모든 게 이어져 있다고 나는 생각했다. 모든 게 이어져 있다. 그런데 나만이 그 이음매를 이해하지 못하고 있다.

✦

다음 날 아침에 나는 일본항공의 사무실에 가서 오후 비행편을 예약했다. 그리고 가방을 챙기고, 자동차를 몰아 유키를 마카하에 있는 그녀 어머니의 작은 집까지 바래다줬다. 나는 아침에 아메에게 전화를 걸어, 급한 용무가 생겨서 오늘 일본에 돌아가게 됐다고 말했다. 그녀는 특별히 놀라지는 않았다. 유키를 재울 만한 장소는 있으므로, 이리로 데려다줘도 괜찮다는 것이었다. 그 날은 드물게 아침부터 흐렸다. 언제 또 스콜이 쏟아질지 알 수 없는 날씨였다. 나는 언제나처럼 미쓰비시 랜서를 몰고, 언제나처럼 라디오를 들으면서, 언제나처럼 해변을 따라 난 고속도로를 백이십 킬로미터로 달렸다.

"팩맨 같아"라고 유키가 말했다.

"뭐 같다고?"라고 나는 되물었다.

"아저씨의 심장 속에 팩맨이 있는 것 같아"라고 유키는 말했다. "팩맨이 아저씨의 심장을 먹고 있어. 피피피픽 하고……."

"무슨 말인지 잘 이해할 수 없어."

"무엇인가가 침식해 들어가고 있어."

나는 그 말에 대해 생각하면서 한동안 운전을 계속했다. "이 따금 죽음의 그림자 같은 것을 느낄 때가 있어"라고 나는 말했다. "아주 진한 그림자야. 죽음이 바로 옆에까지 다가오고 있는 듯한 느낌이 들어. 팔을 쑥 뻗어 당장이라도 내 발목을 잡을 듯한 느낌이 드는 거야. 하지만 무섭지는 않아. 왜냐하면, 그것은 언제나 나의 죽음이 아니기 때문이야. 그 손이 잡는 것은 언제나 다른 누군가의 발목이야. 하지만 누군가가 죽어 갈 때마다 나의 존재가 조금씩 빛나가는 듯한 느낌이 들어. 왜 그럴까?"

유키는 잠자코 어깨를 움츠렸다.

"왠지는 알 수 없어. 하지만 언제나 죽음이라는 게 내 옆에 있어. 그리고 기회가 오면, 그것이 어느 틈엔가 문득 모습을 나타내거든."

"그게 아저씨의 열쇠가 아닐까? 아저씨는 죽음을 통해 세계와 이어져 있는 거야, 틀림없이."

나는 또 그에 대해 잠시 생각해 봤다.

"너는 나를 무척 기운 빠지게 하는구나"라고 나는 말했다.

딕 노스는 내가 떠난다는 말을 듣고 정말 섭섭해했다. 우리 사이에는 별로 공통점은 없었지만, 그런 만큼 홀가분하게 대할 수는 있었다. 게다가 나는 그의 시적인 현실성에 대한 존경심 같은 걸 품고 있었다. 우리는 악수를 하고 헤어졌다. 악수를 할 때에 문득 그 백골을 생각해 냈다. 그것은 정말로 딕 노스였을까?

"이봐요, 당신은 자신이 어떤 방식으로 죽을지 생각해 본 적이 있어요?"라고 나는 그에게 물어봤다.

그는 미소 지으며 약간 생각하는 듯했다. "전쟁 중에 곧잘 생각했어요. 거기에는 죽음의 방식이 정말 여러 가지가 있었으니까요. 하지만 요즘엔 별로 생각하지 않습니다. 그렇게 까다로운 일을 생각할 틈이 없어요. 전쟁할 때보다 평화로울 때가 훨씬 더 분주해요." 그는 웃었다. "그런데 왜 그런 걸 묻지요?"

별다른 이유는 없다고 나는 말했다. 그저 잠깐 생각이 떠올랐을 뿐이라고.

"생각해 두죠. 이다음에 당신을 만날 때까지"라고 그는 말했다.

그리고 아메는 나에게 함께 산책을 나가자고 말했다. 우리는 나란히 조깅 코스를 천천히 걸어갔다.

"여러 가지로 고마워"라고 아메가 말했다. "정말로 감사하고 있어. 난 그런 걸 아무래도 잘 표현할 수 없지만. 하지만— 음, 그래. 당신이 있어 준 덕분에 여러 가지 일들이 잘되어 간 듯한 느낌이 들어. 당신이 중간에 있어 주면, 왠지 일들이 원활히 풀려. 유키하고도 둘이서 여러 가지 이야기를 할 수 있었고, 조금은 서로를 이해하게 된 듯하고, 이렇게 함께 지내러 와주게도 됐고."

"다행이군요"라고 나는 말했다. 내가 '다행이군요'라는 반응을 사용하는 것은, 그 밖에는 무엇 하나 긍정적인 언어 표현 방법을 생각해 낼 수 없고, 또 침묵이 부적당하다는 위기적 상황일 경우로 한정되어 있다. 하지만 물론 아메는 그런 걸 알아채지 못했다.

"당신과 만난 이후로 그 애도 정신적으로 꽤 안정이 되어 가고 있는 것 같아. 초조한 빛도 이전보다는 줄어들었고. 분명히 당신과 그 애는 성격이 맞는가 봐. 왠지는 알 수 없지만, 어쩌면 당신들 사이에는 어떤 공통점이 있는지도 몰라. 어떻게 생각해?"

잘 모르겠다고 나는 말했다.

학교에 다니는 문제는 어떻게 하면 좋을까, 하고 그녀가 내게 물었다.

본인이 학교에 다니고 싶어 하지 않으면 안 보내도 되지 않느냐, 하고 나는 말했다. "아주 다루기 어려운 아이고 상처 입기 쉬운 아이라서, 무리하게 억지로 무슨 일을 시키려 해도 소용없을 겁니다. 그보다는 제대로 된 가정교사를 두고 필요한 최소한의 것만을 가르쳐 주는 편이 나을 것 같습니다. 주입식 수험 공부나 쓸모없는 동아리 활동, 무의미한 경쟁이나 집단의 억압, 위선적인 규칙 같은 건 아무리 생각해도 그 애의 성격에는 맞지 않아요. 학교에 가고 싶지 않으면 안 가도 되는 거예요. 혼자서 해야만 더 잘할 수 있는 사람도 있어요. 그보다는 그 애만이 지니고 있는 재능을 발견해서 실컷 뻗어 나가게 해주는 편이 낫지 않을까요? 그 애에게는 뭔가 좋은 방향으로 뻗어 나갈 수 있는 요소가 있다고 저는 생각합니다. 혹은 그러다가 스스로 학교에 다니고 싶다고 말할지도 모릅니다. 그때는 물론 보내면 됩니다. 아무튼 그건 그 애가 스스로 결정하도록 하면 되지 않겠어요?"

"그래." 아메는 잠시 생각하다가 그렇게 말하며 고개를 끄덕였다. "확실히 당신이 말하는 대로일지도 몰라. 나도 단체 생활을 잘하는 사람이 전혀 아니고, 변변히 학교도 다니지 않았으니까, 당신이 하는 말을 잘 이해할 수 있어."

"그걸 잘 이해할 수 있으면, 별로 생각해 볼 필요가 없잖아요. 대체 뭐가 문제입니까?"

그녀는 몇 번이고 고개를 저었다.

"무슨 문제 같은 건 그다지 없어. 다만 내가 그 애에 대해 어머니로서의 확고한 자신을 가질 수 없었을 뿐이야. 그래서 그런 식으로 깨끗이 단념할 수 없었어. 상대가 뭐라고 말하든, 학교 같은 데에는 가지 않아도 괜찮다고 말이야. 자신이 없으니까 무기력하게 생각하는 거야. 학교에 가지 않으면 아무래도 사회적으로는 곤란하지 않을까, 하고."

사회적으로, 하고 나는 생각했다. "물론 그것이 올바른 결론이냐의 여부는 알 수 없어요. 아무도 앞일은 알 수 없으니까요. 결과적으로 잘되어 가지 않을지도 모릅니다. 하지만 만일 당신이 그 애에 대해—어머니로서든 친구로서든 간에— 확실히 결부되어 있다는 것을 생활환경에서 틈틈이 나타내 줄 수 있다면, 그리고 어느 정도의 경의 같은 것을 표현해 줄 수 있다면, 눈치가 빠른 아이니까 그다음에는 스스로 어떻게든 잘해 나갈 겁니다."

그녀는 짧은 반바지의 주머니에 손을 집어넣은 채 한동안 잠자코 걸어갔다. "당신은 그 애의 기분을 아주 잘 알고 있네. 어째서일까?"

이해하려고 노력하기 때문이라고 말하고 싶었지만, 물론 말하지 않았다.

그리고 그녀는 내게 유키를 돌봐 준 데 대한 보답을 하고 싶다고 말했다. 보답은 마키무라 히라쿠 씨로부터 이미 충분히 받았으니, 신경 쓸 필요는 없다고 나는 말했다. 지금도 지나칠 정도라고.

"하지만 보답하고 싶어. 그이는 그이고 나는 나야. 나는 나로서 당신에게 보답하고 싶어. 지금 해두지 않으면 나는 금방 잊어버리니까."

"그런 건 잊어버려도 상관없습니다"라고 나는 웃으며 말했다.

그녀는 길가의 벤치에 걸터앉아, 셔츠의 주머니에서 담배를 꺼내 피웠다. 푸른색의 살렘 담뱃갑은 땀에 젖어 납작해져 있었다. 언제나 있는 새들이 언제나처럼 복잡한 음계로 울고 있었다.

아메는 그대로 잠자코 담배를 피우고 있었다. 그러나 실제로 연기를 빨아들인 건 두세 모금뿐이며, 나머지는 모두 그녀의 손가락 사이에서 재가 되어 잔디밭 위로 떨어져 내렸다. 그 모습은 내게 시간의 유해 같은 것을 상기시켰다. 그녀의 손 안에서 시간이 잇따라 죽어 가며 불태워져 하얀 재로 변해 가는 것이다. 나는 새들의 울음소리를 들으면서, 아래쪽 길을 덜거덕거리며 달려가는 카트 위의 정원사를 바라보고 있었다.

우리가 마카하에 도착할 무렵부터 날씨가 서서히 좋아지기 시작했다. 어딘가 멀리서 희미한 천둥소리가 한 번 들려왔을 뿐이었다. 압도적인 힘에 밀려나는 것처럼 두꺼운 회색 구름이 잇따라 갈라지고, 언제나처럼 왕성한 빛과 열기가 지상으로 되돌아왔다. 그녀는 반소매 덩거리dungaree를 입고(일을 하고 있을 때에 그녀는 대개 이 셔츠를 입고 있는데 가슴께의 주머니에는 볼펜과 펠트펜, 라이터, 담배 따위가 들어 있었다), 선글라스를 끼지 않은 채 강한 햇살을 받으며 앉아 있었다. 그녀는 눈부심이나 더위도 특별히 신경 쓰이지 않는 듯했다. 아마 더우리라는 생각은 든다. 그 증거로, 목덜미에 땀이 흘러내리고 셔츠는 땀에 젖어 여기저기 얼룩져 있었다. 하지만 더위를 의식하고 있지 않은 것이다. 그것이 정신을 집중시킨 때문인지 아니면 정신이 확산된 때문인지 나로선 판단할 수 없었다. 하지만 아무튼 그런 상태로 십 분이 지났다. 순간적인 시공간 이동과도 같은, 실체가 없는 십 분간이었다. 그녀는 시간의 경과라는 현상에 통 신경을 쓰지 않는 듯했다. 시간이라는 것이 그녀의 생활을 구성하는 요소들 속에는 포함되어 있다 하더라도 그 지위가 매우 낮은 모양이다. 하지만 내 경우는 그렇지 않다. 나는 비행기를 예약해 놓았다.

"이제 가보겠습니다"하고 나는 손목시계를 들여다보면서 말했다. "공항에서 렌터카를 돌려주고 요금을 치러야 하기 때문에, 조금 일찍 가야 하거든요."

그녀는 한 번 더 초점을 맞추려는 듯한 멍한 눈으로 나를 바라봤다. 그건 이따금 유키가 보이는 표정과 아주 흡사했다. 현실과 타협해야겠다는 듯한 표정이다. 이 모녀 사이에는 확실히 공통된 기질이나 성향이 있다고 나는 새삼스레 생각했다. "아아, 그렇구나, 시간이 없구나. 미안해. 알아채지 못했어"라고 그녀는 말했다. 그리고 천천히 한 번씩 고개를 좌우로 갸웃거렸다. "잠시 생각에 잠겨 있느라고."

우리는 벤치에서 일어나, 왔던 길을 걸어서 집으로 돌아왔다.

내가 출발할 때, 세 사람은 밖에 나와 배웅해 줬다. 나는 유키에게 인스턴트 음식을 이것저것 너무 많이 먹지 말라고 당부했다. 그녀는 입술을 오므렸을 뿐이었다. 하지만 딕 노스가 곁에 있으니, 그 점은 안심해도 될 것이다.

백미러에 나란히 비치는 세 사람의 모습은 아주 기묘했다. 딕 노스는 오른손을 높이 쳐들어 흔들고, 아메는 팔짱을 낀 채 멍한 눈으로 전방을 응시하고, 유키는 옆쪽을 향해 샌들 끝으로 돌을 굴리고 있었다. 그것은 정말 우주의 가장자리에 남겨진, 불완전한 일가족처럼 보였다. 조금 전까지 나도 그 속에 섞여 있었다고는 도저히 믿기지 않았다. 하지만 내가 커브에서 왼쪽으로 핸들을 꺾자, 그들의 모습은 이내 백미러로부터 휙 사라져 보이지 않게 됐다. 그리고 나는 혼자가 됐다, 아주 오랜만에.

혼자 있는 것은 기분 좋은 일이었다. 물론 유키와 함께 있는 게 싫었던 건 아니었지만, 그와는 상관없이, 혼자 있는 것은 나쁘지 않았다. 무슨 일을 하기 전에 누구와 상의할 필요도 없고, 실패해도 누구에게 변명할 필요도 없었다. 우스운 일이 있으면 혼자 농담을 하고 혼자 킥킥거리며 웃으면 됐다. 아무도 '그런 농담은 시시하다'고는 말하지 않았다. 지루하면 재떨이라도 바라보고 있으면 됐다. 내가 가만히 재떨이를 바라보고 있어도, 아무도 '왜 재떨이 따위를 바라보고 있는가'라고 묻지 않았다. 좋든 싫든 나는 혼자 보내는 생활에 너무 익숙해져 버린 것이다.

혼자 있게 되자, 내 주위의 빛 색깔이나 바람 냄새마저도 약간—그러나 확실히— 변한 것처럼 느껴졌다. 공기를 마음껏 들이마시면, 몸 안의 공간이 다소간 넓어진 듯한 느낌이 들었다. 나는 재즈 라디오 방송에 주파수를 맞추어 콜먼 호킨스Coleman Hawkins나 리 모건Lee Morgan 따위를 들으면서 공항까지 유유히 운전했다. 하늘을 가득 뒤덮고 있던 구름은 억지로 찢긴 것처럼 흐트러져, 지금은 구석 쪽에 약간씩 남아 있을 뿐이었다. 무역풍이 야자나무 잎들을 흔들면서, 구름 조각들을 천천히 서쪽으로 흘려보냈다. 보잉 747이 은빛 쐐기처럼 격렬한 각도로 하늘 속으로 휩쓸려 들어가는 게 보였다.

혼자 있게 되자, 나는 갑자기 아무것도 생각할 수 없게 됐다.

머릿속에서 급속하게 중력이 변화해 버린 듯한 느낌이 들었다. 내 사고는 그런 중력의 변화를 잘 따라갈 수가 없었다. 하지만 아무것도 생각할 수 없다는 것도 멋있는 일이었다. 좋지 않은가, 아무것도 생각하지 말자, 하고 나는 생각했다. 여기는 하와이야, 젠장, 왜 생각 같은 걸 해야 하냐고. 나는 머리를 비우고 운전에 신경을 집중하면서, 「스타피」나 「사이드와인더Sidewinder」에 맞추어 휘파람과 외풍의 중간쯤 되는 음색의 휘파람을 불었다. 시속 백육십 킬로미터의 속도로 언덕을 내려가자, 주위의 바람이 요란하게 윙윙거렸다. 언덕길의 각도가 바뀌자, 태평양이 선명한 남빛으로 물든 채 시계로 가득 밀려 들어왔다.

자, 하고 나는 생각했다. 이로써 휴가는 끝났다. 어찌 됐든 끝날 때가 되어 끝났다.

공항 부근에 있는 렌터카 사무실에 차를 돌려주고, 일본항공의 카운터에서 탑승 수속을 마친 다음에, 나는 마지막으로 한 번 더 공항의 전화 부스에서 그 수수께끼의 번호로 전화를 걸어 봤다. 하지만 예상한 대로 아무도 받지 않았다. 언제까지나 신호음이 울리고 있을 뿐이었다. 나는 전화를 끊고, 잠시 부스 안에서 전화기를 바라보고 있었다. 그리고 단념하고, 퍼스트 클래스의 대합실로 가서 진토닉을 마셨다.

도쿄, 하고 나는 생각했다. 하지만 도쿄에 대해 제대로 생각해 낼 수 없었다.

31

시부야의 아파트로 돌아와, 집을 비운 동안에 배달된 우편물들을 대충 살펴보고, 녹음된 부재중 메시지를 틀어 봤다. 중요한 것은 하나도 없었다. 여전히 자질구레한 용건들뿐이었다. 다음 달치 원고에 대한 문의나, 내가 모습을 감추고 있는 데 대한 불평, 새로운 주문 따위였다. 하지만 번거로워서 모두 무시하기로 했다. 일일이 변명을 하는 데도 상당한 시간이 소모될 듯했고 그럴 바엔 차라리 변명할 것 없이 재빨리 일을 마무리 지어 버리는 편이 손쉽고 편하기 때문이었다. 하지만 일단 그런 일을 하기 시작하면 그 밖의 일에 손을 댈 수 없게 된다는 것은 뻔한 일이다. 그러므로 일체 무시하는 수밖에 없다. 물론 약간의 도리는 지키지 못하게 된다. 그러나 다행히도 현재는 돈 걱정이 없고, 나중 일은 그런대로 어떻게든 해결될 것이다. 대체로 나는 지금까지 불평 한마디 하지 않고 상대가 요구하는 대로 묵묵히 일을 해왔다. 조금쯤은 나 하고 싶은 대로 하며 살아가자, 내게도 그 정도의 권리는 있다.

그리고 나는 마키무라 히라쿠의 집에 전화를 걸었다. 프라이데이가 받아, 곧 마키무라 히라쿠에게 연결해 줬다. 나는 대략의 경과를 그에게 설명했다. 유키는 하와이에서 상당히 여유롭게 지냈으며, 아무런 문제도 없었다고.

　"좋아"라고 그는 말했다. "자네에게 정말 감사하네. 내일이라도 아메에게 전화를 하겠어. 그런데 돈은 충분했나?"

　"충분합니다. 아직 남았고요."

　"마음대로 사용하도록 하게. 신경 쓰지 말고."

　"한 가지 물어보고 싶은 게 있는데요"라고 나는 말했다. "여자 얘깁니다."

　"아, 그것 말이군" 하고 그는 아무렇지도 않은 듯이 말했다.

　"그건 대체 어떤 조직입니까?"

　"콜걸 조직이야. 그런 건 생각해 보면 알 수 있잖은가. 자네도 그 여자와 하룻밤 동안 트럼프 놀이를 하고 있었던 건 아니잖아?"

　"아니, 그게 아니라, 어떻게 도쿄에서 호놀룰루의 여자를 부를 수 있었던 겁니까? 그 구조를 알고 싶은 겁니다. 그냥 호기심으로."

　마키무라 히라쿠는 잠깐 생각하는 듯했다. 아마 내 호기심의 질에 대해 생각하고 있었으리라. "말하자면 국제택배 같은 거지. 도쿄의 조직에 전화를 걸어 호놀룰루의 어느 곳에 어느 날 몇 시경에 여자를 보내 달라고 부탁하지. 그러면 그 도쿄의 조직은 계약된 호놀룰루의 조직에 연락해서 제시간에 여자를 보내 주거든. 나는 도쿄에 돈을 치르지. 도쿄는 커미션을 제하고 나머지 돈을 여자에게 건네주고. 편리하잖아. 세상에는 여러 가지 시스템이 있다고."

"그렇군요"라고 나는 말했다. 국제택배.

"그래. 돈은 들지만 편리해. 멋진 여자를 전 세계 어디서든 품을 수 있어. 도쿄에서 예약할 수 있다네. 그쪽에 가서 힘들여 찾을 필요도 없고 안전하지. 도중에 정부가 개입하는 일도 없어. 게다가 경비로 처리돼."

"그 조직의 전화번호는 가르쳐 주실 수 없겠지요?"

"그건 안 돼. 절대 비밀이야. 회원에게만 중개해 주는데, 회원이 되려면 굉장히 엄격한 자격 심사를 받아야 해. 돈과 지위와 신용이 필요하지. 자네에게는 무리야. 단념해. 내가 이 시스템에 관한 것을 자네에게 가르쳐 주고 있는 것만 해도, 이미 나는 외부 사람에게 비밀을 엄수해야 한다는 규약을 깨뜨리고 있는 셈이야. 내가 이런 이야기를 자네에게 하고 있는 건 단지 순수한 호의 때문일세."

나는 그 순수한 호의에 고맙다고 답례했다.

"그런데 쓸 만한 여자였겠지?"

"그럼요, 확실히"라고 나는 말했다.

"좋았어. 좋은 여자를 보내라고 말해 두었거든" 하고 마키무라 히라쿠는 말했다. "이름이 뭐였나?"

"준" 하고 나는 말했다. "6월이라는 준."

"6월이라는 준" 하고 그는 되풀이했다. "백이었나?"

"백?"

"백인."

"아뇨, 동남아시아계였어요."

"이 다음에 호놀룰루에 갈 일이 있으면 시험해 봐야겠군" 하고 그는 말했다.

그 밖에 특별히 할 얘기는 없었으므로, 나는 인사를 하고 전화를 끊었다.

다음에 나는 고탄다에게 전화를 걸어 봤다. 그의 전화는 언제나처럼 자동 응답기가 켜져 있었다. 나는 일본에 돌아왔으니 전화를 걸어 주면 좋겠다는 메시지를 남겨 두었다. 그럭저럭하는 동안에 해가 저물어, 나는 스바루를 몰고 아오야마로 물건을 사러 갔다. 그리고 또 기노쿠니야에서 잘 훈련된 채소를 샀다. 어쩌면 나가노의 산속 부근에 기노쿠니야 출하 전용의 훈련 채소밭이 있을지도 모른다. 넓은 밭 주위에는 아마 철조망이 둘러쳐져 있을 것이다. 「대탈주」를 연상시키는 어마어마한 철조망이다. 기관총이 딸린 감시탑이 있다 해도 이상할 건 없다. 그리고 그 안에서 상추나 샐러리에 대한 모종의 작업이 진행되는 것이다. 틀림없이. 우리의 상상을 초월한 비非채소적인 훈련이. 나는 그런 생각을 하면서 채소를 사고, 고기와 생선과 두부와 절임을 샀다. 그리고 집으로 돌아왔다.

고탄다로부터의 연락은 없었다.

이튿날 아침에 나는 던킨도너츠로 아침 식사를 하고, 도서관에 가서 보름치의 신문을 살펴봤다. 물론 메이의 사건에 대한 수사 진척 상황을 확인하기 위해서였다. 아사히와 마이니치, 요미우리 세 가지 신문을 꼼꼼히 읽어 봤지만, 그녀의 사건은 단 한 줄도 보도되어 있지 않았다. 선거 결과와 레프첸코Levchenko의 발언과 중학생의 비행 문제가 크게 다루어져 있을 뿐이었다. 비치 보이스가 음악적으로 온당치 않다는 이유로, 백악관에서의 콘서트가 취소됐다는 기사도 실려 있었다. 잘못된 일이다. 비치 보이스가 음악적으로 온당치 않아 백악관에서 몰려난다면, 믹 재거Mick Jagger는 화형을 세 번 당한대도 이상한 일이 아닐 것이다. 하여간 어쨌든 신문에는 아카사카의 호텔에서 한 여자가 스타킹에 목이 졸려 살해된 사건에 대한 기사는 실려 있지 않았다.

나는 이어 묵은 지난 잡지를 주욱 살펴봤다. 그중 한 잡지에 메이의 피살에 대한 한 페이지짜리 기사가 실려 있었다. '아카사카의 Q호텔/미녀 전라 교살 사건'이라는 타이틀이 붙어 있었다. 심한 제목이다. 사진 대신 전문 화가가 사체를 보고 그린 듯한 얼굴이 실려 있었다. 사체 사진을 잡지에 실을 수는 없기 때문이리라. 확실히 그림 속 여자는 자세히 보면 메이를 닮았지만, 아마도 내가 처음부터 그녀가 메이인 줄 알고 있기 때문에 그렇게 보이는 것이지, 아무런 맥락도 없이 갑자기 그 그림을 봤다면 아마 메이라고 생각하지는 않았을 것이다. 얼굴의 세밀한 부분은 확실히 비슷하게 잘 그려져 있었지만, 가장 중요한 점이 유사하지 않았기 때문이다. 그 그림은 그녀의 표정에서 핵심을 이루는 요소를 전달하지는 못했다. 그것은 죽은 메이였다. 살아 있는 메이는 더 따스하고 또 더 격렬하게 움직이고 있었다. 그녀는 끊임없이 갈구하고, 환상을 품고, 사고하고 있었다. 그녀는 우아하고 숙련되고 화려하고 관능적인 눈 치우는 사람이었던 것이다. 그렇기 때문에 우리는 환상을 주고받을 수 있었다. 그녀는 아침에 해맑은 표정으로 "어쩜" 하고 말할 수 있었다. 하지만 그 그림 속 메이는 실제보다 훨씬 궁상맞고 더러워 보였다. 나는 고개를 저었다. 그리고 눈을 감고, 천천히 한숨을 쉬었다. 그 그림을 보고 있으니, 메이가 죽어 버렸다는 것을 새삼스레 실감할 수 있었다. 아주, 완전히 죽어 버린 것이다. 그녀는 이제 되돌아올 수는 없다. 그녀의 삶은 암흑의 허무 속에 흡수되어 버렸다. 이렇게 생각하면서, 나는 가슴속에서 딱딱하고 메마른 슬픔이 이는 것을 느꼈다.

기사도 그 그림과 마찬가지로 궁상맞고 더러운 문장으로 쓰여 있었다. 아카사카의 일류 호텔인 Q에서 이십 대 초반으로 추정되는 젊은 여자가 스타킹으로 목이 졸려 죽어 있는 것이 발견됐다. 여자는 나체고, 신원을 나타낼 만한 것은 무엇 하나 몸에 지니고 있지 않았다. 프런트에 알린 이름은 가명이었다, 따위의 기사 내용은 경찰이 내게 가르쳐 준 것과 대체로 동일했다. 다만 내가 모르고 있는 일도 약간은 쓰여 있었다. 경찰은 이 사건을 매춘 조직과—그것도 일류 호텔을 무대로 삼고 있는 고급 콜걸 조직과— 결부시켜 조사를 진행하고 있다고, 기사의 말미에 쓰여 있었다. 나는 묵은 잡지들을 보관소에 되돌려 주고, 로비의 의자에 앉아 생각에 잠겼다.

왜 그들은 매춘 쪽으로 수사를 좁히기로 했을까? 무슨 확실한 증거가 나온 것일까? 하지만 그렇다 하더라도 경찰에 전화를 걸어서 어부나 문학에게 그런데 그 일은 그 후 어떻게 됐습니까, 하고 물을 수도 없다. 나는 도서관을 나와, 부근에서 간단히 점심 식사를 하고는 거리를 어슬렁어슬렁 배회했다.

걸어 다니는 동안에 무슨 좋은 생각이 떠오르지 않을까, 하고 생각했지만 전혀 소용이 없었다. 봄 공기는 막연하게 무거운 느낌을 주고, 또 피부를 근질근질하게 만들었다. 대체 무엇을 어떻게 생각해야 할지, 실마리가 잡히지 않았다. 나는 메이지 신궁까지 걸어가서, 잔디밭에 누워 하늘을 바라봤다. 그리고 매춘에 대해 생각해 봤다. 국제택배 하고 나는 생각했다. 도쿄에서 주문을 하고, 호놀룰루에서 여자와 잔다. 조직적이다. 솜씨가 좋으며, 정교하게 엮여 있다. 지저분하지도 않다. 사업화되어 있다. 아무리 풍기문란한 일이라도 어느 단계를 넘어서면 단순히 선악의 척도로는 잴 수 없게 된다. 거기에 그것의 독자적이며 독립된 환상이 생겨나기 때문이다. 그리고 일단 환상이 생겨나면, 순수한 상품으로서 제 기능을 담당하기 시작한다. 고도자본주의는 모든 틈새로부터 상품을 발굴해 낸다. 환상, 이것이 키워드다. 매춘이든, 인신매매든, 계층 간의 차별이든, 개인 공격이든, 도착적 성욕이든, 무엇이든 간에 예쁘게 포장해서 예쁜 이름을 붙이면 훌륭한 상품이 되는 것이다. 머지않아 세이부 백화점에서 카탈로그를 보고 콜걸을 주문할 수 있게 될지도 모르겠는걸, 하고 나는 생각했다. You can rely on me.

멍하게 봄 하늘을 바라보면서 나는 여자와 자고 싶다고 생각했다. 그리고 되도록이면 삿포로의 그 유미요시와 자고 싶었다. 그것은 결코 불가능한 일은 아니다. 나는 그녀의 아파트 문 틈새로 신발을 끼워 넣어—그 음흉한 형사처럼— 닫히지 않게 하는 장면을 상상했다. 그리고 이렇게 말하는 장면을 상상했다. '너는 나하고 자지 않으면 안 돼. 그렇게 해야 해.' 그리고 나는 그녀와 잘 것이다. 나는 우아하게 선물의 리본을 푸는 것처럼 그녀의 옷을 벗긴다. 코트를 벗기고, 안경을 벗기고, 스웨터를 벗긴다. 옷을 벗기자, 그녀는 메이가 됐다. '어쩜' 하고 메이가 말했다. "내 몸 멋지죠?"

내가 대답할 틈도 없이 날이 밝았다. 그리고 옆에는 키키가 있었다. 고탄다의 손가락이 키키의 등을 우아하게 어루만지고 있었다. 방문이 열리면서, 유키가 모습을 나타냈다. 그리고 그녀는 나와 키키가 서로 껴안고 있는 장면을 목격했다. 그것은 고탄다가 아니라 나였다. 손가락은 고탄다의 것이었다. 하지만 키키와 성교를 하는 사람은 나였다. "믿을 수가 없어"라고 유키는 말했다. "정말로 믿을 수가 없어."

"그렇지 않아"라고 나는 말했다.

"대체 무슨 일이야?"라고 키키가 말했다.

백일몽.

와일드하고 혼잡하고 무의미한 백일몽.

그렇지 않아, 라고 나는 말했다. 내가 자고 싶은 사람은 유미
요시야. 하지만 소용없었다. 혼란스러웠다. 연결이 얽히고설켜
있는 것이다. 우선 그 얽히고설킨 것을 어떻게든 해소시켜야 한
다. 그러지 않고는 나는 아무것도 손에 넣을 수 없다.

나는 메이지 신궁을 나와, 하라주쿠의 뒷골목에 있는 맛있는 커
피를 내주는 가게에서 뜨겁고 진한 커피를 마셨다. 그리고 유유
히 걸어서 집으로 돌아왔다.

저녁때가 가까워질 무렵에 고탄다에게서 전화가 걸려 왔다.

"저기, 지금 별로 시간이 없어"라고 고탄다는 말했다. "오늘
밤에 너와 만날 수 있을까? 여덟 시나 아홉 시, 그 무렵에."

"만날 수 있어. 한가하니까"라고 나는 말했다.

"식사를 하고 술 마시자. 데리러 갈게."

나는 가방을 정리해서 여행 중에 받은 영수증을 한데 모으
고, 마키무라 히라쿠에게 청구할 것과 내가 부담해야 할 것 등 두
종류로 나누었다. 식비의 절반과 렌터카 요금은 그가 치르도록
해도 될 것이다. 그리고 유키의 몫으로 구입한 물품(서핑보드, 라디
오 카세트, 수영복) 따위의 값도. 나는 메모에 그 물품과 가격을 적
고 봉투에 넣은 다음, 쓰고 남은 여행자 수표를 은행에서 현금화

해서 그것과 함께 아무 때나 보낼 수 있도록 정리해 두었다. 나는 그런 사무 처리를 아주 재빠르고 정확하게 했다. 특별히 사무적인 작업을 좋아해서가 아니다. 그런 일을 하기 좋아하는 사람은 없을 것이다. 나는 단지 돈과 관련해 번거로워지는 걸 싫어할 뿐이다.

정산을 끝내고는, 데친 시금치와 뱅어포를 무쳐서 살짝 식초를 친 후 이를 안주 삼아 기린 흑맥주를 마셨다. 그리고 사토 하루오佐藤春夫의 단편소설을 오랜만에 천천히 다시 읽어 봤다. 더할 나위 없이 기분 좋은 봄날의 저녁 무렵이었다. 해 질 녘의 푸른빛이 투명한 브러시로 거듭 칠해져 가는 것처럼 점차 진해지면서, 밤의 어둠으로 변해 갔다. 책을 읽는 게 피로해지자, 스턴 로즈 이스토민Stern Rose Istomin이 연주하는 슈베르트의 Op.100의 트리오를 들었다. 나는 오래전부터 봄이 되면 이 레코드를 곧잘 듣곤 했다. 봄밤에 배어 있는 일종의 슬픔이, 이 곡의 톤에 호응되는 것처럼 느껴졌다. 가슴속까지 푸르고 부드러운 어둠에 물들어 버릴 듯한 봄밤. 그러고 눈을 감으면, 그 어둠 속 깊은 곳으로 하얀 인골이 어렴풋이 떠올랐다. 삶은 깊은 허무 속으로 침잠하고, 뼈는 기억처럼 딱딱하게 내 앞에 놓여 있었다.

32

고탄다는 여덟 시 사십 분에 그 마세라티를 타고 찾아왔다. 내 아파트 앞에 멈춰 서자, 마세라티는 장소에 통 어울리지 않아 보였다. 이는 누구의 탓도 아니다. 어떤 종류의 것은 어떤 종류의 것과 숙명적으로 어울리지 않는다. 그 거대한 메르세데스도 전혀 어울리지 않았는데, 마세라티 역시 마찬가지였다. 할 수 없다. 사람에게는 각각의 라이프 스타일이라는 게 있다.

고탄다는 지극히 평범한 회색 브이넥 스웨터와 푸른색 버튼다운 셔츠, 그리고 평범한 코튼 팬츠를 입고 있었다. 그런데도 그는 역시 두드러져 보였다. 엘튼 존Elton John이 보라색 윗도리에 오렌지색 셔츠를 입고 하이 점프를 하는 것과 같은 정도로 두드러져 보였다. 그는 내 집 문을 노크하고, 내가 문을 열자 빙긋 웃었다.

"괜찮으면 들렀다 가지 않을래?"라고 나는 권해 봤다. 그가 내 집을 들여다보고 싶은 듯한 표정을 짓고 있었기 때문이다.

"좋아" 하고 그는 어쩐지 부끄러운 듯이 미소 지으면서 말했다. 괜찮다면 그대로 일주일쯤 묵어도 좋다고 말하고 싶어질 정도로 좋은 느낌을 주는 미소였다.

좁은 집이기는 해도 그 좁음이 그에게 어떤 감명을 준 듯했다. "옛날 생각이 나네" 하고 그는 말했다. "예전에 이런 데서 살았던 적이 있어. 이름이 알려지기 전에."

다른 사람이 똑같은 말을 했으면 언짢게 들렸을 테지만, 그가 말하자 순전히 칭찬해 주는 듯한 느낌이 들었다.

간단히 설명하면, 내 아파트는 네 부분으로 나뉘어 있다. 부엌과 욕실, 거실, 침실이다. 모두 상당히 좁다. 부엌은 방이라기보다는 오히려 약간 널찍한 복도라고 하는 편이 사실에 가까울 것이다. 기다란 찬장과 이인용 식탁을 놓으면, 더 이상 아무것도 들여 놓을 수 없다. 침실도 마찬가지여서, 침대와 양복장과 작업용 책상으로 가득 채워져 있다. 거실에만 겨우 공간이 있을 뿐이다. 거기에는 책꽂이와 레코드함, 작은 스테레오 세트 따위뿐이다. 의자도 없고 책상도 없다. 커다란 마리메꼬Marimekko의 쿠션 두 개가 있는데, 이 쿠션들을 벽에 대고 기대면 무척 기분이 좋다. 밥상이 필요할 때는, 접이식 밥상을 벽장에서 꺼내어 사용한다.

나는 고탄다에게 쿠션을 사용하는 법을 가르쳐 주고, 밥상을 펴놓고 흑맥주와 잔과 안주인 시금치를 내놓았다. 그리고 한 번 더 슈베르트의 트리오를 틀었다.

"근사해"라고 고탄다는 말했다. 인사치레로 하는 말이 아니라, 정말 그렇게 생각하고 있는 듯했다.

"다른 안주를 더 만들게"라고 나는 말했다.

"귀찮지 않아?"

"귀찮지 않아. 간단해. 눈 깜짝할 사이야. 대단한 건 없지만, 술안주 정도는 만들 수 있을 거야."

"옆에서 보고 있어도 돼?"

"물론" 하고 나는 말했다.

나는 파와 매실 무침을 만들고 가다랭이포를 뿌리고, 미역과 새우 초절임을 만들고, 고추냉이절임과 무를 간 것에 잘게 썬 어묵을 섞어 두고, 올리브오일과 마늘과 살라미를 사용해 채 썬 감자를 볶았다. 오이를 잘게 썰어 절임을 만들었다. 어제 만들어 둔 녹미채 조림도 남아 있었고, 두부도 있었다. 양념으로는 생강을 듬뿍 사용했다.

"근사해" 하고 고탄다는 한숨을 쉬면서 말했다. "천재적이야."

"간단해. 모두 손이 많이 가는 게 아냐. 익숙해지면 금방 할 수 있어. 요는 집에 있는 재료로 얼마만큼 만들 수 있느냐는 거지."

"천재적이야. 나는 도저히 할 수 없어."

"나는 치과의사 흉내는 도저히 낼 수 없어. 사람마다 각기 나름대로 살아가는 방식이 있어. Different strokes for different folks."

"맞아"라고 그는 말했다. "이봐, 오늘은 밖에 나가지 말고 여기서 쉬고 싶어. 그래도 될까?"

"난 괜찮아."

우리는 흑맥주를 마시면서, 내가 만든 안주를 먹었다. 맥주가 떨어지자 커티 삭을 마셨다. 그리고 슬라이 앤드 더 패밀리 스톤의 레코드를 들었다. 도어즈나 롤링 스톤스, 핑크 플로이드 따위도 들었다. 비치 보이스의 「서프즈 업」도 들었다. 1960년대적인 밤이었다. 러빙 스푼풀Lovin' Spoonful과 스리 도그 나이트Three Dog Night도 들었다. 만일 진지한 우주인이 마침 그 자리에 있었다면, 아마 시간 왜곡 현상이 일어난 줄 알았으리라.

우주인은 오지 않았지만, 열 시가 지나면서부터 비가 부슬부슬 내리기 시작했다. 부드럽고 조용한 비였다. 처마 끝에서 떨어지는 빗소리로 겨우 그 존재를 알 수 있는 그런 형태의 비였다. 사자死者처럼 조용한 비.

밤이 깊어지자, 나는 음악을 틀지 않았다. 내 아파트는 벽이 튼튼한 고탄다의 맨션과는 다르다. 열한 시가 넘어 음악을 틀어놓고 있으면, 이웃에서 불평들을 한다. 음악이 사라지자, 우리는 낙숫물 소리를 들으면서 죽은 이의 이야기를 했다. 메이의 사건수사는 그 이후로 별로 진척되지 않은 듯하다고 나는 말했다. 그건 알고 있다고 그도 말했다. 그 역시 신문과 잡지를 통해 수사의 진전 상황을 체크하고 있었던 것이다.

나는 두 병째 커티 삭을 따고, 그 첫잔을 마실 때 메이를 위해 건배를 했다.

"경찰은 콜걸 조직으로 수사 대상을 좁히고 있어"라고 나는 말했다. "그에 관해 아마 무언가 포착한 모양이야. 그러니까 그쪽에서 너에게 손을 뻗칠 가능성이 있을지도 몰라."

"가능성은 있어" 하고 고탄다는 약간 이마를 찌푸리며 말했다. "하지만 아마 괜찮으리라고 생각해. 나도 좀 신경이 쓰여서 프로덕션에 있는 사람에게 넌지시 물어봤거든. 그 조직은 비밀을 절대로 지킨다고 하던데, 그게 정말 확실한 얘기인가 하고 말이야. 그런데 아무래도 정치인이 관련되어 있는 모양이야. 거물급 정치가가 몇 명 관련되어 있어. 그러니까 만일 경찰에 의해 그 조직이 드러난다 하더라도, 내부에까지는 손이 미치지 못하리라는 거야. 손을 댈 수 없는 거야. 그리고 우리 프로덕션에도 약간의 정치력은 있어. 몇 명의 거물 탤런트가 있으니까, 그만한 힘은 갖고 있지. 위험스러운 쪽과도 일단은 연결이 되어 있어. 그러니까 어쨌든 잘 막아 낼 거야. 프로덕션 쪽에서도 나는 돈줄이니까, 그 정도의 일은 당연히 할 거야. 내가 스캔들에 말려들어 상품으로서 통용되지 않게 되면, 곤란해지는 건 프로덕션이거든. 프로덕션은 내게 상당한 자본을 투입하고 있으니까. 물론 이 시점에 네가 내이름을 댔으면, 그런 일과는 관계없이 나는 틀림없이 끌려갔겠지만 말이야. 아무튼 너는 유일하게 직접 관련을 맺었으니까. 그렇게 됐다면 정치력을 발휘할 틈도 없었겠지. 하지만 이제 그렇게 될 걱정도 없어. 이제는 조직과 조직의 힘과 관련된 문제가 되어 버렸어."

"더러운 세계야"라고 나는 말했다.

"정말" 하고 고탄다는 말했다. "정말 더러워."

"'더러워'에 두 표."

"뭐라고?"라고 그는 되물었다.

"'더러워'에 두 표, 동의 채택."

그는 고개를 끄덕였다. 그리고 미소 지었다. "그래, '더러워'에 두 표. 아무도 살해된 여자 같은 건 생각하지 않아. 자신의 보신에만 급급해. 물론 나도 포함해서 말이야."

나는 부엌으로 가서 얼음을 더 챙기고, 크래커와 치즈를 갖고 왔다.

"한 가지 부탁이 있어"라고 나는 말했다. "그 조직에 전화를 걸어 한 가지 물어봐 줬으면 좋겠는데."

그는 손가락으로 귓불을 쥐었다. "뭘 알고 싶어? 사건과 관련된 일이면 소용없어. 아무 말도 하지 않을 테니까."

"사건과는 관계없는 일이야. 호놀룰루의 콜걸에 관해 알고 싶은 게 있어. 분명히 그 조직을 통해 외국의 콜걸을 부를 수 있다는 말을 들었거든."

"누구에게서 들었어?"

"이름이 없는, 어떤 사람이야. 그 남자가 이야기하던 조직과 네가 이야기하는 조직이 아마 같은 것이리라고 생각해. 지위와 신용과 돈이 없으면 그 클럽에 들어갈 수 없다고 하더라고. 나 따위는 어림도 없다는 거야."

고탄다는 미소 지었다. "확실히 전화 한 통으로 외국에서 창녀를 데리고 놀 수 있는 조직이 있다는 말은 들은 적이 있어. 직접 이용해 본 적은 없지만. 아마 똑같은 조직일 거야. 그래, 호놀룰루 콜걸의 무엇을 알고 싶은 거야?"

"준이라는 이름의 동남아시아계 아가씨가 있는지 알고 싶어."

고탄다는 약간 생각하는 듯하더니, 그 이상은 아무런 질문도 하지 않았다. 수첩을 꺼내어, 여자의 이름을 거기에 적었다.

"준. 성은?"

"무슨 소리야, 콜걸이야"라고 나는 말했다. "그냥 준. 6월이라는 의미의 준."

"알았어. 내일 연락해 볼게"라고 그는 말했다.

"고마워"라고 나는 말했다.

"고마워하지 않아도 돼. 나를 위해 네가 해준 일에 비하면, 이런 건 정말 사소한 일이야. 신경 쓰지 않아도 돼." 그는 엄지손가락과 집게손가락 끝을 붙이며 눈을 가늘게 떴다. "그런데 하와이에는 혼자 갔었어?"

"하와이에 혼자 가는 사람이 있을라고. 물론 여자애와 둘이서 갔지. 굉장히 예쁜 아이야. 아직 열세 살이지만."

"열세 살짜리 아이하고 잤어?"

"설마. 아직 가슴도 변변히 나오지 않은 아이야."

"그럼 도대체 하와이까지 가서 둘이서 뭘 하고 있었는데?"

"테이블 매너를 가르쳐 주기도 하고, 성욕의 구조를 해설하기도 하고, 보이 조지에 대한 욕을 하기도 하고, 「E·T」를 관람하기도 하고, 여러 가지."

고탄다는 잠시 내 얼굴을 바라봤다. 그리고 윗입술과 아랫입술을 약간 빗겨 가게 하면서 웃었다. "별나군" 하고 그는 말했다. "네가 하는 일은 언제나 정말 별나. 왜 그럴까?"

"왜 그럴까?"라고 나는 말했다. "나 역시 특별히 그러고 싶어서 그러는 건 아니야. 사태가 그런 방향으로 흘러가 버리는 거야. 메이의 경우와 마찬가지로 말이야. 그 일도 누구의 탓은 아니야. 하지만 그렇게 되어 버리는 거지."

"음" 하고 그는 말했다. "그런데 하와이에선 즐거웠어?"

"물론."

"잘 그을렸네."

"물론."

고탄다는 위스키를 마시고, 크래커를 먹었다.

"네가 없는 동안에 또 아내와 몇 번 만났어"라고 그는 말했다. "잘되어 가고 있어. 이상한 얘기지만, 아내와 잔다는 건 좋은 거야."

"기분은 알 수 있어"라고 나는 말했다.

"너도 헤어진 아내와 만나 보지 그래?"

"안 돼. 다른 누군가와 곧 결혼해. 그 말은 하지 않았었나?"

그는 고개를 저었다. "못 들었어. 그렇다면 참 유감이야."

"아니, 그 편이 낫지. 유감스럽지 않아"라고 나는 말했다. 그 편이 낫다. "그건 그렇고 너야말로 부인과 어떻게 할 작정이야?"

그는 또 고개를 저었다. "절망적이야, 절망적. 그 이외의 표현은 생각해 낼 수 없어. 아무리 생각해도, 아무 데도 갈 곳이 없어. 우리 두 사람은 전에 없이 잘해 나가고 있어. 몰래 만나서, 얼굴이 탄로 나지 않을 모텔에 가서 자거든. 우리는 둘이서 있으면 서로 마음이 놓이고 안심이 돼. 그녀와 자는 것은 멋있어, 아까도 말한 것처럼 말이야. 아무 말 하지 않아도 시원스레 마음이 통해. 서로를 깊이 이해하고 있어. 함께 결혼 생활을 하던 때보다 더 깊이 서로를 이해하고 있어. 사랑하고 있는 거야, 정확히 말하면. 하지만 이런 식으로 언제까지나 계속해 나갈 수는 없어. 모텔에서 몰래 만난다는 건 정말 소모적이라고. 언젠가는 매스컴에 발각되고 말 거야. 탄로 나면 스캔들이 돼. 그렇게 되면 그자들은 우리의 뼈까지 빨아먹으려 할 거야. 아니, 뼈마저 남겨 두지 않을지도 몰라. 우리는 위험한 다리를 건너고 있는 거야. 무척 피곤해. 그런 게 아니라, 나는 밝은 데로 나가 그녀와 둘이서 제대로 떳떳한 생활을 하고 싶어. 그게 내 소망이야. 함께 유유히 식사를 하고 산책을 하고 싶어. 아기도 갖고 싶어. 하지만 무리야. 그녀의 가족과 나는 절대로 화해할 수 없어. 그자들도 지독한 말을 했고, 나도 하고 싶은 말을 다 했어. 이미 원래의 상태로 돌아갈 수는 없어. 그녀가 가족과 인연을 끊을 수 있으면 얘기는 제일 간단하지만, 그녀는 그렇게 할 수가 없거든. 가족들이 여간내기들이 아니라서, 그녀를 철저히 이용하고 있어. 그건 그녀도 알고 있어. 하지만 끊을 수 없어. 아내와 그녀의 가족은, 가슴 아래쪽이 이어져 있는 샴쌍둥이처럼 착 달라붙어 있거든. 떨어질 수가 없어. 출구가 없어."

고탄다는 유리잔을 흔들어, 속의 얼음 조각을 빙글빙글 돌렸다.

"어쩐지 이상한 생각이 들어" 하고 그는 미소 지으면서 말했다. "손에 넣으려고 하면 웬만한 건 다 손에 들어오는데, 정말로 갖고 싶은 건 손에 들어오지 않거든."

"본래 그런 게 아닐까"라고 나는 말했다. "하긴 내 경우는 손에 넣을 수 있는 게 한정되어 있었으니까, 주제넘은 소리인지는 모르겠지만 말이야."

"아니, 그건 달라"라고 고탄다는 말했다. "너의 경우는 원래 별로 물건을 탐내지 않는 것뿐이잖아. 이를테면 말이야, 마세라티라든지 아자부의 그 맨션 같은 게 넌 갖고 싶어?"

"그다지 갖고 싶다고는 생각지 않아. 현재로선 필요가 없으니까. 스바루와 이 좁은 아파트만으로 충분히 만족스럽게 지내고 있어. 만족스럽다는 건 지나친 말인지 모르지만, 분수에 맞고 마음이 편하고 불만도 없어. 하지만 앞으로 만일 그런 필요성이 생겨난다면 그야 갖고 싶어지겠지."

"아니, 달라. 필요라는 건 그런 게 아냐. 자연스레 생겨나는 게 아니거든. 그건 그냥 인위적으로 만들어지는 거야. 이를테면 말이야, 나는 집이 어디에 있든 상관없어. 이타바시든 가메도든 나카노구의 도리쓰카세이든 간에 정말로 어디든 좋아. 지붕이 딸려 있고, 만족스레 지낼 수 있으면 그것으로 족해. 하지만 프로덕션 사람들은 그렇게 생각하진 않거든. 당신은 스타니까 미나토구에서 살라는 거야. 그리고 아자부의 맨션을 저희들 멋대로 마련해 주는 거야. 쓸모없는 짓이야. 미나토구에 대체 뭐가 있지? 양복점 주인이 경영하는 비싸고 맛이 없는 레스토랑과 보기 흉한 도쿄타워, 아침까지 자지 않고 어슬렁거리며 돌아다니는 얼간이 같은 여자 정도지. 마세라티만 해도 그래. 난 스바루가 좋아. 충분해. 잘 달리거든. 도쿄의 도로에서 마세라티가 무슨 소용이 있어? 어이가 없다고. 하지만 그것도 프로덕션 녀석이 구해 왔어. 스타는 스바루나 블루버드나 코로나를 타서는 안 된다는 거야. 그래서 마세라티야. 새 차는 아니지만 말이야. 그래도 꽤 비쌌어. 내가 사용하기 전에는 어느 유명 가수가 탔지."

그는 얼음이 녹은 컵에 위스키를 따라 한 모금 마셨다. 그리고 잠시 이마를 찌푸리고 있었다.

"내가 살아가고 있는 건 그런 세계야. 미나토구와 유럽 자동차와 롤렉스를 손에 넣으면 일류로 여겨지지. 쓸모없는 짓이야. 아무런 의미도 없어. 요컨대 내가 말하고자 하는 것은, 필요라는 것은 그처럼 인위적으로 만들어진다는 점이야. 자연히 생겨나는 게 아니야. 날조되는 거야. 아무도 필요로 하지 않는데도, 필요한 것이라는 환상을 부여받는 거야. 간단해. 정보를 자꾸 만들어 가면 돼. 주거지라면 미나토구입니다, 승용차라면 BMW입니다, 시계는 롤렉스입니다, 하는 식으로 말이야. 몇 번이고 반복해서 정보를 부여하는 거야. 그러면 모두들 전적으로 믿어 버려. 주거지라면 미나토구, 승용차는 BMW, 시계는 롤렉스라고 말이야. 어떤 종류의 인간은, 그런 것을 손에 넣음으로써 진짜 차별화가 된다고 생각해. 타인과는 다르다고 생각하는 거지. 그렇게 하면 결국 타인과 똑같아지고 있다는 걸 알아채지 못하는 거야. 상상력이 부족해. 그 따위 것들은 인위적인 정보에 지나지 않아. 단순한 환상이야. 난 그런 일들이 정말 지긋지긋해. 좀 더 착실하게 살아가고 싶어. 하지만 안 돼. 나는 프로덕션에 얽매여 있어. 옷을 갈아입히는 인형이나 마찬가지야. 빚을 지고 있으니까, 불평 한마디 할 수 없어. 내가 이러고 싶다고 말해도, 내 말 따위는 아무도 들어 주지 않는다고. 미나토구의 근사한 맨션에서 살며, 마세라티를 타고, 파텍 필립 시계를 차고, 고급 콜걸과 자고. 어떤 종류의 인간은 그런 것을 부러워하겠지. 하지만 내가 바라는 건 그런 게 아냐. 내가 바라는 건, 그런 생활을 하는 한은 손에 넣을 수 없는 거야."

"이를테면 사랑" 하고 나는 말했다.

"그래, 이를테면 사랑. 그리고 평온. 건전한 가정. 단순한 인생" 하고 고탄다는 말했다. 그리고 얼굴 앞으로 두 손을 가져다 손바닥을 합쳤다. "이봐, 알겠어? 난 손에 넣으려고 마음먹으면 그런 건 손에 넣을 수 있었어. 자만하는 게 아니고 말이야."

"알고 있어. 너는 전혀 자만하는 게 아냐. 맞는 말이야"라고 나는 말했다.

"난 하려고만 들면 무엇이든 할 수 있었어. 온갖 가능성을 다 갖고 있었지. 기회도 있었고, 능력도 있었어. 하지만 나는 그저 인형이 됐지. 밤이면 주변에서 어슬렁거리고 있는 대부분의 여자들은 간단히 데리고 잘 수 있어. 거짓말이 아냐. 정말로 그럴 수 있어. 하지만 정말 원하는 여자와는 합쳐질 수 없어."

고탄다는 상당히 술에 취한 듯했다. 표정은 전혀 변하지 않았지만, 여느 때보다 말을 약간 많이 하고 있었다. 나는 그가 술에 잔뜩 취하고 싶어 하는 기분을 이해할 수 있었다. 자정을 넘긴 시간이 되어, 나는 그에게 시간이 괜찮냐고 물어봤다.

"그래, 내일은 점심때까지 일이 없어, 그러니까 서두르지 않아도 돼. 그런데 너에게 폐가 되지 않을까?"

"난 괜찮아. 여전히 할 일이 없으니까"라고 나는 말했다.

"이렇게 시간 뺏어서 미안하다고는 생각하지만, 너밖에는 이야기할 상대가 없어. 정말이야. 아무에게도 이야기할 수 없어. 내가 마세라티보다는 스바루를 타고 싶다고 말하면, 모두들 내가 머리가 돈 모양이라고 생각할 거야. 그리고 자칫 잘못하면 정신병원에 끌려가지. 유행이라고, 정신병원에 가는 게. 지겨워. 연예인 전문 정신과 의사란 토한 걸 청소하는 일의 전문가 같은 거야"라고 말하며, 그는 잠시 눈을 감고 있었다. "그런데 나는 여기 와서 또 계속 바보 같은 소리만 늘어놓고 있는 것 같은데."

"지겹다고 아마 스무 번쯤 말했을걸" 하고 나는 말했다.

"그랬어?"

"아직 부족하다 싶으면 더 말해도 좋아."

"이제 충분해. 고마워. 푸념만 늘어놓아 미안해. 하지만 내 주위를 에워싸고 있는 건 모두, 모두, 모두가 지겨운 얼간이 같은 놈들이야. 정말 구역질이 나. 순수하고 절망적인 구역질이 목구멍까지 치밀어."

"토하면 돼."

"쓸모없는 놈들이 주위에 우글거리고 있어"라고 고탄다는 토해 내듯이 말했다. "도시의 욕망을 빨아먹으며 살아가는 흡혈귀 같은 자들이야. 물론 모두 다 형편없는 건 아니야. 착실한 사람도 약간은 있어. 하지만 형편없는 놈들이 너무 많거든. 말만 번드르하게 하고, 요령이 좋은 놈들. 지위를 이용해서 돈이나 여자를 손에 넣는 놈들. 그런 어중이떠중이들이 세상의 욕망의 웃물을 마시며 통통하게 살이 찌는 그런 세계야. 넌 알지 못하겠지만, 정말로 형편없는 놈들이 많아. 이따금 그런 놈들과 술을 마셔야 할 때도 있어. 그런 때는 계속 나 자신을 타이르고 있어야 한다고. 분통이 울컥 치밀어도 목을 졸라 죽이진 말자, 이런 놈들을 죽이는 건 에너지의 소모니까, 라고 말이야."

"금속 배트로 때려죽이면 어때? 목을 졸라 죽이는 데는 시간이 걸려."

"맞는 말이야"라고 고탄다는 말했다. "하지만 되도록이면 목을 졸라 죽이고 싶어. 순간적으로 죽이긴 아까워."

"맞는 말이야"라고 나는 말하며 고개를 끄덕였다. "우리는 서로 맞는 말을 하고 있군."

"정말로—"라고 말하다가 그는 입을 다물었다. 그리고 한숨을 쉬고, 또 얼굴 앞으로 두 손을 가져가 손바닥을 합쳤다. "꽤 후련해졌어."

"잘됐네" 하고 나는 말했다. "'임금님 귀는 당나귀 귀' 같은 걸. 구멍을 파고 외치는 거야. 입 밖에 내면 후련해져."

"맞아"라고 그는 말했다.

"야식을 먹지 않겠어?"

"고마워."

나는 물을 끓이고, 김과 매실장아찌와 고추냉이를 사용해 간단히 야식을 만들었다. 그리고 둘이서 잠자코 그것을 먹었다.

"내가 보기에, 너는 생활을 즐기고 있는 것처럼 보이는데?" 하고 고탄다는 말했다.

나는 벽에 기대어 잠시 빗소리를 듣고 있었다. "어느 부분에선 그래. 나름대로 즐기고 있을지도 몰라. 하지만 결코 행복한 건 아니야. 너에게 어떤 종류의 것이 결여되어 있는 것과 마찬가지로, 내게도 어떤 종류의 것이 결여되어 있어. 그래서 정상적인 생활을 할 수 없어. 그저 댄스 스텝을 계속 밟고 있을 뿐이야. 몸이 스텝을 기억하고 있으니까, 계속 춤을 출 수는 있거든. 개중에는 감탄해 주는 사람도 있지. 그러나 사회적으로 나는 완전한 제로야. 서른넷인데 결혼 생활에 실패했고, 변변한 직업도 없어. 하루살이야. 임대 아파트 대출 자격에도 못 미쳐. 지금은 함께 잘 상대도 없고. 앞으로 삼십 년 후에는 어떻게 되어 있으리라고 생각해?"

"어떻게 되겠지."

"하긴" 하고 나는 말했다. "어떻게 될지도 몰라. 안 될지도 몰라. 아무도 알 수 없어. 모두 똑같아."

"하지만 나는 현재 부분적으로라도 즐거움을 얻지 못하고 있어."

"그럴지도 모르지만, 너는 아주 잘해 나가고 있잖아."

고탄다는 고개를 저었다. "잘해 나가는 사람이 이렇게 한없이 푸념을 늘어놓고, 또 너를 귀찮게 만들고 있겠어?"

"그런 때도 있지"라고 나는 말했다. "우리는 사람에 대한 이야기를 하고 있는 거야. 등비수열 이야기를 하고 있는 건 아냐."

한 시 반에 고탄다는 이제 돌아가겠다고 말했다.

"여기서 자고 가도 돼. 손님이 사용할 이불쯤은 있고, 날이 밝으면 맛있는 아침 식사도 만들어 줄게"라고 나는 말했다.

"아냐, 그렇게 말해 주는 건 고맙지만, 술도 깼으니 이제 그만 집으로 돌아가야겠어" 하고 고탄다는 머리를 몇 번 흔들면서 말했다. 확실히 술은 깬 듯했다. "그런데 너에게 한 가지 부탁이 있어. 이상한 부탁이지만."

"좋아. 말해 봐."

"미안하지만, 괜찮다면 너의 스바루를 얼마 동안 빌려주지 않겠어? 대신 마세라티를 두고 갈 테니까. 실은 아내와 몰래 만나는데 마세라티를 타고 가면 남의 눈에 띄거든. 어디를 가나, 그 차가 있으면 내가 타고 간 걸 금방 알아 버려."

"스바루는 얼마든지 빌려줄게"라고 나는 말했다. "마음대로 사용하도록 해. 나는 지금 일을 하고 있지 않으니까 그다지 차를 사용할 일이 없어. 그러니까 네게 빌려주는 건 전혀 상관없어. 하지만 솔직히 말해 그 패셔너블한 슈퍼 카를 대신 두고 가는 건 아주 곤란해. 나는 사설 주차장을 이용하고 있어서, 밤사이에 누가 장난을 칠지도 몰라. 게다가 운전 중에 무슨 일이 일어나 차에 흠집이라도 내면, 난 도저히 그걸 변상할 능력이 안 돼. 책임을 질 수 없어."

"상관없어. 그런 건 모두 프로덕션에서 알아서 해줄 거야. 확실하게 보험이 보장을 해줘. 네가 흠집을 내도 정확히 보험금이 나온다고. 걱정하지 않아도 돼. 마음이 내키면 바다에 집어넣어도 좋아. 정말 좋다고. 그러면 다음에는 페라리를 사는 거야. 페라리를 팔고 싶어 하는 에로 소설가가 있거든."

"페라리" 하고 나는 말했다.

"무슨 말을 하고 싶은지 알 수 있어" 하고 그는 웃으면서 말했다. "하지만 체념해. 너는 상상도 할 수 없겠지만, 우리 세계에서는 취향을 따지는 사람은 살아남을 수 없어. 거기서는 '취향이 좋은 사람'이란 '성격이 비뚤어진 가난뱅이'라는 말과 같은 뜻이야. 동정 받을 뿐이지. 아무도 칭찬해 주지 않아."

결국 고탄다는 스바루를 타고 돌아갔다. 나는 그의 마세라티를 주차장에 주차했다. 민감하고 공격적인 차였다. 반응이 예민하고 힘찬 느낌이 절로 왔다. 액셀러레이터를 조금 밟으니까 달까지 날아가 버릴 듯이 빠른 속도감이 전해졌다.

"그렇게 강하게 나가지 않아도 돼. 마음 편하게 하자고" 하고 나는 대시보드를 툭툭 두드리면서, 밝은 목소리로 마세라티에게 타일렀다. 하지만 마세라티는 내 말 따위는 안중에도 없는 듯했다. 자동차도 상대의 얼굴을 보는 거야, 맙소사, 하고 나는 생각했다. 마세라티도…….

33

이튿날 아침에 나는 주차장으로 마세라티를 보러 갔다. 밤사이에 누가 못된 장난을 하거나 훔쳐가지 않았을까 하고 걱정이 됐기 때문이다. 하지만 차는 무사했다.

언제나 스바루가 있던 장소를 마세라티가 차지하고 있어, 어쩐지 이상한 느낌이 들었다. 차 안에 들어가 자리에 앉아 봤지만, 역시 아무래도 마음이 안정되지 않았다. 잠에서 깨어 보니 옆에 본 적도 없는 여자가 누워 있는 경우와 마찬가지였다. 멋진 여자긴 하지만, 그것과는 관계없이 마음이 안정되지 않는다. 어쩐지 긴장된다. 나는 어떤 경우든 익숙해지는 데 시간이 걸리는 성격인 것이다.

결국 나는 그날 한 번도 차를 타지 않았다. 낮 동안에 거리를 산책하고, 영화를 보고, 책을 몇 권 샀다. 저녁때에 고탄다에게서 전화가 걸려 왔다. 그는 어제는 고마웠다고 말했다. 나는 고맙다는 말을 들을 만한 일이 못 된다고 말했다.

"그 호놀룰루에 관한 얘긴데"라고 그는 말했다. "조직에 문의해 봤어. 확실히 여기서 호놀룰루의 여자를 예약할 수는 있더라. 편리한 세상이야. 마치 열차 매표소 같아. 흡연석입니까, 금연석입니까? 하고 묻고 말이야."

"맞아."

"준이라는 아가씨에 대해서도 물어봤어. 잘 아는 사람이 이전에 당신네들한테 준이라는 아이를 소개받은 적이 있는데, 꽤 쓸 만하다면서 하룻밤 지내보라고 말하던데, 그 아가씨를 예약할 수 있겠느냐고 말이야. 준이라는 이름의 동남아시아계의 아가씨. 조사하는 데 약간 시간이 걸렸어. 사실은 일일이 그런 일을 해주지 않지만, 나한테는 해주지. 자랑하는 건 아니지만 단골이니까. 무리한 부탁이었겠지만 확실하게 조사해 줬어. 준이라는 아가씨는 분명히 있었어. 필리피노야. 하지만 그녀는 삼 개월 전에 사라져 버렸어. 지금은 일을 하지 않는다고 해."

"사라져 버렸어?" 하고 나는 되물었다. "그만뒀다는 말이야?"

"어이, 적당히 하라고. 아무리 단골이라도 거기까지는 조사해 주지 않아. 콜걸들은 노상 들락거리고 있어. 일일이 추적 조사를 하고 있을 수도 없잖아. 그녀는 그만뒀다, 지금 여기에는 없다, 그뿐이야, 유감스럽게도."

"삼 개월 전?"

"그래, 삼 개월 전."

아무리 생각해 봐도 결론이 나올 것 같지는 않았다. 나는 고맙다고 말하고 전화를 끊었다.

그리고 또 거리를 산책했다.

준은 삼 개월 전에 사라져 버렸다. 하지만 확실히 이 주일 전에 나는 그녀와 잤다. 그녀는 전화번호까지 적어 두고 갔다. 아무도 받지 않는 전화번호를. 이상하다고 나는 생각했다. 이제 콜걸이 세 명으로 불어났다. 키키와 메이와 준. 모두 사라졌다. 한 명은 살해되고, 두 명은 행방을 알 수 없다. 모두들 마치 벽에 흡수된 것처럼 어디론가 사라져 간다. 그리고 모두들 각기 나와 관련되어 있다. 그녀들과 나 사이에는 고탄다와 마키무라 히라쿠가 존재하고 있다.

나는 찻집으로 들어가, 수첩에 볼펜으로 내 주위의 인간관계를 그림으로 그려 봤다. 꽤 복잡한 관계였다. 제1차 세계대전이 일어나기 직전 열강의 세력 관계도 같다.

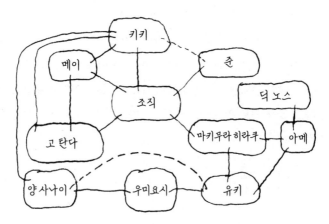

나는 반쯤은 깜짝 놀라고 반쯤은 지긋지긋해하면서 잠시 그 그림을 바라보고 있었는데, 아무리 바라보아도 별다른 생각이 떠오르지는 않았다. 사라진 세 명의 매춘부와 한 명의 배우와 세 명의 예술가와 한 명의 예쁜 소녀와 호텔의 프런트를 담당하고 있는 신경증적인 아가씨. 아무리 호의적으로 보아도 건전한 교유交遊 관계라고는 할 수 없다. 아가사 크리스티의 소설 같았다. "알았다. 집사가 범인이다"라고 나는 말해 봤지만, 아무도 웃지 않았다. 재미없는 농담이다.

솔직히 말해 이 이상은 어떻게 해볼 도리가 없었다. 아무리 실을 끌어당겨 보아도 오히려 더 뒤얽힐 뿐이다. 확실해지는 건 없다. 처음에는 키키와 메이와 고탄다의 연결선뿐이었다. 그런데 지금은 마키무라 히라쿠와 준의 연결선까지 추가되어 있다. 그리고 키키와 준은 어딘가에서 이어져 있다. 준이 남겨 둔 전화번호와 키키가 남긴 전화번호는 동일한 것이다. 관계가 한 바퀴 빙그르르 원을 그리고 있다.

"이건 어려운데, 왓슨 군"하고 나는 테이블 위에 놓여 있는 재떨이를 향해 말했다. 물론 재떨이는 아무런 대답도 하지 않았다. 재떨이는 머리가 좋으니까, 이러한 일에는 일절 관여하려 하지 않는다. 재떨이나 커피 잔, 슈거 포트, 전표 따위도 모두 머리가 좋다. 아무도 대답을 하지 않는다. 못 들은 체하고 있다. 어리석은 건 나 한 사람뿐이다. 언제나 이상한 일에 관련된다. 그리고 언제나 몹시 지쳐 있다. 기분 좋은 봄날의 초저녁에 데이트할 상대도 없다.

　나는 아파트로 돌아와 유미요시에게 전화를 걸어 봤다. 하지만 유미요시는 없었다. 오늘은 일찍 퇴근했다는 것이다. 저녁에 수영 교실에 가는 날인지도 모른다. 그리고 나는 언제나처럼 수영 교실에 질투를 느꼈다. 고탄다처럼 호감을 주는 잘생긴 교사가 유미요시의 손을 잡고 헤엄치는 법을 우아하게 가르쳐 주는 광경에 질투를 느꼈다. 나는 유미요시 한 사람 때문에, 삿포로로부터 카이로에 이르는 전 세계의 수영 교실들을 증오했다. 빌어먹을, 하고 나는 생각했다.

　"모든 게 지겨워. 거지 같아. 정말이지 구역질이 나." 나는 고탄다를 흉내 내며 말해 봤다. 전혀 기대하고 있지 않았는데, 실제로 목소리를 내어 말해 보니 이상하게도 기분이 약간 좋아졌다. 고탄다는 종교인이 됐으면 좋았을걸, 하고 나는 생각했다. 아침과 저녁때에 그가 "모든 게 지겨워. 거지 같아. 정말이지 구역질이 나" 하고 외치며 사람들을 이끌어 가는 것이다. 인기가 있을지도 모른다.

　하여간 그건 그렇고 유미요시를 몹시 만나고 싶었다. 그녀의 약간 신경증적인 말투나 민첩한 움직임이 그리웠다. 손가락으로 안경테를 잡는 행위나, 미끄러지듯이 슬쩍 방 안으로 들어올 때의 진지한 표정, 블레이저코트를 벗고 내 옆에 앉을 때의 모습 등이 좋았다. 그런 그녀의 모습을 떠올리자, 약간 기분이 풀리는 것 같았다. 나는 그녀의 솔직한 면에 아주 강하게 끌리고 있었다. 우리 둘은 잘해 나갈 수 있을까?

그녀는 호텔 프런트에서 일하는 데서 기쁨을 찾고 있고, 일 주일에 며칠은 저녁에 수영 교실에 다니고 있다. 나는 눈 치우기 일을 하고, 스바루와 오래된 레코드를 좋아하며, 규칙적인 식사를 하는 것에서 아주 작은 기쁨 같은 것을 찾고 있었다. 그런 두 사람. 잘되어 갈지도 모르고, 안되어 갈지도 모른다. 데이터가 너무 부족해서 도무지 예측할 수 없다.

그녀가 나와 결합하게 되면, 역시 언젠가는 상처를 입게 될까? 헤어진 아내가 예언한 것처럼, 나는 관련을 맺게 되는 모든 여자에게 결국은 상처를 주게 되는 걸까? 나는 자기밖에 생각하지 않는 인간이니까, 타인을 좋아할 자격이 없는 걸까?

하지만 유미요시를 생각하고 있는 동안에, 나는 지금이라도 당장 비행기를 타고 삿포로로 날아가고 싶어졌다. 그리고 그녀를 껴안고, 데이터는 부족할지 모르지만 아무튼 너를 좋아한다고 말하고 싶었다. 하지만 안 된다. 그 전에 분명히 매듭을 지어 두어야 한다. 엉거주춤하게 일을 방치해 둘 수는 없다. 그런 짓을 하면, 그 엉거주춤한 모양을 다음 단계까지 질질 끌고 가게 된다. 아무리 나아가도 모든 사물이 엉거주춤한 모양의 어두컴컴한 그림자에 물들게 된다. 그리고 그것은 내가 이상으로 삼는 세계의 모습이 아니다.

문제는 키키다. 그렇다. 키키가 모든 일의 중심에 있다. 그녀는 여러 가지 형태로 내게 접촉을 하려 하고 있다. 삿포로의 영화관에서 호놀룰루의 다운타운에 이르기까지, 그녀는 그림자처럼 내 앞을 가로질러 간다. 그리고 그녀는 내게 어떤 메시지를 전하려 하고 있다. 그것은 분명하다. 하지만 그 메시지가 너무 암시적이어서, 나는 그것을 이해할 수 없다. 키키는 대체 내게 무엇을 요구하고 있는 것일까?

나는 대체 어떻게 하면 좋은가?

하지만 나는 어떻게 하면 좋은지를 알고 있었다.

아무튼 기다리고 있으면 된다.

어떤 일이 다가오기를 기다리고 있으면 되는 것이다. 언제나 그랬다. 막다른 길에 다다를 때는 당황해서 움직일 필요는 없다. 가만히 기다리고 있으면 무슨 일이 일어난다. 무슨 일이 다가온다. 가만히 응시하면서, 어스름 속에서 무엇인가가 움직이기를 기다리고 있으면 되는 것이다. 나는 경험을 통해 이를 배웠다. 그것은 언젠가는 반드시 움직인다. 만일 필요하다면 그것은 반드시 움직인다.

좋아, 천천히 기다리자.

✦

나는 며칠에 한 번씩 고탄다와 만나 술을 마시거나 식사를 했다. 나중에는 그와 만나는 일이 습관의 일부가 됐다. 만날 때마다 그는 스바루를 계속 빌려 쓰고 있어 미안하다고 말했다. 문제없어,

신경 쓰지 마, 라고 나는 말했다.

"아직 마세라티는 바다에 집어넣지 않았어?"라고 그는 물었다.

"유감스럽게도 바다에 갈 틈이 없어서"라고 나는 말했다.

나와 고탄다는 바의 카운터에 나란히 앉아 보드카 토닉을 마시고 있었다. 그는 나보다 마시는 속도가 약간 빨랐다.

"정말로 집어넣으면 기분 좋을 거야"라고 그는 잔 가장자리에 입술을 가벼이 댄 채로 말했다.

"확실히 가슴이 후련할 거야"라고 나는 말했다. "하지만 마세라티가 없어져도 곧 페라리가 나오지."

"하는 김에 그것도 집어넣자고"라고 고탄다는 말했다.

"페라리 다음엔 뭘까?"

"뭘까? 하지만 그렇게 잔뜩 처넣으면, 틀림없이 보험회사에서 시비를 걸어올 거야."

"보험회사는 걱정하지 않아도 돼. 더 대범해지자고. 어차피 이건 모두 공상이야. 둘이서 술을 마시며 공상하고 있을 뿐이야. 네가 곧잘 나오는 저예산 영화들과는 달라. 공상에는 예산이라는 게 없거든. 중산층들이나 하는 걱정은 아예 집어치우는 게 좋아. 자질구레한 건 신경 쓰지 말고, 계속 멋지게 해보자고. 람보르기니든 포르셰든 재규어든 뭐든지 상관없어. 모조리 처넣으면 돼. 사양할 필요 없어. 바다는 깊고 넓으니까. 수천 대라도 받아들여줘. 상상력을 맘껏 구사하는 거야."

그는 웃었다. "너하고 이야기를 하고 있으면 가슴이 후련해져."

"나도 후련해. 남의 자동차고 남의 일에 대한 상상이니까" 하고 나는 말했다. "그런데 요즘 부인하고는 잘되어 가고 있어?"

그는 보드카 토닉을 들이켠 후, 고개를 끄덕였다. 밖에는 비가 내리고 있고, 가게는 비어 있었다. 우리 두 사람 외에는 손님이 없었다. 바텐더는 할 일이 없어 술병을 닦고 있었다.

"잘되어 가고 있어"라고 그는 조용히 말했다. 그리고 입술을 일그러뜨리며 미소 지었다. "우린 서로 사랑하고 있지. 우리의 사랑은 이혼에 의해 확인되고 심화됐어. 어때, 로맨틱하지 않아?"

"로맨틱해. 기절할 것 같아."

그는 킥킥거리며 웃었다.

"하지만 정말이야" 하고 그는 정색을 하고 말했다.

"알고 있어"라고 나는 말했다.

✦

나와 고탄다는 만나면 대개 이런 식으로 이야기를 했다. 우리는 우스꽝스러운 말을 늘어놓으면서 꽤 진지하게 대화를 나눴다. 그것은 끊임없는 농담을 필요로 할 만큼 진지한 이야기였다. 대부분 신통찮은 농담이었지만, 특별히 문제가 되지는 않았다. 어쨌든 농담이면 됐던 것이다. 그것은 농담을 위한 농담에 지나지 않았다. 우리는 농담이라는 공통된 인식을 필요로 했을 뿐이었다. 우리가 얼마만큼 진지한가는, 우리 자신밖에는 알 수 없었다. 우리는 둘 다 서른네 살인데, 그것은 열세 살과는 또 다른 의미에서 아주 어려운 나이였다. 둘 다 나이를 먹는 일의 진정한 의미를 조금씩 인식하기 시작했다. 그리고 우리는 이에 대비해서 뭔가를 준비하지 않으면 안 될 시기에 접어들고 있었다. 닥쳐올 겨울 동안에 몸을 따스하게 해줄 만한 것을 확보해 두는 것이다. 고탄다는 그것을 간결한 말로 표현했다.

"사랑" 하고 그는 말했다. "내게 필요한 건 그거야."

"감동적이군" 하고 나는 말했다. 하지만 그것은 내게도 필요한 것이었다.

고탄다는 잠시 입을 다물었다. 입을 다물고 사랑에 대해 생각하고 있었다. 나도 사랑에 대해 생각했다. 잠깐 유미요시에 관해 생각했다. 눈이 내렸던 그날 밤에, 그녀가 블러디 메리를 다섯 잔인가 여섯 잔 마셨던 것이 문득 떠올랐다. 그녀는 블러디 메리를 좋아하는 것이다.

"싫증이 날 만큼 많은 여자와 잤어. 이제 필요 없어. 몇 명하고 자든 마찬가지야. 하는 게 똑같은걸" 하고 고탄다는 잠시 후에 말했다. "사랑을 원해. 이봐, 굉장한 걸 너에게 털어놓겠어. 내가 자고 싶은 건 아내뿐이야."

나는 손가락을 튕겨 소리를 냈다. "굉장한걸. 마치 신神의 말 같아. 찬란히 빛나고 있어. 기자회견을 해야겠어. 그리고 '내가 자고 싶은 상대는 아내뿐입니다' 하고 선언하는 거야. 모두들 감동할 거야. 총리의 표창을 받을지도 몰라."

"아니, 노벨평화상을 탈 수도 있지 않을까. 어쨌든 '내가 자고 싶은 상대는 아내뿐입니다'라고 세계를 향해 선언하는 거야. 보통 사람은 좀처럼 해낼 수 없는 일이지."

"노벨상을 받으려면 프록코트가 필요하겠는데."

"뭐든 사면 돼. 모두 경비로 처리돼요."

"훌륭해. 바로 신의 말이야."

"스웨덴 왕 앞에서 수상 인사를 하는 거야" 하고 고탄다는 말했다. "'여러분, 내가 지금 자고 싶은 상대는 아내뿐입니다'라고 말이야. 감동의 소용돌이에 휩싸이겠지. 눈구름이 갈라지며 태양이 모습을 드러내고."

"얼음이 녹고 바이킹이 항복하며 인어 공주의 노래가 들려오고."

"감동적이야."

우리는 또 입을 다물고, 잠시 제각기 사랑에 대해 생각했다. 사랑에 대해 생각해야 할 일들은 얼마든지 있었다. 유미요시를 집에 초대할 때에는 보드카와 토마토 주스와 리앤페린 소스와 레몬을 준비해 둬야겠다고 나는 생각했다.

"하지만 어쩌면 너는 상 같은 건 아무것도 받을 수 없을지도 몰라"라고 나는 말했다. "변절자로 여겨질 뿐일지도 몰라."

고탄다는 이에 대해 잠시 생각했다. 그리고 천천히 몇 번이고 고개를 끄덕였다.

"그래, 있을 수 있는 일이야. 내가 말하고 있는 건 성적性的 반혁명이야. 격앙된 군중의 발에 차여 죽을지도 몰라"라고 그는 말했다. "그러면 나는 성적 순교자가 되지."

"성적 순교자가 된 최초의 배우가 될 수 있지."

"하지만 죽으면 두 번 다시 아내와 잘 수 없어."

"맞는 말이야"라고 나는 말했다.

그리고 우리는 또 잠자코 술을 마셨다.

그런 식으로 우리는 진지한 이야기를 했다. 옆에서 우리의 이야기를 듣고 있는 사람이 있었다면, 모두 농담인 줄 알았으리라. 하지만 우리는 더할 나위 없이 진지했다.

그는 틈이 나면 내게 전화를 걸어 왔다. 그러면 어느 바에 가거나, 그가 내 아파트로 찾아와 식사를 하거나, 아니면 내가 그의 맨션으로 가곤 했다. 그렇게 여러 날이 흘러갔다. 나는 작정을 하고 일절 일을 하지 않았다. 일 따위는 어찌 되든 상관하지 않게 됐다. 내가 없더라도 세상은 확실하게 앞으로 나아갔다. 그리고 나는 가만히 무슨 일인가 일어나기만 기다렸다.

나는 마키무라 히라쿠에게 남은 돈과 여행 중에 사용한 몫의 영수증을 우편으로 보냈다. 이내 프라이데이로부터 전화가 걸려 왔다. 돈을 더 받아 달라고 그는 말했다.

"선생님도 이러면 미안하다고 말씀하시고, 저도 곤란하거든요"라고 프라이데이는 말했다. "이 일은 제게 맡겨 주지 않겠습니까? 결코 이 일로 당신에게 부담 지우지는 않을 테니까요."

승강이를 하기도 귀찮아져서, 알았어요, 이번 일은 아무튼 그쪽 마음대로 처리해 줘요, 라고 나는 말했다. 마키무라 히라쿠는 이내 삼십만 엔짜리 수표를 보내왔다. 첨부된 영수증에는 '취재 조사비'라고 쓰여 있었다. 나는 영수증에 사인하고 도장을 찍어 우송했다. 무엇이든 경비로 처리되는 것이다. 감동적인 세계다.

나는 그 삼십만 엔짜리 수표를 액자에 넣어 책상 위에 놓아 두었다.

✦

연휴가 왔다가 지나갔다.

나는 유미요시와 몇 차례 전화로 이야기를 했다.

얼마 동안 이야기를 하는가는 그녀가 결정했다. 오랫동안 이야기할 때도 있었고, '바쁘다'고 말하며 간단히 끊어 버릴 때도 있었다. 오랫동안 가만히 입을 다물고 있을 때도 있고, 갑자기 뚝 끊어 버릴 때도 있었다. 하지만 아무튼 나는 전화로 그녀와 이야기를 할 수 있었다. 우리는 조금씩 데이터를 주고받았다. 어느 날 그녀는 자기 집의 전화번호를 가르쳐 줬다. 그것은 확실한 진보였다.

그녀는 일주일에 두 번씩 수영 교실에 다니고 있었다. 그녀가 수영 교실 이야기를 꺼낼 때마다, 내 마음은 순진한 고교생처럼 떨리거나 상처를 입거나 어두워지곤 했다. 나는 몇 번이고 그녀의 수영 교사에 관해 질문해 보려 했다. 어떤 교사인지, 몇 살쯤 됐는지, 잘생겼는지, 그녀에게 지나치게 친절하진 않은지…… 하고 말이다. 하지만 물어보기도 쉽지는 않았다. 그녀가 나의 질투를 간파할까 봐 두려웠던 것이다. '이봐, 당신은 수영 교실에 질투를 느끼고 있는 거지? 아아, 싫어, 그런 사람이 제일 싫어. 수영 교실에 질투를 느끼는 사람은 남자로서 최악이야. 무슨 말인지 알겠어? 정말 최악이라고. 당신과는 두 번 다시 만나고 싶지 않아'라고 할까 봐 두려웠던 것이다.

그래서 나는 수영 교실에 관해 물어보고 싶어도 입을 다물고 잠자코 있었다. 잠자코 있으면, 나의 내부에 일고 있는 수영 교실에 대한 망상이 점점 확대되어 갔다. 레슨이 끝난 뒤에, 교사가 그녀만 남게 해서 특별 레슨을 한다. 교사는 물론 고탄다였다. 그는 유미요시의 가슴과 배에 손을 가져가 자유형 수영법을 연습시켰다. 그의 손가락은 그녀의 가슴을 어루만지고 그녀의 다리 윗부분을 쓰다듬는다. 하지만 신경 쓰지 말라고 그는 말한다.

"신경 쓰지 않아도 돼"라고 그는 말한다. "내가 자고 싶은 상대는 아내뿐이야."

그리고 그는 유미요시의 손을 잡아, 자신의 발기한 페니스를 잡게 한다. 물속에서 발기한 페니스. 마치 산호 같다. 유미요시는 아주 황홀해하고 있다.

"괜찮아"라고 고탄다는 말한다. "내가 자고 싶은 건 아내뿐이니까."

수영장 망상.

어이가 없다. 하지만 나는 그것을 머리에서 몰아낼 수가 없었다. 나는 유미요시에게 전화를 걸 때마다 잠시 그 망상에 시달리게 됐다. 망상이 점점 복잡해지고, 여러 인물들이 등장하게 됐다. 키키나 메이, 유키 등이 나왔다. 유미요시의 몸을 어루만지는 고탄다의 손가락을 바라보고 있는 동안에, 어느 틈이랄 것도 없이 순식간에 유미요시가 키키로 변하곤 했다.

"저기, 난 아주 평범하고 흔해 빠진 인간이야"라고 어느 날 유미요시는 말했다. 그날 그녀는 몹시 기운이 없어 보였다. "남들과 다른 건 이름뿐이야. 그 밖에는 아무것도 없어. 그저 이렇게 호텔 프런트에서 매일매일 일하며 인생을 헛되이 소모시켜 갈 뿐이야. 이제 나한테 전화하지 마. 난 장거리 전화 요금을 들일 만큼 값어치 있는 인간이 못 돼."

"하지만 넌 호텔에서 일하는 걸 좋아하잖아?"

"응, 그건 좋아해. 일하는 것 자체는 고통스럽지 않아. 하지만 이따금 호텔에 삼켜져 버리는 듯한 느낌이 들어, 이따금. 그럴 때면 나는 대체 무엇일까, 하는 생각이 들지. 나 같은 건 없는 거나 마찬가지야. 호텔은 분명히 거기에 있어. 하지만 나는 거기에 없어. 내게는 내가 보이지 않아. 난 간과되고 있어."

"호텔 일을 너무 진지하게 생각하는가 보군" 하고 나는 말했다. "호텔은 호텔이고, 너는 너야. 나는 곧잘 너에 관해 생각하고, 이따금 호텔도 생각해. 하지만 한꺼번에 생각하지는 않아. 너는 너고, 호텔은 호텔이야."

"알고 있어, 그쯤은. 하지만 이따금 혼란에 빠져. 경계선이 보이지 않게 돼. 나라는 존재나 감각, 사생활 따위가 호텔이라는 우주 속에 끌려 들어가 사라져 버리는 거야."

"누구나 그래. 모두들 어디엔가 끌려 들어가 경계선이 보이지 않게 되지. 너뿐만이 아냐. 나도 마찬가지야"라고 나는 말했다.

"마찬가지가 아니야, 전혀"라고 유미요시는 말했다.

"그래. 전혀 마찬가지가 아니야"라고 나는 말했다. "하지만 그 기분을 잘 알 수 있고, 너를 좋아해. 당신 안에 있는 무엇인가가 나를 끌어당겨."

유미요시는 잠시 잠자코 있었다. 그녀는 전화의 침묵 속에 있었다.

"저기, 난 그 어둠이 아주 무서워"라고 그녀는 말했다. "한 번 더 그 일이 닥쳐올 듯한 느낌이 들어."

수화기에서 유미요시가 훌쩍훌쩍 울기 시작하는 소리가 들렸다. 처음에 나는 그게 무슨 소리인지 잘 알 수 없었다. 하지만 아무리 생각해 봐도 훌쩍이며 울고 있는 소리였다.

"이봐, 유미요시"라고 나는 말했다. "왜 그래? 괜찮아?"

"괜찮고말고. 그저 울고 있을 뿐이야. 울면 안 돼?"

"아니, 안 될 건 없어. 걱정했을 뿐이야."

"저, 좀 잠자코 있어 줘."

나는 시키는 대로 잠자코 있었다. 내가 가만히 입을 다물고 있자, 유미요시는 한 차례 울고 나서 전화를 끊었다.

5월 7일에 유키에게서 전화가 걸려 왔다.

"돌아왔어"라고 그녀는 말했다. "어디 놀러 가지 않을래?"

나는 마세라티를 타고 아카사카의 맨션까지 유키를 데리러 갔다. 유키는 마세라티를 보자 이마를 찌푸렸다.

"이 차는 어떻게 된 거야?"

"훔친 건 아냐. 샘에 자동차를 빠뜨렸더니 이자벨 아자니 같은 샘의 요정이 나와서 '지금 빠뜨린 건 금으로 만들어진 마세라티입니까, 아니면 은으로 만들어진 BMW입니까' 하고 묻기에 '아뇨, 내 차는 구리로 만들어진 중고 스바루입니다'라고 대답했지. 그러자—."

"쓸데없는 농담은 그만해" 하고 그녀는 진지한 표정으로 말했다. "진지하게 묻고 있는 거야. 정말 이게 대체 어떻게 된 거야?"

"친구하고 일시적으로 교환한 거야"라고 나는 말했다. "내 스바루를 꼭 타고 싶다기에 바꾸었어. 그 친구에게 여러 가지 사정이 있어."

"친구?"

"그래. 믿어 주지 않을지도 모르지만, 내게도 친구 한 사람쯤은 있다고."

그녀는 자동차 조수석에 올라 자동차 안을 휙 둘러봤다. 그리고 또 이마를 찌푸렸다. "이상한 차"라고 그녀는 내뱉듯이 말했다. "바보 같아."

"그러고 보니 이 차 주인도 똑같은 말을 했었지"라고 나는 말했다. "표현은 약간 달랐지만."

그녀는 잠자코 있었다.

나는 또 쇼난 방면으로 차를 몰았다. 유키는 한참을 달려도 죽 입을 다물고 있었다. 나는 스틸리 댄Steely Dan의 테이프를 작은 소리로 틀고, 주의 깊게 마세라티를 운전했다. 아주 좋은 날씨였다. 나는 알로하셔츠를 입고 선글라스를 쓰고 있었다. 그녀는 엷은 면바지에 핑크색 랄프 로렌 폴로셔츠를 입고 있었다. 그 색깔이 햇볕에 그을린 피부에 썩 잘 어울렸다. 마치 하와이에 있는 듯한 기분이었다. 내 앞에는 가축을 운반하는 트럭이 달리고 있었는데, 돼지들이 판자로 만들어진 울짱 틈으로, 우리가 타고 있는 마세라티를 붉은 눈으로 가만히 바라보고 있었다. 틀림없이 돼지는 스바루와 마세라티의 차이 따위는 알 수 없으리라고 나는 생각했다. 돼지는 차이라는 게 어떤 건지 알지 못하는 것이다. 기린도 알지 못하고, 뱀장어도 알지 못한다.

"하와이는 어땠어?"라고 나는 물어봤다.

그녀는 어깨를 움츠렸다.

"어머니와는 잘 지냈어?"

그녀는 어깨를 움츠렸다.

"서핑은 능숙해졌어?"

그녀는 어깨를 움츠렸다.

"굉장히 건강해 보이는데. 햇볕에 그을린 게 무척 매력적이야. 마치 카페오레의 요정처럼 보여. 등에 보기 좋은 날개를 달고, 스푼을 어깨에 둘러메면 어울릴 것 같아. 카페오레의 요정. 네가 카페오레 편이 되면, 모카와 브라질과 콜롬비아와 킬리만자로가 몽땅 달려들어도 절대로 당할 수 없어. 온 세계의 사람들이 모두 카페오레를 마시지. 온 세계가 카페오레의 요정에 매혹돼. 햇볕에 그을린 네 모습은 그토록 매력적이야."

온 정성을 다해 솔직하게 칭찬해 줬는데, 통 효과가 없었다. 그녀는 어깨를 움츠릴 뿐이었다. 혹은 역효과가 난 것일까? 내 순수함이 어디선가 일그러져 버린 것일까?

"생리 같은 거야?"

그녀는 역시 어깨를 움츠렸다.

나도 어깨를 움츠렸다.

"돌아가고 싶어"라고 유키는 말했다. "차 돌려서 도쿄로 돌아가자."

"여기는 도메이 고속도로야. 여기선 니키 라우다Niki Lauda라도 유턴 못 해."

"다른 길로 빠져."

나는 그녀의 얼굴을 바라봤다. 확실히 그녀는 녹초가 된 것처럼 보였다. 눈에 생기가 없고, 시선은 흐리멍덩했다. 아마 창백해져 있을 테지만, 햇볕에 그을린 까닭에 안색의 변화까지는 읽을 수 없었다.

"어디서 쉬는 게 좋지 않을까?" 하고 나는 물어봤다.

"괜찮아. 쉬고 싶지 않아. 아무튼 빨리 도쿄로 돌아가고 싶어"라고 유키는 말했다.

나는 요코하마의 출구로 빠져나와, 곧바로 도쿄로 돌아왔다. 유키가 잠시 밖에 앉아 있고 싶다고 해서, 그녀의 아파트 부근에 있는 주차장에 마세라티를 세워 두고, 노기 신사의 벤치에 둘이서 나란히 앉았다.

"미안해" 하고 유키는 여느 때와는 달리 유순하게 사과했다. "하지만 굉장히 기분이 나빴어. 도저히 참을 수 없을 만큼. 별로 그런 말을 하고 싶지 않아 계속 참고 있었지만."

"참을 필요 없어. 신경 쓰지 마. 여자에겐 흔히 있는 일이니까. 나는 익숙해."

"그런 게 아니라니까!"라고 유키는 외쳤다. "그런 게 아니야. 그런 것과는 다르다고. 내가 질려 버린 건 저 차 때문이야. 저 차에 타고 있었기 때문이야."

"하지만 저 마세라티의 대체 어디가 못마땅하단 말이야?"라고 나는 물었다. "결코 나쁜 차가 아냐. 성능도 좋고, 타보면 승차감도 좋잖아. 확실히 자기 돈을 내고 구입하기에는 너무 비싸다는 생각은 들지만 말이야."

"마세라티" 하고 그녀는 자신에게 타이르듯이 말했다. "차종이 문제가 아니야. 차종을 문제 삼고 있는 게 아니야. 문제는 저차야, 저 차에는 뭔가 이상한 분위기가 있어. 그게 뭐라고 할까— 나를 압박해, 기분이 나빠져. 가슴이 죄어들고, 위 속에 이상한 게 처넣어진 듯한 기분이 들어. 마치 솜뭉치를 쑤셔 넣는 듯한 느낌이야. 아저씨는 저 차에 타고 있을 때 그렇게 느낀 적 없어?"

"없는 것 같은데"라고 나는 말했다. "나도 확실히 저 차하고 친숙해질 수 없는 점이 있다는 느낌이 들어. 하지만 그건 내가 스바루에 너무 익숙해진 탓이라고 생각해. 갑자기 다른 차를 타면 잘 적응할 수가 없거든. 감정적인 거야. 하지만 이건 네가 말하는 압박감과는 또 다른 거겠지?"

그녀는 고개를 저었다. "내가 말하고 있는 건 그런 게 아니야. 아주 특수한 느낌이라고."

"그것 말이야? 네가 언제나 느낀다고 말했던—." 나는 영감이라고 말하려다 그만두었다. 그건 아니다, 뭐라고 말해야 할까? 정신적 감응력? 아무튼 말로는 잘 표현할 수 없다. 그건 마치 추잡한 말처럼 느껴진다.

"그래, 그거. 느껴져" 하고 유키는 조용히 말했다.

"어떻게 느껴지지, 저 차에 대해?"라고 나는 물었다.

유키는 어깨를 움츠렸다. "그걸 분명히 정확하게 설명할 수 있으면 간단하지만. 하지만 안 돼. 구체적인 이미지가 떠오르는 게 아니니까. 나는 몽롱하고 불투명한 공기의 덩어리 같은 걸 느낄 뿐이야. 무겁고 아주 역겨운 느낌이 들어. 그게 나를 압박해. 뭔가 아주 잘못된 것이." 유키는 무릎 위에 양손을 내려놓고, 적당한 말을 찾고 있었다. "구체적인 건 알 수 없어. 하지만 그릇된 것, 잘못된 것, 일그러진 것이야. 그 속에 있으면 굉장히 답답해. 굉장히 공기가 무거워. 마치 납 상자 속에 처넣어져 바닷속으로 가라앉는 듯한 느낌이 들어. 처음에는 지나친 생각이라고 여겼기 때문에 참았어. 그저 내가 여행을 하고 막 돌아와서 피곤한 탓이라고 생각했지. 하지만 그렇지가 않아. 점점 더 심해져. 저 차에는 두 번 다시 타고 싶지 않아. 스바루를 돌려 달라고 해."

"저주받은 마세라티" 하고 나는 말했다.

"농담으로 하는 말이 아니야. 아저씨도 저 차에는 되도록 타지 않는 게 나아" 하고 그녀는 진지한 표정으로 말했다.

"불길한 마세라티" 하고 나는 말했다. 그리고 미소 지었다. "알았어. 네가 농담으로 하는 말이 아니라는 건 잘 알고 있어. 저 차는 되도록 타지 않도록 하겠어. 아니면 차라리 바다에 집어넣는 편이 나을까?"

"할 수 있다면" 하고 유키는 진지한 얼굴로 말했다.

유키가 쇼크에서 회복되기까지의 한 시간여 동안, 우리는 신사의 벤치에 앉아 있었다. 유키는 팔꿈치를 세워 손으로 턱을 괴고, 가만히 눈을 감고 있었다. 나는 눈앞을 왔다 갔다 하는 사람들의 모습을 멍하니 바라보고 있었다. 점심때가 지난 무렵에 신사에 찾아오는 사람들은 노인들이나 어린애를 데리고 온 어머니들, 목에 카메라를 맨 외국인 관광객 따위였다. 사람들이 많은 건 아니었다. 이따금 외근을 나온 영업 사원 같은 회사원이 벤치에 걸터앉았다. 그들은 검은 양복을 입고, 플라스틱 가방을 들고 있었다. 그리고 초점이 맞지 않는 멍한 눈으로 십 분이나 십오 분쯤 쉬고는 정처도 없이 떠나갔다. 말할 것도 없이, 이 시각에는 정상적인 인간들은 모두 착실히 일을 하고 있다.

"어머니는 어떻게 지내?"라고 나는 물었다. "너하고 같이 귀국한 거야?"

"응" 하고 유키는 말했다. "지금은 하코네의 집에 있어. 그 외팔이 남자와 같이. 카트만두와 하와이에서 찍은 사진을 정리하고 있어."

"넌 하코네로 안 가?"

"나중에 마음이 내키면. 하지만 얼마 동안은 여기에 있을 거야. 하코네에 돌아가도 특별히 할 일도 없으니까."

"순수한 호기심으로 네게 한 가지 물어볼게"라고 나는 말했다. "너는 하코네에 돌아가도 특별히 할 일이 없으니까 혼자 도쿄에 있겠다는 거지? 그런데 여기서 너는 대체 무슨 일을 하고 있는 거야?"

유키는 어깨를 움츠렸다. "아저씨하고 놀고 있지."

잠시 침묵이 이어졌다. 허공에 매달린 듯한 침묵이었다.

"멋있어"라고 나는 말했다. "신의 말 같아. 단순하면서도 계시로 충만해 있어. 둘이서 계속 놀며 지낸다. 마치 낙원에 있는 것 같아. 나와 너는 형형색색의 장미꽃을 꺾거나, 황금 연못에 보트를 띄우고 물놀이를 하거나, 밤색의 복슬강아지를 씻겨 주면서 나날을 보내지. 배가 고프면 위에서 파파야가 떨어지고, 음악이 듣고 싶어지면 천상에서 보이 조지가 두 사람을 위해 노래를 불러 줘. 말할 나위도 없이 멋있어. 하지만 현실적으로 생각하면, 나도 슬슬 일을 하지 않으면 안 돼. 언제까지나 너하고 놀면서 지낼 수는 없어. 그리고 네 아버지로부터 돈을 받을 수도 없어."

유키는 입술을 일그러뜨리며 잠시 내 얼굴을 바라봤다. "아저씨가 아빠나 엄마로부터 돈을 받고 싶어 하지 않는다는 건 잘 알고 있어. 하지만 그렇게 짓궂은 표현은 하지 마. 나도 이렇게 아저씨를 불러 내곤 하는 일이 때로는 무척 괴로워. 어쩐지 아저씨의 일을 방해하고 폐를 끼치는 것 같아서. 그러니까 만일 아저씨가——."

"돈을 받으란 말이야?"

"그러면 내 마음이 조금은 편해지겠지."

"너는 잘 몰라"라고 나는 말했다. "나는 무슨 일이 있든 간에 너와 직업적으로 만나고 싶진 않아. 개인적인 친구로서 만나고 싶어. 네 결혼식 때 사회자에게 '이분은 신부가 열세 살 때 신부의 직업적인 남성 유모 노릇을 하던 분입니다'라고 소개되고 싶지 않다고. 그러면 사람들은 모두 '직업적인 남성 유모란 대체 무슨 뜻입니까?'라고 질문할 게 틀림없어. 그보다는 '이분은 신부의 열세 살 때 보이 프렌드였습니다'라고 소개되고 싶어. 그 편이 훨씬 모양이 좋아."

"바보 같아"라고 유키는 얼굴을 붉히며 말했다. "난 결혼식 같은 건 안 해."

"좋아. 나도 결혼식 같은 데는 가고 싶지 않아. 시시한 연설을 듣고, 잘못 만들어진 벽돌 같은 케이크를 선물로 받는 일 같은 건 정말 싫어. 시간 낭비야. 내 결혼식도 올리지 않았어. 그러니까 이건 어디까지나 비유해서 한 이야기야. 내가 말하고자 하는 것은, 친구는 돈으로는 살 수 없고, 경비로는 더더욱 살 수 없다는 거야."

"그런 주제로 동화라도 써보면……."

"멋있어"라고 나는 말하고 웃었다. "정말 멋있어, 너는 점점 대화의 요령을 익히고 있어. 좀 더 능숙해지면 나하고 둘이서 익살스러운 만담을 멋지게 소화해 낼 수 있을 거야."

유키는 어깨를 움츠렸다.

"이봐" 하고 나는 헛기침을 하고 말했다. "진지하게 이야기하자고. 만일 네가 나와 함께 매일 놀고 싶다면, 매일 놀아도 좋아. 딱히 일 같은 건 하지 않아도 돼. 어차피 시시한 눈 치우기 일인걸. 그런 건 어찌 되든 상관없어. 하지만 이 한 가지만은 분명히 하자. 돈을 받고 너와 어울려 놀지는 않아. 하와이는 예외야. 그건 특별한 이벤트였어. 여비도 받고, 여자도 받았지. 하지만 덕분에 너에게 신용까지 다 잃을 뻔했다고. 나 자신이 싫어졌어. 이제 그런 짓은 두 번 다시 하지 않겠어. 끝이야. 앞으로는 내 방식대로 할 거야. 아무도 쓸데없는 참견은 할 수 없어. 돈 내겠다는 소리도 하지 못하게 할 거야. 나는 딕 노스와도 다르고, 서생인 프라이데이와도 달라. 나는 나지, 누구에게 고용된 게 아니야. 만나고 싶으니까 너하고 만나는 거야. 네가 나와 놀고 싶다면, 나는 너와 놀 거야. 너는 돈 문제 같은 건 생각할 필요 없어."

"정말 나하고 놀아 줄 거야?" 하고 유키는 발톱의 페디큐어를 바라보면서 말했다.

"그럼. 나나 너나 세상으로부터 스르륵 뒤처지고 있어. 새삼스레 걱정할 필요도 없지. 느긋하게 놀면서 지내면 돼."

"왜 그렇게 친절해?"

"친절한 게 아냐"라고 나는 말했다. "시작한 일을 도중에 그만둘 수 없는 성격이라 그래. 네가 나와 놀고 싶으면 속이 풀릴 때까지 놀면 돼. 내가 너와 삿포로의 호텔에서 우연히 만난 것도 인연이야. 같이 놀 거면 만족스러울 때까지 놀자고."

유키는 잠시 샌들 끝으로 지면에 작은 도형을 그리고 있었다. 네모난 소용돌이 꼴의 도형이었다. 나는 그것을 바라보고 있었다.

"내가 민폐를 끼치고 있는 거 아닐까?"라고 유키는 말했다.

나는 그에 대해 약간 생각해 봤다. "민폐일지도 모르지. 하지만 그건 네가 염려할 게 못 돼. 그리고 결국 나 역시 너와 함께 있는 게 좋으니까 함께 있는 거야. 의무적으로 어울리고 있는 게 아

냐. 왜 그럴까? 왜 나는 너하고 있는 것을 좋아하는 걸까? 나이 차
이도 이렇게 많이 나고, 공통된 화제도 별로 없는데 말이야. 그건
아마 네가 내게 무엇인가를 상기시키기 때문일 거야. 내 속에 줄
곧 묻혀 있던 감정을 상기시키는 거지. 내가 열세 살이나 열네 살
이나 열다섯 살쯤 됐을 무렵에 품고 있던 감정 말이야. 만일 내가
열다섯 살이었다면, 너와 숙명적으로 연애를 했을 거야. 예전에
말했었지?"

"말했어"라고 그녀는 말했다.

"그렇다니까"라고 나는 말했다. "너와 함께 있으면, 이따금
그런 감정이 되돌아오는 때가 있어. 그리고 옛날의 빗소리나 바
람 냄새를 한 번 더 느낄 수 있어. 바로 가까이에서 느끼는 거야.
그런 건 나쁘지 않아. 그게 얼마나 멋있는 일인가는, 너도 머지않
아 알 수 있을 거야."

"지금도 분명히 알 수 있어. 아저씨가 무슨 말을 하는지는."

"그래?"

"나도 지금까지 많은 걸 상실해 왔는걸"이라고 유키는 말
했다.

"그럼 이야기는 간단해"라고 나는 말했다.

그리고 십 분쯤 그녀는 잠자코 있었다. 나는 또 신사 안에 있
는 사람들의 모습을 바라보고 있었다.

"나는 제대로 이야기할 수 있는 사람이 아저씨밖에 없어"라
고 유키는 말했다. "정말이야. 그래서 아저씨와 함께 있지 않을

때는, 거의 아무와도 이야기를 하지 않아."

"딕 노스는 어땠어?"

유키는 혀를 내밀며 점잖지 못한 표정을 지었다. "형편없는 바보야, 그 사람은."

"어떤 의미에서는 그럴지도 몰라. 하지만 어떤 의미에서는 그렇지 않아. 결코 나쁜 남자가 아냐. 너도 그건 이해해야 될 거야. 외팔인데도 그 주변의 사람들보다 훨씬 더 잘해 나가고 있고, 잘해 나가면서도 억지 행동인 듯한 느낌이 들지 않아. 그런 사람은 그다지 많지 않아. 그야 네 어머니에 비하면 스케일이 작을지도 몰라. 재능도 별로 없을지도 몰라. 하지만 그는 네 어머니를 진지하게 생각하고 있어. 아마 사랑하고 있을 거야. 신뢰할 수 있는 사람이야. 요리 솜씨도 좋아. 친절해."

"그럴지도 모르지만, 바보야."

나는 그 이상은 아무 말도 하지 않았다. 유키에게는 유키의 입장이 있고 감정이 있는 것이다. 딕 노스에 관한 이야기는 결국 이게 마지막이었다. 우리는 하와이의 그 청정한 태양이나 파도, 바람, 피나콜라다 따위에 대해 한참 이야기했다. 유키가 약간 시장하다고 해서, 부근에 있는 과일 전문 카페에 들어가 프루트 파르페와 케이크를 먹었다. 그리고 지하철을 타고 영화를 보러 갔다.

그다음 주에 딕 노스가 죽었다.

34

딕 노스는 월요일 저녁때 하코네의 시내로 장을 보러 나가, 슈퍼마켓의 쇼핑백을 껴안고 밖으로 나오다 트럭에 치여 죽었다. 길 쪽으로 나서자마자 일어난 사고였다. 트럭 운전사도 왜 그렇게 앞이 잘 보이지 않는 내리막길에서 속도를 낮추지 않고 내달렸는지 스스로도 알 수 없다고, 마가 끼었다고밖에는 생각되지 않는다고 말했다. 하긴 딕 노스 쪽에도 약간의 과실은 있었다. 도로의 오른쪽 방향을 약간 뒤늦게 확인한 것이다. 외국에서 오랫동안 지내다가 일본에 돌아오면, 곧잘 그런 순간적 과오를 범한다. 자동차의 좌측통행에 신경이 익숙해지지 않은 것이다. 그리고 그만 좌우 확인을 반대로 해버린다. 대부분의 경우는 간담이 서늘해질 정도로 끝나지만, 때로는 커다란 사고에 말려드는 수도 있다. 딕 노스의 경우가 그랬다. 그는 그 트럭에 들이받힌 다음, 맞은편에서 달려오는 라이트밴에 치였다. 즉사였다.

그 소식을 들었을 때, 나는 먼저 마카하의 슈퍼마켓에서 물품을 사던 딕 노스의 모습을 떠올렸다. 솜씨 좋게 물건을 고르고, 진지한 눈으로 과일을 살펴보며, 탐폰 상자를 살며시 쇼핑 카트에 집어넣던 그의 모습을. 참으로 딱하군, 하고 나는 생각했다. 생각해 보면 마지막까지 불운한 남자였다. 옆의 병사가 밟은 지뢰가 폭발해서 왼팔을 잃은 남자. 아침부터 저녁까지, 아메가 피우다 재떨이에 내려놓은 담뱃불을 끄고 다녔던 남자. 그리고 슈퍼마켓의 쇼핑백을 껴안은 채 트럭에 치여 죽은 남자.

그의 장례는 부인과 아이가 있는 집에서 치르게 됐다. 물론 아메나 유키나 나도 거기에는 가지 않는다.

나는 고탄다에게 돌려받은 스바루에 유키를 태우고, 화요일 오후에 하코네까지 갔다. 엄마를 혼자 있게 할 수는 없으니까, 라고 유키는 말했다.

"그 사람, 혼자서는 정말 아무것도 못 해. 가정부 아줌마는 있지만, 나이가 많아 생각이 세심한 데까지 잘 미치지 못하고, 또 그분은 밤이 되면 돌아가 버리니까, 혼자 있게 놔둘 수는 없어."

"얼마 동안은 어머니하고 함께 있는 게 좋을 거야"라고 나는 말했다.

유키는 고개를 끄덕였다. 그리고 잠시 지도책을 아무렇게나 넘기고 있었다. "내가 지난번에 그에 관해 심한 말을 했지?"

"딕 노스 말이야?"

"응."

"형편없는 바보라고 말했지"라고 나는 말했다.

유키는 지도책을 문에 부착된 포켓에 다시 넣어 놓고, 창틀에 한쪽 팔꿈치를 대고는 가만히 전방의 풍경을 바라봤다. "하지만 지금 생각해 보니 나쁜 사람이 아니었어. 내게도 친절했고, 아주 잘해 줬지. 서핑도 가르쳐 줬어. 외팔인데도 양팔이 있는 사람보다 더 성실하게 살았고 엄마를 아주 소중히 여겼어."

"알아. 나쁜 사람이 아니었지."

"하지만 심하게 말하고 싶었어, 난."

"알고 있어"라고 나는 말했다. "그러지 않고는 배길 수 없었겠지. 네가 나쁜 게 아냐."

그녀는 줄곧 앞만 응시하고 있었다. 한 번도 내 쪽을 바라보지 않았다. 열어젖힌 창문으로 들어오는 초여름의 바람이, 그녀의 반듯한 앞 머리카락을 풀잎처럼 흔들고 있었다.

"딱하지만, 그는 그런 타입의 사람이었어"라고 나는 말했다. "나쁜 사람이 아니야. 어떤 의미에서는 존경할 만도 해. 하지만 이따금 쓸모 있는 휴지통처럼 다뤄져, 온갖 사람들이 온갖 물건들을 거기에 집어 던지고 가거든. 집어 던지기 쉬운 거야. 왠지는 알 수 없지만. 아마 태어나면서부터 그런 경향을 갖고 있었나봐. 네 어머니는 잠자코 있는데도 모두들 특별하게 대해 주는 것과 마찬가지로 말이야." 평범함이란 흰 옷에 묻은 숙명적인 얼룩과 같은 것이다. 한번 묻은 건 영원히 지워지지 않는다.

"불공평하네."

"원래가 인생이라는 건 불공평한 거야"라고 나는 말했다.

"하지만 내가 몹쓸 짓을 한 듯한 느낌이 들어."

"딕 노스에 대해서?"

"응."

나는 한숨을 쉬며 차를 길가에 세우고, 키를 돌려 엔진을 껐다. 그리고 핸들에서 손을 떼고는, 그녀의 얼굴을 바라봤다.

"그런 생각은 정말 쓸모없는 것이라고 나는 생각해"라고 나는 말했다. "후회할 정도였으면 너는 처음부터 제대로 공평하게 그를 대했어야 했어. 적어도 공평해지려는 노력은 기울였어야 했다고. 하지만 넌 그렇게 하지 않았어. 그러니까 네게는 후회할 자격이 없어. 전혀 없어."

유키는 눈을 가늘게 뜨고 내 얼굴을 바라봤다.

"내 말이 좀 지나칠지도 몰라. 하지만 나는 다른 사람은 어떻든 간에, 너만은 그렇게 쓸모없는 생각을 하지 말았으면 좋겠어. 알겠어? 어떤 종류의 일은 입 밖에 내서는 안 되는 거야. 입 밖에 내면 그건 거기서 끝나 버려. 다시 몸에 깃들지 않아. 너는 딕 노스에게 한 일을 후회해. 그리고 후회하고 있다고 말하고 있어. 정말로 후회하고 있을 거라고 생각해. 하지만 만일 내가 딕 노스였다면 나는 네가 그처럼 간단히 후회하기를 바라지 않을 거야. 입 밖에 내서 '몹쓸 짓을 했다'고 타인에게 말하기를 바라지는 않을 거야. 그건 예의의 문제고, 절도의 문제야. 너는 그걸 배워야 해."

유키는 아무 말도 하지 않았다. 다만 창틀에 팔꿈치를 대고는, 관자놀이를 손가락으로 가만히 누르고 있었다. 그녀는 마치 잠들어 버린 것처럼 조용히 눈을 감고 있었다. 이따금 속눈썹이 희미하게 위아래로 움직이고, 입술이 약간 떨리고 있을 뿐이었다. 아마 속으로 울고 있는가 보다고 나는 생각했다. 소리를 내거나 눈물도 흘리지 않고 울고 있는 것이다. 나는 열세 살짜리 소녀에게 너무 많은 걸 바라고 있는 것일까, 하고 문득 생각했다. 그리고 나는 그처럼 입바른 소리를 입에 담을 수 있는 인간일까, 하고 생각했다. 하지만 할 수 없다. 상대가 몇 살이든, 나 자신이 어떤 사람이든 간에, 나는 어떤 종류의 일은 적당히 넘어갈 수가 없는 것이다. 쓸모없는 건 쓸모가 없다고 생각하고, 참을 수 없는 일은 참을 수가 없는 것이다.

유키는 오랫동안 똑같은 자세를 유지한 채 움쩍도 하지 않았다. 나는 손을 뻗쳐 살며시 그녀의 팔을 잡았다.

"괜찮아, 네가 나쁜 게 아니야"라고 나는 말했다. "내가 너무 편협한가 봐. 공평하게 보면 너는 썩 잘하고 있어. 신경 쓰지 않아도 돼."

한 줄기 눈물이 그녀의 볼을 타고 무릎 위로 떨어졌다. 하지만 그뿐이었다. 더 이상은 눈물을 흘리지도 않았고, 소리도 내지 않았다. 참으로 대단하다.

"대체 나는 어떻게 하면 되는 거지?"라고 잠시 후에 유키는 말했다.

"아무것도 안 해도 돼"라고 나는 말했다. "말로 나타낼 수 없는 걸 소중히 하면 돼. 그게 죽은 이에 대한 예의야. 시간이 지나면 여러 가지를 알 수 있어. 남아야 할 것은 남고, 남지 않을 것은 남지 않거든. 시간이 많은 부분을 해결해 줘. 시간이 해결할 수 없는 걸 네가 해결하는 거야. 내 말이 너무 어려운가?"

"약간" 하고 유키는 말하고, 희미하게 미소 지었다.

"확실히 어렵군" 하고 나도 웃으며 인정했다. "내가 하는 말은, 대부분의 사람들은 이해하지 못할 거야. 대부분의 보통 사람들은 나와는 다른 생각을 할 테니까. 하지만 나는 내 생각이 가장 옳다고 생각하고 있어. 구체적으로 알기 쉽게 말하면 이렇지. 사람이라는 건 어이없이 죽어 버려. 사람의 생명이라는 건, 네가 생각하는 것보다 훨씬 더 취약해. 그러니까 사람은 회한이 남지 않도록 사람과 접촉해야 해. 공평하게, 되도록이면 성실하게. 그런 노력은 하지 않고, 사람이 죽으면 간단히 울면서 후회하곤 하는 인간을 나는 좋아하지 않아. 개인적으로."

유키는 문에 기대는 듯한 자세로 잠시 내 얼굴을 바라보고 있었다.

"하지만 그건 아주 어려운 일인 것 같은데"라고 그녀는 말했다.

"어려운 일이야, 아주"라고 나는 말했다. "하지만 시도해 볼 만한 가치는 있어. 보이 조지처럼 노래가 서투른 뚱뚱보도 스타가 될 수 있었거든. 노력하기에 달렸어."

그녀는 약간 웃고, 고개를 끄덕였다. "아저씨가 하는 말을 대충 알 수 있을 것 같아"라고 유키는 말했다.

"이해가 빠르군"하고 나는 말했다. 그리고 시동을 걸었다.

"하지만 왜 그렇게 보이 조지만 눈엣가시로 여기는 거야?" 라고 유키는 말했다.

"왜 그럴까."

"사실은 좋아하는 거 아니야?"

"이 다음에 천천히 그 점에 대해 생각해 볼게"라고 나는 말했다.

✦

아메의 집은 큰 부동산 회사가 개발한 별장 지역 안에 있었다. 커다란 문이 있고, 문 가까이에 수영장과 커피하우스가 있었다. 커피하우스 옆에는, 잡다한 인스턴트 음식들이 산더미처럼 쌓여 있는 미니 슈퍼 같은 것도 있었다. 그러나 딕 노스 같은 사람은 그런 간이 상점에서 물품을 사기를 거부한다. 나 역시 이런 데서 물건을 사고 싶지는 않다. 길이 줄곧 구불구불한 오르막길이어서, 내가 자랑하는 스바루도 약간 숨이 거칠어졌다. 아메의 집은 그 언덕의 중턱에 있었다. 모녀 둘이서 살기에는 꽤 큰 집이었다. 나는 차를 세운 다음, 유키의 짐을 들고 돌담 옆의 계단을 올라갔다. 경사면에 늘어선 삼나무들 사이로 오다와라의 바다를 내려다볼 수 있었다. 공기가 몽롱해 보이고, 바다는 봄날의 둔한 색채를 띠며 빛나고 있었다.

아메는 양지바르고 넓은 거실 안을 불이 붙은 담배를 손에

든 채 돌아다니고 있었다. 커다란 크리스털 유리 재떨이는 꺾이거나 구부러진 살렘의 잔해로 가득 차 있었다. 그리고 테이블 위에는 누가 마음껏 숨을 내쉰 것처럼, 재가 잔뜩 흐트러져 있었다. 그녀는 피우던 살렘을 재떨이에 던지고 유키에게로 가서, 그녀의 머리를 쓱 어루만졌다. 그녀는 현상용 약품이 얼룩진 오렌지색의 특대 사이즈 맨투맨 티셔츠와 색이 바랜 블루진을 입고 있었다. 아마 잠을 이루지 못하고 줄곧 담배를 피우고 있었나 보다.

"어쩜 이럴 수가"라고 아메는 말했다. "정말 너무해. 왜 이렇게 말도 안 되는 일만 일어날까?"

정말 말도 안 되는 일이라고 나도 말했다. 그녀는 어제 일어난 사고의 전말을 들려줬다. 너무 갑작스런 일이어서, 자신은 머리가 혼란스러워 견딜 수 없다고 그녀는 말했다. 정신적으로나 현실적으로도.

"게다가 가정부 아줌마가 오늘은 열이 나서 못 오겠다는 거야. 하필 이런 때에. 왜 이런 때에 열이 날까? 정말이지 머리가 돌아 버릴 것 같아. 경찰에서 찾아오지 않나, 딕의 부인이 전화를 하지 않나. 정말 이제 난 어떻게 해야 할지 모르겠어."

"딕의 부인은 뭐라고 하던가요?"라고 나는 물어봤다.

"무슨 소린지 통 알아들을 수가 없어" 하고 아메는 한숨을 쉬며 말했다. "그저 울고만 있어. 이따금 작은 목소리로 뭐라고 소곤거릴 뿐이야. 거의 알아들을 수 없어. 나 역시 이런 때에 뭐라고 말해야 할지 짐작도 가지 않고……. 안 그래?"

나는 고개를 끄덕였다.

"그래서 집에 남아 있는 그의 짐을 되도록 빨리 그쪽으로 보내도록 하겠다고 말했지. 하지만 그 사람은 울기만 할 뿐이야. 어떻게 해야 할지 모르겠어."

그렇게 말하고 그녀는 깊은 한숨을 쉬고는 소파에 기대었다.

"뭘 좀 마시겠어요?"라고 나는 물었다.

될 수 있으면 뜨거운 커피를 마시고 싶다고 그녀는 말했다.

나는 우선 재떨이를 비우고, 테이블 위에 흐트러진 재를 걸레로 닦고, 코코아 찌꺼기가 달라붙어 있는 컵을 치웠다. 그리고 부엌을 대충 정리하고, 물을 끓여 진한 커피를 내렸다. 부엌은 딕 노스가 일하기 쉽도록 잘 정돈해 두었지만, 죽은 지 하루도 채 안 돼 거기에는 뚜렷한 붕괴의 조짐이 엿보였다. 싱크대 속에는 무질서하게 식기들이 팽개쳐져 있고, 슈거 포트의 뚜껑은 열린 채로 있었다. 스테인리스 레인지에는 코코아가 잔뜩 달라붙어 있었고, 식칼은 치즈 따위를 자른 채의 모습 그대로 방치되어 있었다.

딱한 남자다, 하고 나는 생각했다. 그는 여기서 그 나름의 질서를 열심히 만들어 가고 있었으리라. 하지만 그런 것은 하루 만에 흔적도 없이 사라져 버린다. 눈 깜짝할 사이다. 사람이라는 건 자신과 제일 어울리는 장소에 그 그림자를 남기고 간다. 딕 노스의 그것은 부엌이었다. 그리고 그것도, 가까스로 남겨진 그 불안정한 그림자도, 눈 깜짝할 사이에 소멸되어 버린다.

딱하게도, 하고 나는 생각했다. 그 이외의 말을 생각해 낼 수 없었다.

내가 커피를 가지고 가자, 아메와 유키는 바싹 달라붙듯이 소파에 나란히 앉아 있었다. 아메는 물기가 어린 충혈된 눈으로, 유키의 어깨에 머리를 기대어 쉬고 있었다. 그녀는 어떤 약물의 작용으로, 정신이 후퇴하고 있는 것처럼 보이기도 했다. 유키는 무표정했지만, 어머니가 허탈한 상태로 자신에게 기대고 있는 것을 특별히 불쾌히 여기거나 불안하게 생각하고 있는 것 같지는 않았다. 정말 묘한 모녀라고 나는 생각했다. 둘이 함께 있으면, 거기에 어떤 기묘한 분위기가 생겨난다. 아메만 있을 때와도 다르고, 유키만 있을 때와도 다른 분위기다. 거기에는 뭔가 접근하기 어려운 면이 있다. 대체 무엇일까?

아메는 두 손으로 커피 잔을 들고, 아주 중요한 것을 마시는 것처럼 천천히 커피를 마셨다. 맛있다고 그녀는 말했다. 커피를 마시고 나자, 아메는 약간 마음이 안정된 듯했다. 눈에 약간이나마 밝은 빛이 돌아왔다.

"넌 뭘 마실래?" 하고 나는 유키에게 물었다.

유키는 무표정하게 고개를 저었다.

"여러 가지 처리할 일들은 이제 끝났습니까? 사무적인 일이나 법률적인 일 따위의 자질구레한 절차들 말이에요" 라고 나는 아메에게 물었다.

"응, 이미 끝났어. 구체적인 사고 처리에 관한 건 특별히 까다로운 일은 없었어. 극히 평범한 교통사고였으니까. 집에 경관이 와서 알려 줬을 뿐이야. 그래서 난 그 사람에게, 딕의 부인에게 연락해 달라고 했어. 부인은 금방 경찰서로 달려왔나 봐. 그녀가 자질구레한 일들은 모두 끝냈어. 법률적으로나 사무적으로나 나는 딕과는 관계없는 사람이니까. 그 후에 그녀가 집으로 전화를 걸어 왔어. 거의 아무 말도 하지 않고 울고만 있었어. 비난하지도 않고, 아무 소리도 하지 않아."

나는 고개를 끄덕였다. 극히 평범한 교통사고, 하고 나는 생각했다.

앞으로 삼 주쯤 지나면 아마 이 여자는 딕 노스라는 존재 따위는 거의 잊어버릴 것이라고 나는 생각했다. 잊어버리기 쉬운 타입의 여자고, 잊히기 쉬운 타입의 남자인 것이다.

"뭔가 내가 할 만한 일이 있습니까?"라고 나는 아메에게 물었다.

아메는 내 얼굴을 힐끗 쳐다보고, 그리고 바닥을 내려다봤다. 깊이가 없는 단조로운 시선이었다. 그녀는 잠시 생각에 잠겨 있었다. 생각하는 데 시간이 걸렸다. 눈빛이 둔해지고, 이어 또 조금씩 거기에 밝은 빛이 되살아났다. 멀리 어슬렁어슬렁 걸어갔다가, 문득 생각이 바뀌어 되돌아오는 듯한 느낌이었다. "딕의 짐"하고 그녀는 중얼거리듯이 말했다. "부인에게 보내 주겠다고 한 것 말이야. 아까 당신에게 그 얘기를 했지?"

"네, 얘기 들었습니다."

"그걸 어젯밤에 정리했어. 원고와 타이프라이터, 책, 옷 따위를 챙겨서 그의 슈트 케이스 속에 넣어 두었어. 그다지 많지 않아. 물건을 별로 많이 갖고 있는 사람이 아니었으니까. 중간 정도 크기의 슈트 케이스 하나야. 미안하지만 그걸 그의 집에 갖다줄 수 있을까?"

"좋아요. 갖다주죠. 집은 어디에 있습니까?"

"고토쿠지야"라고 그녀는 말했다. "자세한 주소는 알 수 없어. 찾아봐 줄래? 슈트 케이스의 어디엔가 쓰여 있는 것 같던데."

그 슈트 케이스는 이 층 복도의 맨 끝 방에 놓여 있었다. 슈트 케이스의 이름표에는, 꼼꼼해 보이는 글씨로 딕 노스라는 이름과 고토쿠지의 주소가 쓰여 있었다. 유키가 그 방으로 나를 안내해 줬다. 다락방처럼 좁고 기다란 방이었지만, 분위기는 나쁘지 않았다. 예전에 가사를 담당하던 아줌마가 이 방을 사용했다고 유키는 말했다. 딕 노스는 그 방을 깔끔히 정리해 놓은 것 같았다. 조그마한 집필용 책상 위에는, 가느다랗게 잘 깎인 다섯 자루의 연필이 지우개와 함께 정물화처럼 가지런히 놓여 있었다. 벽에 걸린 달력에는 작은 글씨로 메모가 기입되어 있었다. 유키는 방문에 기대어 잠자코 방 안을 바라보고 있었다. 주위는 조용했다. 새소리 외에는 아무 소리도 들리지 않았다. 나는 마카하 교외의 아담한 집을 떠올렸다. 거기도 조용했었다. 그리고 마찬가지로 새소리밖에는 들리지 않았었다.

나는 그 슈트 케이스를 들고 아래로 내려갔다. 슈트 케이스 속에는 원고나 책 따위가 잔뜩 들어 있는 모양이어서, 보기보다는 훨씬 무거웠다. 그 무게는 내게 딕 노스의 죽음의 무게를 떠올리게 했다.

"지금 갖다주고 오겠습니다"라고 나는 아메에게 말했다. "이런 일은 빨리 할수록 좋으니까요. 그 밖에 또 내가 할 일은 없습니까?"

아메는 망설이는 것처럼 유키의 얼굴을 바라봤다. 유키는 어깨를 움츠렸다.

"실은 식료품이 별로 없어"라고 아메는 작은 목소리로 말했다. "그가 사러 나갔다가, 그렇게 되어서, 그러니까……."

"그렇군요. 적당히 사올게요"라고 나는 말했다.

나는 냉장고 속에 있는 걸 점검해서 필요하다고 생각하는 것을 메모했다. 그리고 아래쪽 거리로 내려가 딕 노스가 나오다가 죽었다는 슈퍼마켓에서 식료품들을 구입했다. 사나흘은 버틸 것이다. 나는 사온 식품들을 하나하나 제대로 랩에 싸서 냉장고에 차곡차곡 넣어 두었다.

아메는 내게 고맙다는 인사를 했다. 대수로운 일은 아니에요, 라고 나는 말했다. 실제로 대수로운 일은 아니었다. 딕 노스가 하려다가 남겨 두고 죽어 버렸기에, 내가 이어받아 끝냈을 뿐이었다.

두 사람은 돌담 위에서 나를 배웅해 줬다. 마카하에 있던 때와 마찬가지로. 하지만 이번에는 아무도 손을 흔들지 않았다. 내게 손을 흔드는 것은 딕 노스의 역할이었던 것이다. 두 여자는 돌담 위에 나란히 서서, 거의 움쩍도 하지 않고 가만히 내 모습을 내려다보고 있었다. 어딘지 모르게 신화적인 느낌을 주는 정경이었다. 나는 그 회색 플라스틱 슈트 케이스를 스바루의 뒷좌석에 집어넣은 다음 운전석에 올랐다. 두 모녀는 내가 커브를 돌 때까지 쭉 거기에 서 있었다. 해 질 녘이어서, 서쪽 바다가 오렌지색으로 물들기 시작했다. 저 두 사람은 앞으로 여기서 대체 어떠한 밤을 보낼 것인가, 하고 나는 생각했다.

그리고 나는 호놀룰루 다운타운의 그 기묘하고 어두컴컴한 방에서 본 외팔의 백골을 생각해 냈다. 그건 역시 딕 노스의 뼈였을 것이라고 나는 생각했다. 거기에는 죽음이 모아져 있었던 것이다. 여섯 구의 백골—여섯 개의 죽음. 나머지 다섯 개는 누구의 죽음일까? 하나는 쥐일지도 모른다. 쥐—죽어 버린 내 친구. 그리고 또 하나는 아마 메이일 것이다. 나머지 세 개.

나머지 세 개.

하지만 왜 키키가 그런 곳으로 나를 이끌었을까? 왜 키키가 내게 그 여섯 개의 죽음을 보여 주지 않으면 안 됐을까?

나는 오다와라에 이르러서, 도메이 고속도로로 들어섰다. 그리고 미노키차야에서 슈토 고속도로를 달려, 도로 표지판에 적힌 대로 세타가야의 구불구불한 도로를 한참 돌아 겨우 딕 노스의 집에 도착했다. 집 자체는 이렇다 할 특징이 없는 보통의 주택이었다. 자그마하고 아담한 이층집으로 문이나 창문, 우편함, 대문에 달아 놓은 등 따위가 모두 몹시 작아 보였다. 문 옆에 개집이 있고, 줄에 매인 잡종 개가 겁먹은 듯한 표정으로 그 주위를 어슬렁어슬렁 돌아다니고 있었다. 온 집 안에 불이 켜져 있었다. 사람들의 목소리도 들렸다. 좁은 현관에는 대여섯 켤레의 검은 가죽 구두가 가지런히 놓여 있었다. 배달용 초밥 상자도 보였다. 딕 노스의 유해가 여기에 안치되어 밤샘을 하고 있는 것이다. 그에게는 적어도 죽은 다음 돌아갈 장소가 있었군, 하고 나는 생각했다.

나는 슈트 케이스를 차에서 꺼내어 현관까지 운반했다. 벨을 누르자 중년의 남자가 나오기에, 이 짐을 여기까지 운반하라는 지시를 받았다고 말했다. 그리고 그 이상의 일은 아무것도 모른다는 표정을 짓고 있었다. 사나이는 슈트 케이스의 이름표를 보고, 이내 사정을 이해한 듯했다.

"짐을 가져다주셔서 감사합니다" 하고 그는 정중하게 고맙다는 인사말을 했다.

나는 어쩐지 석연치 않은 기분이 되어 시부야의 아파트로 돌아왔다.

나머지 세 개, 하고 나는 생각했다.

✦

딕 노스의 죽음은 도대체 무엇을 의미할까, 하고 나는 방에서 혼자 위스키를 마시면서 생각했다. 하지만 그의 갑작스런 죽음은, 거의 아무런 의미도 없는 것처럼 내게는 느껴졌다. 나의 퍼즐에 생겨난 몇 개의 공백에는, 그 생각의 실마리들이 전혀 합치되지 않았다. 뒤집거나 옆으로 돌려 봐도 마찬가지였다. 아마 다른 범주에 속하는 생각인 듯 했다. 그러나 그의 죽음은 그 자체로는 아무런 의미가 없다 하더라도, 상황에 뭔가 커다란 변화를 가져오리라는 느낌이 들었다. 그것도 별로 좋지 않은 방향으로. 왠지는 알 수 없지만, 나는 직관적으로 그렇게 생각했다. 딕 노스는 본질적으로 선의를 가진 남자였다. 그리고 그는 그 나름대로 무엇인가를 연결하고 있었다. 하지만 지금은 그게 소멸되어 버렸다. 반드시 뭔가가 바뀐다. 아마 상황은 이전보다 더 경색되어 가리라.

이를테면?

이를테면— 나는 아메와 있을 때의 유키의 무표정한 눈이 아무래도 마음에 들지 않았다. 그리고 유키와 함께 있을 때 아메의 멍하고 단조로운 눈도 아무래도 마음에 들지 않았다. 거기에는 뭔가 불길한 게 있는 것처럼 내게는 생각됐다. 나는 유키가 좋았다. 머리가 좋은 아이였다. 이따금 몹시 고집을 피울 때도 있지만, 근본은 순진하다. 또 나는 아메에게도 호의 같은 걸 품고 있었다. 단둘이 이야기를 하고 있으면, 그녀는 역시 매력적인 여성으로 보였다. 재능이 넘치면서도 무방비했다. 유키보다 훨씬 어린애 같은 구석도 있었다. 하지만 둘이 함께 있게 되면 자아지는 분위기는 나를 몹시 피곤하게 만들었다. 마키무라 히라쿠가 저 두 사람 때문에 자기 재능이 소멸되어 버렸다고 말하는 것도 그런대로 이해할 수 있었다.

그렇다. 거기에 직접적인 힘 같은 게 생겨나는 것이다.

지금까지는 그 두 사람 사이에 딕 노스가 있었다. 하지만 이제는 없다. 어떤 의미에서는 내가 두 사람과 직접 대면하고 있다.

이를테면— 그런 셈이다.

나는 유미요시에게 몇 번인가 전화를 걸고, 고탄다와 몇 번인가 만났다. 유미요시의 태도는 전체적으로 여전히 차가웠지만, 어조로 미루어 보아 내게서 걸려 오는 전화를 다소 기쁘게 생각하고 있는 듯했다. 적어도 그다지 귀찮게 생각하지는 않는 듯했다. 그녀는 하루도 쉬지 않고 일주일에 두 번씩 수영 교실에 다니고, 휴일에는 남자 친구와 이따금 데이트를 하고 있었다. 지난 일요일에 그와 어떤 호수로 드라이브를 갔었다고 그녀는 말했다.

"하지만 그 사람과는 아무 일도 없어. 그냥 친구야. 고등학교 때 같은 반이었고, 삿포로에서 일하고 있는 사람이야. 그뿐이야."

그런 건 신경 쓰지 않아도 돼, 라고 나는 말했다. 정말로 그런 일은 어떻든 상관없었다. 내가 신경 쓰였던 것은, 수영 교실에 관한 일뿐이었다. 보이 프렌드와 어느 호수로 가든, 어느 산에 오르든 내 알 바 아니다.

"하지만 말해 두는 게 좋을 거라고 생각해서"라고 유미요시는 말했다. "뭔가 숨긴다는 걸, 나는 싫어하니까."

"그런 건 전혀 신경 쓰지 않아도 돼"라고 나는 되풀이했다.

"나는 한 번 더 삿포로로 가서 너와 만나 이야기를 하겠어. 그것만이 문제야. 넌 내키는 사람과 데이트를 하면 돼. 그런 건 나와 네 사이의 일과는 아무런 관계도 없어. 나는 줄곧 너에 관해 생각하고 있어. 전에도 말한 것처럼 우리 사이에는 뭔가 서로 통하는 게 있어."

"이를테면?"

"이를테면 호텔이야"라고 나는 말했다. "거기는 너의 장소고, 또 내 장소기도 하거든. 거기는 우리 두 사람에게는 특별한 장소인 셈이야."

"흠" 하고 그녀는 말했다. 긍정적이거나 부정적인 것도 아닌, 어디까지나 중립적인 '흠'이었다.

"나는 너와 헤어진 뒤로 여러 사람을 만났어. 여러 가지 일을 겪기도 했어. 하지만 근본적으로는 줄곧 네 생각을 하고 있는 듯한 느낌이 들어. 늘 함께 있고 싶은 마음이야. 하지만 아직 갈 수가 없어. 할 일이 아직 끝나지 않았으니까."

진심은 깃들어 있지만 비논리적인 설명이었다. 나답다.

과히 짧지도 길지도 않은 침묵이 이어졌다. 중립에서 약간은 긍정적인 방향으로 기운 듯한 느낌을 주는 침묵이었다. 하지만 결국 침묵은 단순한 침묵에 지나지 않는다. 나는 사물을 너무 호의적으로 생각하는지도 모른다.

"그 작업은 진전되고 있어?"라고 그녀는 질문했다.

"그럴 거라고 생각해. 아마 그럴 거야. 그렇게 생각하고 싶어"라고 나는 대답했다.

"내년 봄까지 마무리되면 좋겠네"라고 그녀는 말했다.

"그래"라고 나는 말했다.

✦

고탄다는 약간 피곤해 보였다. 스케줄이 빡빡한 데다, 그 틈을 이용해 헤어진 아내와 남의 눈에 띄지 않도록 몰래 만나고 있기 때문이다.

"이런 일을 언제까지나 계속할 수는 없어. 이것만은 확신을 갖고 말할 수 있어" 하고 고탄다는 깊은 한숨을 쉬면서 말했다. "나는 원래 이런 이중적인 생활에는 맞지 않아. 나는 굳이 말하자면 가정적인 인간이거든. 그래서 날마다 무척 피곤해. 신경이 잔뜩 늘어뜨려진 듯한 느낌이 들어."

그는 고무줄을 늘어뜨리는 것처럼 양팔을 좌우로 펼쳤다.

"아내와 둘이서 휴가를 얻어 하와이로 가야겠군" 하고 나는 말했다.

"그럴 수 있으면" 하고 그는 말했다. 그리고 힘없이 미소 지었다. "그럴 수 있으면 얼마나 즐거울까. 아무 생각도 하지 않고 멍하니 며칠 동안 둘이서 해변에서 뒹굴며 지내는 거야. 닷새면 돼. 아니, 사치스런 말은 하지 않겠어. 사흘이라도 좋아. 사흘이면 피로가 꽤 풀릴 텐데."

그날 밤에 나는 그와 함께 아자부에 있는 그의 맨션으로 가서, 멋진 소파에 앉아 술을 마시며, 그가 출연한 텔레비전 광고를 모은 비디오를 봤다. 위장약 광고. 그 광고를 보기는 처음이었다. 어느 사무실의 엘리베이터. 벽이나 문이나 칸막이도 없이 개방된 네 대의 엘리베이터가 상당히 빠른 속도로 오르내리고 있다. 고탄다는 어두운 색의 양복을 입고, 가죽 가방을 안은 채 엘리베이터를 타고 있다. 마치 엘리트 샐러리맨 같은 풍모다. 그는 그 엘리베이터에서 다른 엘리베이터로 날쌔게 갈아탄다. 저쪽 엘리베이터에 상사가 타고 있으면, 그쪽으로 가서 업무를 상의하고, 이쪽 엘리베이터에 예쁜 여직원이 타고 있으면 데이트 약속을 하고, 또 다른 쪽 엘리베이터에 처리하지 못한 일이 있으면 그쪽으로 가서 급히 마무리 짓고 하는 것이다. 두 대 너머 저쪽의 엘리베이터에서 전화벨이 울릴 때도 있다. 빠른 속도로 움직이는 엘리베이터로부터 다른 엘리베이터로 뛰어 옮겨 가는 건 결코 간단한 일이 아니다. 고탄다는 아무렇지 않은 듯 표정 한번 일그러뜨리지 않으며, 자못 필사적으로 바삐 옮겨 다니고 있다.

그리고 코멘트가 나온다. "고단한 나날. 피로가 위장에 쌓입니다. 분주한 당신에게 부드러운 위장약……."

나는 웃었다. "재미있네, 이건."

"나도 그렇게 생각해. 물론 쓸모없는 광고야. 광고 같은 건 근본적으로 모두 쓸모없는 쓰레기지. 하지만 이건 상당히 잘 만들어졌어. 서글픈 얘기지만, 내가 주연한 대부분의 영화들보다 훨씬 질이 높아. 이건 돈도 꽤 들인 거라고. 세트나 특수 촬영에 말이야. 광고하는 사람들은 세밀한 데 아낌없이 돈을 투자하거든. 설정도 재미있어."

"그리고 너의 지금 상황을 시사하고 있지."

"정말" 하고 말하고 그는 웃었다. "네 말대로야. 정말 아주 비슷해. 틈을 내어 이리저리 잽싸게 뛰어다니고 있어. 결사적으로 말이야. 피로가 위에 쌓여. 하지만 이 약은 효험이 없어. 한 상자 주기에 먹어 봤는데, 통 효험이 없더라."

"하지만 동작이 꽤 좋아" 하고 나는 리모컨으로 한 번 더 그 광고를 틀면서 말했다. "어딘지 모르게 버스터 키튼 같은 우스꽝스러움이 있어. 너는 의외로 이런 종류의 연기에 어울리는지도 몰라."

고탄다는 입가에 미소를 띠면서 고개를 끄덕였다. "그래, 난 희극을 좋아해. 흥미가 있어. 가능성을 느껴. 뭐라고 할까, 나처럼 직선적인 타입의 배우는 직선적이기 때문에 우스꽝스러운 점을 잘 표출하면 재미있으리라고 생각해. 이 비뚤어지고 까다로운 세계에서 올바르게 직선적으로 살아가려고 하지. 하지만 그런 삶 자체가 우스꽝스러운 것 같아. 내가 무슨 말을 하고 있는지 알겠어?"

"알아"라고 나는 말했다.

"특별히 우스꽝스런 짓을 하지 않아도 돼. 그냥 평범하게 있으면 되는 거야. 그것만으로 충분히 우습거든. 그런 연기에는 흥미가 있어. 그런 타입의 배우는 지금 일본에는 없거든. 그런데 코미디라면 대부분의 사람들이 오버 액션을 해. 내가 하고 싶은 것은 그와 반대되는 거야. 아무런 연기도 하지 않는 거야." 그는 술을 한 모금 마시고 천장을 바라봤다. "하지만 아무도 내게 그런 역할을 주지 않아. 가져오는 거라곤 늘 의사나 교사, 변호사 따위의 역할뿐이야. 이젠 싫증이 나. 거절하고 싶지만, 난 거절할 수 있는 입장도 못 돼. 그래서 위에 피로가 쌓여."

그 광고는 상당히 평판이 좋아 몇 개의 속편이 만들어졌다. 형식은 언제나 마찬가지였다. 단정한 얼굴을 한 고탄다가 비즈니스용 양복을 입고, 전철이나 버스, 비행기 등에 간발의 시간 차로 아슬아슬하게 뛰어올랐다. 혹은 서류를 살짝 겨드랑이에 끼고 고층 빌딩의 벽에 달라붙거나, 로프를 타고 저쪽 방에서 이쪽 방으로 이동했다. 모두 완성도가 높았다. 무엇보다도 고탄다가 표정을 흐트러뜨리지 않는 점이 좋았다.

"처음에는 몹시 피곤한 표정을 지으라는 거야, 감독이. 기진맥진한 채 녹초가 되어 곧 죽을 것 같은 느낌으로 하라는 거야. 하지만 난 싫다고 했어. 그렇지 않다, 이건 시원스럽게 하니까 재미있는 거다, 라고 말했지. 물론 그치들은 돌대가리들이어서 내 말을 통 믿지 않더군. 하지만 나도 물러서지 않았어. 나는 좋아서 이런 광고에 출연하는 게 아냐. 돈 때문에 어쩔 수 없이 하고 있어. 하지만 그런 문제와는 별도로, 이건 틀림없이 재미있으리라는 느낌이 들었어. 그래서 철저히 불만을 토로했지. 결국 두 종류의 광고를 만들어 모두에게 보여 줬어. 물론 내가 주장한 방식의 쪽이 훨씬 인기가 있었지. 하지만 광고가 성공하자, 공로는 모두 그 감독들에게로 돌아갔어. 무슨 상인가를 탔다더군. 그런 건 어떻든 상관없어. 나는 단지 연기자니까. 누가 어떤 평가를 받는가는 나와는 관계없어. 하지만 나는 그치들이 아주 당연한 것처럼 거드름을 피우며 뽐내는 게 마음에 안 들어. 내기를 해도 좋지만 그치들은 지금은 그 광고의 아이디어를 처음부터 끝까지 모두 스스로 생각해 낸 걸로 믿고 있어. 그런 자들이야. 상상력이 없는 자들일수록 자기 합리화가 재빠르거든. 그리고 나는 불평하기 좋아하고 그저 잘생겼을 뿐인 서투른 배우로 통하지."

"인사치레로 하는 말이 아니라, 네게는 뭔가 특별한 게 있는 듯한 느낌이 들어" 하고 나는 말했다. "솔직히 말해, 이렇게 너와 실제로 만나 이야기해 보기 전에는 그런 느낌이 들지 않았어. 네가 나온 몇 편의 영화를 봤지만, 솔직히 말해 정도의 차이는 있을지언정 모두 형편없는 영화였어. 그런 데 나오면, 너까지 형편없어 보였어."

고탄다는 비디오의 전원을 끄고, 새 술을 만들고, 빌 에반스Bill Evans의 레코드를 틀었다. 그리고 소파로 돌아와 술을 한 모금 마셨다. 그런 일련의 동작은 여전히 참으로 우아했다.

"맞아. 옳은 말이야. 그런 쓸모없는 영화에 나가다 보면, 나 자신이 점점 쓸모없어지는 걸 알 수 있어. 나 자신이 몹시 초라하게 느껴져. 하지만 아까도 말한 것처럼, 나는 무엇인가를 선택할 수 있는 입장이 아니야. 무엇 하나 선택할 수 없어. 내가 매는 넥타이의 무늬마저 제대로 선택할 수 없어. 자기 머리가 좋다고 생각하는 얼간이들과 자기 안목이 좋다고 생각하는 속물들이 제멋대로 나를 괴롭히는 거야. 저리로 가라, 이리로 와라, 이 일을 해라, 저 일을 해라, 이 차를 타라, 이 여자와 자라고 말이야. 쓸모없는 영화 같은 쓸모없는 인생이야. 언제까지나 한없이 계속되고 있어. 언제까지 계속될까? 나 스스로도 짐작이 가지 않아. 이미 서른넷인데 말이야. 한 달 후면 서른다섯이 돼."

　"결단을 내려 모든 걸 버리고 제로에서 시작하면 될 거야. 너라면 제로부터 다시 시작할 수 있어. 프로덕션을 나가 하고 싶은 일을 하면서 조금씩 빚을 갚아 나가면 돼."

　"맞아. 나도 몇 번이고 그런 생각을 했어. 그리고 나 혼자라면, 틀림없이 이미 그렇게 하고 있을 거야. 제로가 되어, 어느 극단에라도 들어가서 좋아하는 연극을 하고 있을지도 몰라. 그래도 상관없어. 돈 문제는 어떻게든 해결될 거야. 하지만 말이야, 내가 제로가 되면 그녀는 틀림없이 나를 버릴 거야. 그런 여자야. 이런 세계가 아니면 호흡할 수가 없어. 제로가 된 나와 함께 있으면, 그녀는 호흡 곤란 상태에 빠져 버릴 거야. 좋은 일이냐의 여부를 떠나, 그런 체질이야. 그녀는 스타 시스템이라는 시스템 속의 그런 기압 속에서 살아가고 있고, 상대에게도 같은 기압을 요구해. 그리고 나는 그녀를 사랑하고 있어. 그녀에게서 떨어질 수가 없어. 그것만은 안 돼."

출구가 없는 것이다.

"사방이 꽉 막혀 있어"라고 고탄다는 미소 지으면서 말했다. "뭔가 다른 이야기를 하자. 이런 얘길 하자면 아침까지 가도 제자리걸음일 테니까."

우리는 키키의 이야기를 했다. 그가 키키와 나와의 관계에 대해 알고 싶어 했던 것이다.

키키가 우리를 한데 얽어맨 셈인데, 생각해 보면 네게서는 그녀의 이야기를 거의 들어 보지 못한 듯한 느낌이 든다고 고탄다는 말했다. 그거 이야기하기 어려운 종류의 일인가?

만일 그렇다면 이야기하지 않아도 돼.

아니, 이야기하기 어려운 건 아냐, 라고 나는 말했다.

나는 키키와 만났을 때의 이야기를 했다. 우연한 일로 우리는 서로 알게 되어 함께 지내게 됐다고. 마치 공백 속으로 어떤 기체가 소리도 없이 자연스레 스며드는 것처럼, 그녀는 내 인생 속으로 들어왔다.

"아주 자연스런 일이었어"라고 나는 말했다. "잘 설명할 수가 없네. 모든 게 그저 자연스레 이루어졌어. 그래서 그때는 특별히 이상하다고 생각하지 않았어. 하지만 이제 와 생각해 보니, 여러 가지 일들이 비현실적이고 조리가 맞지 않는 듯한 느낌이 들어. 말로 표현하자면 어이없는 일로 여겨져, 정말. 그래서 나는 이런 문제를 아무에게도 이야기하지 않았어."

나는 술을 마시고, 컵 속의 깨끗한 얼음 조각을 흔들었다.

"키키는 당시 귀 모델을 하고 있었는데, 나는 그녀의 귀 사진을 보고 키키에게 흥미를 갖게 됐어. 그건 말이야, 뭐라고 할까, 정말로 완벽한 귀였어. 나는 그때 그 귀 사진을 이용해 광고를 만드는 일을 하고 있었지. 그 사진에 문안을 첨가하는 거야. 무슨 광고였는지는 잊어버렸어. 하지만 아무튼 그 귀의 사진이 내게 왔어. 굉장히 크게 확대된 키키의 귀 사진이야. 솜털까지 보일 정도였어. 나는 그걸 사무실 벽에 붙여 두고 매일 바라보며 지냈어. 처음에는 광고 문안의 영감을 얻기 위해서였지만, 나중에는 그 사진을 보는 일이 내 생활의 일부가 됐어. 광고 일이 끝난 뒤에도, 나는 줄곧 그 사진을 바라보고 있었지. 그건 정말 멋진 귀였어. 네게도 보여 주고 싶어. 실물을 보여 주지 않으면 설명이고 뭐고 이해가 안 될 테니까. 그 존재 자체가 의미를 갖고 있는 듯한 완벽한 귀였어."

"그러고 보니, 네가 키키의 귀에 대해 뭐라고 말한 적이 있었지"라고 고탄다는 말했다.

"응, 그래. 그래서 나는 어떻게든 그 귀의 소유자를 만나고 싶어졌어. 그녀를 만나지 않으면, 내 인생이 더 이상 한 발짝도 앞으로 나아가지 않을 듯한 느낌이 들더라. 어째서일까? 하지만 그런 느낌이 들었어. 그래서 나는 키키에게 전화를 걸었지. 그녀는 나와 만나 줬어. 그리고 만난 첫날에 키키는 내게 개인적으로 귀를 보여 줬어. 개인적인 귀를 보여 준 거야. 영업용이 아닌 개인적인 귀를. 그건 사진보다 훨씬 멋진 귀였어. 믿을 수 없을 만큼 멋진 귀였지. 그녀는 영업용으로 귀를 사용할 때에는—즉 모델을 할 때는— 의식적으로 귀를 폐쇄하는 거야. 그러니까 개인적인 귀는 그런 것과는 전혀 달라. 알겠어? 그녀가 귀를 보여 주면, 그것만으로 거기에 있던 공간이 변화되어 버려. 세계의 모습이 일변하는 거지. 이렇게 말하면 아마 허황된 얘기로 들릴 테지만 말이야. 하지만 이렇게밖에는 표현할 길이 없어."

고탄다는 그에 대해 가만히 생각했다. "귀를 폐쇄한다는 건 무슨 뜻이야?"

"귀와 의식을 분리하는 거야. 간단히 말하면."

"흠" 하고 그는 말했다.

"콘센트를 제거하는 거야, 귀의."

"흠."

"우습게 들리지? 하지만 정말이야."

"물론 믿어, 네 말은. 제대로 이해하려고 했을 뿐이야. 우습게 생각하고 있는 건 아냐."

나는 소파에 기대어, 벽에 걸린 그림을 바라봤다.

"그리고 그녀의 귀는 특수한 힘을 갖고 있어. 무슨 소리를 알아듣고, 사람을 적절한 장소로 이끄는 거야"라고 나는 말했다.

고탄다는 또 잠시 생각에 잠겨 있었다. "그래서"라고 그는 말했다. "그때 키키는 너를 어디론가 이끌고 간 거지? 적절한 장소로?"

나는 고개를 끄덕였다. 하지만 그 이상은 아무 얘기도 하지 않았다. 고탄다도 그에 대해 더는 특별히 질문하지 않았다.

"그리고 그녀는 지금 또 나를 어디론가 이끌려 하고 있어"라고 나는 말했다. "나는 그걸 분명히 느껴. 지난 수개월 동안 줄곧 그걸 느끼고 있었어. 그리고 나는 그 실을 조금씩 끌어당겨 왔어. 가느다란 실이어서, 몇 번이고 끊어질 뻔했지. 하지만 어떻게든 여기까지 도달했어. 그리고 그런 과정에서 여러 사람과 우연히 만났지. 너도 그중 한 사람이야. 중심적인 한 사람이지. 하지만 나는 그녀가 의도하는 바를 아직 파악하지 못했어. 도중에 사람이 둘 죽었어. 한 명은 메이고, 또 한 명은 외팔이 시인이야. 움직임은 있어. 하지만 어디로도 가지 않고 있어."

유리잔 속의 얼음이 녹아 버리자, 고탄다는 부엌에서 얼음통에 가득 얼음을 가져와, 두 잔의 새 온더록스를 만들었다. 우아한 손놀림이었다. 그가 빈 잔에 얼음을 집어넣자, 딸그락 하는 아주 기분 좋은 소리가 났다. 마치 영화의 한 장면 같다고 나는 생각했다.

"나도 막다른 데로 들어섰어"라고 나는 말했다. "너와 마찬가지야."

"아니, 그렇지 않아. 너와 나는 달라"라고 고탄다는 말했다. "나는 한 여자를 사랑하고 있어. 그리고 그건 전혀 출구가 없는 애정이야. 하지만 너는 그렇지 않아. 적어도 너는 무엇엔가 이끌리고 있어. 지금은 혼란스러울지도 몰라. 하지만 내가 끌려 들어가고 있는 이 감정의 미로에 비하면 네가 훨씬 낫고, 희망도 가질 수 있어. 적어도 출구가 있으리라는 가능성은 있지. 내 경우는 전혀 없거든. 이 두 가지 상황에는 결정적인 차이가 있다고 생각해."

그럴지도 모른다고 나는 말했다. "아무튼 내가 할 수 있는 건 키키의 라인에 꽉 달라붙어 있는 일이야. 지금으로선 그 밖에는 할 일이 없어. 그녀는 내게 어떤 신호나 메시지를 보내려 하고 있고, 나는 그 신호에 귀를 기울이고 있는 거지."

"이봐, 어떻게 생각해?"라고 고탄다가 말했다. "키키가 살해됐을 가능성은 없을까?"

"메이처럼?"

"응, 너무 급작스럽게 사라져 버렸어. 메이가 살해됐다는 말을 들었을 때, 나는 이내 키키가 떠올랐어. 그녀도 똑같은 처지에 빠진 게 아닐까 하고 말이야. 별로 그런 말을 입에 올리고 싶지 않아 잠자코 있었지만, 그런 가능성이 없진 않잖아?"

나는 가만히 입을 다물고 있었다. 하지만 나는 그녀를 분명 만났다. 호놀룰루의 다운타운에서, 그 흐린 잿빛으로 물든 일몰의 시각에. 정말로 나는 그녀와 만났다. 그리고 유키도 그것을 알고 있다.

"단순한 가능성이야. 의미는 없어"라고 고탄다는 말했다.

"물론 그런 가능성은 있겠지. 하지만 그래도 그녀는 내게 메시지를 보내고 있어. 나는 그걸 분명히 느낄 수 있지. 그녀는 모든 의미에서 특별하다고."

고탄다는 오랫동안 팔짱을 끼고 생각에 잠겨 있었다. 그는 그대로 피곤해서 잠들어 버린 것처럼 보였다. 하지만 물론 잠들어 버린 건 아니었다. 이따금 손깍지를 끼거나 풀곤 했다. 손가락 말고는 무엇 하나 움직이지 않았다. 밤의 어둠이 어디선가 집 안으로 스며들어 와서, 양수처럼 그의 말끔한 몸을 온통 에워싸고 있는 것처럼 내게는 느껴졌다.

나는 잔 속의 얼음을 한 번 휙 돌린 다음에, 위스키를 한 모금 마셨다.

그리고 그때 문득 집 안에 제삼자가 있음을 느꼈다. 나와 고탄다 외의 누군가가 이 방에 존재하고 있는 듯한. 나는 그 체온이나 숨결, 희미한 냄새 등을 분명히 느낄 수 있었다. 하지만 그건 인간 같지는 않았다. 그것은 어떤 종류의 동물이 일으키는 공기의 흐트러짐 같은 것이었다. 동물, 하고 나는 생각했다. 그리고 그런 낌새가 내 등줄기를 오싹하게 만들었다. 나는 주변을 휙 둘러봤다. 하지만 물론 아무것도 보이지 않았다. 거기에 있는 것이라곤 감 잡을 수 없는 어떤 낌새뿐이었다. 공간 속에 무엇인가가 잠복해 있는 듯한 딱딱한 그 무엇. 하지만 아무것도 보이지 않았다. 집 안에는 내가 있고, 고탄다가 가만히 눈을 감고 생각에 잠겨 있을 뿐이었다. 나는 숨을 깊이 들이마시고 귀를 기울였다. 어떤 동물일까, 하고 나는 생각했다. 하지만 소용없었다. 아무 소리도 들리지 않았다. 그 동물 역시 가만히 숨을 죽이고 어느 공간에 웅크리고 있었다. 그리고 이윽고 낌새가 사라졌다. 동물은 사라져 버렸다.

나는 어깨의 힘을 빼고, 술을 또 한 모금 마셨다.

이삼 분 후에 고탄다가 눈을 떴다. 그리고 나를 향해 시원스레 미소 지었다.

"미안해. 어쩐지 따분한 밤이 되어 버렸네"라고 그는 말했다.

"그건 아마 우리가 둘 다 본질적으로 따분한 인간이기 때문일 거야"라고 나는 웃으며 말했다.

고탄다도 웃었지만, 아무 말도 하지 않았다.

한 시간쯤 둘이서 음악을 들으면서 취기를 쫓은 후, 나는 스바루를 타고 집으로 돌아왔다. 그리고 침대 속으로 들어가, 그 동물은 대체 무엇이었을까, 하고 생각했다.

35

5월 말에 우연히—우연일 것이다, 아마— 나는 '문학'을 만났다. 메이의 사건이 일어났을 때에 나를 심문한 두 형사 중의 한 명이다. 시부야의 도큐 핸즈DIY 관련 제품을 다양하게 파는 상점에서 납땜인두를 사가지고 밖으로 나오려다 그와 우연히 마주쳤다. 여름을 연상시키는 더운 날이었는데도, 그는 당연하다는 듯이 두꺼운 트위드 윗도리를 아직 입고 있었다. 경찰관은 어쩌면 기온에 대한 특별한 감각을 갖고 있는지도 모른다. 그는 나와 마찬가지로 도큐 핸즈의 쇼핑백을 손에 들고 있었다. 나는 모르는 체하고 그대로 지나치려 했지만, 문학이 내게 즉각 말을 걸었다.

"쌀쌀맞군요"라고 문학은 농담조로 말했다. "거, 서로 모르는 사이도 아닌데, 모르는 체하고 지나치려는 겁니까?"

"바쁩니다"라고 나는 간단히 말했다.

"허"하고 문학은 말했다. 내가 바쁘다는 게 전혀 믿기지 않는 모양이었다.

"일할 준비를 해야 하고, 여러 가지 할 일이 있어요"라고 나는 말했다.

"그럴 테죠, 그야"라고 그는 말했다. "하지만 잠깐인데 괜찮겠죠, 십 분쯤. 어때요, 차라도 마시지 않겠어요? 업무상의 일을 떠나서 당신과 한번 얘기해 보고 싶었어요. 정말 십 분이면 돼요."

나는 그와 함께 혼잡한 찻집으로 들어갔다. 왜 그렇게 했는지 스스로도 알 수 없다. 거절하고 그대로 돌아와 버릴 수도 있었다. 하지만 나는 그러지 않고, 그가 권유하는 대로 찻집에 들어가 커피를 마셨다. 주위에 앉아 있는 사람들은 젊은 커플이나 학생들뿐이었다. 커피는 지독하게 맛이 없었고 공기도 나빴다. 문학은 담배를 꺼내 피웠다.

"담배를 끊고 싶지만요"라고 그는 말했다. "이 일을 하고 있는 한 끊을 수가 없더군요. 절대로 안 돼요. 피우지 않고는 견딜 수가 없어요. 신경을 쓰니까."

나는 잠자코 있었다.

"신경을 쓰는 거죠. 모든 사람들이 혐오하니까. 형사 노릇을 몇 년째 하고 있으면, 정말로 좋지 못한 대우를 받아요. 눈매도 날카로워지고, 피부도 지저분해져요. 왜 피부가 지저분해지는지 잘 알 수 없지만 말이에요, 아무튼 지저분해져요. 그리고 실제 나이보다 훨씬 늙어 보이게 돼요. 말투도 달라지고, 좋은 일이라곤 하나도 없습니다."

그는 커피에 설탕 세 스푼과 크림을 넣고 잘 저은 다음, 맛있다는 듯이 천천히 마셨다.

나는 시계를 들여다봤다.

"아, 그렇지, 시간이"라고 문학은 말했다. "아직 오 분쯤 남 았죠? 충분해요. 그렇게 시간을 빼앗진 않을 테니까. 그 살해된 아가씨 얘기예요. 메이라는 이름의 아가씨."

"메이?"라고 나는 되물었다. 그렇게 간단히 걸려들지는 않 는다.

그는 입술을 약간 일그러뜨리며 웃었다. "그래요. 그 여자는 메이라고 해요. 이름을 알아냈어요. 물론 본명은 아니겠지만. 매 춘할 때 쓰는 예명이죠. 역시 매춘부였어요. 내 육감대로. 일반 가 정의 보통 여자는 아니었어요. 얼핏 보기에는 분명히 보통 여자 인데, 사실은 보통 여자가 아니었어요. 요즘은 분간하기가 어려 워요. 예전에는 좋았어요. 한눈에 매춘부인지 아닌지를 금방 알 수 있었죠. 입고 있는 옷이나 화장이나 표정 따위를 보고 말이에 요. 요즘엔 안 돼요. 도저히 그런 일을 할 것 같지 않은 아가씨가 매춘을 하거든요. 돈을 벌기 위해서라든지 호기심 때문에 말이에 요. 해서는 안 될 일이죠. 그리고 위험해요. 안 그래요? 늘 모르는 남자와 만나 밀실에 틀어박히는 거예요. 세상에는 여러 종류의 인간들이 있어요. 변태도 있고 정신이상자도 있어요. 위험해요. 그렇게 생각지 않아요?"

나는 할 수 없이 고개를 끄덕였다.

"하지만 젊은 아가씨는 그런 걸 알 수 없거든요. 그들은 세상의 행운이 모두 제 편이라고 생각해요. 어쩔 수 없는 일이지만요. 그게 젊다는 증거니까. 젊을 때에는 무엇이든 잘되어 갈 것처럼 여겨지죠. 그렇지 않다는 걸 알았을 때에는 이미 늦어요. 그때에는 이미 스타킹이 목에 감겨 있는 거예요, 가엾게도."

"그래서 범인은 알아냈습니까?"라고 나는 물어봤다.

문학은 고개를 저었다. 그리고 이마를 찌푸렸다. "유감스럽지만 아직 알아내지 못했어요. 여러 가지 구체적인 사실은 알아냈어요. 하지만 신문에는 발표하지 않았어요. 아직 수사 중이니까. 이를테면—이름이 메이고, 직업은 매춘부. 본명은…… 뭐 본명은 별로 필요 없지요. 대수로운 문제가 아니니까. 출생지는 구마모토예요. 아버지는 공무원이더군요. 별로 큰 도시는 아니지만, 그래도 부시장까지 하고 있어요. 건실한 집안이에요. 금전 면에서도 쪼들리지가 않아요. 생활비를 충분히 보내 주고, 한 달에 한두 번씩은 어머니가 올라와 옷가지 같은 걸 사주고 있고요. 아마 가족에게는 패션과 관련된 일을 하고 있다고 말했나 봐요. 형제는 언니가 하나, 남동생이 하나. 언니는 의사와 결혼했고, 남동생은 규슈대학의 법학부에 다니고 있어요. 훌륭한 가정이죠. 그런데 왜 매춘 따위를 했을까요? 가족들은 모두 쇼크를 받았죠. 딱한 생각이 들어 매춘을 한 것까지는 말하지 않았어요. 하지만 호텔에서 남자에게 목이 졸려 죽었으니 충격을 받은 거죠. 당연한 일이에요, 얌전한 가정이니까."

그가 이야기를 계속하는 동안 나는 잠자코 있었다.

"우리는 그녀가 속해 있던 콜걸 조직도 알아냈어요. 꽤 힘들었지만, 어떻게든 거기까지는 도달했어요. 어떻게 했을 것 같아요? 시내의 고급 호텔들의 로비를 감시하고 있다가, 매춘을 하고 있을 것 같아 보이는 여자 두세 명을 경찰서에 끌고 갔어요. 그리고 당신에게 보인 것과 같은 사진을 보이며 추궁한 겁니다. 한 명이 자백했어요. 모두가 당신처럼 까다로운 건 아니죠. 그리고 그쪽에도 약점이 있으니까요. 그렇게 해서 그녀가 속해 있던 조직을 알아냈어요. 고급 매춘 조직이었어요. 엄청나게 비싸게 먹히는 회원제. 나나 당신 같은 사람은 유감스럽지만 전혀 어울리지 않는 곳이죠. 안 그래요? 그것 한 번 하는 데 당신은 칠만 엔이나 지불할 수 있어요? 난 못해요. 농담이 아니라, 그 정도라면 나는 단념하고 마누라하고 하고, 애한테 새 자전거나 사주겠어요. 뭐라고 할까, 궁상맞은 얘기지만 말이에요." 그는 웃으며 내 얼굴을 바라봤다. "그리고 설령 칠만 엔을 지불할 의향이 있다 하더라도, 나 따위는 절대로 받아 주지도 않아요. 신원을 조사하거든요. 철저히 조사하지요. 안전 제일주의예요. 위험한 손님은 처음부터 받지 않아요. 형사 따위는 회원으로 받아 주지 않지요. 경관이라서 안 된다는 것이 아니에요. 경관이라도 훨씬 높은 자리에 있는 사람은 되죠. 훨씬 높은 자리. 그런 사람은 만일의 경우에 도움이 될 테니까. 나 같은 말단은 안 돼요."

그는 커피를 다 마시고, 담배를 입에 물고 라이터로 불을 붙였다.

"그래서 윗분에게 클럽을 강제로 수사하도록 해달라고 요청했습니다. 사흘 만에 허가가 나왔죠. 하지만 우리가 수사 영장을 가지고 클럽에 뛰어들었을 때는, 사무실 안에 이미 아무것도 남아 있지 않았지요. 텅 비어 있었어요. 정보가 누설됐던 거예요. 어디서 누설됐을까? 어디라고 생각해요?"

모르겠다고 나는 말했다.

"물론 경찰 내부예요. 웃대가리들이 관련되어 있었던 겁니다. 그래서 정보를 흘린 거예요. 물론 증거는 없어요. 하지만 우리 현장 사람들은 분명히 알 수 있어요. 어디서 누설됐는가를. 부끄러운 일이죠. 있어서는 안 될 일이에요. 클럽 쪽도 그런 일에는 익숙해서 눈 깜짝할 사이에 다른 데로 옮겨 버렸죠. 한 시간 내에 어디론가 사라져 버리는 거예요. 그리고 또 다른 사무실을 빌려서, 전화 몇 대 사들이고는 똑같은 장사를 시작하는 겁니다. 간단한 일이죠. 고객 리스트가 있고, 아가씨들만 확실히 갖추고 있으면, 어디서든 장사는 할 수 있으니까. 우리로선 알아낼 길이 없어요. 그것으로 아웃. 실이 툭 끊어져 버렸죠. 그녀가 어떤 손님을 받고 있었는지를 알 수 있으면 이야기가 좀 더 진전됐을 텐데. 이래 가지고는 현재로서는 손을 쓸 길이 없어요."

"알 수 없는 일이군요" 하고 나는 말했다.

"무엇을 알 수 없다는 거죠?"

"그녀가 당신이 말하는 것처럼 회원제의 고급 콜걸이었다면 말이에요. 왜 그 손님이 그녀를 죽였을까요? 그런 짓을 하면 누가 죽였는지 금방 알 수 있을 것 아닌가요?"

"맞아요"라고 문학은 말했다. "그러니까 죽인 사람은 고객 리스트에 실려 있지 않은 인물이에요. 그녀의 개인적인 연인이거나 혹은 클럽을 통하지 않고 수수료를 가로채고 있었겠죠. 어느 쪽인지는 알 수 없어요. 그녀의 아파트를 수색해 봤습니다. 하지만 실마리가 될 만한 것은 아무것도 발견되지 않았어요. 두 손 들고 말았지요."

"내가 죽인 건 아닙니다"라고 나는 말했다.

"물론 그건 알고 있어요. 당신은 아니에요"라고 문학은 말했다. "그래서 말했잖아요. 당신이 죽이지 않았다는 것은 알고 있다고. 당신은 사람을 죽일 타입이 아니에요. 보면 알 수 있어요. 사람을 죽이지 않을 타입은, 정말로 사람을 죽이지 않습니다. 하지만 당신은 무엇인가를 알고 있어요. 그건 육감으로 알 수 있어요. 우리는 프로니까요. 그러니까 가르쳐 주지 않겠어요? 가르쳐 주면 그것으로 그만이에요. 그걸 가지고 이러쿵저러쿵 귀찮은 말은 하지 않겠습니다. 약속합니다. 정말이에요."

아무것도 모른다고 나는 말했다.

"맙소사"라고 문학은 말했다. "글렀군요. 실은 웃대가리들도 수사가 별로 내키지 않은 모양이에요. 호텔에서 매춘부가 살해됐을 뿐인 사건이니까요. 어찌 됐든 상관없다는 듯한 태도예요. 매춘부 같은 건 살해되는 편이 낫다고 생각하고 있을 정도예요, 그들은. 사체 따위는 거의 본 적도 없을 겁니다. 예쁜 아가씨가 벌거벗겨진 채로 목이 졸려 죽은 것이 얼마나 가엾은 일인가를, 그들은 상상도 할 수 없는 거예요. 그리고 그 매춘 클럽에는 경찰뿐만 아니라 아무래도 정치가들도 관련되어 있는 모양이에요. 이따금 어둠 속에서 금배지가 번쩍입니다. 경찰관이란 그런 번쩍임에 민감하죠. 그게 잠깐 번쩍이면 거북이처럼 목이 움츠러들어 버려요. 특히 위쪽에서 말이에요. 그래서 아무래도 메이 양은 개 죽음을 당한 꼴이 되어 버릴 것 같군요. 가엾게도."

웨이트리스가 문학의 커피 잔을 치웠다. 나는 절반밖에 마시지 않았다.

"나는 말이에요, 그 메이라는 아가씨에게 왠지 친근감을 느꼈어요"라고 문학은 말했다. "왜 그럴까요. 나 자신도 알 수 없어요. 하지만 그녀가 호텔 침대에 벌거벗겨진 채로 목이 졸려 죽어 있는 걸 봤을 때, 난 이렇게 생각했어요. 내가 꼭 범인을 붙잡아 주겠다고 말이에요. 물론 그런 사체 따위를 우리는 싫증이 날 만큼 많이 봐왔어요. 새삼스레 사체를 보고 이런저런 생각을 하지도 않아요. 토막 난 것이나 불타 버린 것 따위를 숱하게 봐왔으니까. 하지만 그 사체는 어딘지 모르게 특별했어요. 기묘하게 아름다웠어요. 아침 햇살이 창문으로 비쳐 들고 있는데, 그 여자가 얼어붙은 것처럼 누워 있었어요. 눈은 크게 뜨여 있고, 입 속의 혀가 꼬부라지고 목에는 스타킹이 감겨 있었어요. 넥타이처럼 말이에요. 그리고 다리를 벌리고 소변을 흘리고 있었죠. 그걸 보면서 나는 느꼈어요. 이 애는 내게 해결해 주기를 요구하고 있다고 말이에요. 그리고 내가 해결해 주기 전에는, 그 아침의 공간 안에서, 계속 그 기묘한 자세로 가만히 얼어붙어 있으리라고. 그래요. 아직 얼어붙어 있을 거예요. 범인이 잡혀 사건이 해결되기 전에는 그녀는 해방되지 않아요. 이런 느낌이 드는 건 별난 일일까요?"

모르겠다고 나는 말했다.

"당신, 얼마 동안 없던데, 여행이라도 하고 왔습니까? 햇볕에 꽤 그을렸군요"라고 형사는 말했다.

용무가 있어 하와이에 가 있었다고 나는 말했다.

"좋군요. 부러운데요. 나도 그쪽처럼 우아한 직업으로 옮기고 싶군요. 밤낮 사체만 보고 있으면 사람이 어두워져요. 사체를 본 적이 있습니까?"

없다고 나는 말했다.

그는 머리를 흔들며 시계를 바라봤다. "시간을 낭비하게 해서 정말 미안합니다. 하지만 옷깃만 스쳐도 인연이라고 하잖습니까. 이해해 주세요. 나도 때로는 누군가와 개인적인 이야기를 하고 싶어져요. 그런데 무엇을 샀습니까, 도큐 핸즈에서?"

납땜인두, 라고 나는 말했다.

"나는 배수관 청소 용품을 샀어요. 집 안의 하수구가 막힌 모양이에요."

그가 커피 값을 치렀다. 내 몫은 내가 치르겠다고 했지만 그는 아무리 해도 받지 않았다.

"괜찮아요. 내가 청했잖아요. 게다가 고작 커피 값이에요.

신경 쓸 것 없어요."

찾집을 나올 때 나는 문득 생각나서 그에게 물어봤다. 이런 매춘부 살인 사건이 흔히 있는 일인지.

"글쎄, 흔히 있는 사건이긴 하죠"라고 그는 말했다. 눈매가 약간 날카로워졌다. "매일 있는 건 아니지만, 아주 드물게 일어나는 일도 아니에요. 매춘부 살인 사건에 무슨 흥미라도 갖고 있습니까?"

별로 흥미 같은 건 없다고 나는 말했다. 그저 잠깐 물어봤을 뿐이라고.

그리고 우리는 헤어졌다.

그가 가버리자, 위 속에 언짢은 감촉이 남았다. 그 감촉은 이튿날 아침이 되어도 떨쳐 버릴 수 없었다.

36

천천히 하늘을 흘러가는 구름처럼, 5월이 창밖을 스쳐 지나갔다.

　내가 일을 하지 않은 지도 벌써 이 개월 반째로 접어들고 있었다. 일과 관련된 전화가 걸려 오는 빈도도 이전보다는 꽤 줄어들었다. 내 존재가 세상 사람들로부터 조금씩 잊혀 가고 있는가 보다. 당연한 일이지만 은행 계좌에도 돈이 들어오지 않게 됐다. 하지만 계좌에는 아직 돈이 충분히 남아 있었다. 나는 그다지 돈이 드는 생활을 하고 있지 않기 때문이다. 식사도 빨래도 내 손으로 해결한다. 특별히 갖고 싶은 게 있는 것도 아니다. 빚도 없고, 멋진 옷이나 자동차를 마련하려고 애쓰는 편도 아니다. 그래서 현재로서는 아직 돈 걱정은 하지 않아도 됐다. 계산기를 사용해서 한 달분의 생활비를 산출하고, 예금 잔고를 그것으로 나누어보니, 앞으로 오 개월쯤은 버틸 수 있으리라는 것을 알게 됐다. 오개월 내에는 어떻게 될 테지, 하고 나는 생각했다. 어떻게 되지 않으면 또 그때 가서 생각해 보면 된다. 게다가 책상 위에는 마키무라 히라쿠가 보내준 삼십만 엔짜리 수표가 아직 그대로 있다. 당장 굶어 죽지는 않으리라.

나는 생활 패턴이 흐트러지지 않도록 주의하면서 가만히 무슨 일이 일어나기를 기다렸다. 일주일에 몇 번씩 수영장에 가서 녹초가 되도록 수영을 하고, 식료품을 사 갖고 와서 제대로 식사 준비를 하고, 밤에는 음악을 들으면서 도서관에서 빌려 온 책을 읽었다.

나는 도서관에서 신문을 뒤적이며, 지난 몇 개월 동안에 일어난 살인 사건을 하나하나 꼼꼼히 살펴봤다. 물론 여자가 살해된 사건만을 찾아봤다. 그런 시점에서 세계를 내다보니, 세상엔 꽤 많은 수의 여자들이 살해되고 있었다. 찔려 죽거나 맞아 죽거나 목이 졸려 죽었다. 하지만 키키처럼 보이는 여자가 살해된 흔적은 없었다. 적어도 그녀의 사체는 발견되지 않았다. 물론 사체가 발견되지 않도록 하는 방법은 있다. 발에 무거운 돌 따위를 매달아 바닷속에 집어넣으면 된다. 혹은 산으로 운반해서 묻어 버리면 된다. 내가 고양이 정어리를 묻은 것과 마찬가지로. 그러면 아무에게도 발견되지 않는다.

혹은 사고일지도 모른다고 나는 생각했다. 딕 노스와 마찬가지로, 거리에서 자동차에 치여 죽어 버렸는지도 모른다. 나는 사고로 죽은 것도 살펴봤다. 여자가 죽은 사고. 세상에는 많은 사고가 있고, 많은 여자들이 죽어 갔다. 교통사고가 있고, 불타 죽은 사람이 있고, 가스중독이 있었다. 하지만 그 피해자들 가운데 키키 같아 보이는 여자는 눈에 띄지 않았다.

자살도 있구나, 하고 나는 생각했다. 심장발작을 일으켜 느닷없이 죽어 버리는 일이 있을지도 모른다. 그런 일까지 신문에 실리지는 않는다. 세계에는 온갖 종류의 죽음이 가득해 있으며, 그런 죽음들이 일일이 친절하게 신문에 보도되는 것은 아니다. 아니, 보도되는 죽음 쪽이 압도적으로 예외적인 일이라 할 수 있다. 대부분의 사람들은 조용히 죽어 간다.

그러므로 가능성은 있다.

키키는 살해되어 버렸는지도 모른다. 어떤 사고에 말려들어 죽었는지도 모른다. 자살했는지도 모른다. 심장발작을 일으켜 죽었는지도 모른다.

하지만 아무런 확증도 없다. 죽었다는 확증도 없고 살아 있다는 확증도 없다.

나는 이따금 마음이 내키면 유키에게 전화를 걸었다. 잘 지내냐고 내가 물으면 그저 그렇다고 대답했다. 그녀는 언제나 마음이 안정되지 않은 듯한, 초점이 맞지 않고 멍한 어조로 말했다. 그 어조가 아무래도 석연치 않았다.

"아무렇지도 않아"라고 그녀는 말했다. "좋지도 않고 나쁘지도 않고…… 그저 그래. 그저 그렇게 살고 있어."

"어머니는?"

"……멍하니 있어. 일도 별로 안 해. 종일 의자에 멍하니 앉아 있어. 맥이 빠져 버린 것 같아."

"내가 해줄 만한 일이 있을까? 식료품 구입이라든지?"

"식료품 구입은 아줌마가 해주니까 괜찮아. 배달도 해주고. 우리 두 사람은 그저 멍한 상태로 있을 뿐이야. 저기…… 여기 있으니까 어쩐지 시간이 정지해 있는 것 같아. 시간은 분명히 움직이고 있어?"

"유감스럽지만 분명히 움직이고 있지. 시간은 자꾸 지나가지. 과거가 불어나고 미래가 적어져 가거든. 가능성이 줄어들고, 회한이 늘어나는 거야."

유키는 잠시 잠자코 있었다.

"목소리에 별로 기운이 없네" 하고 나는 말했다.

"그래?"

"그래?" 하고 나는 되풀이했다.

"뭐야, 그게?"

"뭐야, 그게?"

"흉내 내지 마."

"흉내가 아냐. 이건 너 자신의 마음의 메아리야. 커뮤니케이션의 결여를 증명하기 위해 비외른 보리가 격렬하게 되받아치는 거야. 스매시!"

"하여튼 별난 사람이야"라고 유키는 어이가 없는 듯한 목소리로 말했다. "그건 어린애들이나 하는 짓이야."

"아냐. 그렇지 않아. 내 경우는 깊은 내성과 실증의 정신에 의해 확고히 뒷받침되어 있어. 이건 비유로서의 메아리야. 메시지로서의 게임이야. 단순한 어린애들의 흉내 내기와는 질이 달라."

"흥, 바보 같아."

"흥, 바보 같아"라고 나는 되풀이했다.

"그만해, 그건, 이제!" 하고 유키가 외쳤다.

"그만할게"라고 나는 말했다. "처음부터 다시 시작하자. 목소리에 별로 기운이 없네."

그녀는 한숨을 쉬었다. 그리고 "응, 그럴지도 몰라"라고 말했다. "엄마와 함께 있으면…… 아무래도 엄마의 기분에 끌려 들어가 버려. 그런 의미로 엄마는 강한 사람이니까. 영향력이 있는 거야, 분명. 주위 사람들이 어떤지 전혀 생각하지 않거든. 자기밖에 몰라. 그런 사람은 강해. 무슨 말인지 알겠지? 그래서 말려들어 버려. 자기도 모르는 사이에 그렇게 돼. 엄마가 우울하면, 나도 우울해지는 거야. 기분이 좋을 때는 나도 그 영향으로 기운이 펄펄 넘치지만 말이야."

라이터로 담배에 불을 붙이는 소리가 들렸다.

"때로는 거기서 나와서 나하고 둘이 노는 편이 낫겠어" 하고 나는 말했다.

"그럴지도 몰라."

"내일 거기로 데리러 갈까?"

"응, 좋아"라고 유키는 말했다. "아저씨와 얘기를 하니까 약간 기운이 나는 것 같아."

"좋았어"라고 나는 말했다.

"좋았어"라고 유키가 내 말을 흉내 냈다.

"관둬."

"관둬."

"내일 만나"라고 나는 말하고, 흉내를 내기 전에 전화를 끊었다.

아메는 확실히 멍한 상태였다. 그녀는 소파에 앉아 예쁘게 다리를 꼬고, 깊이가 없는 단조로운 눈으로 무릎 위에 놓인 사진 잡지를 들여다보고 있었다. 마치 인상파 그림 같은 광경이었다. 창문은 열려 있었지만, 바람이 없는 날이어서 커튼이나 책의 낱장마저 미동도 없었다. 내가 방으로 들어가자 그녀는 약간 고개를 들어 무기력하게 미소 지었다. 공기가 흔들리는 듯한 엷은 미소였다. 그리고 가느다란 손가락을 오 센티미터쯤 들어 올려 맞은편 의자에 나를 앉게 했다. 가정부 여성이 커피 두 잔을 가지고 왔다.

"짐은 딕 노스의 집에 잘 전해 줬습니다"라고 나는 말했다.

"부인을 만났어?"라고 아메가 물었다.

"아뇨, 안 만났습니다. 현관에 나온 사람에게 짐을 건네줬을 뿐이에요."

아메는 고개를 끄덕였다. "고마워, 아무튼."

"괜찮아요. 대수로운 일도 아닌걸요."

그녀는 눈을 감고 얼굴 앞으로 두 손을 가져가 손바닥을 합쳤다. 이어 눈을 뜨고 방 안을 휙 둘러봤다. 방에는 나와 그녀밖에 없었다. 나는 잔을 들어 커피를 마셨다.

아메는 언제나처럼 덩거리 셔츠와 잔뜩 구겨진 면바지를 입고 있지는 않았다. 오늘은 우아한 레이스가 달린 흰 블라우스와 연한 초록색 스커트를 입고 있었다. 머리카락을 단정하게 꾸미고, 립스틱도 발랐다. 아름다운 여성이었다. 평소의 넘칠 듯한 생명력은 사라졌지만, 그 대신 위태로울 만큼 섬세한 매력이 그녀의 주위를 희미하게 증기처럼 에워싸고 있었다. 그 증기는 금방이라도 흔들리며 사라져 버릴 듯이 보이지만, 그저 그렇게 보일 뿐, 언제까지나 그녀의 주위에 감돌고 있었다. 그녀의 아름다움은 유키의 아름다움과는 전혀 다른 종류의 것이었다. 서로 반대되는 양극에 위치해 있다고 할 수 있을 것이다. 그것은 세월과 경험에 의해 길러지고 갈고 닦인 아름다움이었다. 그녀의 독자성을 말해 줄 만한 아름다움이고 개성이었다. 그 아름다움은 말하자면 그녀 자신이었다. 그녀는 그 아름다움을 제대로 파악해서, 자기 자신을 위해 유효하게 사용하는 방법을 터득하고 있었다. 그에 반해, 유키의 아름다움은 대부분의 경우 목적을 찾지 못했고, 때로는 그녀 자신이 그것을 주체하지 못했다. 이따금 생각하곤 하지만, 아름답고 매력적인 중년 여성을 보는 일은 인생의 커다란 기쁨 가운데 하나다.

"왜 이럴까?"하고 아메는 말했다. 공중에 무엇인가를 오뚝

하니 띄워 놓고 가만히 그것을 바라보는 듯한 말투였다.

나는 잠자코 다음 말이 이어지기를 기다렸다.

"왜 이렇게 의기소침해졌을까?"

"사람이 한 명 죽었기 때문이겠죠. 당연한 일입니다. 사람이 죽는다는 건 커다란 사건이에요"라고 나는 말했다.

"그래"라고 그녀는 힘없이 말했다.

"그렇지만—"하고 나는 말했다.

아메는 내 얼굴을 바라봤다. 그리고 고개를 저었다. "당신은 어리석지 않지. 내가 무슨 말을 하고 싶은지 알고 있겠지?"

"이렇게 될 줄은 몰랐다— 이거 아닌가요?"

"그래. 그런 셈이지."

'대수로운 남자는 아니었어요. 별다른 재능도 없었어요. 하지만 성실한 남자였죠. 훌륭하게 책무를 다했어요. 오랜 세월에 걸쳐 손에 넣은 것을 당신을 위해 버리고, 그리고 죽어 갔어요. 죽은 뒤에 그의 가치를 깨닫게 됐어요'라고 나는 말할까 했다. 하지만 말하지 않았다. 어떤 종류의 말은 입에 올려서는 안 되는 것이다.

"왜 이럴까?"하고 그녀는 그 공간에 띄워 놓은 무엇인가를 바라보면서 말했다. "왜 나와 함께한 남자들은 모두 잘못되는 걸까? 왜 모두들 이상한 쪽으로만 가버릴까? 왜 내게는 아무것도 남지 않을까? 대체 무엇이 잘못됐을까?"

그것은 질문이 아니었다. 나는 그녀의 블라우스 옷깃에 달린

레이스를 바라보고 있었다. 그 레이스는 고상한 동물의 청결한 내장內臟 주름처럼 보였다. 재떨이 속에서 그녀의 살렘이 조용히 연기를 피워 올리고 있었다. 연기는 훨씬 위쪽으로 올라가 분해되고, 침묵의 먼지와 동화됐다.

유키가 옷을 갈아입고 와서는 내게, 이제 가자, 라고 말했다. 나는 일어나, 이제 가보겠습니다, 라고 아메에게 말했다.

아메는 아무 말도 듣고 있지 않았다. 유키가 "엄마, 우리 나가"라고 외쳤다. 아메는 고개를 들어 끄덕였다. 그리고 새 담배를 꺼내어 불을 붙였다.

"잠시 드라이브하고 올게. 저녁 식사는 필요 없어"라고 유키는 말했다.

우리는 소파에 앉은 채 움쩍도 하지 않는 아메를 남겨 두고 집을 나왔다. 그 집 안에는 아직 딕 노스의 기척이 남아 있는 듯했다. 내 안에도 그의 기척은 남아 있었다. 나는 그의 얼굴을 확실히 기억하고 있었다. 빵을 자를 때 발을 사용하느냐고 내가 물었을 때 그가 지었던 참으로 기묘한 그 웃음을.

정말 이상한 남자다, 하고 나는 생각했다. 죽은 다음에 존재감이 더 뚜렷해진다.

37

그런 식으로 나는 몇 번인가 유키와 만났다. 세 번이다, 정확히 말하면. 그녀는 하코네의 산속에서 어머니와 단둘이 지내는 데 대한 특별한 감흥을 지니고 있지는 않은 듯했다. 그런 생활을 즐기는 것도 아니고, 그렇다고 해서 싫어하는 것도 아니었다. 또 남자친구가 죽어 외톨이가 된 어머니가 의기소침해져 있으므로, 어떻게든 돌봐 줘야겠다는 생각을 특별히 갖고 있는 것 같지도 않았다. 그녀는 바람에 날려 가듯이 그저 그곳으로 운반되어, 존재하고 있을 뿐이었다. 그곳의 생활 전면에 그녀는 무감동했다.

　나를 만나면 유키는 그동안만 약간 기운을 되찾았다. 농담을 하면 조금씩 반응이 되돌아오고, 목소리도 이전의 차가운 긴장감을 되찾았다. 그러나 하코네의 집으로 돌아가면 또 예전으로 돌아갔다. 그녀의 목소리에는 긴장감이 없어지고, 눈빛은 무감동해졌다. 마치 에너지를 절약하기 위해 자전을 중지하고 있는 행성처럼.

"다시 한번 도쿄에서 지내는 게 낫지 않겠어?"라고 나는 말해 봤다. "기분 전환을 위해서 말이야. 그리 오래 있을 필요는 없어. 사나흘이면 돼. 잠시 환경을 바꾸는 것도 나쁘진 않아. 하코네에 있으면 점점 기운이 없어지는 것 같아서 말이야. 하와이에 있던 때에 비하면 다른 사람처럼 보여."

"어쩔 수 없어"라고 유키는 말했다. "아저씨 말은 잘 알겠어. 하지만 지금은 이런 시기야. 지금은 어디에 있든 다를 바 없어."

"딕 노스가 죽고, 어머니가 저런 상태니까?"

"그래, 그런 이유도 있어. 하지만 그뿐만이 아니라고 생각해. 엄마로부터 떨어져 있다고 해결될 일도 아니야. 내 힘으로는 어찌할 도리가 없어. 뭐라고 할까, 결국 그런 흐름인 거야. 운수가 안 좋아. 지금은 어디서 무엇을 하든 마찬가지야. 몸과 머리가 잘 연결되지 않아."

우리는 해안에 드러누워 바다를 바라보고 있었다. 하늘은 몹시 흐렸다. 미지근한 바람이 모래사장에 자라고 있는 풀잎을 흔들고 있었다.

"운수" 하고 나는 말했다.

"운수" 하고 유키는 가냘프게 미소 지으며 말했다. "하지만 정말이야. 나빠지고 있어. 나와 엄마는 그런 주파수가 똑같은가 봐. 지난번에도 말한 것처럼 엄마가 기분이 좋으면 나도 기운이 샘솟고, 엄마가 움츠러들면 나도 점점 기력을 잃어가. 어느 쪽이 먼저인지 잘 알 수 없을 때도 있지만. 그러니까 엄마가 나를 끌어당기는지, 아니면 내가 엄마를 끌어당기는지 잘 알 수가 없어. 하지만 아무튼 엄마와 나는 무언가에 의해 이어져 있는 듯한 느낌이 들어. 함께 있든 떨어져 있든 마찬가지야."

"이어져 있어?"

"그래, 정신적으로 이어져 있어"라고 유키는 말했다. "어떤 때는 그런 게 싫어서 반발하고, 어떤 때는 어찌 됐든 상관없다고 체념해서 녹초가 되어 버려. 단념하는 거야. 이따금, 뭐라고 해야 할까, 나 자신을 잘 통제할 수 없을 때가 있어. 뭔가 외부의 커다란 힘에 의해 조종당하고 있는 듯한 느낌이 들어. 그렇게 되면 어디까지가 자신이고, 어디서부터가 자신이 아닌지를 알 수 없게 돼. 그래서 체념해 버려. 모든 걸 내팽개쳐 버리고 싶어져. 혐오감이 들어. 나는 아직 어린애야, 라고 외치고 방의 한쪽 구석에 웅크리고 있고 싶어져."

나는 저녁때 유키를 하코네의 집으로 데려다주고 나서 도쿄로 돌아왔다. 함께 식사를 하지 않겠느냐고 아메가 권했지만, 언제나처럼 거절했다. 미안하다는 생각은 들지만, 그녀들 모녀와 식탁을 마주하는 일을, 나로선 도저히 견뎌 낼 수 없을 것 같았다. 멍한 눈을 한 어머니와 무감동한 딸, 사자死者의 느낌, 무거운 공기, 영향을 주는 자와 영향을 받는 자, 침묵, 쥐 죽은 듯이 조용한 밤. 그런 정경을 상상하기만 해도, 위가 딱딱하게 굳어 버린다.『이상한 나라의 앨리스』에 나오는 미치광이 모자 장수의 티타임이 훨씬 나을 것이다. 거기에는 이치에는 맞지 않을망정 일단은 움직임이라는 게 있다.

나는 카스테레오로 옛 로큰롤을 들으며 도쿄로 돌아와, 맥주를 마시면서 저녁 식사를 만들고, 그것을 혼자서 조용히 즐기며 먹었다.

✦

유키와 만나 둘이서 특별히 무슨 일을 한 것도 아니다. 우리는 음악을 들으면서 드라이브하고, 해안에 드러누워 멍하니 구름을 쳐다보거나, 후지야 호텔에서 아이스크림을 먹거나, 아시노호에 가서 보트를 타곤 했다. 그리고 둘이서 소곤거리듯이 여러 가지 이야기를 하면서 오후 시간을 보내고, 하루하루 세월이 지나가는 것을 바라보고 있었다. 이건 마치 연금 생활자 같군, 하고 나는 생각했다.

어느 날, 유키가 영화를 보러 가자고 말했다. 나는 오다와라까지 내려가 신문을 사서 살펴봤지만 볼 만한 영화는 없었다. 재개봉관에서 고탄다가 나오는 「짝사랑」을 상영하고 있을 뿐이었다. 고탄다는 중학교 때 같은 반 친구고 지금도 이따금 만나고 있다고 말하자, 유키는 그 영화에 흥미를 갖는 듯했다.

"아저씬 그 영화 봤어?"

"봤어"라고 나는 말했다. 하지만 물론 여러 번 봤다는 말은 하지 않았다. 여러 번 봤다고 하면, 그 이유를 새삼스레 설명해야 하니까.

"재미있어?"라고 유키가 물었다.

"재미없어"라고 나는 이내 말했다. "시시한 영화야. 아주 소극적으로 표현하고, 필름 낭비야."

"친구는 뭐라고 말해, 그 영화에 대해?"

"시시한 영화고, 필름 낭비라고 말해" 하고 나는 웃으면서 말했다. "출연한 사람이 스스로 그렇게 말하니, 틀림없는 거겠지."

"하지만 그걸 보고 싶어."

"좋아, 지금 보러 가자."

"아저씬 괜찮아? 두 번 봐도?"

"괜찮아. 달리 할 일도 없고, 게다가 특별히 해를 끼치는 영화도 아니니까"라고 나는 말했다. "해조차 끼치지 않는다고."

나는 영화관에 전화를 걸어 「짝사랑」이 시작되는 시간을 알아보고 그때까지 성城 안에 있는 동물원에 가서 시간을 보냈다. 성 안에 동물원이 있는 도시는 오다와라밖에는 없을 것이다. 별난 도시다. 우리는 주로 원숭이를 봤다. 원숭이를 보고 있으면 싫증이 나지 않는다. 아마 그 광경이 어떤 종류의 사회를 연상시키기 때문이리라. 살금살금 움직이는 녀석이 있다. 남의 일에 참견하는 녀석이 있다. 경쟁심이 강한 녀석이 있다. 뚱뚱하게 살이 찌고 추해 보이는 원숭이가 높은 곳에서 주위를 노려보고 있는데, 태도가 고압적인 데 비해 그 눈은 두려움과 시기심으로 가득 차 있다. 그리고 무척 지저분하다. 어떻게 하면 저렇게 잔뜩 살이 찌고 추악하며 음산해질 수 있을까, 하고 나는 이상하게 생각했다. 하지만 물론 원숭이에게 물어볼 수도 없는 노릇이다.

평일 점심때였으므로 영화관은 말할 것도 없이 텅 비어 있었다. 의자는 딱딱하고, 벽장 속에 있는 듯한 냄새가 났다. 나는 영화 시작 전에 초콜릿을 사서 유키에게 줬다. 나도 뭔가 사 먹으려 했지만, 유감스럽게도 내 식욕을 돋울 만한 게 매점에는 하나도 갖춰져 있지 않았다. 판매하는 아가씨도 적극적으로 무엇을 팔려고 하는 타입이 아니었다. 그래서 유키의 초콜릿을 먹었는데 초콜릿을 먹은 것은 거의 일 년 만이었다. 내가 그렇게 말하자 유키는 "음" 하고 말했다.

"초콜릿을 좋아하지 않아?"

"흥미를 가질 수 없어"라고 나는 말했다. "좋아하지도 싫어하지도 않아. 단지 흥미를 가질 수가 없어."

"이상한 사람" 하고 유키는 말했다. "초콜릿에 흥미를 가질 수 없다니, 정신에 이상이 있어."

"전혀 이상하지 않아. 그런 경우가 있다고. 너는 달라이 라마를 좋아하니?"

"뭐야, 그건?"

"티베트의 가장 훌륭한 승려야."

"몰라, 그런 건."

"그럼 넌 파나마 운하를 좋아해?"

"좋아하지도 싫어하지도 않아."

"아니면 넌 날짜 변경선을 좋아해, 싫어해? 원주율은 어때? 독점 금지법은 좋아해? 쥐라기는 좋아해, 싫어해? 세네갈의 국가 國歌는 어때? 1987년의 11월 8일은 좋아해, 싫어해?"

"그만해, 이제. 정말 바보 같아. 잇따라 잘도 생각해 내잖아" 하고 유키는 지긋지긋하다는 듯이 말했다. "알았어, 잘. 아저씨는 초콜릿을 싫어하지도 좋아하지도 않고, 단지 흥미를 가질 수 없을 뿐이다, 이 말이지. 알았어."

"알아주면 됐어"라고 나는 말했다.

이윽고 영화가 시작됐다. 나는 줄거리를 모두 알고 있었기 때문에, 영화 따위는 보지 않고 생각에 잠겨 있었다. 유키도 이 영화가 형편없다고 생각하는 듯했다. 이따금 한숨을 쉬거나 콧방귀를 끼는 것으로 보아 이를 알 수 있었다.

"바보 같아" 하고 그녀는 도저히 견딜 수가 없는지 작은 목소리로 속삭이듯이 말했다. "어떤 바보가 일부러 이따위 형편없는 영화를 만들었을까?"

"당연한 의문이야"라고 나는 말했다. "어떤 바보가 일부러 이따위 형편없는 영화를 만들었을까?"

스크린 위에서는 잘생긴 고탄다가 수업을 하고 있었다. 연기긴 하지만, 그의 가르치는 방식은 훌륭했다. 대합이 어떻게 호흡하는지에 대한 설명이었는데, 알기 쉽고 친절하며 유머로 가득 차 있었다. 나는 그의 수업을 감탄하며 바라보고 있었다. 주인공인 소녀도, 손으로 턱을 괴고 교단 위의 그를 가만히 응시하고 있었다. 몇 번이나 봤는데도, 그 장면을 주의해 바라보기는 이번이 처음이었다.

"저 사람이 아저씨 친구야?"

"그래"라고 나는 말했다.

"어쩐지 바보같이 보이는데"라고 유키는 말했다.

"확실히 그래" 하고 나는 말했다. "실물이 훨씬 단정해. 실물은 저렇게 형편없지 않아. 머리도 좋고 재미있는 남자야. 영화가 엉터리야."

"엉터리 영화에는 나오지 않는 게 좋을 텐데."

"맞아. 하지만 거기엔 여러 가지 복잡한 사정이 있어. 이야기하려면 길어져서 이야기하지 않겠지만 말이야."

영화는 너무 뻔하다 싶을 만큼 진부한 줄거리로 평범하게 진행되어 갔다. 대사도 진부할 뿐만 아니라 음악도 진부했다. 타임 캡슐에 넣어서 '진부'라는 딱지를 붙여 땅에 묻어 버리고 싶을 정도의 영화였다.

이윽고 키키가 나오는 그 장면에 이르렀다. 이 영화 속에서는 상당히 중요한 포인트다. 고탄다가 키키와 자고 있다. 일요일 아침의 장면이다.

나는 숨을 깊이 들이마시고 스크린에 의식을 집중시켰다. 블라인드로부터 비쳐 드는 아침 햇살. 거기에 있는 건 언제나 똑같은 빛이다. 똑같은 색깔, 똑같은 각도, 똑같은 밝기. 나는 그 방의 모든 것에 정통해 있다. 그 방의 공기를 들이마실 수도 있다. 그리고 고탄다가 보인다. 그의 손이 키키의 등을 어루만지고 있다. 아주 우아하게, 마치 기억 속의 섬세한 도랑을 더듬어 가듯이 키키의 등을 어루만지고 있다. 키키의 몸이 민감하게 그에 반응한다. 그녀의 몸이 희미하게 떨린다. 피부에는 느껴지지 않을 만큼 미묘한 공기의 흐름에 촛불이 희미하게 흔들리는 것처럼. 그 떨림에 나는 숨이 막힐 것 같다. 고탄다의 손가락과 키키의 등이 클로즈업된다. 이윽고 카메라가 이동해 간다. 키키의 얼굴이 보인다. 주인공 소녀가 다가온다. 그녀는 아파트의 계단을 올라가 똑똑 노크한 다음 문을 연다. 왜 문이 잠겨 있지 않았을까, 하고 나는 새삼스레 이상하다고 생각한다. 하지만 할 수 없다. 이건 뭐라고 해도 영화인 것이다. 더욱이 진부한 영화인 것이다. 아무튼 그녀는 문을 열고 안으로 들어간다. 그리고 고탄다와 키키가 침대 위에서 껴안고 있는 걸 목격한다. 그녀는 눈을 감고 숨을 죽이며 쿠키인지 뭔지가 들어 있는 상자를 떨어뜨린 채 달아나 버린다. 고탄다가 침대 위에서 몸을 일으켜 멍하니 그것을 바라보고 있다. 키키가 "대체 무슨 일이야?"라고 말한다.

똑같다. 언제나 똑같다.

나는 눈을 감고, 그 일요일 아침의 햇빛과 고탄다의 손가락과 키키의 등을 한 번 더 머릿속으로 떠올렸다. 그것은 독립적으로 존재하는 하나의 세계인 것처럼 내게는 느껴졌다. 그런 세계가 가공의 시공간에 외로이 떠돌고 있는 것이다.

정신이 들었을 때, 유키는 앞으로 상반신을 구부린 채 이마를 앞좌석 등받이에 기대고 있었다. 양팔은 추위를 막으려는 것처럼 팔짱을 꼭 끼고 있었다. 그녀는 소리도 내지 않고 꿈쩍도 하지 않았다. 숨을 쉬고 있는 것 같지도 않았다. 마치 거기서 얼어붙어 죽어 버린 것처럼 보였다.

"저기, 괜찮아?"라고 나는 물었다.

"별로 괜찮지 않아" 하고 유키는 힘없는 목소리로 겨우 말했다.

"아무튼 밖으로 나가자. 어때, 움직일 수 있겠어?"

유키는 가까스로 고개를 끄덕였다. 나는 그녀의 딱딱하게 굳은 팔을 붙잡고 영화관을 나왔다. 객석의 통로를 걸어가는 우리의 뒤쪽 화면에서는, 고탄다가 교단에 서서 생물 수업을 하고 있었다. 밖에는 이슬비가 소리도 없이 내리고 있었다. 바다 쪽에서 바람이 불어오고 있는지, 바다 냄새가 희미하게 풍겼다. 나는 그녀의 팔꿈치를 잡고 몸을 부축하면서, 차를 세워 둔 장소까지 천천히 걸어갔다. 유키는 입술을 꼭 다물고, 아무 말도 하지 않았다. 나 역시 아무 말도 걸지 않았다. 영화관에서부터 차를 세워 둔 곳까지는 고작 이백 미터 남짓 됐지만, 무척이나 긴 거리처럼 느껴졌다. 이대로 영원히 걸어가야 하는가 하는 느낌이 들 정도였다.

38

나는 유키를 조수석에 앉히고, 창문을 열었다. 비는 조용히 계속 내리고 있었다. 선명하게 눈에 보이지 않을 정도로 가느다란 비였지만, 그 비는 아스팔트의 노면을 조금씩 연한 검은색으로 물들여 갔다. 비에 젖어 흙먼지 냄새도 났다. 우산을 펴 드는 사람도 있고, 개의치 않고 그대로 걸어가는 사람도 있었다. 그 정도의 비다. 별로 바람이 부는 것 같지도 않다. 그저 조용히 하늘에서 비가 내리고 있을 뿐이었다. 나는 시험 삼아 손바닥을 잠시 창밖으로 내밀어 봤지만, 약간 습기 찬 듯한 느낌이 들 뿐이었다.

유키는 창틀에 팔을 대고 그 위로 턱을 가져가 고개를 기울이는 듯한 자세로 얼굴의 절반을 밖으로 내밀고 있었다. 그런 모습을 한 채 오랫동안 움쩍도 하지 않았다. 호흡을 하며 등이 규칙적으로 움직일 뿐이었다. 그것은 아주 희미한 흔들림이었다. 하지만 아무튼 그것은 호흡이었다. 그런 뒷모습을 바라보고 있으려니까, 약간의 힘을 가하기만 해도 팔꿈치나 고개가 툭 부러져 버릴 듯한 느낌이 들었다. 왜 이토록 약하고 무방비한 상태로 보일까, 하고 나는 생각했다. 내가 어른이 됐기 때문일까? 나는 불완전하긴 해도 나름대로 세계를 살아갈 방법을 터득하고 있고, 이 아이는 그것을 아직 터득하지 못했기 때문일까?

"뭐든 내가 할 수 있는 게 있을까?"라고 나는 물어봤다.

"아무것도 안 해도 돼"라고 작은 목소리로 유키는 말하고, 엎드린 자세로 침을 삼켰다. 삼킬 때에 부자연스러울 만큼 큰 소리가 났다. "어디든 사람이 없고 조용한 데로 데려다줘. 별로 멀지 않은 곳으로."

"바다도 괜찮아?"

"어디든 좋아. 하지만 차를 천천히 몰아 줘. 너무 흔들리면 토해 버릴지도 모르니까."

나는 그녀의 머리를 깨지기 쉬운 달걀을 다루듯이 살며시 손으로 받쳐 차 안으로 들여놓고, 머리 받침대에 기대게 하고는 창문을 절반쯤 닫았다. 그리고 교통 사정이 허용하는 한 천천히 차를 운전해서, 고즈해안까지 달렸다. 해안에 차를 세우고 모래사장까지 데리고 가자, 그녀는 토하고 싶다고 말했다. 그리고 그 자리에서 토했다. 위 속에는 별다른 게 들어 있지는 않았다. 토할 만한 것도 별로 없었다. 물렁물렁한 갈색의 초콜릿 액체를 토해 버리자, 다음에는 위액이나 공기 따위밖에 나오지 않았다. 이런 식으로 토할 때가 가장 고통스럽다. 몸이 경련을 일으킬 뿐, 아무것도 나오지 않는다. 몸이 쥐어짜지는 듯한 느낌이 든다. 위가 주먹만 한 크기로 오므라드는 것처럼 느껴진다. 나는 그녀의 등을 살며시 문질렀다. 여전히 안개 같은 비가 계속 내리고 있었지만, 유키는 비가 내리는 것 같은 건 알아채지도 못하는 것 같았다. 나는 손가락으로 그녀의 위 뒤쪽 부근을 가벼이 눌러 봤다. 근육이 마치 돌멩이처럼 딱딱하게 굳어 있었다. 그녀는 면으로 된 여름 스웨터와 색이 바랜 블루진 차림에 컨버스의 붉은 농구화를 신은 채 모래사장에 두 손을 대고 엎드려 눈을 감고 있었다. 나는 그녀의 머리카락이 더럽혀지지 않도록 뒤쪽으로 돌려놓고, 등을 천천히 위아래로 계속 쓰다듬었다.

"괴로워"라고 유키는 말했다. 그녀의 눈에는 눈물이 그렁거리고 있었다.

"알고 있어"라고 나는 말했다. "잘 알고 있어."

"이상한 사람" 하고 그녀는 이마를 찌푸리면서 말했다.

"나도 예전에 그런 식으로 토한 적이 있거든. 아주 괴로웠어. 그래서 잘 알고 있어. 하지만 이제 곧 가라앉아. 조금 더 견디면 끝나."

그녀는 고개를 끄덕였다. 그리고 또 몸의 경련을 일으켰다.

십여 분 만에 경련은 멎었다. 나는 그녀의 입 언저리를 손수건으로 닦아 주고, 발로 모래를 모아 토사물을 덮었다. 그리고 팔꿈치를 잡고 그녀의 몸을 부축해서, 서로 기대어 앉을 수 있는 제방 쪽으로 데리고 갔다.

나와 유키는 비를 맞으면서 그대로 죽 거기에 앉아 있었다.

세쇼 우회로를 달리는 자동차 타이어 소리에 귀를 기울이며, 바다 위로 떨어지는 비를 바라보고 있었다. 이슬비긴 해도 내리기 시작할 무렵보다는 그 기세가 약간 거세어져 있었다. 해안에는 두세 명의 낚시꾼이 서 있었는데, 그들은 우리에게는 전혀 주의를 기울이지 않았다. 뒤를 돌아다보지도 않았다. 그들은 회색 레인해트를 쓰고, 레인코트를 몸에 단단히 걸치고는, 커다란 낚싯대를 깃대처럼 물가에 세우고 가만히 앞바다를 응시하고 있었다. 그들 말고 사람의 모습은 보이지 않았다. 유키는 머리를 내 어깨에 푹 기대고 있었다. 아무 말도 하지 않았다. 모르는 사람이 멀리서 바라봤다면, 틀림없이 우리가 사이 좋은 연인인 줄 알았을 것이다.

유키는 눈을 감고, 여전히 조용히 호흡하고 있었다. 마치 잠들어 있는 것처럼 보였다. 물기를 머금은 앞 머리카락 하나가 이마에 달라붙어 있고, 호흡을 할 때마다 비강이 희미하게 떨렸다. 얼굴에는 한 달 전에 햇볕에 그을린 자취가 희미한 기억처럼 남아 있었지만, 잔뜩 찌푸린 하늘 아래서는 그것이 어쩐지 건강하지 못한 색을 띠고 있는 것처럼 보였다. 나는 손수건으로 비에 젖은 그녀의 얼굴을 닦고, 눈물 자국을 지워 줬다. 가로막는 것 하나 없는 바다 위로 비는 소리도 없이 계속 내리고 있었다. 잠자리의 애벌레 같은 모양을 한 자위대의 대잠초계기잠수함을 탐지하거나 공격하기 위한, 지상 발진 고정익 항공기가 둔한 소리를 내면서 몇 번이고 머리 위를 지나쳐 갔다.

이윽고 그녀는 눈을 들어, 내 어깨에 머리를 기댄 채로 힘없는 시선을 내게 돌렸다. 그리고 바지 주머니에서 버지니아 슬림을 꺼내어, 성냥을 그었다. 좀처럼 불이 켜지지 않았다. 성냥을 그을 힘이 없는 것이다. 하지만 나는 내버려 두었다. '지금 담배를 피우면 좋지 않다'고 말하지도 않았다. 그녀는 가까스로 담배에 불을 붙이고는, 성냥개비를 손가락으로 튕겨내 버렸다. 그리고 두 모금 빨고 이마를 찌푸리고는, 담배도 마찬가지로 손가락으로 튕겨내 버렸다. 담배는 콘크리트 위에서 잠시 타들어 가다가 이윽고 비에 젖어 꺼졌다.

"위는 아직도 아프니?"라고 나는 물었다.

"아직 조금"하고 그녀는 대답했다.

"그럼 좀 더 여기에 가만히 있자. 춥지는 않아?"

"괜찮아. 비에 젖는 편이 더 기분이 좋아."

낚시꾼들은 여전히 태평양을 계속 응시하고 있었다. 낚시의 대체 어떤 점이 재미있는 걸까, 하고 나는 생각했다. 고작 물고기를 낚는 일뿐이잖은가? 왜 그 정도 일 때문에 비 내리는 날에 온종일 물가에 서서 바다를 노려보고 있지 않으면 안 되는 것일까? 하지만 그건 좋고 싫음의 문제일 뿐이다. 신경증적인 열세 살짜리 소녀와 해안에 나란히 앉아 비에 젖고 있는 것도, 내가 좋아서라고 말하면 그뿐이다.

"저, 아저씨의 친구 말이야—"하고 유키는 작은 목소리로 말했다. 묘하게 딱딱하게 굳은 목소리였다.

"친구?"

"응, 아까 그 영화에 나왔던 사람."

"본명은 고탄다라고 해"라고 나는 말했다. "야마노테센의 역 이름과 똑같아. 메구로 다음, 오자키 바로 앞에 있는 역 말이야."

"그 사람이 그 여자를 죽였어."

나는 눈을 가늘게 뜨고 유키의 얼굴을 바라봤다. 그녀는 몹시 피곤한 얼굴을 하고 있었다. 숨소리가 고르지 못하고 어깨가 불규칙하게 오르내리고 있었다. 마치 물에 빠졌다 막 구출된 사람처럼 보였다. 그녀가 무슨 말을 하고 있는지, 나로선 통 가늠이 되지 않았다. "죽였어? 누구를?"

"그 여자. 일요일 아침에 그와 함께 자고 있던 사람 말이야."

나는 그래도 아직 무슨 뜻인지 알 수 없었다. 내 머리는 걷잡을 수 없이 혼란스러워졌다. 상황의 어딘가에 다른 힘이 가해지고 있었다. 그 탓에 본래의 흐름이 손상됐다. 그러나 그 다른 힘이 어디서 어떻게 다가왔는지를 파악할 수 없었다. 나는 절반쯤 무의식적으로 미소 지었다. "그 영화에선 아무도 죽지 않아. 뭔가 착각하고 있구나."

"영화 얘기가 아니야. 실제로 이 세계에서, 정말로 죽인 거야. 난 분명히 알 수 있어." 유키는 이렇게 말하고 내 팔을 꼭 잡았다. "무서웠어. 위 속에 뭔가 무거운 게 꾹 처넣어진 것 같았어. 숨을 쉴 수 없을 만큼 괴로웠어. 무서워서 숨을 쉴 수가 없어. 바로 그게 나타난 거야. 알 수 있어, 분명히. 아저씨 친구가 그 여자를 죽였어. 거짓말이 아니야, 정말이야."

그녀가 무슨 말을 하고 있는지를 나는 가까스로 이해할 수 있었다. 순간적으로 등줄기가 얼어붙은 것처럼 굳었다. 더 이상 말을 할 수 없었다. 나는 이슬비를 맞으며 몸이 굳은 채로 가만히 유키의 얼굴을 바라보고 있었다. 대체 어떻게 해야 할 것인가, 하고 나는 생각했다. 모든 게 치명적으로 찌그러지고 일그러져 있었다. 모든 게 내 힘으로 감당할 수 없게 되어 버렸다.

"미안해. 해서는 안 될 말을 했는지도 몰라"라고 유키는 말했다. 그리고 깊은 한숨을 쉬고는, 내 팔을 꼭 잡고 있던 손을 떼었다. "솔직히 말해, 난 알 수 없어. 그걸 사실이라고 느끼지만, 그게 정말로 사실이라는 확신을 가질 수는 없어. 게다가 그런 말을 하면, 아저씨도 다른 사람들과 마찬가지로 나를 미워하거나 싫어하게 될지도 몰라. 하지만 말하지 않을 수 없었어. 그게 사실이든 아니든 간에, 내게는 그게 분명히 보이고, 내 속에 그걸 가두어 둘 수는 없었으니까. 두려워, 굉장히. 혼자서 그걸 떠안을 수가 없어. 그러니까 제발 나한테 화내지 마. 너무 책망하면 나는 엉망이 되어 버릴 거야."

"아니야, 책망하지 않을 테니까 마음을 가라앉히고 이야기해 봐"하고 나는 유키의 손을 살며시 잡고 말했다. "네게는 그게 보여?"

"그래, 분명히 그게 보여. 이런 일은 처음이야. 그 사람이 죽였어. 영화 속의 그 여자를 목 졸라 죽였어. 그리고 그 차로 사체를 운반했어. 아주 먼 곳으로. 그 차, 아저씨가 전에 나를 태워 준 이탈리아 차 말이야. 그게 그 사람의 차지?"

"그래. 그의 차야"라고 나는 말했다. "그 밖에 무엇을 알 수 있지? 천천히 마음을 가라앉히고 생각해 봐. 아무리 사소한 일이라도 좋아. 알 수 있는 일이 있으면 가르쳐 주지 않겠어?"

그녀는 내 어깨에 기대고 있던 머리를 들고는 두세 번 시험하듯이 좌우로 흔들었다. 그리고 숨을 깊이 들이마셨다. "그 밖의 일은 잘 알 수 없어. 흙냄새, 삽, 밤, 새소리. 그 정도야. 그 여자를 목 졸라 죽이고, 그 차로 어디론가 운반해서 땅에 묻었어. 그뿐이야. 하지만 말이야, 이상한 얘기지만 악의가 전혀 느껴지지 않아. 범죄 같은 느낌이 들지 않아. 마치 의식 같아. 아주 조용해. 죽이는 쪽이나 죽임을 당하는 쪽 모두가 무척 조용해. 이상한 조용함. 나로선 잘 표현할 수가 없어. 세계의 끝에 있는 것처럼 조용해."

나는 오랫동안 눈을 감고 있었다. 그 고요한 어둠 속에서 생각을 정리하려 했지만 안 됐다. 어떻게든 참고 견디며 거기에 머물러 있으려 했지만, 그것도 안 됐다. 머릿속에 기록된 온 세계의 일들이 순간적으로 흐트러져 버린 듯한 느낌이 들었다. 모든 게 산산조각이 나 흐트러져 버렸다. 나는 유키가 한 말을 그저 단순히 받아들였다. 그대로 믿은 것도 아니고, 믿지 않은 것도 아니다. 그저 마음속에 그녀의 말을 자연스레 스며들게 했을 뿐이었다. 그건 어디까지나 가능성에 지나지 않았다. 그러나 그 가능성이 포함하고 있는 힘은 압도적이며 치명적이었다. 그저 그녀가 입에 올린 그 가능성이, 지난 몇 개월 동안에 내 속에 막연히 형성되어 있던 어떤 종류의 체제를 분쇄해 버렸다. 그 체제는 막연하고 잠정적이며, 엄밀히 말하면 실증성이 결여되어 있긴 해도, 그 나름대로 확고한 존재감과 균형을 갖추어 가고 있었다. 하지만 그 존재감이나 균형도 지금은 흔적도 없이 사라져 버렸다.

가능성이 있다, 하고 나는 생각했다. 그리고 그렇게 생각한 순간에 무엇인가가 끝난 듯한 느낌이 들었다. 아주 미묘하게, 그리고 결정적으로 그 무엇인가는 끝나 버렸다. 그 무엇인가는 대체 무엇인가? 하지만 아무것도 생각하고 싶지 않았다. 나중에 생각하자고 나는 생각했다. 하지만 어쨌든 나는 또 고독해졌다. 비 내리는 모래사장에 열세 살짜리 소녀와 둘이서 나란히 앉아 있는 나는, 견딜 수 없을 만큼 고독했다.

유키가 살며시 내 손을 잡았다.

꽤 오랫동안 그녀는 내 손을 잡고 있어 줬다. 작고 따스한 손이었지만, 어쩐지 현실의 것으로는 여겨지지 않았다. 그 따스하고 작은 감촉은 과거 기억의 재현에 지나지 않는 것처럼 느껴졌다. 기억이다, 하고 나는 생각했다. 따스하다. 하지만 그것은 아무것도 구제할 수 없는 것이다.

"돌아가자"라고 나는 말했다. "집까지 데려다줄게."

나는 그녀를 하코네의 집으로 데려다줬다. 나와 그녀는 줄곧 입을 열지 않았다. 침묵을 견딜 수가 없어, 눈에 띄는 테이프를 카스테레오에 넣고 틀었다. 음악이 흘러나왔지만, 그게 무슨 음악인지 통 알 수 없었다. 나는 운전에 의식을 집중시켰다. 손과 발의 움직임을 정확히 파악하면서 치밀하게 기어를 바꾸고, 주의 깊게 핸들을 움직였다. 와이퍼가 쓱, 쓱 하고 단조로운 소리를 냈다.

나는 아메를 만나고 싶지 않아서, 집의 계단 아래서 유키와 헤어졌다.

"저기"라고 유키는 말했다. 그녀는 운전석의 창밖에서 추운 듯이 팔짱을 꼭 끼고 서 있었다. "내가 한 말을 그대로 덮어놓고 받아들이지 마. 내게는 단지 그게 보였을 뿐이야. 아까도 말한 것처럼 무엇이 확실한지 나는 전혀 알 수 없어. 저, 그것 때문에 나를 미워하진 말아 줘. 아저씨한테 미움을 받으면 난 어떻게 해야 할지 모르겠어."

"미워하지 않아"라고 나는 미소 지으며 말했다. "네 말을 덮어놓고 받아들이지도 않아. 어쨌든 언젠가는 사실이 드러나게 마련이야. 안개가 걷히듯이 그것은 드러난다고. 나는 그걸 알 수 있어. 네가 한 말이 진실이라 하더라도, 우연히 너를 통해 그 진실이 모습을 드러냈을 뿐이야. 네 탓이 아냐. 네 탓이 아니란 걸 잘 알고 있어. 아무튼 나는 스스로 그것을 확인해 보겠어. 그러지 않고는 아무것도 매듭이 지어지지 않으니까."

"그 사람을 만날 거야?"

"물론 만날 거야. 그리고 직접 물어보겠어. 그 길밖에 없어."

유키는 어깨를 움츠렸다. "내게 화를 내고 있는 거 아니야?"

"화를 내고 있지는 않아, 물론" 하고 나는 말했다. "네게 화를 낼 까닭이 없잖아. 너는 아무런 잘못도 저지르지 않았어."

"아저씬 굉장히 좋은 사람이었어"라고 그녀는 말했다. 왜 과
거형으로 말할까, 하고 나는 생각했다. "아저씨 같은 사람을 만난
건 처음이야."

"나도 너 같은 아이를 만난 건 처음이야."

"안녕" 하고 유키는 말했다. 그리고 나를 가만히 바라봤다.
그녀는 왠지 머뭇거리고 있었다. 뭐라고 덧붙여 말하거나, 내 손
을 잡거나, 또는 볼에 키스를 하고 싶어 하는 것처럼 보였다. 하지
만 물론 그런 일을 하지는 않았다.

돌아오는 차 속에는 그녀의 그런 머뭇거림의 가능성이 감돌
고 있었다. 나는 알아 듣지도 못하는 음악을 듣고, 전방에 신경을
기울이면서 차를 운전해서, 도쿄로 돌아왔다. 도메이 고속도로
를 벗어날 무렵에 비가 멎었다. 하지만 나는 언제나처럼 시부야
의 주차장에 차를 세울 때까지, 와이퍼를 정지시키는 일을 잊고
있었다. 비가 멎은 건 알아챘지만, 와이퍼를 정지시키는 일에는
생각이 미치지 못했던 것이다. 머리가 혼란스러웠다. 무슨 수를
써야 한다. 나는 주차한 스바루 속에서 핸들을 잡은 채 오랫동안
멍하니 앉아 있었다. 핸들로부터 손을 떼는 데 꽤 오랜 시간이 걸
렸다.

39

마음을 정리하는 데는 더 오랜 시간이 걸렸다.

우선 먼저 유키가 한 말을 믿느냐 믿지 않느냐가 문제였다. 나는 그것을 순수한 가능성의 문제로서 분석해 봤다. 생각이 미치는 한도의 범위로부터, 감정적인 요소를 철저히 배제했다. 그건 그다지 어려운 작업이 아니었다. 내 감정은 처음부터 벌에 쏘인 것처럼 멍하니 마비되어 있었기 때문이다. 가능성은 있다, 라고 나는 생각했다. 그리고 시간이 경과함에 따라 그 가능성은 내 속에서 자꾸 부풀어 오르고 증식해서 어떤 확실성을 띠어 갔다. 그 흐름에는 거역할 수 없을 만큼 확고한 힘이 있었다. 나는 부엌에 서서 물을 끓이고, 원두를 갈고, 오랫동안 꼼꼼하게 커피를 내렸다. 찬장에서 컵을 꺼내 커피를 따르고, 침대에 걸터앉아 커피를 마셨다. 그리고 커피를 다 마실 무렵에는, 가능성이 거의 확신에 가까운 것으로 변해 있었다. 아마 그 말 그대로겠지, 하고 나는 생각했다. 유키는 정확한 이미지를 본 것이다. 고탄다가 키키를 죽이고 어딘가로 사체를 운반해서 땅에 묻은 것이 확실한 것이다.

이상하다, 하고 나는 생각했다. 거기에는 아무런 확증도 없다. 단지 감수성이 예민한 열세 살짜리 소녀가 영화를 보고 그렇게 느꼈을 뿐이다. 하지만 어찌 된 셈인지, 나는 그녀의 말에 의심을 품을 수 없었다. 물론 쇼크는 받았다. 하지만 유키가 본 이미지를 거의 직관적으로 받아들였다. 어째서일까? 왜 그렇게 확신을 가질 수 있는가? 알 수 없다.

하지만 알 수 없는 대로 어쨌든 나는 거기서부터 이야기를 전개시켜 나가기로 했다.

이야기를 전개시켜 나간다. 다음 문제. 어째서 고탄다는 키키를 죽이지 않으면 안 됐을까?

알 수 없다. 다음 문제. 메이를 죽인 것도 그일까? 만일 그렇다면, 그것은 왜일까? 왜 고탄다가 메이를 죽이지 않으면 안 됐는가?

역시 알 수 없다. 아무리 생각해 봐도, 고탄다가 키키를, 혹은 키키와 메이 두 사람을 죽이지 않으면 안 될 이유를 생각해 낼 수 없었다. 한 가지도 생각해 낼 수 없었다.

알 수 없는 일이 너무 많았다.

결국 유키에게도 말한 것처럼 내가 고탄다를 만나 직접 물어보는 수밖에 없는 것이다. 하지만 대체 어떤 식으로 말을 꺼내야 할까? 나는 그를 향해 '네가 키키를 죽였어?' 하고 질문하는 정경을 상상해 봤다. 그건 아무래도 어처구니없는 짓이고, 아무리 생각해도 기괴한 일이었다. 그리고 추잡하다. 그런 말을 입에 올리는 나 자신을 상상하기만 해도, 구역질이 날 만큼 추잡하게 느껴졌다. 거기에는 분명히 뭔가 잘못된 요소가 포함되어 있었다. 하지만 그 과정을 거치지 않으면, 앞으로 나아갈 수 없다. 적당히 사실을 덮어놓은 채 사태의 추이만 살펴보기에는 이미 늦은 것이다. 지금의 나는 선택할 만한 입장에 놓여 있지 않다. 괴기스럽든 잘못된 요소가 포함되어 있든 간에, 그 과정을 거치지 않으면 안 된다. 해야 할 일은 분명하게 하고 넘어가야 하는 것이다. 나는 몇 번이고 고탄다에게 전화를 걸어 보려 했다. 하지만 불가능했다. 나는 침대에 걸터앉아 심호흡을 하고 전화기를 무릎 위에 올려놓고 다이얼을 천천히 돌렸다. 그러나 언제나 마지막까지 그 번호를 다 돌릴 수는 없었다. 나는 단념하고 수화기를 내려놓고는, 그대로 침대에 드러누워 천장을 바라봤다. 고탄다의 존재는 내가 생각하고 있던 것보다 훨씬 큰 의미를 지니고 있었던 것이다. 그렇다, 나와 그는 친구였다. 그가 만일 키키를 죽였다 하더라도, 그는 내 친구인 것이다. 그리고 나는 그를 잃고 싶지 않다. 나는 이미 너무 많은 것을 상실해 왔다. 안 된다. 아무래도 전화를 걸 수 없다.

나는 자동응답기의 스위치를 켜고, 전화벨이 울려도 절대로 수화기를 집어 들지 않았다. 만일 고탄다에게 전화가 걸려 와도, 지금 상태로는 그에게 뭐라고 말해야 할지 알 수 없었기 때문이다. 하루에 몇 번씩 전화벨은 울렸다. 누가 건 전화인지는 알 수 없었다. 유키인지도 몰랐다. 유미요시인지도 몰랐다. 하지만 어쨌든 나는 그 벨 소리에 응답하지 않았다. 그게 누구에게 걸려 온 것이든 간에, 지금의 나로서는 누구와도 이야기를 하고 싶지 않았다. 모두 일곱 번이나 여덟 번쯤 벨이 울리고는 끊어졌다. 나는 전화벨이 울릴 때마다 전화국에 근무하고 있던 여자 친구를 떠올렸다. "달나라로 돌아가, 당신" 하고 그녀는 내게 말했었다. 그래, 네 말이 옳아, 하고 나는 생각했다. 나는 확실히 달나라로 돌아가는 편이 나을지도 모른다. 이곳의 공기가 내게는 너무 진하다. 이곳의 중력이 내게는 너무 무겁다.

사오일쯤 나는 가만히 생각에 잠겨 있었다. 무슨 이유일까, 하고. 나는 그동안 아주 조금만 음식을 먹고, 아주 조금만 잠을 자고, 술은 한 방울도 마시지 않았다. 몸의 기능을 제대로 파악할 수 없다는 느낌이 들어 밖에도 거의 나가지 않았다. 여러 가지가 사라져 간다고 나는 생각했다. 계속 잃어 가고 있다. 언제나 혼자만 외톨이로 남게 된다. 이런 식으로, 언제나 이런 식으로. 나나 고탄다도 어떤 의미에서는 같은 종류의 인간이다. 상황은 다르다. 생각하거나 느끼는 방식도 다르다. 하지만 우리는 같은 종류의 인간이다. 그리고 우리는 지금 서로를 상실하려 하고 있다.

나는 키키를 생각했다. 키키의 얼굴을 떠올렸다. "대체 무슨 일이야?" 하고 그녀는 말했다. 그녀는 죽어 땅속에 묻혔다. 죽은 정어리와 마찬가지로. 결국 키키는 당연히 죽어야 했기에 죽어 버렸다는 느낌이 들었다. 참으로 믿기 힘들지만 내게는 그렇게밖에 느껴지지 않았다. 내가 느낀 것은 체념이었다. 광대한 해수면에 쏟아지듯 내리는 비처럼 조용한 체념이었다. 나는 슬픔조차도 느끼지 않았다. 영혼의 표면에 살짝 손가락을 대고 주르륵 훑는 듯한 기묘한 감촉이 있었다. 모든 것은 소리도 없이 지나가 버리는 것이다. 모래 위에 그려진 표시를 바람이 날려 버리듯이. 어느 누구도 막을 수 없는 일이다.

하지만 이리하여, 또 사체가 한 구 늘어났다. 쥐, 메이, 딕 노스, 그리고 키키. 이로써 넷이다. 나머지는 둘. 더 이상 누가 죽는단 말인가? 하지만 어차피 언젠가는 모두들 죽는다고 나는 생각했다. 조만간. 그리고 백골이 되어 그 방으로 운반되는 것이다. 여러 종류의 기묘한 방들이 내 세계와 결부되어 있었다. 호놀룰루 다운타운의 그 사체를 모아 둔 방. 삿포로 호텔의 어둡고 차가운 양 사나이의 방. 그리고 고탄다가 키키를 껴안고 있던 그 일요일 아침의 방. 대체 어디까지가 현실일까, 하고 나는 생각했다. 나는 머리가 돌아 버린 걸까? 나는 제정신인 걸까, 하고. 모든 사건이 비현실의 방에서 일어나고, 그것이 철저히 데포르메되어 현실 속으로 운반되어 온 것처럼 느껴졌다. 대체 무엇이 진짜 현실일까? 생각하면 생각할수록 진실이 내게서 멀어져 가는 것처럼 느껴졌다. 눈이 펑펑 쏟아졌던 그 3월의 삿포로는 현실이었을까? 비현실적인 것으로 느껴졌다. 딕 노스와 둘이서 마카하의 해안에 앉아 있던 일은 현실이었을까? 그것도 비현실적인 일로 느껴졌다.

그와 유사한 일이 있었다는 생각이 들었지만, 그것이 오리지널인 현실은 아닌 듯한 느낌이 들었다. 아니라면 외팔이 사나이가 어떻게 그토록 멋지게 빵을 자를 수 있단 말인가? 왜 호놀룰루의 콜걸이, 키키가 안내한 죽음의 방의 전화번호를 내게 적어 두고 간단 말인가? 아니라면 그것은 현실이어야 했다. 왜냐하면 그것이 내가 기억하고 있는 현실이기 때문이다. 그것을 현실로 인정하지 않게 되면, 나의 세계 인식 자체가 뒤흔들려 버린다.

내 정신은 광기를 띠고, 병들어 있는 것일까?

아니면 현실이 광기를 띠고, 병들어 있는 것일까?

알 수 없다. 알 수 없는 일들이 너무나 많다.

하지만 어쨌든, 어느 쪽이 광기를 띠고 어느 쪽이 병들어 있든 간에, 나는 이 엉거주춤한 채로 방치된 혼란을 제대로 정리해야 했다. 거기에 포함되어 있는 것이 슬픔이든 노여움이든 간에, 나는 어쨌든 거기에 종지부를 찍지 않으면 안 되는 것이다. 그것이 내 역할이다. 그 모든 것들이 지금까지 내게 시사해 온 일이었다. 그 때문에 나는 여러 사람들을 만나고, 이 기묘한 장소에까지 운반되어 온 것이다.

자, 하고 나는 생각했다. 한 번 더 댄스 스텝을 밟는 것이다. 모든 사람들이 감탄할 만큼 춤을 추지 않으면 안 된다. 스텝, 그것이 유일한 현실이다. 그것은 분명히 정해져 있는 일이다. 생각할 것까지도 없다. 그것은 내 머릿속에 천 퍼센트의 현실로서 새겨져 있다. 춤을 추는 것이다. 아주 능숙하게. 고탄다에게 전화를 걸어, 이렇게 묻는 것이다. "이봐, 네가 키키를 죽였어?"라고.

하지만 불가능했다. 손이 움직이지 않았다. 전화기 앞에 앉기만 해도, 내 마음은 어쩔 수 없이 떨리며 혼란에 빠졌다. 옆으로 불어닥치는 강한 바람을 맞았을 때처럼 몸이 흔들리고, 숨을 쉬기가 어려워졌다. 나는 고탄다를 좋아했던 것이다. 그는 나의 유일한 친구고, 그리고 나 자신이었다. 고탄다는 나라는 존재의 일부였다. 나는 그를 이해할 수 있었다. 나는 몇 번이고 다이얼을 잘못 돌렸다. 몇 번을 시도해 봐도, 정확한 숫자의 배열대로 돌릴 수가 없었다. 그리고 다섯 번인가 여섯 번째에 나는 수화기를 바닥에 내던졌다. 안 된다, 나로선 할 수 없다. 아무래도 스텝을 잘 밟을 수가 없다.

집 안의 고요가 내 마음을 견딜 수 없게 만들었다. 전화벨 소리를 듣기도 싫었다. 나는 밖으로 나가 거리를 쏘다녔다. 마치 회복기의 환자처럼 발을 움직이는 방식이나 도로를 횡단하는 방식 따위를 하나하나 확인하면서. 그리고 붐비는 사람들 속에 섞여 걸어가거나, 공원에 앉아 사람들의 모습을 바라보곤 했다. 견딜 수 없을 만큼 고독했다. 무언가를 꽉 붙잡고 싶었다. 그러나 주위를 둘러봐도, 붙잡을 만한 것이라곤 하나도 없었다. 너무도 미끄러워 잡을 데가 없는 얼음의 미궁 속에 나는 있었다. 어둠은 희고, 소리는 공허하게 울렸다. 나는 울고 싶었다. 하지만 울 수조차 없었다. 그렇다. 고탄다는 나 자신인 것이다. 그리고 나는 나 자신의 일부를 잃어버리려 하고 있었다.

결국 나는 고탄다에게 전화를 걸 수 없었다.

전화를 걸기 전에, 고탄다가 먼저 내 아파트로 찾아왔다.

그날도 역시 비가 내리는 밤이었다. 고탄다는 둘이서 요코하마에 갔던 때와 마찬가지로 흰 레인코트를 입고, 안경을 끼고, 코트와 같은 색깔의 모자를 쓰고 있었다. 비가 꽤 세차게 내리고 있었지만 우산은 들고 있지 않았다. 모자에서 물방울이 뚝뚝 떨어지고 있었다. 그는 내 얼굴을 바라보자 생긋 미소 지었다. 나도 반사적으로 미소 지었다.

"얼굴이 영 엉망이네" 하고 그는 말했다. "전화를 걸어도 받지 않아 직접 와본 거야. 몸이 안 좋았어?"

"별로 좋지는 않았어" 하고 나는 천천히 말을 골라 대답했다.

그는 눈을 가늘게 뜨고 잠시 내 얼굴을 살폈다. "그럼 다음에 올까? 어쩐지 그 편이 나을 것 같은데. 아무튼 이런 식으로 직접 찾아오는 게 아니었어. 네가 괜찮아지면 또 보자."

나는 고개를 저었다. 그리고 숨을 들이마시며 말을 찾았다. 말이 좀처럼 나오지 않았지만, 고탄다는 가만히 기다려 줬다. "아니, 몸이 특별히 나쁜 건 아니야"라고 나는 말했다. "잠을 별로 못 자고, 식사를 제대로 하지 못해 피로한 것처럼 보일 뿐이야. 이제 아무렇지도 않고, 네게 할 이야기도 있어. 밖으로 나가자. 오랜만에 제대로 된 식사를 하고 싶어."

나는 그와 마세라티를 타고 거리로 나갔다. 마세라티는 나를 긴장시켰다. 비에 젖은 가지각색의 네온 속을, 그는 한참 동안 목표도 없이 차를 몰았다. 고탄다의 기어 변환은 부드럽고 정확했다. 차가 전혀 흔들리지 않았다. 가속이 부드럽고, 브레이크는 조용했다. 거리의 소음이 깎아지른 듯한 골짜기처럼 우리 주위에 치솟아 오르고 있었다.

"어디가 좋을까. 롤렉스를 찬 업계 사람들을 만날 우려가 없고, 둘이서 조용히 이야기할 수 있고, 제대로 식사를 할 수 있는 곳" 하고 그는 말하고, 나를 힐끗 쳐다봤다. 하지만 나는 아무 말도 하지 않고, 멍하니 바깥 경치를 내다보고 있었다. 삼십 분쯤 거리를 빙글빙글 돌다가 그는 단념했다.

"맙소사, 어찌 된 셈인지 전혀 생각이 나지 않는걸" 하고 고탄다는 한숨을 쉬며 말했다. "너는 어때? 어디 알고 있는 데 있어?"

"아니, 나도 통 생각이 나지 않는데"라고 나는 말했다. 정말로 통 생각이 나지 않았다. 머리가 아직 현실과 잘 연결되지 않은 것이다.

"오케이, 그럼 반대로 생각해 볼까" 하고 고탄다는 쩌렁쩌렁하고 밝은 목소리로 말했다.

"반대로 생각해?"

"철저히 시끄러운 데로 가자고. 그러면 도리어 단둘이서 마음을 가라앉혀 이야기할 수 있지 않을까?"

"나쁘지 않지만 이를테면 어디?"

"샤키즈 피자" 하고 고탄다는 말했다. "피자라도 먹을까?"

"나는 어디든 상관없어. 피자를 싫어하지도 않아. 하지만 그런 뷔페 같은 데 가면 모두들 네 얼굴을 알아보지 않을까?"

고탄다는 힘없이 미소 지었다. 나뭇잎 사이로 비쳐 드는 여름날 해 질 녘의 마지막 햇빛과도 같은 미소였다. "너는 지금까지 샤키즈에서 유명 인사를 본 적이 있어?"

주말이어서 샤키즈는 사람들로 붐비고 시끄러웠다. 똑같은 줄무늬 셔츠를 입은 딕시랜드 재즈밴드가 밴드 스탠드에서 「타이거 러그Tiger Rug」를 연주하고, 맥주를 너무 마신 듯한 학생 단체가 이에 질세라 고래고래 소리를 지르고 있었다. 어두컴컴하고, 아무도 우리에게는 주의를 기울이지 않았다. 피자를 굽는 향기로운 냄새가 가게 안에 감돌고 있었다. 우리는 피자를 주문하고, 생맥주를 사가지고 제일 안쪽의, 화려한 티파니 램프가 드리워진 테이블에 앉았다.

"이것 봐, 내 말대로지? 홀가분하고 도리어 마음이 안정이 돼"라고 고탄다가 말했다.

"그렇네"하고 나는 인정했다. 확실히 이야기하기가 쉬울 듯했다.

우리는 맥주를 몇 잔 마시고, 잘 구워진 뜨거운 피자를 먹었다. 나는 오랜만에 시장기를 느꼈다. 피자를 먹고 싶어 한 적이 별로 없는데, 한 입 먹어 보니 세상에 이보다 더 맛있는 것은 없을 듯한 느낌이 들었다. 아마 굉장히 배가 고팠었나 보다. 고탄다도 배가 고팠던 모양이어서, 우리는 아무 생각도 하지 않고 묵묵히 맥주를 마시고 피자를 먹었다. 피자가 다 없어지자, 맥주를 한 잔씩 더 마셨다.

"맛있네" 하고 그는 말했다. "사흘 전부터 쭉 피자가 먹고 싶었어. 피자 꿈까지 꿨어. 오븐 속에서 말이야, 지글지글 소리를 내며 피자가 구워지고 있는 거야. 꿈속에서 나는 그저 가만히 그것을 바라보고 있을 뿐인 꿈. 처음도 없고 끝도 없어. 융 같으면 어떻게 해석할까? 나 같으면 '나는 피자가 먹고 싶다'는 뜻으로 해석하겠는데. 그런데 내게 할 이야기가 뭐야?"

자, 지금이다, 하고 나는 생각했다. 하지만 어떻게 꺼내야 할지 알 수 없었다. 고탄다는 긴장을 풀고, 밤을 즐기고 있는 것처럼 보였다. 나는 그가 해맑게 미소 짓는 걸 보자, 말이 잘 나오지 않았다. 안 되겠다, 하고 나는 생각했다. 지금은 도저히 꺼낼 수 없다. 적어도 지금은 안 된다.

"너는 어때?"라고 나는 말했다. 이런 식으로 계속 뒤로 미루고 있을 수는 없어, 하고 나는 생각했다. 하지만 안 됐다. 말을 꺼낼 수가 없다. 도저히 불가능하다. "하고 있는 일이나 부인과의 일 같은 거 말이야."

"하고 있는 일은 여전하지" 하고 고탄다는 입술을 일그러뜨려 웃으면서 말했다. "여전히 마찬가지야. 내가 하고 싶은 일은 오지 않아. 하기 싫은 일은 잔뜩 오지. 눈사태가 나듯이 잔뜩 와. 눈사태를 향해 고함을 쳐도 아무에게도 들리지 않아. 목만 아플 뿐이야. 아내와는—이상하지, 이미 헤어졌는데 계속 아내라고 부르고 있으니— 그 후 딱 한 번 만났어. 너는 모텔이나 러브호텔

같은 데서 여자와 자본 적이 있어?"

"별로 없어. 거의 없어."

고탄다는 고개를 저었다. "이상해. 그런 생활이 계속되면 피로해져. 방 안은 아주 어두워. 창문이 밀폐되어 있거든. 하기 위한 방이니까, 창문 같은 건 필요 없는 거야. 빛 같은 건 들어올 필요도 없는 거지. 간단히 말해서 욕실과 침대만 있으면 돼. 즉물적卽物的이야. 필요한 것밖에 없어. 물론 그것을 하기에는 편리한 곳이야. 나는 그런 데서 아내와 하곤 했어. 말 그대로 하고 있다는 느낌이야. 응, 그녀와 하는 건 참 근사하거든. 침착해지고 즐거워. 다정한 기분이 들어. 끝난 후에 부드럽게 계속 껴안아 주고 싶은 기분이 들거든. 하지만 햇빛이 들어오지 않아. 밀폐되어 있으니까. 모든 게 인공적이야. 나는 그런 곳을 정말 좋아할 수가 없어. 하지만 거기서밖에는 아내와 만날 수가 없어."

고탄다는 맥주를 한 모금 마시고, 냅킨으로 입 언저리를 닦았다.

"내 맨션에 그녀를 데리고 올 수는 없어. 그런 짓을 하면 눈 깜짝할 사이에 주간지에 폭로되어 버리지. 정말이야. 그치들은 그런 것을 금방 냄새 맡는다고. 어떻게 알아내는지 알 수 없지만 알아내. 둘이서 어디로 여행을 갈 수도 없어. 그렇게 많은 시간을 낼 수가 없거든. 첫째로 어디엘 가든 금방 얼굴이 탄로 나. 우리는 프라이버시를 요구받는 대로 조금씩 잘라 내어 판매하고 있는 셈이니까. 결국 싸구려 모텔로 가는 수밖에 없어. 이거야 정말……."

고탄다는 이야기를 하다 말고 내 얼굴을 바라봤다. 그리고 미소 지었다. "또 푸념이군."

"상관없어. 푸념이든 뭐든 실컷 이야기하면 돼. 나는 쭉 듣고 있을게. 오늘 나는 이야기하기보다는 듣는 편이 편할 것 같으니까."

"아니, 오늘만이 아냐. 너는 언제나 내가 늘어놓는 푸념을 듣고 있어. 나는 네가 푸념하는 소리를 들은 적이 없어. 남의 이야기를 듣는 사람은 별로 없거든. 모두 자기 이야기를 하고 싶어 하지. 변변한 이야깃거리도 없는 주제에. 나도 그중 한 사람이지만 말이야."

딕시랜드 밴드는 「헬로 돌리Hello, Dolly!」를 연주하고 있었다. 나와 고탄다는 잠시 그 소리에 귀를 기울이고 있었다.

"피자 더 먹지 않을래?"라고 고탄다가 내게 물었다. "절반씩은 더 먹을 수 있지 않을까. 오늘은 웬일인지 아주 시장하네."

"좋아, 나도 여전히 배고파."

그가 카운터로 가서 안초비 피자를 주문하고 왔다. 그리고 피자가 완성되자 우리는 또 아무 말도 하지 않고 묵묵히 그 안초비 피자를 절반씩 먹었다. 학생 단체는 아직 큰 소리로 떠들고 있었다. 이윽고 밴드가 마지막 연주를 끝냈다. 밴조나 트럼펫, 트롬본 따위가 각기 케이스에 들어가고, 연주자들은 무대로부터 사라져 갔다. 나중에는 업라이트 피아노 한 대가 남아 있을 뿐이었다.

피자를 다 먹고 난 뒤에도, 우리는 잠시 아무 말도 하지 않고 텅 빈 무대를 가만히 바라보고 있었다. 음악이 사라지자, 사람들의 이야기 소리가 기묘하게 딱딱한 음향을 띠고 있는 것처럼 느껴졌다. 그것은 막연한 딱딱함이었다. 실체는 부드러운데, 존재의 상황이 딱딱한 것이다. 옆으로 다가올 때까지는 아주 단단해 보인다. 하지만 몸에 부딪치면 부드럽게 부서져 버린다. 그것은 파도처럼 내 의식을 치고 있었다. 천천히 다가와 의식을 때리고 그리고 물러갔다. 그게 몇 번이고 되풀이됐다. 나는 한참 동안 그 파도 소리에 귀를 기울이고 있었다. 내 의식은 나 자신으로부터 유리되어 굉장히 먼 곳에 있었다. 먼 파도가 먼 의식을 때리고 있었다.

"왜 키키를 죽였어?"라고 나는 고탄다에게 물어봤다. 물으려고 생각하고 물어본 것은 아니다. 그저 문득 입 밖으로 나와 버린 것이다.

그는 훨씬 먼 곳에 있는 무엇인가를 바라보는 듯한 시선으로 내 얼굴을 바라봤다. 입술이 약간 벌어지고 그 사이로 희고 깨끗한 이가 보였다. 오랫동안 그는 내 얼굴을 물끄러미 바라보고 있었다. 떠들썩한 소음이 내 머릿속에서 커졌다 작아지곤 했다. 마치 현실과의 접촉이 가까워졌다 멀어지곤 하는 것처럼. 그의 단정한 열 개의 손가락이 테이블 위에 가지런히 깍지 끼워져 있었던 것을 기억한다. 현실과의 접촉이 멀어지자, 그것은 정교한 세공품처럼 보였다.

그리고 그는 미소 지었다. 아주 조용한 미소였다.

"내가 키키를 죽였단 말이야?" 하고 그는 천천히 한 자 한 자 명확히 짚어 말했다.

"농담이야"라고 나는 미소 지으며 말했다. "그저 무심코 그렇게 말해 봤을 뿐이야. 잠깐 말해 보고 싶었어."

고탄다는 시선을 테이블로 떨어뜨리고, 자신의 손가락을 바라보고 있었다. "아니, 농담 같은 게 아냐. 그건 아주 중요한 일이야. 잘 생각하지 않으면 안 될 일이야. 내가 키키를 죽였어? 진지하게 생각해야 해."

나는 그의 얼굴을 바라봤다. 입 언저리에 미소가 걸려 있었지만, 눈은 진지했다. 그는 농담을 하고 있는 게 아니었다.

"왜 네가 키키를 죽여?"라고 나는 질문했다.

"왜 내가 키키를 죽이지? 무슨 이유일까? 나도 그것은 알 수 없어. 왜 죽였을까?"

"이봐, 도대체 무슨 말이야"라고 나는 웃으며 말했다. "네가 키키를 죽였다는 거야, 아니면 죽이지 않았다는 거야?"

"그래서 그 점에 대해 생각하고 있는 거라고. 나는 키키를 죽였나, 아니면 키키를 죽이지 않았나?"

고탄다는 맥주를 한 모금 마시고, 잔을 테이블에 내려놓고는 손으로 턱을 괴었다. "나도 확신을 가질 수 없어. 이런 식으로 말하면 어이없다고 하겠지? 하지만 정말이야. 확신을 가질 수 없어. 나는 키키를 교살한 것 같은 느낌이 들어. 내 방에서 나는 키키의 목을 졸랐다. 그런 느낌이 들어. 왜 그럴까? 왜 나는 그 방에서 키키와 단둘이 있었을까? 나는 그녀와 단둘이 있고 싶지 않았는데 말이야. 하지만 안 돼, 떠올릴 수가 없어. 아무튼 나는 키키와 둘이서 내 방에 있었어. ―나는 그녀의 사체를 자동차로 옮겨서 어딘가에 묻었어. 어느 산속에. 하지만 그게 사실이라는 확신을 가질 수 없어. 정말 일어난 일이라고는 생각되지 않아. 느낌이 든다는 것뿐이야. 증명할 수 없어. 그 문제에 대해 나는 줄곧 생각하고 있었어. 하지만 알 수가 없어. 중요한 점이 공백 속에 삼켜져 버렸어. 어떤 구체적 증거가 없을까 하고 생각해 보거든. 이를테면 삽. 나는 그녀를 묻을 때 삽을 사용했을 거야. 그게 발견되면 현실이라는 걸 알 수 있어. 하지만 그것도 찾을 수가 없어. 흐트러진 기억을 더듬어 보지. 나는 어느 가게에서 삽을 샀다. 그리고 그것으로 구멍을 파고 그녀를 묻었다. 삽은 어디엔가 버렸다. 그런 느낌이 들어. 하지만 자세한 것은 생각나지 않아. 어디서 삽을 사고, 어디에 그것을 버렸을까? 증거가 없는 거야. 그저 산속이라는 기억밖에 없어. 꿈처럼 토막토막으로 단절되어 있어. 이야기가 저리 갔다 싶으면 이쪽에 와 있어. 뒤섞여 얽혀 있다고. 차례로 거슬러 올라갈 수가 없단 말이야. 기억은 있어. 하지만 그게 진정한 기억일까? 혹시 나중에 내가 상황에 맞게 적당히 꿰맞춰 놓은 건 아닐까? 나는 머리가 돌아 버린 모양이야. 아내와 헤어진 뒤로, 그런 경향이 더욱 심해졌어. 피곤해. 그리고 절망하고 있어. 정말 절망하고 있어."

나는 잠자코 있었다. 잠시 후에 고탄다가 말을 계속했다.

"대체 어디까지가 현실일까? 그리고 어디서부터가 망상일까? 어디까지가 진실일까? 그리고 어디서부터가 연기일까? 나는 그걸 확인하고 싶었어. 너와 이야기하고 있는 동안에 그걸 알 수 있지 않을까, 하는 느낌이 들었어. 네가 내게 키키에 관한 것을 처음으로 물었을 때부터 나는 계속 그렇게 생각하고 있었어. 네가 나의 이 혼란을 해소시켜 주지 않을까 하고 말이야. 마치 창문을 열어 차갑고 신선한 공기가 들어오도록 하는 것처럼 말이야." 그는 또 손가락을 깍지 끼었다. 그리고 그 손가락을 가만히 바라보고 있었다. "하지만 만일 내가 키키를 죽였다면, 어째서일까? 내게 키키를 죽일 어떤 이유가 있을까? 나는 그녀를 좋아했어. 그녀와 자는 것을 좋아했어. 내가 절망하고 있을 때, 그녀와 메이는 긴장을 풀고 잠시 쉴 수 있는 유일한 상대였어. 그런데 왜 죽인단 말이지?"

"너는 메이도 죽였어?"

고탄다는 오랫동안 테이블 위에 내려놓은 자신의 두 손을 가만히 바라보고 있었다. 그리고 고개를 저었다. "아니, 나는 메이를 죽이지 않았을 거라고 생각해. 그날 밤의 내게는 고맙게도 분명한 알리바이가 있어. 텔레비전 방송국에서 저녁때부터 한밤중까지 대사를 녹음하고, 그다음 매니저와 함께 자동차를 타고 미토까지 갔어. 그러니까 틀림없어. 만일 그렇지 않다면, 만일 누군가가 그날 밤에 줄곧 내가 방송국에 있었다는 걸 증명해 주지 않았다면, 나는 스스로 메이를 죽였을지도 모른다고 진지하게 괴로워하고 있었을 거야. 하지만 말이야, 그래도 어쩐지 나는 메이의 죽음에 대해서도 견딜 수 없을 만큼 죄책감을 느껴. 왜 그럴까? 뚜렷한 알리바이가 있는데도, 왠지 마치 내 이 손으로 그녀를 죽인 듯한 느낌이 들어. 나 때문에 그녀가 죽은 듯한 느낌이 들어."

또 조용해졌다. 침묵이 오래 계속됐다. 그는 줄곧 자신의 열 손가락을 바라보고 있었다.

"너는 지쳐 있어"라고 나는 말했다. "그뿐이야. 너는 아마 아무도 죽이지 않았을 거야. 키키는 그저 어디론가 사라졌을 뿐이야. 그 애는 나하고 있을 때도 그런 식으로 휙 사라져 버렸어. 처음이 아냐. 너는 스스로를 책망하고 싶은 기분이 들었을 뿐이야. 그래서 모든 걸 자신을 책망하는 방향으로 결부시켜 버리는 거야."

"아니, 그렇지 않아. 그뿐만이 아냐. 그렇게 간단한 게 아냐. 나는 아마 키키를 죽였을 거야. 메이는 죽이지 않았을 거야. 하지만 키키는 분명 죽인 것 같은 느낌이 들어. 그녀의 목을 조른 감촉이 아직 이 양손에 남아 있어. 삽질을 하던 때의 손의 반응도 기억하고 있어. 나는 그녀를 죽였어. 실질적으로."

"하지만 왜 네가 키키를 죽이지? 의미가 없지 않아?"

"모르겠어"라고 그는 말했다. "아마 일종의 자기 파괴 본능일 거야. 내게는 예전부터 그런 게 있었어. 일종의 스트레스야. 나 자신과 내가 연기하고 있는 나와의 격차가 어느 정도 이상 벌어지면 그런 일이 곧잘 일어나. 나는 그 격차를 실제 이 눈으로 볼 수 있었어. 마치 지진이 일어나 땅이 갈라진 것처럼, 그게 딱 벌어져 있는 거야. 깊고 어두운 구멍이야. 현기증이 날 만큼 깊어. 그리고 그렇게 되면 무엇인가를 무의식적으로 파괴해 버리는 거야. 정신을 차려 보면 무엇인가를 부수고 있어. 그런 일이 어린 시절부터 자주 있었지. 연필을 부러뜨리고, 유리잔을 부수고, 프라모델 자동차와 비행기 따위를 짓밟고. 하지만 왜 그런 짓을 했는지 알 수가 없어. 물론 사람들이 보고 있는 앞에서는 하지 않아. 혼자 있을 때에만 그러지. 초등학교에 다닐 때 친구의 등을 밀어 벼랑에서 떨어뜨린 적도 있었어. 왜 그런 짓을 했는지는 알 수 없어. 하지만 정신을 차려 보니, 그런 행동을 하고 있었어. 그다지 높지 않은 벼랑이어서 그때는 가벼운 상처를 입혔을 뿐이야. 밀려 떨어진 친구도 사고라고 생각했어. 우연히 몸이 부딪친 걸로 여겼어. 아무도 내가 일부러 그런 짓을 하리라고는 생각하지 않거든. 하지만 달라. 나는 알고 있어. 나는 이 손으로 그 친구를 일부러 밀어 떨어뜨린 거야. 그 밖에도 그런 일은 얼마든지 있어. 고등학교에 다닐 때에 우체통을 몇 번인가 불태웠지. 불을 붙인 천 조각을 우체통 속에 집어넣는 거야. 비열하고 의미 없는 짓이지. 하지만 하고 마는 거야. 정신을 차려 보면, 해버리는 거지. 그렇게 하지 않고는 못 견디는 거야. 그러면서, 그렇게 무의미하고 비열한 짓을 해야만 겨우 자신을 되찾을 수 있을 듯한 느낌이 들어. 무의식적인 행위야. 하지만 그 감촉만은 기억하고 있어. 그런 감촉의 하나하나가 내 양손에 단단히 물들어 있어. 아무리 씻어도 지워지지 않아. 죽을 때까지 지워지지 않아. 형편없는 인생이야. 난 더 이상 견뎌 낼 수 없을 것 같아."

나는 한숨을 쉬었다. 고탄다는 고개를 저었다.

"하지만 나로선 확인할 길이 없어"라고 고탄다는 말했다. "내가 죽였다는 확증이 없는 거야. 시체도 없어. 삽도 없어. 바지에 흙도 묻어 있지 않아. 손에 물집이 생기지도 않았어. 하긴 사람을 묻을 구멍을 파는데 물집까지 생기지는 않겠지만 말이야. 어디에 묻었는지도 기억나지 않아. 설령 경찰에 가서 자백한다 하더라도, 누가 믿겠어? 사체가 없으면 그건 살인도 아니거든. 나는 죗값을 치를 수도 없어. 그녀는 사라져 버렸어. 분명히 알고 있는 건 그것뿐이야. 나는 너에게 그걸 몇 번이고 툭 털어놓고 이야기하려 했어. 하지만 이야기할 수 없었어. 만일 내가 그런 말을 입에 올리면, 우리 사이의 친밀한 관계가 깨져 버리리라는 느낌이 들었어. 이봐, 나는 너하고 있을 때는 긴장을 풀고 편한 마음으로 있을 수 있었어. 그런 차이나 격차를 느끼지 않아도 됐어. 그런 건 내게는 아주 소중한 일이었지. 그리고 나는 그런 관계를 잃고 싶지 않았어. 그래서 조금씩 뒤로 미루게 됐지. 이다음으로 미루자, 나중으로 더 미루어도 되겠지…… 하고 생각하다가 결국 여기까지 와버렸어. 진작 분명히 털어놓고 이야기했어야 했는데."

"털어놓고 이야기하는 것도 좋지만 네가 말한 것처럼 확증이 없잖아"라고 나는 말했다.

"확증이 있느냐의 여부가 문제가 아냐. 나는 내 입으로 네게 이야기를 해야 했어. 나는 그걸 감추고 있었던 거야. 그게 문제야."

"하지만 만일 그게 실제로 있었던 일이라 하더라도, 만일 네가 키키를 죽였다고 가정하더라도, 네게는 죽일 의도가 없었어."

그는 양손의 손바닥을 펴고 가만히 응시했다. "없었어. 있을 리가 없지. 왜 내가 키키를 죽여야 해. 나는 그녀를 좋아했어. 나와 그녀는 매우 한정적인 관계를 유지하고 있기는 했지만 친구였어. 우리는 여러 가지 이야기를 했어. 나는 그녀에게 아내 이야기를 했어. 키키는 잘 들어줬고. 왜 내가 그녀를 죽여야 해? 하지만 죽인 거야, 이 손으로. 살의 따위는 없었어. 나는 나 자신의 그림자를 죽이는 것처럼 그녀를 목 졸라 죽였어. 그녀의 목을 조르고 있는 동안, 이것은 나 자신의 그림자라고 생각했어. 이 그림자를 죽이면 내 모든 일이 잘 풀릴 거라고 생각했어. 하지만 그건 키키였어. 그 일은 어둠의 세계에서 일어난 거야. **여기와는 다른 세계란 말이야.** 알겠어? 여기가 아냐. 그리고 유혹한 건 키키야. 내 목을 조르라고 키키가 말했어. 좋아요, 목을 졸라 죽여요, 라고 말했어. 그녀는 나를 유혹하고 내가 그렇게 하도록 시킨 거야. 거짓말이 아니야, 정말로 그랬어. 나는 알 수 없어. 왜 그런 일이 일어났을까? 모든 게 꿈처럼 여겨져. 생각하면 생각할수록 현실이 용해되어 가는 거야. 왜 키키가 나를 유혹하지? 왜 내게 자신을 죽이라는 따위의 말을 하지?"

나는 유리잔에 남은 미지근해진 맥주를 마셨다. 담배 연기가 위쪽에 엉겨 있다가 공기의 흐름에 따라 어떤 심령 현상처럼 흔들리고 있었다. 누가 내 등에 부딪치고는 '실례'라고 말했다. 가게의 안내 데스크에서 피자를 주문한 테이블의 번호를 부르고 있었다.

"맥주를 한 잔 더 마시지 않겠어?"라고 나는 그에게 물어봤다.

"마시고 싶어" 하고 그는 말했다.

나는 카운터로 가서 맥주 두 잔을 사가지고 돌아왔다. 그리고 우리는 아무 말도 하지 않고 잠자코 그것을 마셨다. 가게는 러시아워의 아키하바라역처럼 붐비며 북적거리고 있었다. 우리의 테이블 옆으로도 사람들이 계속 오가고 있었지만, 아무도 우리에게는 주의를 기울이지 않았다. 아무도 우리의 이야기 따위는 귀 기울이지 않았고, 아무도 고탄다의 얼굴을 바라보지 않았다.

"내가 말했지"라고 고탄다는 입 언저리에 호감을 주는 미소를 띠며 말했다. "여기는 은신처 같아. 샤키즈에선 유명 인사를 볼 일이 없다고."

고탄다는 맥주가 삼 분의 일쯤 남은 유리잔을 시험관이라도 되듯이 흔들었다.

"잊어버려" 하고 나는 조용한 목소리로 말했다. "나는 잊을 수 있어. 너도 잊어."

"내가 잊을 수 있을까? 입으로 말하기는 간단해. 너는 자기 손으로 그녀를 목 졸라 죽인 게 아니니까."

"이봐, 알겠어? 네가 키키를 죽였다는 확증은 아무것도 없어. 확증이 없는 걸 가지고 그렇게 자기를 책망하지는 말라고. 너는 네 자신의 죄악감을 그녀의 실종과 결부시켜 무의식적으로 연기하고 있을 뿐인지도 모르잖아. 그럴 가능성도 있잖아?"

"그럼 가능성 이야기를 하자고"라고 고탄다는 말하고, 테이블 위에 두 손을 얹어 놓았다. "나는 요즘 가능성에 대해 곧잘 생각하고 있어. 여러 가지 가능성이 있지. 이를테면 내가 아내를 죽일 가능성도 있어. 그렇지. 만일 그녀가 키키와 마찬가지로 내가 그렇게 하는 걸 허락한다고 말하면, 나는 역시 목 졸라 죽이지 않을까, 하는 느낌이 들어. 나는 요즘 그것만을 생각하고 있어. 그리고 생각하면 할수록 그 가능성이 내 속에서 확대되어 가거든. 막을 길이 없어. 나 자신을 통제할 수 없어. 우체통을 불태운 것뿐만이 아냐. 나는 고양이도 몇 마리 죽였어. 여러 가지 방법으로 죽였지. 멈출 수가 없어. 밤중에 근처 가정집 창문을 새총으로 쏘아 깨뜨리기도 했어. 그러고선 자전거를 타고 달아났어. 그렇게 하지 않을 수가 없어. 이건 지금까지 누구에게도 말한 적이 없어. 네게 처음으로 이야기하는 거야. 말해 버리니 후련하네. 하지만 그렇다고 해서 그런 일이 멈춰지는 건 아니야. 멈출 수가 없어. 연기를 하는 나와 근원적인 나 사이에 벌어진 틈이 메워지지 않는 한 그런 일은 언제까지나 계속될 거야. 그건 나 스스로가 알고 있어. 내가 프로 연기자가 된 이후로 그 틈은 점점 더 커지고 있어. 연기의 규모가 커짐에 따라 그 반동도 커져 간다고. 어쩔 수가 없어. 나는 아내를 죽일지도 몰라. 통제할 수가 없어. **그건 이 세계에서 일어나는 일이 아니기 때문이야**. 나로선 어쩔 도리가 없어. 유전자에 새겨져 있는 거야. 분명히."

"너는 너무 심각하게 생각하고 있어" 하고 나는 억지로 미소 지으며 말했다. "유전자로까지 거슬러 올라가 생각하기 시작하면, 이제 아무데도 갈 수가 없다고. 너는 일을 좀 쉬는 게 낫겠어. 일을 쉬고, 잠시 아내도 만나지 마. 그러는 수밖에 없어. 모든 걸 내던지는 거야. 나와 함께 하와이로 가자. 매일 해변에서 뒹굴며 피나콜라다를 마시자. 거기는 좋은 곳이야. 아무 생각도 하지 않아도 돼. 아침부터 술을 마시고, 수영을 하고, 둘이서 여자를 사는 거야. 큰 차를 빌려서, 도어스나 슬라이 앤드 더 패밀리 스톤, 비치 보이스 따위를 들으면서 백오십 킬로미터의 속력으로 드라이브를 하자고. 기분이 자유로워질 거야. 만일 무언가를 진지하게 생각하고 싶으면 그다음에 다시 생각하는 거야."

"나쁘지 않군" 하고 그는 말했다. 그리고 눈 가장자리에 약간의 주름이 지도록 웃었다. "또 여자 둘을 불러서, 넷이서 아침까지 놀자고. 그때는 정말 즐거웠잖아."

어쩜, 하고 나는 말했다. 관능적인 눈 치우기.

"나는 언제든 갈 수 있어"라고 나는 말했다. "너는 어때? 일을 매듭짓는 데 얼마나 걸려?"

고탄다는 이상하다는 듯이 미소 지으면서 나를 바라봤다. "너는 아무것도 몰라. 아무리 시간이 흘러도 일을 매듭지을 수는 없어.

모두 내팽개치는 수밖에 없어. 그리고 그런 짓을 하면, 나는 우선 틀림없이 이 세계로부터 영구 추방되지. 영구히 말이야. 그리고 동시에 앞에서도 말한 것처럼 나는 아내를 잃게 돼. 영구히."

그는 유리잔에 남아 있는 맥주를 다 마셨다.

"하지만 좋아. 모든 걸 잃어버려도 이제 상관없어. 포기해도 돼. 네 말이 맞아. 나는 지쳤어. 하와이로 가서 머리를 비워야 할 시기야. 오케이. 모든 걸 내팽개치고 너와 함께 하와이로 가겠어. 그다음 일은, 일단 머리를 말끔히 비운 다음에 생각하겠어. 나는— 그래, 건실한 인간이 되고 싶어. 이제 글렀는지도 몰라. 하지만 한 번 더 시도해 볼 만한 가치는 분명히 있어. 네게 맡길게. 나는 너를 신뢰하고 있어. 정말이야. 네가 전화를 걸어 왔을 때부터 나는 그렇게 생각하고 있었어. 어째서일까. 네게는 아주 성실한 데가 있어. 그리고 그건 내가 줄곧 추구하던 것이었어."

"나는 성실하지 않아"라고 나는 말했다. "나는 그저 스텝만 제대로 유지하고 있을 뿐이야. 그저 춤을 추고 있을 뿐이야. 의미 따위는 없어."

고탄다는 테이블 위에서 오십 센티미터 정도의 사이가 벌어지도록 양손을 펼쳤다. "어디에 의미가 있지? 우리가 살고 있는 의미가 대체 어디에 있어?"라며 그는 웃었다. "하지만 좋아. 그건 이제 어쨌든 상관없어. 포기하겠어. 나도 너를 본받을래. 이 엘리베이터에서 저 엘리베이터로 뛰어 옮겨 다니며 밀고 나가자고. 그건 불가능한 일이 아냐. 하려고만 들면 무엇이든 할 수 있어. 나는 머리가 좋고 잘생기고 호감을 주는 고탄다니까. 좋아, 하와이로 가자. 내일 비행기표를 예약해 줘. 퍼스트 클래스로 두 장. 퍼스트 클래스가 아니면 안 돼. 그렇게 정해져 있어. 자동차는 메르세데스, 시계는 롤렉스, 맨션은 미나토구, 비행기는 퍼스트 클래스야. 모레 짐을 챙겨 떠나는 거야. 당일에 호놀룰루에 도착. 나는 알로하셔츠가 어울리거든."

"네게는 무엇이든 어울려."

"고마워. 희미하게 남은 에고가 겨드랑이를 간질이는군."

"우선 해변의 바에 가서 피나콜라다를 마셔야지. 완전히 차가운 걸로."

"나쁘지 않아."

"나쁘지 않아."

고탄다는 가만히 내 얼굴을 바라봤다. "이봐, 너는 내가 키키를 죽인 걸 정말로 잊을 수 있어?"

나는 고개를 끄덕였다. "잊을 수 있을 거라고 생각해."

"내가 아직 말하지 않은 게 있어. 언젠가 나는 유치장에 처넣어져 이 주일 동안 완전히 침묵을 지키고 있었다고 말했잖아?"

"말했어."

"그건 거짓말이야. 나는 모든 걸 마구 지껄이고 금방 나왔어. 무서웠기 때문이 아니야. 나 자신에게 상처를 입히고 싶었기 때문이야. 나 자신을 깎아내리고 싶었기 때문이야. 비열한 짓이야. 그래서 네가 나를 위해 쭉 입을 다물어 준 게 나는 정말 기뻤어. 뭐

랄까, 나 자신의 비열함마저 구제된 듯한 느낌이 들었어. 별난 느
낌이라는 생각은 들지만, 아무튼 그런 느낌이 들었어. 네가 나의
비열한 부분을 씻어 낸 듯한 느낌 말이야. 그건 그렇고 오늘은 내
속을 꽤 많이 털어놨네. 총 복습이야. 하지만 털어놓을 수 있어 좋
았어. 마음이 놓여. 너는 불쾌했을 테지만."

　"그렇지 않아"라고 나는 말했다. 너와 이전보다 더 가까워진
것 같은 느낌이 들어, 하고 나는 생각했다. 그리고 아마 그렇게 말
해야 했을 것이다. 하지만 나는 이를 좀 더 뒤로 미루어 두기로 했
다. 그럴 필요는 없었는데. 하지만 그때는 그러는 편이 나을 거라는
느낌이 들었다. 그런 말이 더 큰 힘을 발휘할 기회가 가까운 미래에
다가올 듯했다. "그렇지 않아" 하고 나는 한 번 더 되풀이했다.

　그는 의자의 등받이에 걸쳐 놓은 모자를 집어 들어 젖은 상
태를 살펴보고, 다시 제자리로 돌려놓았다. "친구의 정으로 한 가
지 부탁을 할게"라고 그는 말했다. "맥주를 한 잔 더 마시고 싶어.
하지만 지금은 일어서서 저기까지 나갈 기운이 없어."

　"좋아"라고 나는 말했다. 그리고 카운터로 가서, 또 맥주 두
잔을 샀다. 카운터가 혼잡해서 사는 데 시간이 걸렸다. 맥주잔을
양손에 들고, 안쪽의 테이블로 돌아왔을 때 그의 모습은 보이지
않았다. 비 맞은 모자도 사라져 버렸다. 주차장의 마세라티도 사
라져 버렸다. 맙소사, 하고 나는 생각했다. 그리고 고개를 저었다.
하지만 어쩔 도리가 없었다. 그는 사라져 버린 것이다.

40

고탄다의 마세라티가 시바우라의 바다에서 인양된 것은, 이튿날 점심때가 지났을 무렵이었다. 예상했던 대로였기 때문에 나는 그다지 놀라지 않았다. 그가 사라진 때부터 나는 이미 그렇게 될 줄 알고 있었던 것이다.

아무튼 사체가 또 한 구 늘어났다. 쥐, 키키, 메이, 딕 노스, 그리고 고탄다. 모두 다섯이다. 나머지는 하나. 나는 고개를 저었다. 언짢은 방식의 전개였다. 다음엔 어떤 일이 일어날 것인가? 다음엔 누가 죽을 것인가? 나는 문득 유미요시를 생각했다. 아니, 그녀일 리 없다. 그건 너무 가혹하다. 유미요시는 죽거나 사라져서는 안 된다. 유미요시가 아니라면 누구인가? 유키? 나는 고개를 저었다. 그 애는 겨우 열세 살이다. 그녀를 죽게 할 수는 없다. 나는 머릿속에, 사자死者로 화化할지도 모를 사람들의 리스트를 늘어놓아 봤다. 그런 일을 하고 있으려니 어쩐지 나 자신이 저승사자가 된 듯한 느낌이 들었다. 나는 무의식중에 사자의 순서를 정하고 있는 것이다.

　나는 아카사카 경찰서로 가서 문학을 만나, 어젯밤에 고탄다와 함께 있었다고 이야기했다. 어쩐지 그에게 얘기해 두는 편이 나을 듯한 느낌이 들었다. 하지만 물론 그가 키키를 죽였을지도 모른다는 말은 하지 않았다. 그것은 이미 끝난 일이다. 사체조차 없는 것이다. 나는 죽기 직전까지 고탄다와 함께 있었는데, 그는 몹시 지쳐 있었고 노이로제 상태였다고 말했다. 빚이 많아 억지로 하기 싫은 일을 해야 했고, 이혼한 일로 골머리를 앓고 있었다고도 말했다.

　그는 내가 하는 말을 간단히 조서로 만들었다. 이전과는 달리 아주 간단한 조서였다. 나는 거기에 서명했다. 한 시간도 걸리지 않았다. 조서를 다 만들고 나서, 그는 손가락 사이에 볼펜을 낀 채 내 얼굴을 바라봤다. "당신 주위에서는 정말 사람이 잘 죽는군요"라고 그는 말했다. "그런 인생을 보내면 친구를 만들 수 없어요. 모두들 싫어해요. 사람들이 모두 싫어하면, 눈매가 매서워지고 피부가 거칠어져요. 좋을 것이 없어요."

　그리고 그는 깊은 한숨을 쉬었다.

　"하지만 아무튼 그건 자살이에요. 그건 분명해요. 목격자도 있어요. 그렇지만 아까워요. 아무리 스타라 해도, 마세라티를 바다에 처넣을 건 뭐요. 시빅이나 카롤라라면 모를까."

　"보험에 들어 있으니까 괜찮아요"라고 나는 말했다.

　"아니, 자살일 경우는 안 될걸요. 아무리 그래도 보험금은 나오지 않을 거예요"라고 문학은 말했다. "하지만 아무튼 어이가 없어요. 나는 돈이 궁하니까 그만 애들 자전거 생각을 하게 되죠. 애가 셋이에요. 셋이나 되니 돈이 많이 들지요. 모두 자기 자전거를 갖고 싶어 하거든요."

나는 잠자코 있었다.

"좋아요, 이제 돌아가요. 친구 일은 참 안됐습니다. 일부러 이야기하러 와줘서 고마워요." 그는 출구까지 나를 배웅해 줬다. "메이 양 사건은 아직 매듭지어지지 않았어요. 하지만 수사는 정상적으로 계속하고 있습니다. 언젠가는 매듭지어질 거예요"라고 그는 말했다.

오랫동안 나는 내가 고탄다를 죽여 버린 듯한 기분을 느끼고 있었다. 그 짓눌리는 듯한 기분을 아무래도 지워 버릴 수가 없었다. 샤키즈에서 나눈 대화를 하나하나 회상해 봤다. 그때 좀 더 요령 있게 대답했다면 그를 구할 수 있지 않았을까, 하고 생각했다. 그리고 그랬다면 지금쯤은 둘이서 마우이의 해변에서 뒹굴며 맥주를 마시고 있지 않을까, 하고 생각했다.

하지만 아마 그렇게 되기 어려웠을 거라고 나는 생각했다. 결국 그는 처음부터 작정하고 있었던 것이다. 그는 다만 기회를 기다리고 있었을 뿐이다. 그는 줄곧 마세라티를 바다에 처넣을 생각을 해왔던 것이다. 그것이 유일한 출구라는 것을 그는 알고 있었다. 그래서 줄곧 그 출구의 손잡이를 잡고 기다리고 있었다. 머릿속으로 몇 번이고 마세라티가 바닷속으로 가라앉는 광경을 그려보고 있었다. 창문 틈으로 물이 스며들어 호흡을 할 수 없게 되는 그런 광경을. 그런 자기 파괴의 가능성을 가지고 유희함으로써 가까스로 자신을 현실 세계와 결부시키고 있었다. 하지만 그게 언제까지나 계속될 리는 없었다. 언젠가는 문을 열어야 했다. 그는 그것도 알고 있었다. 그는 단지 계기를 기다리고 있었던 것이다.

메이의 죽음이 내게 가져다준 것은, 오래된 꿈의 죽음과 그 상실감이었다. 딕 노스의 죽음은 내게 일종의 체념을 가져다줬다. 그러나 고탄다의 죽음이 가져다준 것은, 출구가 없는 납으로 만들어진 상자와 같은 절망이었다. 고탄다의 죽음에는 구원이라는 것이 없었다. 고탄다는 자기 안의 충동을 자신과 제대로 동화시키지 못했다. 그리고 그 근원적인 힘이 그를 극한의 장소까지 몰고 가버렸다. 의식이라는 영역의 제일 가장자리까지. 그리고 그 경계선 너머에 있는 어둠의 세계까지.

한동안 주간지나 텔레비전, 스포츠 신문 등이 그의 죽음을 짓이겨 대고 있었다. 그들은 장수풍뎅이처럼 썩은 고기를 아주 맛있는 듯이 갉아먹고 있었다. 신문과 잡지의 그런 타이틀을 보기만 해도 나는 구역질이 났다. 그들이 뭐라고 쓰고 뭐라고 말하는지는, 읽지 않고 듣지 않아도 상상할 수 있었다. 나는 그런 자들을 찾아다니며 하나하나 목 졸라 죽여 버리고 싶었다.

금속 배트로 때려죽이면 돼, 하고 고탄다가 말했다. 그 편이 간단하고 빠르니까. 아니, 그렇지 않아, 하고 나는 말했다. 그렇게 빨리 죽이면 너무 시시해. 천천히 목을 졸라 죽이겠어.

그리고 나는 침대에 누워 눈을 감았다. 어둠 속에서 "어쩜" 하고 메이가 말했다.

나는 침대 위에서 세계를 증오했다. 마음속으로부터 격렬히, 근원적으로 세계를 증오했다. 세계는 뒷맛이 개운치 않은 부조리한 죽음으로 가득 차 있었다. 나는 무력하고, 삶의 오물을 잔뜩 뒤집어쓰고 있었다. 사람들은 입구로 들어와, 출구로 나갔다. 나간 사람은 두 번 다시 돌아오지 않았다. 나는 나의 두 손을 바라봤다. 내 손바닥에는 역시 죽음의 냄새가 배어들어 있었다. 아무리 씻어도 그건 지워지지 않아, 하고 고탄다는 말했다. 이봐, 양 사나이, 이것이 내 세계의 연결 방식이야? 나는 끝날 줄 모르는 죽음에 의해 세계와 연결되어 있단 말이야? 나는 더 이상 무엇을 상실해야 하지? 당신이 말한 것처럼, 나는 이제 행복해질 수 없을지도 몰라. 그건 그런대로 상관없어. 하지만 이건 너무도 가혹해.

나는 문득 어린 시절에 읽은 과학책 생각이 났다. 거기에는 '만일 마찰이 없으면, 세계는 어떻게 될 것인가?'하는 질문 항목이 있었다. '만일 마찰이 없으면' 하고 책에는 쓰여 있었다. '자전의 원심력에 의해 지구상의 모든 것이 우주로 날아가 버릴 것'이라고. 나는 정말 그런 기분이었다.

"어쩜" 하고 메이가 말했다.

41

고탄다가 마세라티를 바다에 처넣은 지 사흘 뒤에, 나는 유키에게 전화를 걸었다. 솔직히 말해 나는 누구와도 이야기를 하고 싶지 않았다. 하지만 유키와는 이야기하지 않을 수 없었다. 그녀는 무력하고 외톨이인 것이다. 어린애다. 그녀를 감싸 줄 수 있는 사람은 나밖에 없었다. 그리고 무엇보다도 그녀는 살아 있다. 내게는 그녀가 계속 살아가도록 할 책임이 있었다. 적어도 나는 그렇게 느꼈다.

　유키는 하코네의 집에 없었다. 아메가 전화를 받고, 딸은 그저께 아카사카의 아파트로 가버렸다고 말했다. 아메는 잠이 들려다 깬 것처럼 몹시 느릿한 어조로 말했다. 그녀는 별로 말을 하지 않았으며 그 편이 내게도 편했다. 나는 아카사카로 전화를 걸었다. 유키는 전화기 옆에 있었는지 금방 수화기를 들었다.

　"이제 하코네에는 가지 않아도 돼?"라고 나는 물었다.

　"모르겠어. 하지만 잠시 혼자 있고 싶었어. 이러니저러니 해도 엄마는 어른이잖아? 내가 없어도 제대로 해나갈 수 있어. 나는 나 자신의 일을 좀 생각하고 싶었어. 앞으로 어떻게 할까를. 슬슬 그런 일을 진지하게 고민해야 할 시기라고 생각했어."

"그럴지도 몰라" 하고 나는 동의했다.

"신문에 난 걸 봤어. 아저씨 친구가 죽었더라."

"그래, 저주받은 마세라티야. 네 말대로였어."

유키는 잠묵이 있었다. 침묵이 물처럼 내 귀를 적셨다. 나는 수화기를 오른쪽 귀에서 왼쪽 귀로 옮겼다.

"식사라도 하러 가지 않겠어?"라고 나는 말했다. "어차피 변변치 않은 걸 먹고 있지? 둘이서 좀 괜찮은 걸 먹자. 실은 나도 지난 며칠 동안 식사를 제대로 못했어. 혼자 있으면 식욕이 나질 않아."

"두 시에 누구를 만날 약속이 있는데, 그 이전이면 괜찮아."

나는 시계를 봤다. 열한 시가 조금 지나 있었다.

"좋아. 지금부터 준비하고 데리러 갈게. 삼십 분에 거기에 도착할 거야"라고 나는 말했다.

나는 옷을 갈아입고, 냉장고에서 오렌지 주스를 꺼내 마시고, 자동차 키와 지갑을 주머니에 집어넣었다. 그리고 '자' 하고 생각했다. 하지만 무엇을 빼먹은 것 같은 느낌이 들었다. 그렇군, 면도하는 걸 잊고 있었군. 나는 욕실로 가서 꼼꼼히 면도를 했다. 그리고 거울을 보면서, 아직 이십 대라고 해도 통할까, 하고 생각해 봤다. 통할지도 모른다. 하지만 내가 이십 대로 보이든 보이지 않든 간에, 그런 것엔 아마 아무도 신경을 쓰지 않으리라고 생각했다. 어쨌든 상관없는 일이다. 나는 한 번 더 이를 닦았다.

바깥은 좋은 날씨였다. 여름이 이미 성큼 다가와 있었다. 비만 내리지 않으면, 아주 기분 좋은 계절이다. 나는 반소매 셔츠에 얇은 면바지를 입고, 선글라스를 끼고, 유키의 맨션으로 스바루를 몰았다. 휘파람까지 불었다.

어쩜, 하고 나는 생각했다.

여름이다.

나는 차를 운전하면서 임간林間학교를 떠올렸다. 임간학교에서는 세 시에 낮잠 자는 시간이 있었다. 하지만 나는 좀처럼 낮잠을 잘 수 없었다. 자, 이제부터 잠을 자세요, 한다고 금세 잠이 올 리 없지 않은가, 하고 나는 생각했다. 하지만 대부분의 사람들은 깊이 잠들어 있었다. 나는 한 시간 동안 줄곧 천장을 바라보고 있었다. 줄곧 천장을 바라보고 있으면, 줄곧 천장이 독립된 세계처럼 여겨진다. 거기로 가면 여기와는 전혀 다른 세계로 들어갈 수 있을 듯한 느낌이 든다. 가치가 전도된—상하가 거꾸로 된— 세계.『거울 나라의 앨리스』처럼. 나는 계속 그런 것을 생각하고 있었다. 그러므로 내가 임간학교에서 연상할 수 있는 것은 천장뿐이다. 어쩜.

뒤쪽의 캐딜락이 경적음을 세 번 울렸다. 신호가 초록불로 바뀌었다. 침착하자, 하고 나는 생각했다. 서두른다고 그렇게 멋진 장소로 갈 수 있는 것도 아니잖은가? 나는 천천히 차를 몰았다.

아무튼 여름이다.

내가 아파트 현관의 벨을 누르자, 유키는 금방 아래로 내려왔다. 그녀는 우아하게 날염된 반소매 원피스 차림에 샌들을 신고, 진한 청색 가죽으로 만든 숄더백을 어깨에 걸치고 있었다.

"오늘은 아주 시크하게 차려입었네" 하고 나는 말했다.

"두 시부터 누구를 만난다고 했잖아"라고 그녀는 말했다.

"잘 어울려. 우아해"라고 나는 말했다. "어른이 된 것 같은데."

그녀는 미소를 지을 뿐 아무 말도 하지 않았다.

우리는 근처 레스토랑으로 들어가, 수프와 스파게티, 연어 소스, 농어, 샐러드 따위를 주문해서 점심을 먹었다. 아직 열두 시가 되기 전이어서 한산했고 요리에선 제대로 된 맛이 났다. 열두 시가 지나 샐러리맨들이 거리로 우르르 몰려나올 무렵에 우리는 가게를 나와 차에 올랐다.

"어디로 갈까?"라고 나는 물었다.

"아무 데도 가지 말자. 그냥 이 근처를 빙글빙글 돌아"라고 유키는 말했다.

"반사회적 행위야. 가솔린 낭비고"라고 나는 말했다. 하지만 그녀는 상대하지 않았다. 못 들은 체하고 있었다. 음, 좋아, 하고 나는 생각했다. 어차피 원래 형편없는 거리인걸. 공기가 좀 더 더러워졌다고 해서, 교통이 좀 더 혼잡해졌다고 해서, 그런 일에 누가 신경을 쓰겠는가?

유키는 카스테레오의 버튼을 눌렀다. 속에는 토킹 헤즈Talking Heads의 테이프가 들어 있었다. 아마 「피어 오브 뮤직Fear of Music」일 것이다. 대체 언제 집어넣은 거지? 여러 가지 일이 기억나지 않았다.

"나, 가정교사와 공부하기로 했어"라고 그녀는 말했다. "그래서 오늘 그 사람을 만나. 여자야. 아빠가 주선해 줬어. 공부가 하고 싶어졌다고 아빠에게 말했더니, 다음 날 바로 구해 줬어. 깔끔하고 좋은 사람이래. 이상한 얘기지만, 그 영화를 보고 왠지 공부가 하고 싶어졌거든."

"그 영화?"라고 나는 되물었다. "「짝사랑」 말이야?"

"그래. 그거"라고 말하고, 유키는 약간 얼굴을 붉혔다. "어이없다는 생각은 들어, 스스로도. 하지만 어쨌든 그 영화를 본 다음에 갑자기 공부가 하고 싶어졌어. 아마 아저씨 친구가 선생님 역할을 하는 걸 봤기 때문일 거야. 그 사람을 보고 있을 때는 바보 같았는데, 그래도 무언가 끌리는 데가 있는 것 같아. 재능이 있기 때문일까?"

"그래. 어떤 종류의 재능이 있었어. 그건 분명해."

"음."

"하지만 물론 그건 연기고 허구야. 현실과는 달라. 그건 알 수 있지?"

"알고 있어."

"치과의사 역할도 잘해. 아주 솜씨가 좋아. 하지만 그건 연

기야. 솜씨 좋아 보일 뿐이고 이미지야. 정말로 무슨 일을 한다는
건 비참하게 혼란스럽고 힘겨운 일이야. 의미가 없는 부분이 너
무 많고. 하지만 무엇을 하고 싶어진다는 것은 좋은 일이지. 그
런 게 없으면 잘 살아갈 수 없어. 고탄다도 그 말을 들으면 기뻐할
거야."

"그를 만났어?"

"만났어"라고 나는 말했다. "만나서 이야기를 했어. 꽤 오랫
동안 이야기를 했지. 아주 솔직하게. 그리고 그다음 죽어 버렸어.
나와 이야기하고 난 후 곧바로 바다에 마세라티를 처넣은 거야."

"내 탓이구나?"

나는 천천히 고개를 저었다. "네 탓이 아냐. 누구의 탓도 아
냐. 사람이 죽는 데는 그 나름의 이유가 있어. 단순해 보이지만 단
순하지 않아. 뿌리와 마찬가지야. 위에 나와 있는 부분을 조금이
라도 끌어당기면, 질질 딸려 나와. 인간의 의식이라는 건 깊은 어
둠 속에서 살고 있는 거야. 뒤얽혀 있고 복합적이며…… 해석할
수 없는 부분이 너무 많아. 진정한 이유는 본인밖에 알 수 없어.
본인조차 알지 못할지도 몰라."

그는 그 출구의 손잡이를 잡고 기다리고 있었다, 하고 나는
생각했다. 계기를 기다리고 있었던 거야. 누구의 탓도 아니다.

"하지만 아저씨는 그 때문에 나를 틀림없이 미워할 거야"라
고 유키는 말했다.

"미워하지 않아"라고 나는 말했다.

"지금은 미워하고 있지 않더라도, 나중에 틀림없이 미워할 거야."

"나중에도 미워하지 않아. 나는 그런 식으로 사람을 미워하지는 않아."

"설령 미워하지 않는다 하더라도, 그래도 틀림없이 무엇인가가 사라져 버릴 거야" 하고 그녀는 작은 목소리로 말했다. "정말이야."

나는 그녀의 얼굴을 힐끗 쳐다봤다. "이상하네, 너도 고탄다와 똑같은 말을 하고 있어."

"그래?"

"그래. 그도 무언가가 사라질까 봐 쭉 신경을 쓰고 있었어. 하지만 뭘 그렇게 걱정해? 무엇이든 언젠가는 사라지는 거야. 우리는 모두 이동하며 살아가고 있어. 우리 주위에 있는 것은 대부분 우리가 이동함에 따라 언젠가는 사라져 버려. 그건 어쩔 수 없는 일이야. 사라질 때가 되면 사라진다고. 그리고 사라질 때가 올 때까지는 사라지지 않아. 이를테면 너는 성장해 가지. 앞으로 이 년이 지나면 그 멋진 원피스도 몸에 맞지 않게 돼. 토킹 헤즈도 낡아 빠진 것처럼 느껴질지도 몰라. 그리고 나와 드라이브 같은 걸 하고 싶어 하지도 않겠지. 그건 어쩔 수 없는 일이야. 흐름에 몸을 맡겨야 해. 생각해 봐도 어쩔 수 없는 일이야."

"하지만 나는 쭉 아저씨를 좋아할 거라고 생각해. 그건 시간과는 관계없는 일이야."

"그렇게 말해 주니 기쁘고, 나도 그렇게 생각하고 싶어"라고 나는 말했다. "하지만 공평하게 말하면, 너는 시간에 대해 아직 잘 몰라. 모든 걸 처음부터 단정해 버리지 않는 게 좋아. 시간이라는 건 부패와 같은 거야. 뜻하지 않은 일이 뜻하지 않은 방식으로 변해 버려. 아무도 알 수 없어."

그녀는 오랫동안 잠자코 있었다. 테이프의 A면이 끝나고, 자동으로 B면으로 돌아가고 있었다.

여름이다. 거리의 어디를 내다보아도 여름이 눈에 들어왔다. 경찰이나 고등학생이나 버스 운전사도 모두 반소매 차림을 하고 있었다. 아예 민소매 차림으로 걸어가고 있는 아가씨도 있었다. 얼마 전까지만 해도 눈이 내리고 있었지, 하고 나는 생각했다. 나는 눈이 펑펑 쏟아지는 중에 그녀와 둘이서 「헬프 미 론다Help, Me Rhonda」를 부르고 있었다. 그로부터 겨우 두 달 반밖에 지나지 않았다.

"정말로 나를 미워하지 않아?"

"물론" 하고 나는 말했다. "미워하지 않아. 그럴 리가 없어. 이 불확실한 세계에서 그것만은 확신을 갖고 말할 수 있어."

"절대로?"

"절대로. 이천오백 퍼센트 미워할 리 없어."

그녀는 미소 지었다. "그 말을 듣고 싶었어."

나는 고개를 끄덕였다.

"고탄다 씨를 좋아했지?"라고 유키가 물었다.

"좋아했어"라고 나는 말했다. 그렇게 말하고, 나는 갑자기 목이 메었다. 눈에 눈물이 핑그르르 돌았다. 가까스로 눈물을 억누르고 심호흡을 했다. "만날 때마다 좋아졌어. 그런 일은 별로 없는데. 특히 이 정도의 나이가 되어서는 말이야."

"고탄다 씨가 그 사람을 죽였어?"

나는 잠시 선글라스 너머로 초여름의 거리를 바라봤다. "그건 아무도 알 수 없어. 하지만 어느 쪽이든 상관없었어."

그는 계기를 기다리고 있었을 뿐이다.

유키는 창틀에 턱을 괴고 토킹 헤즈를 들으면서 바깥 경치를 바라보고 있었다. 그녀는 내가 처음 만났을 때보다 약간 어른스러워진 것처럼 보였다. 하지만 기분 탓이겠지. 아직 두 달 반밖에 지나지 않았다.

여름이다, 하고 나는 생각했다.

"앞으로 어떻게 할 거야?"라고 유키가 물었다.

"어떡할까?"라고 나는 말했다. "아무것도 정해 두지 않았어. 무슨 일을 해야 할까? 하지만 어쨌든 한 번 더 삿포로로 돌아가야겠어. 내일이나 모레라도. 삿포로로 돌아가서 해야 할 일이 남아 있어."

나는 유미요시를 만나지 않으면 안 된다. 그리고 양 사나이. 거기에는 나를 위한 장소가 있다. 나는 거기에 포함되어 있는 것이다. 그리고 누군가가 나 때문에 울고 있는 것이다. 나는 한 번 더 그리로 돌아가 풀린 매듭을 묶어야만 한다.

요요기하치만역 가까이 오자, 유키는 거기서 내리겠다고 말했다. "오다큐선을 타고 갈래"라고 그녀는 말했다.

"목적지까지 차로 바래다줄게. 어차피 오늘 오후는 한가하니까"라고 나는 말했다.

그녀는 미소 지었다. "고마워. 하지만 괜찮아. 꽤 멀어서 전철이 빨라."

"이상하군" 하고 나는 선글라스를 벗으며 말했다. "'고마워'라고 말하다니."

"그런 말 하면 안 되는 건가?"

"물론 안 될 거야 없지"라고 나는 말했다.

그녀는 십 초나 십오 초쯤 내 얼굴을 바라봤다. 특별히 표정다운 표정은 띠고 있지 않았다. 기묘하게 표정이 없는 아이다. 눈빛과 입술의 모양이 조금씩 변할 뿐이다. 입술이 약간 오므라들고, 날카로운 눈에는 생기가 깃들어 있었다. 그 눈은 내게 여름 햇빛을 연상시켰다. 날카롭게 물속으로 비쳐 들어 굴절하며 흩어지는 여름날의 그 햇빛.

"단지 감동하고 있을 뿐이야"라고 나는 말했다.

"이상한 사람" 하고 유키는 말했다. 그리고 차에서 내려 문을 닫고는, 뒤를 돌아보지도 않고 걸어가 버렸다. 나는 유키의 홀쭉한 뒷모습이 사람들 속으로 사라져 가는 것을 가만히 지켜봤다. 그녀의 모습이 보이지 않게 되자, 나는 아주 울적한 기분이 들었다. 마치 실연당한 듯한 기분이었다.

나는 휘파람으로 러빙 스푼풀의 「서머 인 더 시티Summer in the City」를 부르면서 오모테산도를 거쳐 아오야마 거리까지 나가 기노쿠니야에서 식료품을 사려고 했다. 그러나 주차장에 차를 주차하려다가, 그래, 내일이나 모레는 삿포로에 가야지, 하는 생각이 들었다. 식사를 만들 필요도 없고, 장을 볼 필요도 없는 것이다. 그렇게 생각하자, 나는 갑자기 할 일이 없어 따분해져 버렸다. 우선 아무것도 할 일이 없다.

나는 한 번 더 목표도 없이 거리를 빙빙 돌고, 그리고 아파트로 돌아왔다. 아파트는 어쩐지 휑뎅그렁하게 보였다. 맙소사, 하고 나는 생각했다. 그리고 침대에 누워 천장을 바라봤다. 이런 경우는 이름을 붙일 수 있겠다, 라고 나는 생각했다. 상실감, 하고 나는 입을 벌려 말해 봤다. 별로 좋은 느낌을 주는 말은 아니었다.

어쩜, 하고 메이가 말했다. 그 소리가 공허한 방 안에 커다랗게 울려 퍼졌다.

〈키키의 꿈〉

나는 키키의 꿈을 꾸었다. 아마 꿈이었으리라고 생각된다. 그렇
지 않으면 꿈과 유사한 행위다. '꿈과 유사한 행위'란 대체 무엇
일까? 나도 알 수 없다. 하지만 그런 게 있다. 우리의 의식의 변경
에는 이름 붙일 수 없는 여러 가지 일들이 존재한다.

　　하지만 간단히 나는 그것을 꿈이라 부르기로 한다. 역시 그
표현이 가장 실체에 가까울 것이므로.

✦

나는 새벽녘에 키키의 꿈을 꾸었다.

　　꿈속에서도 시간은 새벽녘이었다.

　　나는 전화를 걸고 있었다. 국제전화. 그 호놀룰루의 다운타

운에 있는 방의 창틀에서, 키키 같아 보이는 여자가 남겨 두고 간 전화번호를 돌리고 있었다. 드륵드륵 하고 회선이 연결되는 소리가 들렸다. 연결되고 있다고 나는 생각했다. 하나하나의 번호가 차례로 연결되어 가는 것이다. 그리고 잠시 후에 발신음이 들리기 시작했다. 나는 수화기를 단단히 귀에 대고, 그 흐린 소리를 세어 보고 있었다. 다섯 번, 여섯 번, 일곱 번, 여덟 번 하고 나는 세고 있었다. 열두 번째에 누군가 전화를 받았다. 그리고 그와 동시에 나는 그 방에 있었다. 호놀룰루 다운타운의 휑뎅그렁한 그 '죽음의 방'에. 시각은 점심때인 듯했다. 천장의 채광용 들창에서 곧바로 햇살이 비쳐 들고 있었다. 빛은 몇 개의 굵은 기둥이 되어 바닥에서 직립하고, 그 속에 작은 티끌이 떠돌고 있는 게 보였다. 그 빛의 기둥은 칼로 잘라 낸 것처럼 선명하면서도 예각적銳角的으로, 남국의 태양의 격렬함을 방 안으로 전달하고 있었다. 빛이 없는 부분은 어둡고 차가웠다. 그 차이는 너무 대조적이었다. 마치 해저에 있는 것 같다고 나는 생각했다.

나는 그 방의 소파에 앉아, 수화기를 귀에 대고 있었다. 전화 코드가 길게 바닥을 가로질러 뻗어 가고 있었다. 코드는 어두운 부분을 가로질러 빛 속을 빠져나가고, 그리고 멍하고 희미한 어둠 속으로 사라지고 있었다. 굉장히 긴 코드다. 이렇게 긴 코드는 본 적이 없다. 나는 전화기를 무릎에 올려놓은 채 방 안을 둘러봤다.

방 안의 가구 배치는 이전에 봤을 때와 똑같았다. 침대, 테이블, 소파, 의자, 텔레비전, 플로어 스탠드. 그런 것들이 부자연스러울 만큼 제멋대로 배치되어 있다. 방의 냄새도 마찬가지였다. 오랫동안 밀폐된 채로 있던 방의 냄새다. 공기가 탁하고 곰팡이 냄새가 난다. 하지만 여섯 개의 백골은 없어져 버렸다. 침대 위나 소파, 텔레비전 앞의 의자, 식탁 등에서도 백골의 모습은 찾아볼 수 없었다. 모두 사라져 버렸다. 식탁 위에 있던, 음식이 남아 있던 식기도 사라져 버렸다. 나는 전화를 소파 위에 내려놓고 일어섰다. 머리가 약간 아팠다. 굉장히 높은 음의 소리를 들었을 때처럼 얼얼한 느낌의 두통이었다. 그래서 나는 또 거기에 주저앉았다.

제일 먼 곳의 희미한 어둠 속에 있는 의자 위에서 무언가가 움직인 것처럼 보였다. 나는 그쪽을 뚫어지게 바라봤다. 그것은 쓱 일어서더니 구두 소리를 내면서 이쪽으로 다가왔다. 키키였다. 그녀는 천천히 어둠 속에서 나타나더니 빛 속을 가로질러 식탁의 의자에 앉았다. 이전과 똑같은 모습이었다. 푸른색 원피스에 하얀 숄더백.

키키는 거기에 앉아 가만히 나를 바라봤다. 그녀의 표정은 아주 부드러웠다. 그녀는 빛의 영역이나 그림자의 영역도 아닌,

✦✦✦✦✦✦✦✦✦✦✦✦✦✦✦✦✦✦✦✦✦✦✦✦✦✦✦✦✦✦✦✦✦✦✦

그 중간쯤 되는 지점에 위치하고 있었다. 나는 일어서서 거기까지 가보려다가 어쩐지 기가 죽어 그만두었다. 게다가 관자놀이에는 아직 희미한 두통이 남아 있었다.

"백골은 어디로 갔지?"라고 나는 말했다.

"글쎄" 하고 키키는 미소 지으면서 말했다. "없어졌겠지."

"네가 없앴어?"

"아니, 그냥 없어졌어. 당신이 없앤 것 아닐까?"

나는 옆에 놓아둔 전화기를 문득 바라봤다. 그리고 손가락으로 가볍게 관자놀이를 눌렀다.

"그건 대체 무엇을 의미하던 걸까? 여섯 구의 백골."

"당신 자신이야"라고 키키는 말했다. "여기는 당신의 방인걸. 여기에 있는 건 모두 당신 자신이야."

"내 방" 하고 나는 말했다. "그럼 돌고래 호텔은? 거기는 뭐지?"

"거기도 당신 방이야, 물론. 거기에는 양 사나이가 있어. 그리고 여기에는 내가 있고."

빛의 기둥은 흔들리지 않는다. 딱딱하고, 질이 고르다. 그 속의 공기가 희미하게 흔들리고 있을 뿐이다. 나는 그 흔들림을 멍하니 바라보고 있었다.

"여러 곳에 내 방이 있군" 하고 나는 말했다. "저기 말이야,

나는 줄곧 꿈을 꾸고 있었어. 돌고래 호텔의 꿈이야. 거기서는 누군가가 나 때문에 울고 있었어. 매일같이 똑같은 꿈을 꾸고 있었어. 돌고래 호텔이 굉장히 기다란 모양을 하고 있고, 거기서 누군가가 나 때문에 울고 있었다고. 나는 그게 너인 줄 알았어. 그래서 아무래도 너를 만나지 않으면 안 될 듯한 느낌이 들었어."

"모두가 당신 때문에 울고 있어"라고 키키가 말했다. 아주 조용하고, 신경을 어루만지는 듯한 목소리였다. "그건 당신을 위한 장소인걸. 거기서는 누구나 당신을 위해 울어."

"하지만 네가 나를 부르고 있었어. 그렇기 때문에 나는 너를 만나기 위해 돌고래 호텔까지 갔어. 그리고 거기서…… 여러 가지 일이 시작됐어. 예전과 마찬가지로 말이야. 여러 사람을 만났어. 여러 사람이 죽었어. 이봐, 네가 나를 부르고 있었지? 그리고 네가 나를 이끌었지?"

"그렇지 않아. 당신을 부르고 있던 것은 당신 자신이야. 나는 당신 자신의 투영에 지나지 않아. 나를 통해 당신 자신이 당신을 부르며, 당신을 이끌고 있었던 거야. 당신은 당신의 그림자를 파트너 삼아 춤을 추고 있었던 거라고. 나는 당신의 그림자에 지나지 않아."

그녀의 목을 조르고 있는 동안, 이것은 나 자신의 그림자라고 생각했어, 라고 고탄다는 말했다. 이 그림자를 죽이면 다 잘될 거라고 생각했어.

"하지만 왜 모두들 나를 위해 우는 걸까?"

그녀는 여기에는 대답하지 않았다. 그녀는 살며시 일어서서 구두 소리를 내면서 다가와 내 앞에 멈춰 섰다. 그리고 바닥에 무릎을 꿇고 손을 뻗어 손가락을 내 입술에 가져다댔다. 매끄럽고 가느다란 손가락이었다. 그녀는 이어 내 관자놀이에 손가락을 가져다 댔다.

"당신이 울 수 없기 때문에 우리가 우는 거야"라고 키키는 조용히 말했다. 마치 타이르듯이 천천히. "당신이 눈물을 흘릴 수 없기 때문에 우리가 눈물을 흘리고, 당신이 소리를 낼 수 없기 때문에 우리가 소리 내어 우는 거야."

"네 귀는 아직 그대로인가?" 하고 나는 물었다.

"내 귀는—" 하고 말하고 그녀는 빙긋 웃었다. "아직 그대로야. 예전과 똑같아."

"한 번 더 내게 귀를 보여 주지 않겠어?"라고 나는 말했다. "나는 한 번 더 그 기분을 음미하고 싶어. 네가 언젠가 레스토랑에서 내게 귀를 보여 줬을 때의, 세계가 다시 태어나는 듯한 그 기분을. 나는 줄곧 그걸 생각하고 있었어."

그녀는 고개를 저었다. "언젠가는"이라고 그녀는 말했다. "하지만 지금은 안 돼. 그건 언제나 볼 수 있는 게 아니야. 그건 정

✦✦✦✦✦✦✦✦✦✦✦✦✦✦✦✦✦✦✦✦✦✦✦✦✦✦✦✦✦✦✦✦✦✦✦

말로, 보기에 적합한 때에만 볼 수 있는 거야. 그때는 그랬어. 하지만 지금은 그렇지 않아. 언제든 또 보여 줄게. 당신이 진정으로 그것을 필요로 하고 있을 때."

그녀는 다시 일어나, 들창에서 곧바로 비쳐 드는 빛의 기둥 속으로 들어갔다. 그리고 거기에 가만히 서 있었다. 강한 빛의 티끌 속에서 그녀의 몸은 당장이라도 분해되어 사라져 버릴 것만 같았다.

"이봐, 키키, 넌 죽은 거야?"라고 나는 물었다.

빛 속에서 그녀는 빙글 몸을 회전시켜 내가 있는 쪽으로 향했다.

"고탄다 씨 말이야?"

"그래"라고 나는 말했다.

"고탄다 씨는 자신이 나를 죽였다고 생각하고 있어"라고 키키는 말했다.

나는 고개를 끄덕였다. "그래, 그는 그렇게 생각하고 있었어."

"그가 나를 죽였을지도 몰라. 그로서는 그래. 그로서는, 그가 나를 죽였어. 그건 필요한 일이었어. 그는 나를 죽임으로써 자기 일을 해결할 수 있었거든. 나를 죽일 필요가 있었어. 그 사람은 그러지 않고는 어디에도 갈 수 없었어. 불쌍한 사람이었어" 하고 키키는 말했다. "하지만 나는 죽지 않았어. 그저 사라졌을 뿐. 사라진 거야. 옆에 나란히 달리고 있는 전철에 옮겨 탄 것처럼. 그게 사라진다는 거야. 알겠어?"

이해할 수 없다고 나는 말했다.

"간단해, 잘 봐."

키키는 그렇게 말하고, 바닥 위를 가로질러, 벽을 향해 자꾸 걸어갔다. 벽 앞에 이르러서도 보조를 늦추지 않았다. 그리고 그대로 벽 속으로 빨려 들어가 사라졌다. 구두 소리도 사라졌다.

나는 계속 그녀가 빨려 들어간 벽 쪽을 바라보고 있었다. 그것은 단지 벽이었다. 방 안은 고요했다. 빛 속의 티끌만이 여전히 천천히 공중을 떠돌고 있었다. 관자놀이가 또 약간 아팠다. 나는 손가락을 관자놀이에 대고, 가만히 그 벽을 바라보고 있었다. 그때도, 호놀룰루에서 내가 이끌려 갔던 그때도, 그녀는 마찬가지로 벽으로 빨려 들어갔었다고 나는 생각했다.

"어때? 간단하지?" 하고 말하는 키키의 목소리가 들렸다. "당신도 해봐."

"나도 할 수 있어?"

"그러니까 간단하다고 했잖아? 해봐. 곧바로 그대로 걸어가면 돼. 그러면 이쪽으로 올 수 있어. 무서워하면 안 돼. 하나도 무섭지 않으니까."

나는 전화기를 손에 들고 소파에서 일어나, 코드를 질질 끌면서 그녀가 빨려 들어간 부근의 벽을 향해 걸어갔다. 벽이 가까워지자 약간 기가 죽었지만, 그래도 보조를 늦추지 않고 그대로 벽에 부딪쳐 갔다. 마침내 몸이 벽에 부딪쳤지만 아무런 충격도 없었다. 내 몸은 불투명한 공기층을 빠져나갔을 뿐이었다. 공기의 질이 약간 바뀐 듯한 느낌이 들었을 뿐이었다. 나는 전화기를 손에 든 채 그 층을 빠져나오고, 그리고 내 방의 침대로 돌아왔다. 나는 침대에 걸터앉아, 전화기를 무릎 위에 내려놓았다. "간단하군" 하고 나는 말했다. "굉장히 간단해."

나는 수화기를 귀에 대어 봤지만 전화는 끊어져 있었다.

이건 꿈일까?

꿈일 것이다, 아마.

하지만 누가 그걸 알겠는가?

43

내가 돌핀 호텔에 도착했을 때, 프런트의 카운터에는 세 명의 여직원이 서 있었다. 그녀들은 이전과 마찬가지로 깨끗한 블레이저코트에 새하얀 블라우스 차림으로 나를 상냥하게 맞아 줬는데, 그 속에 유미요시의 모습은 없었다. 나는 몹시 실망했다. 아니, 절망했다고 해도 좋을 정도였다. 나는 여기에 오면 당연히 유미요시와 곧 재회할 수 있으리라고 애초에 생각하고 있었던 것이다. 그래서 나는 말을 제대로 할 수 없게 됐다. 나는 나 자신의 이름조차 잘 발음할 수 없었고, 그 결과 나를 상대한 여직원의 미소는 기름이 떨어진 기계처럼 약간 굳어졌다. 그녀는 내 신용카드를 의심스러운 듯이 바라보고는 컴퓨터에 집어넣어, 그것이 도난품이 아님을 확인했다.

나는 십칠 층의 방으로 들어가 짐을 내려놓고, 세면실에서 세수를 하고 로비로 내려갔다. 그리고 푹신푹신한 고급 소파에 앉아, 잡지를 읽는 체하면서 프런트를 힐끗 쳐다보고 있었다. 유미요시는 어쩌면 잠시 쉬고 있을 뿐인지도 모른다. 하지만 사십 분이 지나도 유미요시는 나타나지 않았다. 똑같은 헤어스타일을 하고 있어 분간하기 어려운 세 아가씨가 계속 일하고 있을 뿐이었다. 한 시간을 꽉 채워 기다린 후 나는 체념했다. 유미요시는 휴식을 취하고 있는 것이 아니다.

나는 거리로 나가 석간신문을 샀다. 그리고 찻집에 들어가 커피를 마시면서 혹시 흥미 있는 기사가 있지 않을까 싶어 구석구석을 샅샅이 읽어 봤다.

하지만 아무것도 없었다. 고탄다에 관한 일이나 메이에 관한 일도 실려 있지 않았다. 다른 살인이나 자살 따위에 대한 기사가 실려 있을 뿐이었다. 나는 신문을 읽으면서, 호텔에 돌아가면 아마 유미요시가 프런트에 서 있으리라고 생각했다. 꼭 그래야만 하는 것이다.

하지만 한 시간 후에도 여전히 유미요시의 모습은 보이지 않았다.

나는 그녀가 어떤 이유로 세계로부터 갑자기 사라져 버린 게 아닐까, 하는 생각이 문득 들었다. 이를테면 벽에 빨려 들어가는 것처럼. 그렇게 생각하자, 나는 몹시 불안한 기분이 됐다. 그래서 나는 그녀의 아파트에 전화를 걸어 봤다. 전화를 받는 사람은 없었다. 나는 프런트에 전화를 걸어, 유미요시가 있느냐고 물어봤다. "유미요시는 어제부터 휴가 중이에요"라고 다른 직원이 가르쳐 줬다. 모레부터 출근한다는 것이었다. 맙소사, 하고 나는 생각했다. 왜 미리 그녀에게 미리 전화를 걸지 않았을까? 왜 전화를 생각해 내지 못했을까?

나는 비행기를 타고 즉시 삿포로로 날아오는 일밖에는 아무 것도 염두에 두고 있지 않았다. 그리고 삿포로에 오면 이내 유미요시를 만날 수 있을 거라고만 생각했던 것이다. 어이없는 얘기다. 도대체 나는 언제 그녀에게 전화를 걸었던가? 고탄다가 죽은 후로 한 번도 걸지 않았다. 아니, 그 전에도 걸지 않았다고 나는 생각했다. 유키가 해안에서 토하고 나서, 내게 고탄다가 키키를 죽였다고 말한 때부터 죽 걸지 않았다. 꽤 오랜 기간이다. 나는 줄곧 유미요시를 방치해 둔 것이다. 그동안에 무슨 일이 일어났는지 알 수 없었다. 여러 가지 일들이 일어날 수 있다. 아주 손쉽게 여러 가지 일들이 일어날 수 있는 것이다.

하지만, 하고 나는 생각했다. 나는 아무 말도 할 수 없었다. 정말로 아무 말도 할 수 없었다. 고탄다가 키키를 죽였다고 유키가 말했다. 그리고 고탄다는 마세라티를 몰고 바다로 뛰어들었다. 나는 유키에게 "괜찮아, 네 탓이 아니야"라고 말했다. 키키가 내게 자신은 나의 그림자에 지나지 않는다고 말했다. 내가 대체 무슨 말을 할 수 있었겠는가? 아무 말도 할 수 없었다. 나는 우선 유미요시의 얼굴을 보고 싶었다. 그리고 그녀에게 무슨 말을 해야 할 것인지 생각해 보고 싶었다. 전화로는 아무 말도 할 수 없었던 것이다. 하지만 나는 불안했다. 유미요시가 이미 벽으로 빨려들어가, 이제 영원히 그녀를 만날 수 없는 게 아닐까? 그래, 그 백골은 모두 여섯이었다. 다섯까지는 누구인지 알고 있다. 하지만 나머지 하나만은 알 수 없다. 그건 누구의 것일까? 여기에 생각이 미치자 나는 안절부절못하는 기분이 됐다. 답답할 만큼 가슴이 두근거렸다. 심장이 자꾸만 부풀어 올라 늑골이 뚫려 버리지 않을까, 하는 느낌이 들 정도였다. 난생처음으로 그런 느낌을 갖게 됐다. 나는 유미요시를 사랑하고 있는 걸까? 알 수 없다. 만나서 얼굴을 보기 전에는, 아무것도 생각할 수 없는 것이다. 나는 손가락이 아플 만큼 몇 번이나 유미요시의 아파트에 전화를 걸어 봤다. 하지만 아무도 받지 않았다.

나는 잠을 잘 이룰 수 없었다. 격렬한 불안감에 몇 번이고 잠에서 깼다. 나는 땀을 흘리며 깨어나, 불을 켜고 시계를 바라봤다. 처음에는 두 시였고, 다음에는 세 시 십오 분이었고, 그다음에는 네 시 이십 분이었다. 그리고 네 시 이십 분 이후에는 끝내 잠을 이룰 수가 없었다. 나는 창가에 앉아, 심장 소리를 들으면서 거리가 밝아 오는 모습을 가만히 바라보고 있었다.

이봐, 유미요시, 나를 더 이상 외톨이로 만들지 말아 줘, 하고 나는 생각했다. 내게는 당신이 필요해. 나는 외톨이가 되고 싶지 않아. 당신이 없으면 나는 원심력에 의해 우주 가장자리로 날아가 버릴 듯한 느낌이 들어. 제발 내게 얼굴을 보여 주고 나를 어딘가에 연결시켜 줘. 현실의 세계에 연결시켜 줘. 나는 귀신에 홀리고 싶지 않아. 나는 서른네 살 먹은 보통 남자야. 내게는 당신이 필요하단 말이야.

나는 아침 여섯 시 반부터 계속해서 그녀의 방에 전화를 걸었다. 삼십 분마다 전화 앞에 앉아 다이얼을 돌렸다. 하지만 아무도 받지 않았다. 삿포로의 6월은 멋진 계절이었다. 오래전에 눈이 녹아, 불과 몇 개월 전에는 딱딱하게 얼어붙어 있던 대지가 지금은 까맣게, 부드러운 생명의 숨결을 띠고 있었다. 나무들마다 푸른 잎이 무성하고, 깨끗하고 부드러운 바람이 그 잎들을 흔들고 있었다. 하늘은 높고 투명하며, 구름은 또렷한 윤곽을 드러내고 있었다. 그런 풍경이 내 마음을 흔들었다. 하지만 나는 계속 호텔 방에 머물며 그녀 집의 전화번호를 돌리고 있었다. 내일이면 그녀가 돌아온다, 그때까지 기다리면 되지 않는가, 하고 나는 십 분마다 스스로를 타일렀다. 하지만 내일까지 기다릴 수 없었다. 내일이 오는 걸 누가 보증할 수 있는가? 나는 전화기 앞에 앉아 계속 다이얼을 돌렸다. 그리고 전화를 걸지 않을 때는 침대에 누워 꾸벅꾸벅 졸며 의미도 없이 가만히 천장을 바라봤다.

예전에 여기에 돌고래 호텔이 있었다, 하고 나는 생각했다. 형편없는 호텔이었다. 하지만 거기에는 여러 가지가 남아 있었다. 사람들의 기억이나 시간의 찌꺼기가, 그 바닥이 삐걱거리는 소리들에, 벽의 얼룩들에 남아 있었다. 나는 의자에 깊숙이 앉아 발을 테이블에 올려놓은 채, 눈을 감고 돌고래 호텔의 광경을 회상해 봤다. 그 입구 문의 형태부터 닳아 떨어진 카펫, 색이 바랜 놋쇠로 만들어진 열쇠, 구석에 먼지가 쌓여 있는 창틀 따위에 이르기까지, 나는 그 복도를 걸어가 문을 열고 그 방으로 들어갈 수 있었다.

돌고래 호텔은 사라졌다. 하지만 그 그림자와 흔적은 아직 여기에 남아 있었다. 나는 그 존재를 느낄 수 있었다. 돌고래 호텔은 새롭고 거대한 '돌핀 호텔' 속에 잠겨 있는 것이다. 눈을 감으면, 나는 그 안으로 들어갈 수가 있었다. 덜컹덜컹 덜컹덜컹, 하고 늙은 개가 기침을 하는 것처럼 엘리베이터가 떨어지는 소리를 들을 수도 있었다. 그것은 여기에 있는 것이다. 아무도 알지 못한다. 하지만 여기에 있다. 이 장소가 내 이음매다. 괜찮아, 여기는 나를 위한 장소다, 하고 나는 스스로를 타일렀다. 그녀는 반드시 되돌아온다, 가만히 기다리고만 있으면 된다, 하고.

나는 룸서비스로 저녁 식사를 하고, 냉장고에서 맥주를 꺼내 마셨다. 그리고 여덟 시 반에 한 번 더 유미요시에게 전화를 걸어 봤다. 아무도 받지 않았다.

나는 텔레비전을 켜고, 아홉 시까지 야구 중계를 봤다. 소리는 끄고, 화면만 봤다. 시시한 시합이었고, 특별히 야구 시합을 보고 싶은 것도 아니었다. 하지만 나는 어쨌든 살아 있는 인간이 돌아다니는 걸 보고 싶었다. 배드민턴 시합이든 수구 시합이든 무엇이든 상관없었다. 나는 시합의 흐름을 좇아가지 않고, 그저 사람이 볼을 던지거나, 치거나, 달려가곤 하는 것을 보고 있었다. 아주 먼 곳에 있는, 자신과는 관계없는 누군가의 삶의 단편으로서. 마치 멀리 하늘을 흘러가는 구름을 바라보고 있는 것처럼 말이다.

아홉 시가 되어 나는 또 전화를 걸어 봤다. 이번에는 벨이 단한 번 울리자 그녀가 전화를 받았다. 나는 잠시 동안 그녀가 전화를 받은 사실이 믿어지지 않았다. 갑자기 거대한 일격을 받아, 나를 세계에 연결하고 있던 밧줄이 끊어져 버린 듯한 느낌이 들었다. 몸에 힘이 빠지면서 단단한 공기 덩어리가 목구멍으로 올라왔다. 유미요시가 거기에 서 있는 것이다.

"여행을 하고 방금 돌아온 참이야" 하고 유미요시는 아주 시원스런 목소리로 말했다. "휴가 중에 도쿄에 가 있었어. 친척 집에. 당신 집에 전화를 두 번 걸었어. 아무도 받지 않았지만."

"나는 삿포로로 와서, 너에게 줄곧 전화를 걸고 있었어."

"엇갈렸네"라고 그녀는 말했다.

"엇갈렸어"라고 나는 말하며, 수화기를 꼭 잡고는 텔레비전의 소리 없는 화면을 잠시 가만히 응시하고 있었다. 할 말이 잘 떠오르지 않는다. 나는 어쩔 수 없이 혼란에 빠져 있었다. 어떻게 말해야 할까?

"왜 그래, 여보세요?"라고 유미요시가 말했다.

"여기 있어."

"당신 목소리가 이상한 것 같아."

"긴장하고 있어" 하고 나는 설명했다. "직접 만나서 이야기하기 전에는 말을 잘 못할 것 같아. 줄곧 긴장하고 있었더니, 전화로는 그 긴장이 풀리질 않네."

"내일 밤에는 만날 수 있을 거야" 하고 그녀는 잠깐 시간을 두고 말했다. 아마 안경테를 만지작거리고 있으리라고 나는 생각했다.

나는 수화기를 귀에 댄 채 바닥에 주저앉아 벽에 기대었다.

"이봐, 내일은 늦어. 오늘 지금 당장 만나고 싶어."

그녀는 부정적인 소리를 냈다. 말로 제대로 표현되지는 않았지만, 그 부정적인 공기는 분명히 전달되어 왔다. "지금은 아주 피곤해. 녹초가 됐어. 방금 돌아왔다고 말했잖아? 그러니까 지금 바로 만나기는 곤란해. 내일은 아침부터 출근해야 하고, 지금은 그저 잠을 자고 싶을 뿐이야. 내일 퇴근 후에 만나. 그러면 되지? 아니면, 내일은 여기에 없을 거야?"

"아니, 나는 얼마 동안 쭉 여기에 있을 거야. 네가 피곤한 것도 잘 알고 있어. 하지만 솔직히 말해 어쩐지 걱정이 돼. 내일이 되면, 네가 사라져 버리지 않을까 싶어서 말이야."

"사라져?"

"이 세계로부터 사라질까 봐, 소멸될까 봐."

유미요시는 웃었다. "그렇게 간단히 사라지지는 않아. 괜찮아. 안심해."

"이봐, 그렇지 않아. 너는 잘 몰라. 우리는 자꾸 이동해 가고 있어. 그리고 이동해 감에 따라 여러 가지가, 우리 주위에 있는 여러 가지가 사라져 간다고. 그건 어쩔 수 없는 일이야. 무엇 하나 머물러 있지 않아. 의식 속에는 머물러 있지. 하지만 이 현실 세계로부터 사라져 가는 거야. 나는 그게 걱정이야. 유미요시, 나는 네가 필요해. 나는 아주 현실적으로 너를 원하고 있어. 내가 이토록 뭔가를 간절히 바라는 일은 거의 없어. 네가 사라지기를 원치 않아."

유미요시는 내가 한 말에 대해 잠시 생각하고 있었다. "이상한 사람이네"라고 그녀는 말했다. "하지만 약속할게. 사라지지 않아. 그리고 내일 당신을 만날 거야. 그러니까 그때까지 기다려줘."

"알았어"라고 나는 말했다. 그리고 체념했다. 체념할 수밖에 없는 것이다. 그녀가 아직 사라지지 않았음을 알게 된 것만도 어디냐고 나는 자신에게 타일렀다.

"잘 자"라고 그녀는 말했다. 그리고 전화를 끊었다.

나는 잠시 방 안을 서성거렸다. 그리고 이십육 층의 바에 가서, 보드카 소다를 마셨다. 내가 처음으로 유키를 만난 곳이다. 바는 사람들로 붐비고 있었다. 카운터에서 젊은 여자 둘이 술을 마시고 있었다. 둘 다 아주 멋진 옷을 입고 있었다. 한 명은 다리가 예뻤다. 나는 테이블 앞의 좌석에 앉아, 그들을 별 뜻 없이 바라보면서 보드카 소다를 마셨다. 야경도 바라봤다. 그리고 관자놀이에 손가락을 대어 봤다. 별로 아프지 않았다. 나는 손가락으로 두개골의 모양을 더듬어 갔다. 내 두개골. 천천히 한참 동안 내 두개골의 모양을 확인하고 나서, 이번에는 카운터에 앉아 있는 여자들의 뼈 모양을 상상해 봤다. 두개골과 척추, 늑골, 골반, 팔과 다리, 관절. 아주 예쁜 다리 속의 아주 예쁜 백골. 눈처럼 새하얗고 청결하며 무표정한 뼈. 다리가 예쁜 쪽의 여자가 나를 힐끗 쳐다봤다. 아마 내 시선을 느꼈나 보다. 나는 그녀에게 설명해 주고 싶었다. 나는 네 몸을 바라보고 있었던 게 아니라, 그저 뼈의 모양을 상상하고 있었을 뿐이라고. 하지만 물론 말하지 않았다. 나는 보드카 소다 세 잔을 마시고, 방으로 돌아와 잠자리에 들었다. 유미요시가 무사하다는 걸 확인했기 때문인지, 깊이 잠들 수 있었다.

✦

유미요시가 찾아온 것은 새벽 세 시였다. 새벽 세 시에 도어 벨이 울렸다. 나는 침대 옆에 놓인 등을 켜고 시계를 봤다. 그리고 샤워 가운을 걸치고, 아무 생각도 없이 문을 열었다. 몹시 졸려 무엇을 생각할 여유가 없었다. 그냥 일어나 걸어가서 문을 열었을 뿐이었다. 문을 열자 거기에 유미요시가 서 있었다. 그녀는 제복인 연한 라이트 블루의 블레이저코트를 입고 있었다. 그녀는 언제나처럼 문틈으로 슬쩍 방에 들어왔다. 나는 문을 닫았다.

그녀는 방 한가운데에 서서 커다랗게 숨을 쉬었다. 그리고 블레이저코트를 소리도 없이 벗고, 구겨지지 않도록 그것을 반듯이 의자의 등받이에 걸쳤다. 언제나 그랬던 것처럼.

"어때, 사라지지 않았지?"라고 그녀는 말했다.

"사라지지 않았어" 하고 나는 멍한 목소리로 말했다. 나는 현실과 비현실의 경계를 아직 잘 파악할 수 없었다. 나는 놀랄 수도 없었다.

"그렇게 간단히 사람이 사라지지는 않아" 하고 유미요시는 잘 알아듣게 하려는 듯이 말했다.

"너는 잘 몰라. 이 세계에서는 무슨 일이든 일어날 수 있어. 무슨 일이든."

"하지만 아무튼 나는 여기 있어. 사라지지 않았어. 그건 인정하지?"

나는 주위를 둘러보고, 심호흡을 한 다음, 유미요시의 눈을 바라봤다. 현실이었다. "인정해"라고 나는 말했다. "너는 사라지지 않은 것 같아. 그런데 새벽 세 시에 어째서 네가 내 방에 온 걸까."

"잠을 이룰 수가 없었어"라고 그녀는 말했다. "전화를 끊고 곧 잠이 들었지만, 한 시가 지나 깨고부터는 통 잘 수가 없었어. 당신이 한 말이 신경 쓰였거든. 어쩌면 이대로 사라져 버리지 않을까, 하고 말이야. 그래서 택시를 타고 이리로 오기로 했어."

"하지만 새벽 세 시에 출근하면, 모두들 이상하게 생각하지 않을까?"

"괜찮아. 들키지 않았으니까. 이 시간에는 모두 자고 있어. 스물네 시간 풀 서비스라고는 하지만, 새벽 세 시인걸. 특별히 할 일도 없어. 제대로 일어나 대기하고 있는 건 프런트와 룸서비스 담당들뿐이야. 지하 주차장에서 종업원용 문을 통해 올라오면 아무도 몰라. 그리고 들켜도 여기는 종업원이 많으니까 근무

중인지 비번인지 일일이 알 수 없고, 알고 있다 해도 휴게실에 잠을 자러 왔다고 말하면 전혀 문제없어. 그런 적은 전에도 몇 번 있거든."

"전에도 있어?"

"응, 잠이 오지 않으면 밤중에 몰래 호텔로 나와. 그리고 혼자 어슬렁거려. 그러면 마음이 가라앉아. 우습지? 하지만 그런 게 좋아. 호텔 안에 있으면 무척 마음이 놓여. 한 번도 발각된 적은 없어. 그러니까 안심해. 발각되지 않을 거고, 발각되어도 어떻게든 발뺌을 할 수 있으니까. 물론 이 방에 들어와 있는 걸 알게 되면 그건 좀 문제가 되겠지만, 그렇지 않으면 괜찮아. 아침까지 여기에 있다가, 출근 시간이 되면 살며시 나갈게. 괜찮지?"

"난 괜찮아. 출근 시간은 몇 시야?"

"여덟 시"라고 그녀는 말했다. 그리고 손목시계를 들여다봤다. "다섯 시간 남았어."

그녀는 거친 동작으로 손목의 시계를 끌러, 툭 하고 작은 소리가 나도록 테이블 위에 내려놓았다. 그리고 소파에 앉아, 스커트 자락을 당겨 죽 펴고 고개를 들어 나를 바라봤다. 나는 침대 가장자리에 걸터앉아 조금씩 의식을 되찾고 있었다. "그래―"라고 유미요시는 말했다. "당신은 나를 원하고 있는 거구나?"

"아주 격렬히" 하고 나는 말했다. "모든 게 한 바퀴 빙그르르 회전했어. 그리고 나는 너를 원하고 있어."

"격렬히"라고 그녀는 말했다. 그리고 스커트 자락을 또 당졌다.

"그래, 아주 격렬히."

"한 바퀴 돌아 어디로 돌아온 거야?"

"현실로"라고 나는 말했다. "꽤 시간이 걸렸지만, 나는 현실로 돌아왔어. 여러 가지 기묘한 것들 속을 통과해 왔어. 여러 사람이 죽었어. 여러 가지 것을 상실했지. 굉장히 혼란해졌는데, 그 혼란이 완전히 해소된 건 아냐. 아마 혼란은 혼란스러운 대로 존속되리라고 생각해. 하지만 나는 느껴. 나는 이로써 한 바퀴 돌았다는걸. 그리고 여기는 현실이야. 나는 한 바퀴 도는 동안 기진맥진해서 녹초가 되어 있었어. 하지만 어떻게든 계속 춤을 추었지. 제대로 스텝을 밟았어. 그래서 이리로 돌아올 수 있었던 거야."

그녀는 내 얼굴을 바라보고 있었다.

"구체적인 건 지금 도저히 설명할 수 없을 것 같아. 하지만 나를 믿어 줬으면 좋겠어. 나는 너를 원하고 있고, 그건 내게는 아주 중요한 일이야. 그리고 네게도 중요한 일이야. 거짓말이 아니야."

"그럼 나는 어떡하면 좋지?" 하고 유미요시는 표정을 바꾸지 않고 말했다. "감동해서 당신과 자면 돼? 멋있어, 그토록 나를 원하고 있었다니 최고야! 하면서."

"아니야, 그렇지 않아" 하고 나는 말했다. 그리고 적당한 말을 찾았다. 하지만 적당한 말 따위는 물론 없었다. "뭐라고 말해야 할까? 이건 정해져 있는 일이야. 나는 한 번도 그것을 의심해

본 적 없어. 너는 나하고 자는 거야, 처음부터 그렇게 생각하고 있었어. 하지만 처음에는 그럴 수가 없었어. 그렇게 하는 게 부적당했으니까. 그래서 빙그르르 한 바퀴 돌 때까지 기다렸지. 한 바퀴 돌았어. 지금은 부적당하지 않아."

"그러니까 지금 나는 당신과 자야 한다는 말이야?"

"논리적으로는 확실히 문제가 있다고 생각해. 설득하는 방법으로도 최악일 거라고 생각해. 그건 인정해. 하지만 솔직히 말하려고 하면 이렇게 되어 버려. 이렇게 표현하는 수밖에 없어. 저기, 나도 보통 상황이었다면 제대로 절차를 밟아 너를 설득했을 거야. 나도 그 정도쯤은 알고 있어. 좋은 결과를 내는지의 여부를 떠나, 방법적으로는 남들이 아는 만큼 충분히 알고 있어. 하지만 지금 상황은 그렇지 않아. 훨씬 더 단순하다고. 그러니까 이렇게밖에는 표현할 수 없어. 능숙하게 하고 말고의 문제가 아냐. 나하고 너는 자는 거야. 정해져 있어. 정해져 있는 것을 나는 이러쿵저러쿵 따지고 싶지 않아. 그렇게 하다 보면, 거기에 있는 중요한 뭔가가 깨져 버리기 때문이야. 정말이야. 거짓말이 아니야."

유미요시는 테이블 위에 놓여 있는 자신의 시계를 잠시 바라보고 있었다. "그리 정상적으로 보이진 않네"라고 그녀는 말했다. 그리고 한숨을 쉬고 블라우스의 단추를 풀기 시작했다.

"보지 마"라고 그녀는 말했다.

나는 침대에 누워 천장 구석을 바라보고 있었다. 거기에는 다른 세계가 있다고 나는 생각했다. 하지만 나는 지금 여기에 있다. 그녀는 천천히 옷을 벗어 갔다. 옷 스치는 소리가 희미하게 계속되고 있었다. 그녀는 옷 하나를 벗으면, 그것을 깔끔하게 개어 어딘가에 두고 있는 듯했다. 안경을 테이블 위에 내려놓는 소리도 들렸다. 아주 섹시한 소리였다. 그리고 그녀가 다가왔다. 그녀는 머리맡의 조명을 끄고, 내 침대 속으로 들어왔다. 부드럽게, 아주 조용히 그녀는 내 옆으로 기어 들어왔다. 방문 틈으로 이 방에 들어올 때와 마찬가지로 그렇게.

나는 손을 뻗어 그녀의 몸을 껴안았다. 그녀의 살과 내 살이 닿았다. 아주 매끄럽다고 나는 생각했다. 그리고 거기에는 뭔가 무게가 있었다. 현실이다. 메이와는 다르다. 그녀의 몸은 꿈처럼 멋있었다. 하지만 그녀는 환상 속에 있었던 것이다. 그녀 자신의 환상과, 그녀를 포옹하고 있는 환상 속의 환상, 이중의 환상 속에. 어쩜. 하지만 유미요시의 몸은 현실 세계에 존재하고 있었다. 그 따스함이나 무게나 떨림은 정말로 현실의 것이었다. 나는 그녀의 몸을 어루만지면서 그렇게 생각했다. 키키를 애무하는 고탄다의 손가락도 환상 속에 존재하고 있었다. 그것은 연기고, 화면 위에서 노니는 빛의 이동이며, 한 세계로부터 또 하나의 세계로 빠져나가는 그림자였다. 하지만 이건 다르다. 이건 현실이다. 어쩜. 내 현실의 손가락이 유미요시의 현실의 살결을 어루만지고 있는 것이다.

"현실이다" 하고 나는 말했다.

유미요시는 내 목에 얼굴을 파묻고 있었다. 나는 그녀의 코끝의 감촉을 느꼈다. 어둠 속에서 나는 그녀의 몸 구석구석을 하나하나 확인해 갔다. 어깨에서 팔꿈치, 손목, 손바닥 그리고 열 개의 손가락까지. 아주 사소한 부분까지 한군데도 빠뜨리지 않았다. 나는 그것을 손가락으로 쓰다듬고, 거기에 봉인하는 것처럼 입을 맞추었다. 가슴과 배, 옆구리, 등, 다리의 모양을 하나하나 확인하고, 그리고 봉인을 했다. 그럴 필요가 있었다. 그렇게 해야만 했던 것이다. 그리고 나는 그녀의 부드러운 음모를 손바닥으로 부드럽게 어루만지고 거기에도 입을 맞추었다. 어쩜. 그리고 성기에까지도.

현실인 것이다, 하고 나는 생각했다.

나는 아무 말도 하지 않았고, 그녀 역시 아무 말도 하지 않았다. 그녀는 그저 조용히 호흡하고 있었다. 하지만 그녀 역시 나를 원하고 있었다. 나는 그것을 느낄 수 있었다. 그녀는 내가 무엇을 바라는지 알고 있었고, 그에 맞추어 미묘하게 자세를 바꾸었다. 나는 그녀의 몸을 모두 확인한 다음에, 한 번 더 그녀를 팔로 꼭 껴안았다. 그녀의 팔도 내 몸을 껴안고 있었다. 그녀가 내쉬는 숨결은 따스하고 촉촉함이 배어 있었다. 그것은 말로 표현할 수 없는 말을 공중에 띄워 올리고 있었다. 그리고 나는 그녀의 안으로 들어갔다. 내 페니스는 몹시도 단단하고 또 뜨거웠다. 그만큼 격렬하게 나는 그녀를 원하고 있었다. 나는 엄청나게 목이 말라 있었던 것이다.

마지막으로 유미요시는 내 어깨를 피가 밸 정도로 세게 물었다. 하지만 상관없다. 이게 현실이다. 아픔과 피. 나는 그녀의 허리를 껴안으며 천천히 사정했다. 아주 천천히 순서를 확인이라도 하듯이.

"굉장해" 하고 잠시 후에 유미요시가 말했다.

"그러니까 정해져 있었던 거야"라고 나는 말했다.

유미요시는 그대로 내 팔 안에서 잠들었다. 아주 평온한 잠이었다. 나는 잠들지 않았다. 전혀 졸리지 않았고, 잠들어 있는 그녀를 껴안고 있는 것은 멋진 일이었다. 이윽고 날이 밝아 오면서, 아침 햇빛이 방 안으로 조금씩 희미하게 비쳐들기 시작했다. 테이블 위에는 그녀의 손목시계와 안경이 놓여 있었다. 나는 안경을 벗은 유미요시의 얼굴을 바라봤다. 안경을 벗은 그녀도 멋있었다. 나는 그녀의 이마에 가볍게 입을 맞추었다. 나는 다시 단단하게 발기해 있었다. 한 번 더 그녀의 저 깊은 심연으로 들어가고 싶었지만, 그녀가 아주 기분 좋은 듯이 푹 잠들어 있었기 때문에 차마 그 잠을 흐트러뜨리고 싶지 않았다. 그리고 그녀의 어깨를 껴안은 채, 빛의 영역이 방의 구석구석까지 퍼져 가며 어둠이 후퇴해 사라져 가는 모습을 지켜보고 있었다.

의자 위에는 그녀가 개어 둔 옷이 놓여 있었다. 스커트와 블라우스와 스타킹과 속옷, 그리고 의자 밑에는 검은 구두가 가지런히 놓여 있었다.

일곱 시에 나는 그녀를 깨웠다.

"유미요시, 일어날 시간이야" 하고 나는 말했다.

그녀는 눈을 뜨고 나를 바라봤다. 그리고 내 목에 또 코를 가져다 댔다. "굉장했어"라고 그녀는 말했다. 그리고 물고기처럼 침대를 쑥 빠져나가 벌거벗은 채로 아침 햇빛 속에 서 있었다. 마치 충전이라도 하는 것처럼. 나는 베개에 한쪽 팔을 괴고 그녀의 몸을 바라봤다. 내가 몇 시간 전에 확인하고 봉인한 그 몸을.

유미요시는 샤워를 하고, 내 헤어브러시로 머리를 빗고 간결하고 깔끔하게 이를 닦았다. 그리고 꼼꼼히 옷을 챙겨 입었다. 나는 그녀가 옷을 입는 걸 바라보고 있었다. 그녀는 흰 블라우스의 단추를 주의 깊게 하나하나 잠그고, 블레이저코트를 입고, 전신 거울 앞에서 옷이 구겨지지도 않고 먼지도 묻어 있지 않음을 확인했다. 그런 일을 하는 유미요시의 표정이 사뭇 진지했다. 그런 그녀의 몸짓을 바라보고 있는 게 즐거웠다. 아침이라는 느낌이 전달되어 왔다. "화장 도구는 휴게실 사물함에 놓고 다녀"라고 그녀는 말했다.

"그대로도 예뻐"라고 나는 말했다.

"고마워. 하지만 화장을 하지 않으면 야단맞아. 화장을 하는 것도 일의 일부야."

나는 선 채로 방 한가운데에서 유미요시를 한 번 더 껴안았다. 라이트 블루의 제복을 입고 안경을 끼고 있는 유미요시를 껴안는 것도 아주 멋진 일이었다.

"날이 밝았는데도 여전히 나를 원하고 있어?"라고 그녀는 물었다.

"굉장히"라고 나는 말했다. "어제보다 더 격렬히."

"저기, 누군가 나를 이렇게 격렬히 원하기는 처음이야"라고 유미요시는 말했다. "그건 분명히 알 수 있어. 나를 무척 원한다는 것은. 그런 걸 느낀 건 처음이야."

"지금까지 아무도 당신을 원하지 않았어?"

"당신처럼은. 아무도."

"그러니까 어떤 느낌이 들어?"

"굉장히 느긋해지는 느낌이야"라고 유미요시는 말했다. "이렇게 느긋하게 여유를 가질 수 있었던 건 실로 오랜만이야. 마치 따스하고 쾌적한 방에 있는 듯한 기분이 들어."

"계속 거기에 있으면 돼"라고 나는 말했다. "아무도 나가지 않고, 아무도 들어오지 않아. 나와 너밖에 없어."

"거기에 머무는 거야?"

"그래, 머무는 거야."

유미요시는 약간 얼굴을 뒤로 젖히고 내 눈을 바라봤다. "저기 오늘 밤에 또 여기 와서 자도 괜찮을까?"

"물론 나야 괜찮지. 하지만 네겐 위험이 너무 크지 않을까? 들통나면 넌 해고당할지도 몰라. 그보다는 네 아파트나, 아니면 다른 호텔에 묵는 편이 낫지 않을까? 그 편이 마음이 편할 거야."

유미요시는 고개를 저었다. "아니, 여기가 좋아. 나는 이 장소가 좋아. 여기는 당신의 장소인 동시에 내 장소이기도 하거든. 나는 여기서 당신에게 안기고 싶어. 당신만 좋다면."

"나는 어디든 상관없어. 너 좋을 대로 하면 돼."

"그럼 오늘 저녁에 만나, 여기서"라고 그녀는 말했다. 그리고 문을 살짝 열고, 바깥 동정을 살피고는 몸을 구부리듯이 하며 쓱 사라져 버렸다.

✦

나는 면도와 샤워를 하고 밖으로 나가 아침 거리를 산책했다. 그리고 던킨도너츠에 들어가 도넛을 먹고, 커피를 두 잔 마셨다.

거리는 출근하는 사람들로 붐비고 있었다. 그런 광경을 바라보고 있으려니, 나도 일을 시작해야겠다는 느낌이 들었다. 유키가 공부를 시작한 것처럼, 나도 일을 시작해야 한다. 현실적이 되는 것이다. 삿포로에서 일을 찾는 것은 어떨까? 그것도 나쁘지 않다고 나는 생각했다. 그리고 유미요시와 함께 사는 것이다. 유미요시는 호텔에서 일하고 나는 나의 일을 하는 것이다. 무슨 일을 하지? 뭐 됐다. 뭔가 있을 것이다. 설령 일을 바로 찾지 못해도 아직 몇 달은 견딜 수 있다. 뭔가 글을 쓰는 것도 나쁘지 않다고 나는 생각했다. 나는 글 쓰는 일을 싫어하지 않는다. 거의 삼 년 동안 계속 눈 치우는 작업을 한 후, 나는 뭔가 나 자신을 위한 글을 쓰고 싶은 생각을 갖게 됐다.

그렇다, 나는 그것을 바라고 있는 것이다.

단순한 문장. 시나 소설이나 자서전, 편지 나부랭이도 아닌,

나 자신을 위한 단순한 문장. 주문도 마감도 없는 단순한 문장.

　　나쁘지 않다.

　　그리고 나는 다시 유미요시의 몸을 떠올렸다. 나는 그녀의 몸을 구석구석까지 기억하고 있었다. 내가 그것을 확인하고 봉인했던 것이다. 나는 행복한 기분으로 초여름의 거리를 거닐고, 맛있는 점심 식사를 하고, 맥주를 마신 뒤, 호텔 로비에 있는 화분의 나무 그늘에 몸을 숨기고, 프런트에서 유미요시가 일하는 모습을 잠시 지켜봤다.

44

유미요시는 해 질 녘 여섯 시 반에 찾아왔다. 그녀는 여전히 제복 차림이었지만, 다른 모양의 블라우스를 입고 있었다. 그리고 이 번에는 제대로 갈아입을 옷과 세면도구, 화장품 따위가 담긴 작은 비닐 백을 손에 들고 있었다.

"언젠가 들통나"라고 나는 말했다.

"괜찮아. 나는 빈틈이 없는걸"이라고 유미요시는 말하고, 싱 긋 웃으며 블레이저코트를 벗어 의자의 등받이에 걸쳤다. 그리고 우리는 소파 위에서 서로 껴안았다.

"저기, 오늘은 쭉 당신 생각을 했어"라고 그녀는 말했다. "그 리고 이렇게 생각했어. 내가 매일 낮에는 이 호텔에서 일하고, 밤 이 되면 이렇게 당신 방에 몰래 찾아와 둘이서 서로 껴안고 잠을 자고, 그리고 아침이 되면 또 그대로 일하러 나갈 수 있다면 얼마 나 근사할까, 하고 말이야."

"직장과 주거지가 가까워지겠네"라고 나는 웃으며 말했다.

"하지만 유감스럽게도 나는 언제까지나 계속 여기에 묵을 만큼의 경제적 여유가 없고, 또 그런 일을 계속하다 보면 아무리 빈틈이 없어도 언젠가는 들통나게 돼."

유미요시는 불만스러운 듯이 무릎 위의 손가락을 튕겨 몇 번 소리를 냈다. "세상일이 내 마음대로는 되지 않네."

"그야 그렇지."

"하지만 앞으로 며칠 동안은 여기에 묵을 거지?"

"그래. 아마 그럴 거야."

"그럼 그 며칠만으로 족해. 둘이서 이 호텔 안에서 지내."

그리고 그녀는 옷을 벗고, 또 하나하나 제대로 개었다. 버릇이다. 손목시계를 풀고 안경을 벗어 테이블 위에 내려놓았다. 그리고 우리는 약 한 시간 동안에 걸쳐 관계를 가졌다. 나와 그녀는 녹초가 됐지만 그건 아주 상쾌한 피로감이었다.

"굉장해" 하고 유미요시는 감탄하며 말했다. 그리고 또 내 팔 안에서 꾸벅꾸벅 잠들어 버렸다. 최대한 긴장을 풀고 있는 것이다. 나는 샤워를 하고 냉장고에서 맥주를 꺼내 혼자 마셨다. 그리고 의자에 앉아 유미요시가 잠들어 있는 모습을 바라봤다. 그녀는 아주 상쾌한 듯이 잠을 자고 있었다.

여덟 시 전에 그녀는 눈을 뜨고는 배고프다고 말했다. 우리는 룸서비스의 메뉴를 점검하고, 마카로니 그라탱과 샌드위치를 주문했다. 그녀는 옷과 구두를 침대 시트 밑에 감추고, 보이가 문을 노크하자 재빨리 욕실로 피했다. 보이가 테이블 위에 요리를 차려 놓고 나가자, 나는 욕실 문을 살며시 노크했다.

우리는 그라탱과 샌드위치를 절반씩 먹고 맥주를 마셨다. 그리고 앞으로의 이야기를 했다. 나는 도쿄에서 삿포로로 오겠다고 말했다.

"도쿄에 있어도 별수 없어. 이제 있을 의미도 없어"라고 나는 말했다. "오늘 낮에는 줄곧 그걸 생각하고 있었지. 여기에 자리를 잡아야겠어. 그리고 내가 할 수 있는 일을 찾아보겠어. 여기에 있으면 너를 만날 수 있으니까."

"머무는 거네?"라고 그녀는 말했다.

"그래, 머무는 거야"라고 나는 말했다. 이삿짐은 대단한 양이 아닐 것이다. 레코드와 책과 부엌 용품 정도. 스바루에 실어 페리 편으로 운반할 수 있을 터였다. 큰 것은 팔거나 버리고 다시 사면 된다. 침대나 냉장고도 이제 새것으로 바꿔도 될 시기였다. 대체로 나는 물건을 너무 오랫동안 소중히 사용한다.

"삿포로에 아파트를 빌릴게. 그리고 새 생활을 시작하는 거야. 너는 오고 싶을 때에 거기로 와서 묵고 가면 돼. 얼마 동안 그런 식으로 지내보자. 우리는 아마 잘 해낼 수 있을 거야. 나는 현실을 되찾고, 당신은 안정을 찾는 거야. 그리고 둘이서 거기에 머무는 거지."

유미요시는 미소 지으며 내게 입을 맞추었다. "근사해"라고 그녀는 말했다.

"그다음 일은 나도 알 수 없어. 하지만 좋은 예감이 들어"라고 나는 말했다.

"앞일은 아무도 알 수 없어"라고 그녀는 말했다. "하지만 지금은 무척 근사해. 아주 최고로 근사해."

나는 한 번 더 룸서비스에 전화를 걸어, 얼음통 하나분의 얼음을 주문했다. 그녀는 또 욕실에 숨었다. 얼음이 오자, 나는 낮에 밖에서 사가지고 온 보드카와 토마토 주스를 꺼내 블러디 메리 두 잔을 만들었다. 우리는 그것으로 가볍게 건배했다. 배경 음악이 필요했으므로, 머리맡의 유선 라디오 전원을 켜서 채널을 '대중음악'에 맞추었다. 만토바니 오케스트라Mantovani Orchestra가「매혹의 저녁Some Enchanted Evening」을 멋진 선율로 연주하고 있었다. 분위기 끝내주는군, 하고 나는 생각했다.

"당신은 눈치가 빠르네"라고 유미요시가 감탄하며 말했다.

"실은 블러디 메리를 마실 수 있으면 좋겠다고 줄곧 생각하고 있었는데, 어떻게 알았어?"

"귀를 기울이면 원하는 사람의 목소리가 들려. 뚫어지게 바라보면 그 사람이 뭘 원하는지 그 대상물이 보여."

"표어 같아"라고 그녀는 말했다.

"표어가 아냐. 살아가는 자세를 언어로 나타냈을 뿐이야"라고 나는 말했다.

"당신은 표어를 만드는 전문가가 되면 좋을 거야" 하고 큭큭 웃으면서 유미요시는 말했다.

우리는 블러디 메리를 세 잔씩 마시고, 그리고 또 벌거벗고 서로 껴안고 부드럽게 몸을 섞었다. 우리는 아주 충족해 있었다. 그녀를 안고 있을 때 한 번, 돌고래 호텔의 구식 엘리베이터가 덜 컹덜컹 덜컹덜컹 하는 소리가 들린 듯한 느낌이 들었다. 그래, 여기가 내 연결 지점이야, 하고 나는 생각했다. 나는 여기에 속해 있는 것이다. 그리고 그 무엇보다 이것은 현실이다. 괜찮아, 이제 나는 아무 데도 가지 않아. 나는 확고하게 연결되어 있다. 나는 이음매를 회복하고, 그리고 현실과 이어져 있다. 내가 그것을 바라고, 양 사나이가 그것을 연결시키는 것이다. 열두 시가 되어 우리는 잠이 들었다.

✦

유미요시가 내 몸을 흔들어 깨웠다. "저기, 일어나"라고 그녀가 내 귓전에 대고 속삭이고 있었다. 그녀는 어느 틈에 단정히 제복을 입고 있었다. 주위는 아직 어둡고, 내 머리의 절반은 아직 따스한 칠흑 같은 무의식의 영역에 머물러 있었다. 침대 옆의 등이 켜져 있었다. 머리맡의 시계는 세 시가 조금 지난 시각을 가리키고 있었다. 뭔가 난처한 일이 일어난 모양이라고 나는 우선 생각했다. 아마 그녀가 여기에 와 있는 게 상사에게 들통난 모양이라고. 유미요시는 사뭇 진지한 얼굴로 내 어깨를 흔들어 깨우고 있고, 시각은 새벽 세 시였다. 게다가 그녀는 단정히 옷을 입고 있다. 그렇게밖에는 생각되지 않았다. 어떻게 하면 좋을까, 하고 나는 생각했다. 하지만 내 생각은 거기서 더 앞으로 나아가지 않았다.

"일어나. 제발, 일어나" 하고 그녀가 작은 목소리로 말했다.

"일어났어"라고 나는 말했다. "무슨 일이 생긴 거야?"

"됐으니까 빨리 일어나 옷 입어."

나는 아무것도 물어보지 않고 재빨리 옷을 입었다. 머리 위로 티셔츠를 입고, 블루진을 입고, 스니커즈를 신었다. 그리고 윈드브레이커를 입고 지퍼를 목 위까지 끌어올렸다. 일 분도 걸리지 않았다. 내가 옷을 다 입고 나자 유미요시는 내 손을 이끌고 문 앞쪽으로 데리고 갔다. 그리고 작은 틈이 생기도록 문을 열었다. 겨우 이 센티미터나 삼 센티미터쯤. "봐"라고 그녀는 말했다. 나는 그 틈으로 밖을 내다봤다. 복도는 캄캄했다. 아무것도 보이지 않았다. 젤리처럼 진하고 차가운 어둠이었다. 손을 내밀면 그대로 빨려 들어갈 것처럼 어둠은 깊고 진했다. 그리고 으레 수반되는 그 냄새가 났다. 곰팡내 나는 낡은 종이의 냄새. 낡은 시간의 심연으로부터 불어오는 바람의 냄새.

"그 어둠이 또 왔어" 하고 그녀는 내 귓전에 대고 속삭였다.

나는 그녀의 허리로 손을 돌려 살며시 끌어당겼다. "괜찮아. 두려워할 것 없어. 여기는 나를 위한 세계야. 나쁜 일은 일어나지 않아. 처음에 네가 나에게 이 어둠 이야기를 했지. 그래서 우리는 서로를 알게 된 거야." 하지만 나는 확신을 가질 수 없었다. 나는 어쩔 수 없이 두려웠다. 그건 어떤 이유도 통하지 않는 근원적인 공포였다. 유전자에 새겨지고, 태고의 시대부터 면면히 전해 내

려온 공포였다. 어둠이라는 것은 어떤 존재 이유가 있다 하더라
도, 역시 두렵고 꺼림칙한 것이다. 그건 사람을 몽땅 삼켜 버리거
나, 그 존재를 일그러뜨리고 파괴하거나, 소멸시켜 버릴지도 모
른다. 대체 누가 완전한 어둠 속에서 확신을 가질 수 있겠는가?
어둠의 존재 이유—대체 누가 그런 것을 믿겠는가? 어둠 속에서
는 모든 게 쉽게 일그러지고, 뒤바뀌며 소멸되어 버린다. 그리고
어둠의 논리인 허무가 모든 걸 뒤덮어 버리는 것이다.

　　"괜찮아, 하나도 두려워할 것 없어"라고 나는 말했다. 하지
만 이는 자신을 타이르기 위한 말이었다.

　　"어떡하지?"라고 유미요시가 물었다.

　　"둘이서 앞으로 나아가 보자"라고 나는 말했다. "나는 두 인
물을 만날 목적으로 이 호텔에 돌아온 거야. 한 명은 너고, 또 하나
는 지금 만날 상대야. 그는 이 어둠 속 깊은 곳에 있어. 거기서 나
를 기다리고 있어."

　　"그 방에 있던 사람?"

　　"그래. 그 사람이야."

　　"하지만 무서워. 정말 굉장히 무서워"라고 유미요시는 말했
다. 그녀의 목소리는 떨리며 날카로워져 있었다. 할 수 없다, 나도
무섭기는 마찬가지다.

　　나는 그녀의 눈꺼풀에 살며시 입술을 가져갔다. "무섭지 않
아. 이번에는 내가 함께 있어. 서로 손을 잡고 있자. 손을 놓지 않
으면 괜찮아. 어떤 일이 있어도 손을 놓으면 안 돼. 가만히 붙잡고

있는 거야."

나는 방 안으로 돌아와, 백 속에서 미리 준비해 둔 손전등과 라이터를 꺼내어, 윈드브레이커의 주머니에 집어넣었다. 그리고 문을 열고 유미요시의 손을 잡고 천천히 복도로 발을 내디뎠다.

"어디로 가?"라고 그녀가 물었다.

"오른쪽이야"라고 나는 말했다. "언제나 오른쪽이야. 정해져 있어."

나는 손전등으로 발밑을 비추면서 복도를 걸어갔다. 이전에 느꼈던 대로 그건 돌핀 호텔의 복도는 아니었다. 훨씬 낡아 빠진 건물의 복도였다. 붉은 카펫은 닳아 떨어지고, 복도는 군데군데 움푹 패어 있었다. 회백색의 벽에는 노인의 피부에 나는 검버섯과 같은 숙명적인 얼룩이 져 있었다. 돌고래 호텔이다, 하고 나는 생각했다. 정확히 그 상태 그대로의 돌고래 호텔은 아니다. 하지만 여기는 돌고래 호텔 비슷한 그 무엇이다. 돌고래 호텔적인 무엇인 것이다. 한참 곧바로 나가자 복도는 지난번과 마찬가지로 역시 오른쪽으로 꺾여 있었다. 나는 복도를 돌아갔다. 하지만 지난번과는 무엇인가 달랐다. 빛이 보이지 않았다. 멀리 있는 문의 틈새로부터 흘러나오던 그 촛불의 희미한 빛이 보이지 않는 것이다. 나는 좀 더 확인하기 위해 손전등을 꺼봤다. 하지만 마찬가지였다. 거기에는 빛이 없었다. 완벽한 어둠이 교활한 물처럼 소리도 없이 우리를 에워쌌다.

유미요시는 내 손을 힘주어 꽉 쥐고 있었다. "빛이 보이지 않아"하고 나는 말했다. 내 목소리에는 기운이 없었다. 그건 전혀 내 목소리로 들리지 않았다. "저쪽 문에서 빛이 보였었어, 지난번에는."

"내가 겪을 때도 그랬어. 저쪽에 보였어."

나는 그 모퉁이에 잠시 머물러 있었다. 그리고 생각했다. 양 사나이에게 무슨 일이 일어난 것일까? 그는 잠들어 있을까? 아니, 그렇지 않다. 그는 언제나 저기에 불을 켜두고 있을 것이다. 등대처럼. 그게 그의 역할이다. 설령 잠들어 있다 해도, 빛은 언제나 거기에 있어야 한다. 없어서는 안 되는 것이다. 기분 나쁜 예감이 들었다.

"저기, 그냥 돌아가자"라고 유미요시가 말했다. "너무 어두워. 돌아가서 다음 기회를 기다리자. 그 편이 낫겠어. 무리하지 말고."

그녀는 이치에 맞는 말만 하고 있었다. 이건 너무 어둡다. 그리고 뭔가 좋지 않은 일이 일어날 것 같은 느낌이 든다. 하지만 나는 되돌아가지 않았다.

"아니, 나는 걱정이 돼. 저리로 가서 무슨 일이 일어났는지 확인해 보고 싶어. 그가 어떤 이유로 나를 찾고 있을지도 몰라. 그래서 또 우리를 이 세계로 연결시킨 거야." 나는 다시 손전등을 켰다. 가늘고 노란 빛줄기가 어둠 속으로 휙 뻗어 나갔다. "가자. 손을 꼭 잡고 있는 거야. 나는 당신을 원하고 있고 당신은 나를 원하고 있어. 걱정할 것 없어. 우리는 여기 머무는 거야. 어디에도 가지 않아. 분명히 돌아갈 수 있어. 걱정하지 않아도 돼."

우리는 천천히 발밑을 확인하면서 한 발짝씩 앞으로 나아갔다. 어둠 속에서 유미요시의 린스 냄새가 희미하게 느껴졌다. 그 냄새는 나의 날카로워진 신경을 부드럽게 만들었다. 그녀의 손은 작고 따스하나 굳어 있었다. 우리는 어둠 속에서 이어져 있었다.

양 사나이가 있던 방은 금방 알 수 있었다. 거기만이 문이 열려 있고, 그 틈으로 섬뜩하고 곰팡내 나는 공기가 흘러나오고 있었기 때문이다. 나는 그 문을 살며시 노크해 봤다. 그 소리는 처음에 왔을 때와 마찬가지로 부자연스러울 만큼 크게 울렸다. 마치 귀 속의 거대한 증폭 기관을 두드린 것처럼. 나는 문을 똑똑똑 세 번 두드리고, 기다렸다. 이십 초나 삼십 초쯤 기다렸다. 하지만 반응은 없었다. 양 사나이는 어떻게 된 것일까? 그는 혹시 죽어 버린 게 아닐까? 그러고 보니, 지난번에 만났을 때, 그는 몹시 피로하고 훨씬 더 늙어 보였다. 그대로 죽어 버렸다 해도 이상할 게 없을 듯한 느낌이 들었다. 그는 굉장히 오래 살았다. 하지만 그 역시 늙어 간다. 그리고 언젠가는 죽는다. 다른 모든 사람들과 마찬가지로. 생각이 거기에 미치자, 나는 갑자기 불안해졌다. 만일 그가 죽어 버렸다면, 이제 누가 이 세계와 나를 연결시켜 줄 것인가? 누가 나를 이어 준단 말인가.

나는 문을 연 다음 그녀의 손을 잡고 살며시 방 안으로 들어가, 손전등으로 바닥을 비춰 봤다. 방 안의 모습은 지난번에 봤을 때와 마찬가지였다. 헌책들이 온 바닥에 잔뜩 쌓여 있고, 작은 테이블이 있고, 그 위에 촛대 대용으로 쓰이는 볼품없는 쟁반이 놓여 있었다. 양초는 오 센티미터쯤 남겨진 채 꺼져 있었다. 나는 주머니에서 라이터를 꺼내 거기에 불을 붙이고, 손전등을 끄고는 윈드브레이커의 주머니에 집어넣었다.

방 안의 어디에도 양 사나이의 모습은 보이지 않았다.

어딘가로 가버렸군, 하고 나는 생각했다.

"여기에 도대체 누가 있었던 거야?" 하고 유미요시가 물었다.

"양 사나이"라고 나는 대답했다. "양 사나이가 이 세계를 관리하고 있어. 여기가 이음매 같은 곳인데, 그는 나를 위해 여러 가지를 이어 주고 있어. 전화의 배전반과 마찬가지로 말이야. 그는 양의 모피를 입고 오래전부터 계속 살아왔어. 그리고 여기에 머문 거야. 세상의 모든 것이 싫어서."

"무엇 때문에 숨어 있어?"

"무엇 때문일까? 전쟁이 싫어서, 문명이 싫어서, 법률이 싫어서, 시스템이 싫어서……. 양 사나이답지 않은 세상의 모든 것이 싫어서."

"그런데 그가 없어져 버린 거구나?"

나는 고개를 끄덕였다. 내가 고개를 끄덕이자, 벽 위의 확대된 그림자가 커다랗게 흔들렸다. "그래, 없어져 버렸어. 어째서일까. 없어져서는 안 되는데……." 나는 세계의 끝에 서 있는 듯한 느낌이 들었다. 고대인이 생각한 세계의 끝. 모든 게 폭포처럼 나락의 구렁텅이로 빠져들고 있는 듯한 세계의 끝이다. 그 끝부분에 우리는 서 있다. 단둘이서. 우리 앞에는 아무것도 없다. 암흑의 허무가 펼쳐져 있을 뿐이다. 방의 공기는 뼈에 스며들듯이 차가웠다. 우리는 서로의 손바닥을 통해 겨우 따스함을 나누고 있었다.

"그는 이미 죽어 버렸는지도 몰라"라고 나는 말했다.

"어두운 데서 안 좋은 일을 생각하면 안 돼. 되도록 좋은 쪽으로 생각해" 하고 유미요시는 말했다. "어딘가로 물건을 사러 나갔는지도 모르잖아? 초가 다 떨어져서 사러 갔는지도 몰라"라고 유미요시는 말했다.

"혹은 소득세를 돌려받으려고 나갔는지도 몰라"라고 나는 말했다. 그리고 나는 손전등으로 그녀의 얼굴을 비쳤다. 그녀의 입 언저리가 가볍게 미소 짓고 있었다. 나는 손전등을 끄고, 어두컴컴한 불빛 속에서 그녀의 몸을 끌어당겼다. "이봐, 휴일에는 둘이서 이곳저곳 돌아다니자."

"물론이야"라고 그녀는 말했다.

"내 스바루를 가져올게. 중고고 구식이지만 좋은 차야. 마음에 들어. 나는 마세라티도 타봤어. 하지만 솔직히 말해 내 스바루가 훨씬 낫다고."

"물론."

"에어컨과 카스테레오도 장착되어 있어."

"두말할 나위 없네."

"두말할 나위 없지"라고 나는 말했다. "그걸 타고 이곳저곳 다녀보자. 둘이서 많은 걸 구경하고 싶어."

"당연한 생각이야."

우리는 한참을 껴안고 있다가 몸을 떼었고, 나는 또 손전등을 켰다. 그녀는 허리를 구부려 바닥 위에 놓인 얇은 책 한 권을 집어 들었다. 그것은 『요크셔종種 양의 품종 개량 연구』라는 팸플릿이었다. 표지는 누렇게 변색되고, 그 위에 흰 먼지가 우유의 지방이 굳어 생긴 막처럼 쌓여 있었다.

"여기에 있는 건 모두 양에 대한 책들이야"라고 나는 말했다. "예전의 돌핀 호텔의 일부는 양에 관한 자료실로 쓰이고 있었어. 지배인의 아버지가 양 연구가였거든. 그게 여기에 모아져 있어. 양 사나이가 그 뒤를 이어받아 관리하고 있었지. 이제 아무 쓸모도 없어. 이제는 아무도 이런 걸 읽지 않겠지. 하지만 양 사나이는 줄곧 간직해 왔어. 아마 그게 이 장소에서는 아주 중요했을 거야."

유미요시는 내 손전등을 가져가 그 팸플릿을 펼치고는, 벽에 기대어 그것을 읽었다. 나는 벽 위의 내 그림자를 바라보면서 멍하니 양 사나이에 관해 생각하고 있었다. 그는 대체 어디로 사라져 버렸을까, 하고. 그러자 갑자기 몹시 기분 나쁜 예감이 들었다. 심장이 목구멍까지 치밀어 오르는 듯했다. 무엇인가가 잘못되어 있다. 뭔가 좋지 않은 일이 일어나려 하고 있다. 대체 무엇일까? 나는 그 무엇에 의식을 집중시켰다. 그리고 퍼뜩 생각이 들었다. 안 된다, 안 돼, 하고 나는 생각했다. 나와 유미요시는 어느 틈엔가 손을 놓았다. 손을 놓으면 안 된다, 절대로. 순간적으로 모공에서 땀이 솟아났다. 나는 급히 손을 뻗어 유미요시의 손목을 잡으려 했다. 하지만 때는 이미 늦었다. 내가 손을 뻗은 그 순간, 그녀의 몸은 벽으로 빨려 들어가 버렸다. 키키가 그 죽음의 방 벽으로 빨려 들어갔을 때와 마찬가지로. 유미요시의 몸은 마치 물기를 머금은 모래에 삼켜지듯이 순간적으로 사라져 버렸다. 그녀의 모습이 사라지고, 손전등의 불빛도 꺼졌다.

"유미요시!"라고 나는 큰 소리로 불렀다.

아무도 대답하지 않았다. 침묵과 냉기가 한데 어우러져 방을 지배하고 있었다. 어둠이 한층 더 깊어진 것처럼 느껴졌다.

"유미요시!"라고 나는 한 번 더 외쳤다.

"간단해"라고 벽 너머에서 유미요시의 목소리가 희미하게 들려왔다. "정말 간단해. 벽을 빠져나오면 금방 이쪽으로 올 수 있어."

"그렇지 않아!"라고 나는 소리를 질렀다. "간단한 것처럼 보여. 하지만 그쪽으로 가버리면 다시 돌아올 수 없어. 당신은 그걸 모르고 있어. 거기는 아니야. 거기는 현실이 아니라고. 거긴 저쪽 세계야. 이쪽 세계와는 다른 곳이라고."

그녀는 대답을 하지 않았다. 또다시 깊은 침묵이 방에 가득 찼다. 마치 바닷속에 있는 것처럼 침묵이 내 몸을 무겁게 짓누르고 있었다. 유미요시는 사라져 버린 것이다. 아무리 손을 뻗어도 그녀에게는 닿지 않는다. 나와 그녀 사이에는 저 벽이 가로놓여 있는 것이다. 너무 가혹하다고 나는 생각했다. 무력감. 너무 가혹하다. 나와 유미요시는 이쪽에 있지 않으면 안 된다. 나는 그걸 위해 지금까지 노력해 왔다. 나는 그걸 위해 복잡한 스텝을 밟으면서 여기까지 도달한 것이다.

하지만 생각하고 있을 여유는 없었다. 꾸물거리고 있을 틈이 없다. 나는 유미요시를 쫓아 벽을 향해 발을 내디뎠다. 그러는 수밖에 없었다. 나는 유미요시를 사랑하고 있으니까. 키키가 벽으로 빨려 들어갔을 때와 마찬가지로, 나는 벽을 빠져나갔다. 예전과 마찬가지였다. 불투명한 공기의 층. 매끄럽고 딱딱한 감촉. 물과도 같은 차가움. 시간이 흔들리고, 연속성이 구부러지고, 중력이 뒤흔들렸다. 태고의 기억이 시간의 심연 속에서 증기처럼 피어오르는 듯한 느낌이 들었다. 그것은 내 유전자다. 나는 자신의 육체 속에서 진화의 기운을 느꼈다. 나는 복잡하게 뒤얽힌 나 자신의 DNA를 뛰어넘었다. 지구가 팽창하고, 그리고 냉각되어 오므라들었다. 동굴 속에 양이 숨어 있었다. 바다는 거대한 사념인데, 그 표면으로 소리도 없이 비가 내리고 있었다. 얼굴 없는 사람들이 파도가 밀어닥치는 물가에 서서 앞바다를 응시하고 있었다. 끝을 알 수 없는 시간이 거대한 실 덩어리가 되어 하늘에 떠 있는 것이 보였다. 허무가 사람들을 삼키고, 그보다 더 거대한 허무가 그 허무를 삼켰다. 사람들의 살이 녹아 백골이 드러나고, 그것도 티끌이 되어 바람에 날려가 버렸다. 아주 완전히 죽어 있다, 라고 누군가가 말했다. 어쩜, 하고 누군가가 말했다. 내 살은 분해되어 날려가고, 그리고 또 하나로 응결됐다.

그 혼란과 카오스의 공기층을 빠져나가자, 나는 벌거벗은 채 침대 위에 있었다. 주위는 캄캄했다. 칠흑같이 어두운 건 아니었다. 하지만 아무것도 보이지 않았다. 나는 혼자였다. 손을 뻗었지만 옆에는 아무것도 없었다. 나는 고독했다. 나는 또 외톨이가 되어 세계의 끝에 남겨진 것이다. "유미요시!"라고 나는 힘껏 외쳤다. 하지만 실제로는 고함 소리가 나오지 않았다. 마른 숨이 새어나왔을 뿐이었다. 나는 한 번 더 외치려 했는데, 그때 툭 하는 소리가 들리며 등이 켜졌다. 방이 이내 밝아졌다.

그리고 유미요시가 거기에 있었다. 그녀는 흰 블라우스와 스커트에 검은 구두 차림으로 소파에 앉아, 부드럽게 미소 지으면서 나를 바라보고 있었다. 책상에 연결된 의자의 등받이에는 라이트 블루의 블레이저코트가 그녀의 분신처럼 걸쳐져 있었다. 내 몸을 단단하게 조이던 힘이, 나사가 풀리듯이 조금씩 그 힘을 이완시켜 갔다. 나는 오른손으로 시트를 꽉 붙잡고 있었음을 알아챘다. 시트에서 손을 떼고 얼굴의 땀을 닦았다. 여기는 이쪽 세계일까, 하고 나는 생각했다. 이 빛은 진짜 빛일까.

"이봐, 유미요시" 하고 나는 쉰 듯한 목소리로 말했다.

"왜?"

"너는 정말로 거기에 있는 거지?"

"물론이지"라고 그녀는 말했다.

"어디로 사라지지 않았지?"

"사라지지 않았어. 그렇게 간단히 사람이 사라지지는 않아."

"꿈을 꿨어"라고 나는 말했다.

"알고 있어. 가만히 당신을 바라보고 있었어. 당신이 자면서 꿈을 꾸며 내 이름을 부르는 걸 지켜보고 있었어. 캄캄한 어둠 속에서. 저기, 무엇이든 진지하게 보려고 하면 어둠 속에서도 제대로 보이는가 봐."

나는 시계를 봤다. 네 시가 되어 가고 있었다. 새벽녘의 짧은 시간. 생각이 깊어지며 굴절되는 시간. 내 몸은 차가워지고, 다시 단단하게 굳어졌다. 그건 정말로 꿈이었을까? 그 어둠 속에서 양 사나이가 사라지고 유미요시도 사라졌다. 나는 그때의 갈 데 없는 절망적인 고독감을 또렷이 기억해 낼 수 있었다. 유미요시의 손의 감촉을 기억해 낼 수도 있었다. 그것은 아직 내 속에 선명하게 남아 있었다. 그것은 현실 이상으로 사실적이었다. 현실은 아직 완전하게 사실성을 되찾고 있지 못했다.

"이봐, 유미요시"라고 나는 말했다.

"왜?"

"왜 옷을 입고 있지?"

"옷을 입고 당신을 바라보고 싶었어, 어쩐지."

"한 번 더 벗어 주지 않겠어?"라고 나는 물었다. 나는 확인하고 싶었던 것이다. 그녀가 분명히 거기에 있다는 것을. 그리고 이게 이쪽 세계라는 것을.

"물론" 하고 그녀는 말했다. 그녀는 시계를 풀어 테이블 위에 내려놓고 구두를 벗어 바닥에 가지런히 정돈했다. 블라우스의 단추를 하나씩 풀고, 스타킹을 벗고, 스커트를 벗고, 그것들을 보기 좋게 개어 놓았다. 안경을 벗어 언제나처럼 툭 소리가 나도록 테이블 위에 내려놓았다. 그리고 맨발로 소리도 없이 바닥을 가로질러, 이불을 살며시 들고는 내 옆으로 들어왔다. 나는 그녀를 꼭 끌어안았다. 그녀의 몸은 따스하고 부드러웠다. 그리고 분명한 현실의 무게를 지니고 있었다.

"사라지지 않았어"라고 나는 말했다.

"물론" 하고 그녀는 말했다. "말했잖아, 그렇게 간단히 사람이 사라지지는 않아."

정말 그럴까, 하고 나는 그녀를 껴안으면서 생각했다. 아니, 어떤 일이든 일어날 수 있다고 나는 생각했다. 이 세계는 취약하고 그리고 위태롭다. 이 세계에서는 무슨 일이든 간단히 일어날 수 있는 것이다. 그리고 그 방에 있던 백골은 아직 하나가 남아 있다. 그것은 양 사나이의 뼈였을까? 아니, 어쩌면 그 백골은 나 자신의 것인지도 모른다. 그것은 그 멀고 어두컴컴한 방에서 줄곧 나의 죽음을 가만히 기다리고 있는지도 모른다. 나는 멀리서 돌고래 호텔의 소리를 들었다. 마치 멀리서 바람을 타고 들려오는 야간열차 소리 같았다. 엘리베이터가 덜커덩덜커덩 소리를 내면서 올라가고, 그리고 멎었다. 누군가가 복도를 걸어가고 있었다. 누군가가 방문을 열고, 누군가가 방문을 닫았다. 돌고래 호텔이다. 나는 그것을 알 수 있다. 모든 게 삐걱거리고, 모든 게 낡아 빠진 소리를 냈다. 나는 거기에 포함되어 있었다. 누군가가 나 때문에 눈물을 흘리고 있었다. 내가 울 수 없기 때문에, 누군가가 나를 위해 눈물을 흘리고 있는 것이다.

나는 유미요시의 눈꺼풀에 입을 맞췄다.

유미요시는 내 품 안에서 깊게 잠들었다. 나는 잠을 이룰 수가 없었다. 내 몸속에는 한 조각의 잠기운도 존재하지 않았다. 마치 말라붙은 샘처럼 나는 깨어 있었다. 나는 그녀의 몸을 감싸 안듯이 살며시 오래도록 껴안고 있었다. 이따금 소리를 내지 않고 울었다. 나는 상실된 것을 위해 울고, 아직 상실되지 않은 것을 위해 울었다. 하지만 실제로는 약간 울었을 뿐이었다. 유미요시의 부드러운 몸은 내 품 안에서 따사로운 시간을 새기고 있었다. 시간이 현실을 새기고 있었다. 이윽고 조용히 날이 밝았다. 나는 고개를 들어, 머리맡의 자명종 시곗바늘이 현실의 시간에 맞추어 천천히 회전하는 것을 가만히 지켜봤다. 조금씩 조금씩 그것은 앞으로 나아가고 있었다. 내 팔 안쪽으로 유미요시의 숨이 내뿜어져서, 그 부분만이 따스하게 젖어 있었다.

현실이다, 하고 나는 생각했다. 나는 여기에 머무는 것이다.

이윽고 시곗바늘은 일곱 시를 가리키고, 여름의 아침 햇살이 창문으로 스며들어 방바닥에 살짝 일그러지고 네모난 도형을 그렸다. 유미요시는 곤히 잠들어 있었다. 나는 조용히 그녀의 머리카락을 젖혀 귀가 드러나게 하고, 거기에 살며시 입술을 가져갔다. 뭐라고 말하는 게 좋을까, 하고 나는 그대로 삼 분이나 사 분쯤 생각하고 있었다. 말하는 방식에는 여러 가지가 있다. 여러 가지 가능성이 있고 표현이 있다. 목소리가 그럴듯하게 잘 나올까? 내 메시지가 현실의 공기를 그럴듯하게 잘 흔들 수 있을까? 몇 가지 문구를 나는 입 속으로 중얼거려 봤다. 그리고 그중에서 가장 명료한 것을 골랐다.

"유미요시, 아침이야" 하고 나는 속삭였다.

후기

이 소설은 1987년 12월 17일에 쓰기 시작해, 1988년 3월 24일에 완성했다. 나에게는 여섯 번째 장편소설에 해당한다. 주인공인 '나'는 『바람의 노래를 들어라』『1973년의 핀볼』『양을 쫓는 모험』의 '나'와 원칙적으로는 동일인물이다.

1988년 3월 24일
런던

무라카미 하루키

'상실' 뒤에 오는
박진감 넘치는 '재생'의 감흥

『댄스 댄스 댄스』는 제목 그대로, 시작에서부터 끝까지 춤추며 돌아가듯 숨 가쁜 젊은이들의 삶과 사랑과 섹스를 엮어 낸 소설이다. 이 소설 역시『상실의 시대』(원제:『노르웨이의 숲』)나 그의 다른 작품들처럼 쉬지 않고 일사천리로 써나가 삼 개월 만에 완성했다고 한다. 머릿속에 먼저 소설이 구상되어 있고, 펜을 쥔 손은 그저 그 머릿속의 이야기를 기록해 나가는 기계처럼 움직였다는 것이다. 『댄스 댄스 댄스』가『상실의 시대』에 이어 또다시 대히트작으로 부상한 뒤 무라카미 하루키는 한 인터뷰에서 "나는 글쓰는 것을 무척 좋아하고, 쓰고 싶은 것을 쓰고 싶은 대로 써왔다"고 말한 적이 있다. 그처럼 신이 나서 즐겁게 소설을 써왔던 무라카미 하루키는 1982년『양을 쫓는 모험』으로 확고부동한 정상의 작가로서 자리를 굳혔다. 하지만 그는 곧 이 작품에 대해 어딘지 모르게 미흡한 점이 있다고 고백하며 꼭 그 속편을 써야겠다는 결심을 하게 되었다고 한다.

그 후 수년간에 걸쳐『세계의 끝과 하드보일드 원더랜드』와 『상실의 시대』를 발표한 후에, 이『댄스 댄스 댄스』를 완성하게 되었다. 그래서 이 소설은『양을 쫓는 모험』의 속편처럼 줄거리가 이어지지만, 그의 다른 작품『바람의 노래를 들어라』『1973년의 핀볼』과 마찬가지로 성격과 내용 면에서는 각기 분리·독립된 소설로서,『양을 쫓는 모험』을 읽지 않아도, 전혀 막히는 곳 없이 독자를 무한한 감동과 흥미에 휩싸이게 한다. 그리하여 이 작품은 현대인의 삶의 방식과 관계, 사랑의 실체 등에 대한 작가의 독특한 작품 세계에 빠져들게 하는 것이다.

과거의 청산과 새로운 삶

무라카미 하루키가 이 작품에 앞서 내놓은『양을 쫓는 모험』은 권력 기구의 중추를 지배하려 했던 '양을 자기 몸 안에 이식한 '쥐'라는 친구가 '결단＝자살'에 의해서 이 세상으로부터 소멸하는 이야기다. 따라서 '양'을 둘러싼 그의 이야기 시리즈는 일단『양을 쫓는 모험』으로 끝난 것이다. 다시 말하면 무라카미 하루키는『바람의 노래를 들어라』『1973년의 핀볼』『양을 쫓는 모험』을 완성함으로써 1970년을 원점으로 한 작가 자신의 '전공투운동'을 청산하는 문제와 그 이후의 십 년간을 총체적으로 정리한 셈이

된다.

　하루키가 학창 시절 몰두했던 '전공투운동'이란 60년대 일본 정국을 무질서와 혼돈의 도가니로 몰아넣었던 학생운동으로, 반미·반체제·반전 등의 구호를 내걸고, 화염병 데모 사태에서 무장 투쟁까지 전개했던 학생운동의 일환이다. 그중 일부는 외국에 나가 무장 투쟁을 하며 이스라엘의 수도 텔아비브 공항에서 기관총을 난사해서, 무고한 많은 사람을 살상한 대량 살육의 참극을 빚어냈다. 또 여객기를 납치해서 북한으로 간 요도호 사건의 주인공들도 있었다. 무라카미 하루키가 속했던 전공투는 그런 좌익 과격파는 아니었지만, 국회 난입 사건과 도쿄대학교 야스다 강당 장기 점거 투쟁을 벌였던 일본판 학생 조직의 중추적 조직이었다.

　도쿄대학교 야스다 강당에서 경찰기동대와 농성 학생 조직이 전쟁을 방불케 하는 충돌을 벌인 끝에 조직은 무산됐다. 이후 전공투는 급격히 퇴조하기 시작해서, 1970년대 초에 이르러 자취를 감추고 말았다. 무라카미 하루키는 이 일본 학생운동의 소멸과 함께 자신도 '관념의 세계=혁명'의 환상으로부터 깨어나기 시작한다.

　그가 지향했던 관념, 즉 혁명의 세계란 과연 어떤 것이었던가. 하루키의 데뷔작 『바람의 노래를 들어라』 이래 『1973년의 핀볼』과 『양을 쫓는 모험』의 초기 삼부작은, 그처럼 상실한 것들에 대한 체념과 극도의 허무주의가 주류를 이루고 있다. 다시 말하면 관념의 왕국이 무너진 후의 주인공 '나'가 직면하는 당혹감과 현실 세계, 즉 일상생활로의 귀환을 그리고 있다. 그 기념비적 삼부작에서 무라카미 하루키는 그가 원했던 '혁명'이 궁극적으로 생각해 보면 관청의 간판을 바꾸는 일, 가령 내각을 인민회의나 무슨 위원회로 바꾸는 것 같은 일이었다고 깨닫게 된다. 또 어떤 뚜렷하고 체계적인 이념이라기보다, 그저 불만이 가득 찬 현실 세계를 펑 하고 일거에 폭파하고 싶었던 열망에 불과했다고 독백하기에 이른다. 그처럼 부질없는 상실감이 무엇이었는가를 탐색하고, 그 상실한 것에 대한 결별을 위해 쓰인 작품이 그 초기 삼부작이었다. 그의 초기 작품은 그가 젊음을 송두리째 바치려 했던 학생운동=전공투의 관념 세계에서 벗어난 개인사의 검증이라고 말할 수 있다.

그러나 과거의 청산과 새로운 삶이 말처럼 쉽지는 않다. 그래서 '과거'를 상징하는 '양 사나이'를 다시 필연적으로 등장시켜, 일상과 비일상, 이념과 현실, 현실 세계와 관념 세계와의 모호한 경계 인식과 혼돈에서의 해탈을 시도하게 된다. '양 사나이'는 그런 혼돈이 모든 것을 상실한 채 자신이 무엇을 찾고 있는지 어디로 가야 하는지를 모르는 데서 온다고 일러 준다. 그리고 모든 연대와 연계점을 풀어 버린 대신에 이젠 아무것에도 매이지 않았으므로 '고독'이라는 새로운 세속의 짐을 지고 있다는 사실을 일깨워 준다.

그리고 현실로 돌아간다는 것은 '양 사나이'에 따르면 계속

'춤을 추는 것'이다.

　"춤을 추는 수밖에 없어. 그것도 남보다 멋지게 추는 거야. 모두가 감탄할 만큼 잘 추는 거지." 바로 이 문장이 『댄스 댄스 댄스』의 매력적인 테제다. 춤을 춘다는 것은 음악과 분위기에 잘 맞추고, 파트너의 발을 밟지 않도록 신경 쓰고, 다른 커플들과 부딪치지 않게 하는 주의가 필요하다. 따라서 이 작품에서 춤을 춘다는 것은 '나' 자신이 자기 이외의 모든 사람과의 관계성을 회복하고 새로이 정립해 나가는 적극적인 행동의 비유임을 알 수 있다.

타자의 죽음과 재생 그리고 현실로의 귀환

'나'는 『양을 쫓는 모험』에서 친구인 '쥐'를 자살로 잃고, 여자 친구 키키를 실종으로 잃게 된다. 키키는 문제의 '양'을 찾는 길잡이임과 동시에 '나'와 현실을 결부시키는 매개체와 같은 존재기도 하다. 이 키키는 『댄스 댄스 댄스』에 다시 등장해서 '양 사나이'와 함께 '나'를 현실에 안착하게 만드는 인물로서 중요한 역할을 한다. 나는 '과거=관념=환상'에서 현실로 돌아와 터를 잡기 위해 과거의 사람들을 청산해야 한다. 그 과정에서 발생하는 시련을 극복하기 위해 키키는 무녀와 같은 존재가 된다. 이야기의 서두가 키키가 실종되었던 그 호텔을 찾는 데서 시작되는 것도 그 때문이다. 그러나 호텔에서 키키는 찾지 못하고 대신 '양 사나이'가 등장해서 계속 춤을 춰야 하는 중요성을 깨닫게 해준 결과, 비로소 고독과 고립 속에 팽개쳐져 있던 '나'는 다른 사람과의 관계를 맺게 된다.

그러던 어느 날 '나'는 갑자기 등장한 키키를 쫓아 들어간 건물에서 백골이 된 여섯 구의 시체를 발견한다. 그 시체는 '나'에게 키키가 환상으로 눈앞에 다가온 것처럼 '나'의 환시로서 나타나게 된 것이다. 무라카미 하루키가 그처럼 '백골=시체의 환시'를 이 소설에 등장시킨 것은 '친근했던 자의 죽음=소멸의 상징'이라고 보고 있기 때문이다. 그런 '죽음'의 통과의례를 거치지 않고서는 현재를, 그리고 현실을 사는 길로 돌아갈 수 없다는 주제가 이 소설 전체에 뚜렷이 부각되어 있다.

그러면 그 여섯 구의 시체는 누구의 죽음을 가리키는 것일까. 이 소설 속에서 명백히 죽음을 맞이하는 인물은 외팔이 시인 '딕 노스', 콜걸인 '메이', 중학교 시절의 친구며 배우인 '고탄다'다. 나머지 두 구의 백골은 이 소설 속에 환상으로 등장하는 '나'의 과거와 깊은 연관이 있던 친구 '쥐'와 '키키'다. 그러면 나머지 하나의 백골은 누구의 것일까?

고탄다의 자살을 계기로 춤추는 일을 일단 멈추게 된 '나'가 '유미요시'와 새롭게 삶을 시작하려는 결의를 하는 결말을 보면, 남은 백골이 과거의 굴레에서 벗어나지 못했던 '나' 자신임을 쉽게 짐작할 수 있다. 『댄스 댄스 댄스』의 주제가 주인공인 '나'가 과거를 청산하고 과거로부터 현재=현실로 돌아오는 것이라고 한다면, '나'의 '재생'을 위해서는 '나'의 '죽음'이 불가피했다는 결론에 이르는 것이다. '나'는 차례로 자신과 관계, 인연이 있던 인물=타자의 '죽음'과 맞부딪침으로써 자신의 '재생'을 시도해 가는 것이다.

'상실감'과 '절망'과 같은 삶에 있어서의 부정적인 부분을 뚫고 나옴으로써, 사람은 누구나 '재생'이랄 수 있는 재출발을 할 수 있는 것이리라. 『댄스 댄스 댄스』의 주인공인 '나' 역시 고독한 절망적 상황을 뚫고 나와 '유미요시'와의 생활을 결심하고, 옆에서 곤히 잠든 그녀의 자는 모습을 보고 그것이 현실임을 깊이 깨닫는다.

그리하여 "나는 여기에 머무는 것이다"는 결의에 찬 독백 속에, '이곳'이라는 현실 속에 '죽음', 즉 '과거=관념'의 세계에서 스스로 완전히 해방을 실현하게 된다. 그런 해방에의 결의는 삶을 긍정하고, '삶은 곧 현실'이라는 무라카미 하루키의 사상에서 우러나온 것이라고 하겠다.

옮긴이 **유유정**

함경북도 경성 출생으로, 경성중학을 거쳐 일본 상지대학 문학부 철학과를 졸업했다.『자유신문』『중앙일보』문화부장을 역임했다. 시집으로『사랑과 미움의 시』『춘신春信』(일문) 등이 있다. 옮긴 책으로는『상실의 시대』『무라카미 하루키 단편 걸작선』『지금은 없는 공주를 위하여』『댄스 댄스 댄스』등 다수가 있다.

댄스 댄스 댄스 • 하

1판 1쇄   1989년 12월 20일
5판 1쇄   2023년 1월 26일
5판 3쇄   2024년 1월 23일

지은이   무라카미 하루키
옮긴이   유유정

펴낸이   임지현
펴낸곳   (주)문학사상
주소   경기도 파주시 회동길 363-8, 201호(10881)
등록   1973년 3월 21일 제1-137호

전화   031) 946-8503
팩스   031) 955-9912
홈페이지   www.munsa.co.kr
이메일   munsa@munsa.co.kr

ISBN   978-89-7012-543-5 (04830)
          978-89-7012-541-1 (04830) 세트